THE
YEARLING

周岁

[美] 玛·金·罗琳斯　著

张睿君　译

Wuhan University Press

武汉大学出版社

图书在版编目(CIP)数据

周岁 ／（美）罗琳斯著；张睿君译. —武汉：武汉大学出版社，
2014.2

ISBN 978-7-307-12027-3

Ⅰ.周… Ⅱ.①罗… ②张… Ⅲ.长篇小说－美国－现代
Ⅳ.I712.45

中国版本图书馆CIP数据核字(2013)第264336号

责任编辑：刘汝怡　　　责任校对：任落落　　　版式设计：张金花

出版：**武汉大学出版社**　　（430072　武昌　珞珈山）
发行：**武汉大学出版社北京图书策划中心**
印刷：北京毅峰迅捷印刷有限公司
开本：880×1300　　1/32　　印张：12　　字数：310千字
版次：2014年2月第1版　　印次：2014年2月第1次印刷
ISBN 978-7-307-12027-3　　定价：35.00元

版权所有，不得翻印；凡购我社的图书，如有质量问题，请与当地图书
销售部门联系调换。

目 录

The Yearling

第一章　永久的四月天　　　　　　　　　　/001

第二章　月色下的回忆　　　　　　　　　　/014

第三章　贝奇之死　　　　　　　　　　　　/019

第四章　猎熊之行　　　　　　　　　　　　/025

第五章　小翅膀　　　　　　　　　　　　　/038

第六章　福列斯特一家　　　　　　　　　　/045

第七章　夜半狂欢　　　　　　　　　　　　/050

第八章　回家后的美餐　　　　　　　　　　/061

第九章　巨大的碗状花园　　　　　　　　　/066

第十章　一曲沙龙舞　　　　　　　　　　　/076

第十一章　福留西娅镇　　　　　　　　　　/087

第十二章　奥利弗　　　　　　　　　　　　/111

第十三章　打架之后　　　　　　　　　　　/121

第十四章　致命的一咬　　　　　　　　　　/128

第十五章　白克士忒家的新成员　　　　　　/148

第十六章　捣蜜和猎狐　　　　　　　　　　/167

第十七章　上帝啊，请赐予他一些红鸟　　　/180

Ⅰ

目 录

The Yearling

第十八章　他们一起回家了　　　　　　　　　/198

第十九章　七天七夜风雨劫　　　　　　　　　/203

第二十章　生灵涂炭　　　　　　　　　　　　/219

第二十一章　我们都得等，才能知道答案　　　/240

第二十二章　天灾过后的生计　　　　　　　　/246

第二十三章　狼群来袭　　　　　　　　　　　/252

第二十四章　一箭双雕　　　　　　　　　　　/262

第二十五章　圣诞节前的准备　　　　　　　　/279

第二十六章　残脚熊之死　　　　　　　　　　/294

第二十七章　黎明时分的离别　　　　　　　　/327

第二十八章　孤独的跛子　　　　　　　　　　/330

第二十九章　苗床被毁　　　　　　　　　　　/335

第三十章　你们这对周岁小鹿　　　　　　　　/340

第三十一章　接二连三的祸事　　　　　　　　/346

第三十二章　是我啊！小旗儿　　　　　　　　/356

第三十三章　你不再是一只周岁小鹿了　　　　/363

第一章 永久的四月天

The Yearling

炊烟的圆柱从小屋的烟囱里升了起来，纤细而笔直。蓝色的炊烟离开了红色黏土，但当它飘向蓝色的四月天时，却渐变为灰色。小男孩乔迪望着它，猜想厨房壁炉里的火马上要熄灭了。午饭已过，妈妈正在收拾锅碗瓢盆。这一天是星期五，她要用扫帚将地板打扫干净。之后，如果乔迪运气好，妈妈会用玉米皮做的刷子刷洗地板。因为只要她洗地板的话，肯定要等到他到达山谷的时候才会想起他。乔迪顿了片刻，将锄头平担在肩上。

那片垦地本身是令人愉悦的，只可惜一排排幼嫩的玉米秆挡在前面，杂草丛生。野蜂们找到了门边的楝树。它们贪婪地钻入纤弱的淡紫色薰衣草花球中，似乎这矮丛中再无其他花草。它们好像忘了三月曾开过的黄色茉莉，五月将要盛开的月桂树和木兰。他想他可以跟着这些黑黄相间的野蜂迅速飞行的踪迹，找到一棵有蜂巢的树，上面有满满的琥珀色的蜂蜜。家里过冬的蔗糖浆已经吃完，果胶也几乎吃光了。去寻找一个蜂巢远比锄地有价值，玉米可待他日耕种。这个充满活力的下午用一种温柔的挑逗纠缠着他，就如那些野蜂缠绕着楝树花丛一样。所以他必须穿过垦地和松林，一直到达那一弯奔流的水流边。

有蜂巢的树也许在水边。

他把他的锄头靠在用劈开的木桩搭成的栅栏上，然后穿过玉米地，到了小屋看不见的地方。他双手一撑，从栅栏上跃过。猎犬老裘利亚跟着他爸爸的货车到格莱亨镇去了，当利普和新来的狗帕克看到他跃过栅栏的时候，便冲了过去。利普的吠声雄厚有力，但帕克这只混血犬的声音却很刺耳。当它们认出他时立马恳切地摇尾巴，他把它们打发回院子里。它们在他身后漠不关心地看着他。他想，这两个家伙真不给力，没有一点用处，它们只会追逐、捕猎和拼杀。它们对他毫无兴趣，除了每天早上和晚上他把几盘残羹剩饭给它们吃的时候。老裘利亚对人很温柔，但它只忠心于他爸爸辨尼·白克士忒。乔迪讨好过老裘利亚，但它还是不接受他。

爸爸告诉他："十年前，当你两岁，它也还是个幼崽的时候，你弄伤过这个小家伙。从此它便无法让自己去信任你。猎犬就是这个样子。"

他绕过了畜棚和玉米围栏，向南出发。他希望他可以有一只狗，和赫托奶奶的那只一样，有白色带卷的长毛，还会用诡计使诈。每当赫托奶奶开怀大笑，前仰后合而不能自已的时候，那只狗便会跃上她的膝盖，轻舔她的脸颊，摇着它那漂亮的尾巴，仿佛在与她一起笑。他喜欢任何属于他自己的东西。他想要自己的那只狗和他寸步不离，就像老裘利亚跟着他爸爸一样。他穿过那条沙路，开始向东奔跑。距离山谷仅两英里路，但是对于乔迪来说似乎他可以永远跑个不停。他的腿不觉得痛，不像他锄玉米的时候。他放慢速度让这条路更长一点。他穿过了老松树将它们甩在身后。他所到之处，都被树丛包围着。稠密的松树将路堵得严严实实的，但一个个都很细小，乔迪觉得它们甚至能做引火物。路起了斜坡，他走到最高处停了下来。被褐色的沙子和松树框出的四月天，如同他的土布衫一样蓝，似乎是被赫托奶奶的槐蓝属染上了色。娇小的云朵静止着，如同团团棉花。他正凝神之时，阳光已经消失于天空，云朵转眼成灰色的了。

"夜晚来临之前将会有一场盼望已久的细雨。"他想。

下坡路让他不得不大步慢跑，他踩着厚厚的沙土，跑到了前往银幽谷的那条路上。焦油花开得很旺，束镣树和浆果也开花了。他放缓了脚步，一步步走着。一棵棵的树，一丛丛的灌木，每一棵和每一丛都是独特而熟悉的。他走到那棵木兰树边，他曾经在上面刻过一张野猫的脸。那是一个标记，表示附近有水。在他看来，这仿佛是很神奇的事情，既然土是土，雨水是雨水，那为什么干瘦的松树总长在矮树丛里，而每一条支流、每一个湖、每一条河的旁边总长着木兰树。每个地方的狗都是一模一样的，牛和马也是。然而每个地方的树木却不尽相同。

"估计是它们不能移动的原因。"他确信，"它们的食物来自于它们脚下的土地。"

路的东边倾斜了，落下去二十尺，土坡上长满了木兰、戈登木、香枫和灰皮的白蜡树。他在凉爽幽暗的树影中走了下去。他的全身充满了一种强烈的喜悦感，这真是一个神秘和可爱的地方。

如同井水一般清澈的泉水，不知从沙里的什么地方涌了出来，似乎坡岸是一个绿树成荫的捧着泉水的双手。水冒出来的地方有一个旋涡，一粒粒的沙子在水中沸腾。泉水发源于坡岸另一边更高的地方，它从那里冒了出来，为自己在白色的石灰岩中开凿出一条渠道，然后迅速地流下去，汇成一条小溪。小溪汇入乔治湖，乔治湖是圣约翰河的一条分支，那条大河向北绵延，流入大海。乔迪一睹了大海的起源，很是兴奋。当然还有别的水源，但这一个是属于他的。他希望没有人来过这里，除了他自己、野兽和口渴的鸟。

长途跋涉让他大汗淋漓。微暗的山谷把它冰凉的手搭在他身上。他卷起蓝色斜纹裤，把他污秽的光脚丫伸进浅泉里，细沙温柔地从他干瘦的脚趾间渗出。水冰冷，只片刻就刺痛了他的皮肤。之后，随着一阵潺潺的水声，溪流溅过他的小腿。他跑上跳下，用脚趾在一个光滑的岩石下面试探着。一群鱼在他眼前闪现，游往水流不断的下游。他拔腿便追，它们却很快便没了影，似乎从没来过一样。于是，他偏强地蜷缩在一个伸展出的橡树根下面，那里有一个很深的池塘，他想它们或许会再度出现。结果，只有一只青蛙从泥水里钻了出来，它一看到他便匆忙逃进了树根下面。乔迪大笑。

"我不是浣熊，我不会抓你。"他在它后面叫道。一阵微风吹开了他头上帐篷似的树枝。阳光洒下来，落在他的头上、肩上。他感觉头上很暖和，但是长着茧的双脚却坚硬而冰冷。风停了，阳光也照不到他了。他涉水去对岸，那里植被空旷。一个低矮的蒲葵叶扫到他身上，这让他想起他的小刀还在他的口袋里，还想起了从上次圣诞节的时候他就计划着给自己做一个小水车。

乔迪从来没有单独做过。赫托奶奶的儿子奥利弗每次从海上回来都会给他做一个小水车。乔迪开始很认真地做了起来，他皱着眉，努力地回想可以让小水车平滑旋转的角度。乔迪剪下两个叉状的小枝，把它们修剪成两个一样大小的形状像"Y"形的支架。乔迪记得奥利弗对轮杆的圆度和光滑度是特别挑剔的。一棵野樱桃树生长在半岸坡上，他爬上去剪下一条嫩枝，它真像一支光滑的铅笔。乔迪挑了一片棕榈叶，割下两条一英寸宽、四英寸长的坚硬叶片，他从每片上面割开一条纵向的裂缝，使它的宽度合适到能让樱桃枝插入。棕榈叶的两条叶片必须保持一定的角度，就像风车的手臂一样，乔迪仔细地调整着它们。他将两个"Y"形叉枝分开，使它们几乎和樱桃枝轮杆的长度一样，然后将它们深深地插进泉水下游几码之外的支流沙地里。

溪水水深虽只有几英寸，但是水流湍急。棕榈叶制成的叶轮必须刚刚触及水面。他探查到合适的水位，把樱桃枝轮杆平放在两个"Y"形树枝上。樱桃枝就那样静静地悬挂着，他着急地调整着，让它能适合叉枝的大小。樱桃枝轮杆开始转动，溪流抓住了棕榈叶的一丝叶尖。当那叶片升起来时，轮杆的转动使与之成角度的第二片叶也触到了溪流。于是，叶轮不停地转动。小水车开始工作，如同莱恩镇上的那个大水车一样，声音悦耳动听极了。

乔迪深吸一口气，懒懒地趴在溪边杂草丛生的沙地上，陶醉在自己制作的魔法中了。上升、翻转、下飞，上升、翻转、下飞……小水车真是太棒了！淘气的泉水不断地从下面涌出来，那潺潺的溪流也仿佛永无止境。这里是汇入海洋的水流源头。除非树叶飘落，抑或松鼠把月桂细枝踩落下来，去妨碍那脆弱的叶轮，否则小水车将永远转下去。即使他长成一个大人，像他爸爸那样，小水车也没有理由不像现在这样不停地转动下去。

乔迪挪开了一个抵着他瘦瘦的肋骨的石头，挖了一个浅浅的窝，让他的肩膀和臀部可以被容纳到里面。他把头枕在胳膊上，温暖的阳光轻抚着他，他沉醉在阳光和细沙里，以及他那不停转动的小水车里。小水车的转动让他睡意绵绵，他的眼睑随着棕榈叶片的起落而微颤。透亮的水珠从小水车的叶片上飞溅下来，恍如一条流星的尾巴。溪水唱着歌，像许多小猫舔食的声音。一只雨蛙也在歌唱，不一会儿又沉默了。一瞬间，乔迪感觉自己似乎被悬挂在扫帚草的软毛堆积而成的高高的溪岸边，连同雨蛙和溅下来的流星尾巴一样的水珠也和他挂在一起。但是他并没有跌落，而是深深地陷入那堆柔软的毛草堆里了。然后，蓝天和白云向他扑了过来，他睡着了。

乔迪醒来的时候，以为自己不在溪边，而是在另外一个世界，因此他还以为他在梦中。太阳落山了，阳光和阴影都消失了。槲树的黑色树干不见了，翠绿繁茂的木兰树叶也不见了，那些镶着金灿灿的花边的图案也不见了，它们原本藏在阳光下野樱桃枝叶的缝隙间。整个世界呈现出一片柔和的灰色。乔迪躺在一片细雾里，这片细雾像是从瀑布中迸溅出来的一样，让他浑身发痒，但是并不难受，他觉得既温暖又舒爽。乔迪翻过身，望着那片鸽子胸脯般的灰色天空。

他躺在那里，像一棵幼苗一样吮吸着细雨。直到他的脸湿了，衬衫也湿了，他才爬起来。他站了片刻。当他睡着的时候一只鹿来过溪边，一串足迹从东岸下来直到溪边，那是尖尖的母鹿的蹄印，蹄印深深地陷进沙地里。他由此知道这是一只肥胖的老母鹿，也许她的肚子里还装着小鹿呢。它径直下来饮水，并没看到他在那里睡觉。但很快它便嗅到了他的气味，沙地上那错乱的脚印，便是它惊吓之际留下的，再往上的足迹带着长长的杂乱的斜纹。可能在它发现他之前还没喝到水就转身逃跑，沙土被踢得到处都是。乔迪希望它现在不渴了，也希望它不要只是藏进树丛中瞪大了眼睛。

于是，他从周围寻找别的足迹。松鼠们曾在岸边戏耍，但是它们总是很大胆。浣熊也曾来过这里，沙地上有它那像长着长指甲的手一样的足印。但乔迪不能确定它什么时候来过，那些动物来过的时间只有他爸爸才能确切地告诉他，他也只能确定那只被他吓跑的母鹿刚刚来过。他又回到小水车边，小水车还在欢快地转动着，好像这里原本就是它的地盘一样。棕榈叶做的叶轮尽管很脆弱，却毫不示弱地彰显它的力量，抵制着潺潺流动的溪流，正在水雾中发亮。

乔迪看着天空，在这片雾霭里，他不知道此刻是什么时候，也不知道他睡了多久。他上了西岸，那里有长着冬青的宽阔的平地。当他站在那儿不知道是去是留的时候，毛毛雨就像它一开始的时候那样降临了。微风从西南方向吹来，太阳出来了。云朵凑在一块儿，变成硕大的正在翻转的白色羽毛垫。彩虹横跨东方，斑斓又可爱，真让人欣喜若狂。大地一片翠绿，天空一碧如洗，它们全被雨后的夕阳染成金灿灿的颜色。所有的花草树木都沾满了雨滴，闪闪发亮。

一股欣喜的热流在他心里流转，如同那条不息的溪流一般不可抗拒。他伸开双臂，让它们与肩持平，像一双正要翱翔的翅膀。他开始在原地打转，越转越快，直到他欣喜的热流旋转成旋涡。当他感到自己快要爆发的时候，开始眩晕，最后直直地倒在了草丛中。大地在旋转，也带着他一起旋转。他睁开双眼，碧蓝的四月天和棉花般的云朵也在旋转。男孩、大地、树木和天空融在了一起。旋转停止了，他清醒了，站了起来。虽然他感觉头重脚轻，但是心里却十分自在，而且这样一个四月天，还会来临，就像其他任何一个普通的日子一样。

乔迪朝家里飞奔，他贪婪地吮吸着丛林中湿润清香的空气。原本松软的沙地由于雨水的渗入变结实了。回家的途中很舒爽。当他看到白克士忒垦地的那片松林时，太阳都快落山了。一棵棵松树在金色天空下耸立着。他听到鸡群咯咯的叫声，便得知它们一定刚吃过晚餐。他拐进了垦地，又老又旧的栅栏在明媚的春光中发亮，炊烟袅袅，从那用树枝和黏土砌成的烟囱里升起。炉灶上的晚餐可能已经备好了，荷兰灶里的面包大概也烤好了。他希望爸爸还没有从格莱亨镇回来，这是他第一次想让爸爸不在家。他也许是不应该离开的，如果妈妈需要木柴，她一定会生气，即使爸爸会摇着头说："这孩子……"他听到老凯撒的鼻哼声，知道爸爸已经在他之前回来了。

垦地里一片闹腾声。马儿高声嘶鸣；小牛在牛栏里叫着，母牛在一旁回应着孩子；鸡群一边刨着沙土，一边咯咯地叫；狗儿们也在为晚餐而吠着。空腹时的美餐让它们心神向往，它们都满怀希望，雀跃地等待着。冬末的粮食贫乏，玉米、干草和干豇豆都很少，所有家畜都瘦了。而现在是四月，牧草又嫩又绿，连小鸡都忍不住去啄那草尖。狗儿们早已经找到了一窝小兔，享受完这顿美餐之后，它们已不再去贪恋白克士忒家的剩饭了。乔迪看到老袅利亚躺在货车下，它跑了几英里路现在已经疲惫不堪。他推开木栅门，去找爸爸。

辨尼·白克士忒在木柴堆边，他依旧穿着结婚时的那件黑呢外套。现在他去教堂或者外出办事的时候都穿着它，以示体面。外套的袖子太短，这并不是因为辨尼长得太高，而是由于长久的潮湿和反复熨烫使布料收缩了。乔迪看见爸爸那双与身子格格不入的大手抱起了一捆木柴，他正穿着他体面的衣服做乔迪该做的事呢，乔迪跑上前。

"我来做吧，爸爸。"乔迪希望他的殷勤可以弥补他的渎职，爸爸站直了身子。

"我还以为你丢了呢，儿子。"他说。

"我去银幽谷了。"

"这个天气去那里真不错，"辨尼说，"上哪儿都不错，但是你怎么会想到跑那么远呢？"

他想不起他怎么会跑那么远，似乎这已经是一年前发生的事了。他不得不逐步回忆当时放下锄头的那个时候。

"啊，我追着野蜜蜂去找一棵有蜂巢的树。"

"找到了吗？"

乔迪顿了顿说："糟糕，我忘了去找了，直到现在才记起来！"

此刻他觉得自己很愚蠢，像一只被人发现在追逐田鼠的猎狗一样。他脸红地望着爸爸，爸爸那双蓝色的眼睛在闪烁着。

"不许撒谎，乔迪。"他说，"这只是一个贪玩的借口吧？"

乔迪忍不住偷笑。

"在我去找有蜂巢的树之前就有了玩的想法了。"他承认道。

"我已经预料到了。当我赶着马车去格莱亨镇，我就在想乔迪现在虽然在锄地，但不会锄太久的。如果我是个孩子，这么好的天，我也非得去逛逛。我会玩到天黑，不论是什么地方。"

一股暖流涌入乔迪的心里，但这并不是由于刚刚的暖阳。

他点了点头："我是那么想的。"

辨尼朝屋子里摇摇头说："但是你妈妈是不会赞同你玩的，她不懂男人那颗爱玩的心。我是永远不会出卖你的，如果她问你去哪儿了，我就说大概在附近的什么地方吧。"

他朝乔迪眨了眨眼，乔迪也朝他眨了眨眼。

"为了维持太平，我们男人只有团结一致。现在你快给你妈妈抱一大捆柴去。"

乔迪抱着一大捆柴，急忙走进屋子里。妈妈正在炉灶前忙碌。饭香扑鼻而来，他饥饿到了无力。

"这不是甜薯饼吗，妈妈？"

"当然了，你们这两个家伙也玩够了，晚饭已经烧好了。"

乔迪把木柴抛进了柴箱，就匆忙进了畜棚。爸爸正在给母牛去列克赛挤奶。

乔迪说："妈妈叫你快点忙完去吃饭，要我喂凯撒吗？"

"我已经喂过了，就像我得救济那些穷家伙一样。"他从挤奶用的板凳上站了起来，"把奶放到屋子里去，不要摔了，像昨天一样把牛奶洒掉。老实点，去列克赛。"

他进了牲畜栏，里面是去列克赛的小牛。

"这边来，去列克赛，牛儿……"

母牛哞哞地叫着向小牛跑过去。

"瞧这家伙，和乔迪一样馋嘴。"

他伺候完它们，和乔迪一起进屋。他们先后在木架上的盆里洗脸和手，再用厨房门外横杆上的毛巾擦干。妈妈坐在桌子旁等着他们，桌子上放好了食物。她坐在桌子的一端，乔迪和爸爸坐在她的两侧，似乎对他们来讲白克士忒妈妈位居主位是应当的。

"你们是不是都很饿？"妈妈问。

"我可以吃掉一大桶肉和蒲式耳点心。"乔迪说。

"这才像你说的话，瞧你现在的眼睛瞪得比肚子还大。"

"要是我多学点知识的话，我会这么说，"辨尼说，"去格莱亨镇总会让我像饿狼一样回来。"

"那是因为你在那里喝了太多的酒。"

"今天只喝了一点，是吉姆·登拜克尔请客。"

"那你就不会喝太多而伤身体。"

乔迪什么也听不见，此刻他的眼里只有他的盘子。他从来没有像现在这样饿过，而且刚刚经历了食物缺乏的冬季和漫长的春季，白克士忒一家的食物并不比他们家畜的食物丰富多少。而现在，妈妈为一家人做了一顿足以款待牧师的美餐。有青菜咸肉、土豆、洋葱炖海龟，那只昨晚他看见还在爬行的海龟，还有橘子点心，在妈妈肘边的是甜薯饼。他在犹豫着，不知道是吃更多的点心和炖海龟，还是吸取过去的教训——如果继续吃它们的话，他便没有肚子再吃甜薯饼了。这两个选择显而易见。

"妈妈，我现在能吃我的甜薯饼吗？"

妈妈暂停了手中的进餐，巧妙地给他切了一大块甜薯饼。他便飞快地享用那诱人的美食。

"这块饼不知耗费了我多少精力。"她抱怨道，"瞧你，一眨眼的工夫，全都被你糟蹋完了。"

"我现在是吃得很快，"他说，"但是我会一直记着它的美味。"

晚餐结束，乔迪吃得很饱。即使平时吃得和麻雀一样少的辨尼，也多吃了一份。

"感谢上帝，我吃得很满足。"辨尼说。

白克士忒妈妈叹了口气。

"谁能帮我点一支蜡烛？"她说，"这样我就可以尽快洗完碟子，好好地休息一下，享受一下。"

乔迪离开座位，点了一支牛脂蜡烛。黄色的烛光闪烁着，乔迪望向窗外，一轮满月升起来了。

"这样浪费烛光多可惜啊。"他爸爸说，"满月照着很美啊。"

辨尼来到窗前，和乔迪一起赏月。

"儿子，你现在在想什么？你还记得我们说过四月满月的时候要做什么事吗？"

"我已经忘记了。"

不管怎么样，乔迪对季节的变换一点也不敏感，他必须等到像他爸爸那么大时才会将一年中月亮阴晴圆缺的时间记得清清楚楚。

"你该没有忘记我告诉你的事情吧？我发誓我一定跟你说过的，乔迪，熊在四月满月的时候会从冬眠的洞穴里爬出来。"

"那个残脚熊！你说当它一出来，我们就捉住它！"

"对！"

"你说过只要我们找到熊的足迹交错的地方，就很有可能发现它的洞穴，然后就会找到这只四月里爬出来的熊。"

"它很肥，不，又肥又懒。冬眠过后它的肉特别鲜美。"

"趁它还没清醒过来的时候，应该更容易捉住它吧？"

"对！"

"我们什么时候出发呢，爸爸？"

"等锄完地，发现熊的足迹时。"

"我们如何才能捉住它呢？"

"我们最好去银幽谷的泉水边，看它有没有在那里饮水。"

"一只很大的母鹿今天在那里饮水呢。"乔迪说，"当时我在睡觉，但是爸爸，我还给自己做了一个小水车，它真的很棒哪！"

白克士忒妈妈停止刷洗手中的锅碗瓢盆。"你这个狡猾的小东西。"她说，"这是我第一次发现你偷偷地跑出去，你现在滑得像雨中的泥泞路！"

他笑着大叫道："妈妈，我骗到了你。记着，妈妈，我只骗你这一次。"

"你骗我，我却在炉灶前给你做好吃的……"

她并不是真的生气。

"现在，"他用甜言蜜语哄她，"就把我当成一只除了吃草和草根之外什么也不吃的黄鼠狼吧。"

"什么也别说了，你只会让我生气。"她说。

这个时候，他发现她的嘴角咧开了点儿，她努力地克制着，却最终克制不住。

"妈妈在笑！妈妈在笑！你没有生气。"

他钻到她肥胖的身后给她解开围裙，围裙落到地上。她很快转过身扇他的耳光，但这耳光是轻轻的，带着嬉闹性。他又一次欣喜若狂，正如刚刚在银幽谷一样。他又开始旋转，就像他在草丛中那样地忘情。

"你快要把盘子打翻了，"她说，"然后就有人生气了。"

"我停不下来了，我眩晕了。"

"你头脑发热。"她说，"你明明只是头脑发热。"

是啊，四月一到来，乔迪就头脑发热了。春天让他眩晕，他就像雷姆·福列斯特一样在某个星期六的晚上喝醉了。他的头脑似乎漂浮在由阳光、空气和细雨酿造的烈酒里。小水车已让他沉醉其中，还有那母鹿的闯入、爸爸对他的包庇、妈妈为他做好吃的还和他嬉笑。恍惚中，他被屋子里温暖的烛光和窗外皎洁的月光给刺到。他想到了那只残脚熊，它肥硕又凶恶，却少一个脚趾。他猜想它现在正站着在享受舒适的空气和月光，就像他自己一样。他上了床却睡不着，就像患了热病一样。

这一天的快乐在他的心中是永久的，所以自此当每一个四月到来，他沉醉在翠绿的田野中，品尝着细雨的味道之时，一种旧伤便会在他心中悸动着。只依稀的几许童年回忆，便会让他的怀旧之情绵延不绝。听着窗外的窸窣声，乔迪突然睡着了。

第二章 月色下的回忆

The Yearling

辨尼躺在他熟睡的妻子身边睡不着。他总是在满月的时候睡不着，他总是在想为什么人们不在这么好的月色下下地干活，而他总想在这个时候下床去砍一棵橡树来烧柴，或者去锄乔迪没锄完的地。

"我今天应该把他好好揍一顿。"他想。

他小的时候，如果偷偷跑掉，肯定会挨一顿打，而且他爸爸一定不会给他饭吃，还会命令他去毁掉小水车。

"但是呢，"他想，"毕竟孩童时代不会很长。"

每当他回忆起他的童年，他便觉得自己一无所有。身为牧师的爸爸对他很苛刻，就像《旧约》里的上帝。但是他们没有靠传道为生，而是靠福留西娅镇附近的一个农场支撑着他们那个大家庭。他教孩子们读书、写字和理解《圣经》。而所有的孩子，在能拿着口袋勉强跟着爸爸磕磕绊绊地走完几排玉米地的时候，就开始干活，直到小小的骨头疼痛，小小的手指麻木。一家的粮食紧缺，但肚子里的肠虫却很多。辨尼长成大人的时候，不比一个孩子高大多少。他的脚小，肩膀也窄，就算加上肋骨和屁股，也还是一个很瘦弱的身体。他站在福列斯特一家人中间，就像一株幼苗。

雷姆·福列斯特俯视着他说："嗯……你这个小便士。你啊，钱倒是很不错的，但是你不能再小了……小辨尼·白克士式……"

之后，人们都只叫他这个名字。当他投票的时候，他在选票上写着"艾史拉·艾史基尔·白克士式"，但他付税的时候，却变成了"辨尼·白克士式"。而他也没有抗议。但他果真如那钱币一般结实，同时也带着钱币的柔韧性。他很诚实，所有杂货店老板、磨坊主和贩子都乐于和他打交道。福留西娅镇的杂货店老板保尔西也很诚实，有一次多找了辨尼一元钱，而辨尼的马腿跛了，因此辨尼走了几英里的路将钱还给了他。

"下一次带给我就可以了。"保尔西说。

"是的。"辨尼说，"只是这钱不是我的，我也不想带着它死掉，不管活着还是死去，我要的只是我自己的东西。"

有人因为辨尼选择住在附近的丛林中而感到无法理解，但如果他们听到上面他所说的话，也许就不难理解了。住在河岸两边的人们每日享受着船艇、货船和客船所带来的欢声笑语，对他们而言，辨尼要么是一个英勇的战士，要么就是一个癫狂的疯子。他竟然舍弃一般人的生活，带着新娘一起住进了佛罗里达最荒凉的有众多野兽出没的丛林深处。而福列斯特家搬迁到那里，人们是可以理解的，因为他们人多势众，个个强壮威猛，他们追求的是大房子和不受约束的自由。可是谁会约束辨尼·白克士式呢？

辨尼的搬迁不是因为想要自由，而是因为在熙熙攘攘的城镇中，不想被人们的思想、言行和权力的争斗扰乱心灵的安宁。也许患难时刻会有温情，同时也潜伏着争斗、猜疑和防备。在他爸爸严格教养下长大的他，面对这样一个虚伪和险恶的世界，他感到沮丧。

也许，他受到过太多伤害，所以他迷上了这片人迹罕至的丛林。他身上有一种貌似粗狂实则柔和的气息。在人群里，他的这种气息会受到伤害，而丛林却能抚慰他的伤口。丛林里的生活自然是更加艰辛的，购买东西和做交易需要走很长一段时间的路，但是垦地是属于他的。而且和他认识的那些人相比，丛林野兽的侵略性要弱得多，它们对家禽的侵略是可以预料的，但是人与人之间的矛盾和斗争往往深不可测。

他三十岁左右娶了一个比他高大两倍的丰满的女孩。他用车载着她和她的东西，一路颠簸到了垦地。他在那儿亲手盖起一座小屋，然后在一大片沙地覆盖的树林里，选择了一块地。这块地是他向距离这里四英里远的福列斯特家买的。这块地位于松岛中心，之所以被叫作松岛，是因为它是一个长满了长叶松的岛屿。长叶松高高耸立，仿佛是起伏的林海中的一座灯塔。北面和西面也有这种土地，独特的土质和水分促成了这种植被丰富的土地。有的地方甚至还有种类最齐全的坚木。满眼的月桂树、木兰树、野樱桃树、香枫、山核桃树和冬青树。

这里唯一的不足就是水源匮乏。地下水位很深，所以水井极其珍贵。除非砖块和灰泥变便宜，白克士忒岛的人就不必非得往西去那大大的下凹的洞穴取水。这种下凹洞穴是佛罗里达常见的地质，地下水经常从那里流出。薄薄的土层会塌陷成一个下凹的洞穴，里面可能有很多水，也可能没有水。但很不幸，白克士忒岛中间的那个下凹洞穴没有水，但是洞穴周围的岩层会渗出地下水来。福列斯特家曾想把丛林中的一片地卖给辨尼，但是辨尼还是坚持买下了这个岛。

他曾对他们说丛林是那些野生动物活跃的地方，他不能和他的家人住在那里。

福列斯特们拍着腿大笑。雷姆喊道："一个小小的便士能生成多少钱呢？干得好，你这狐狸崽的爹。"

雷姆的话一直在辨尼脑子里回响着，他轻轻地翻身，生怕弄醒旁边的妻子。他曾为他的子女打算，才搬到了这块长满长叶松的肥沃的土地上，之后他们有了子女。奥拉·白克士忒显然是生养的好身子，但是他们的孩子都像辨尼一样瘦小。

"可能被雷姆说中了。"他想。

婴孩们很脆弱，他们一个个生病然后离开，如同他们的到来一样让人始料不及。辨尼将他们埋在林中的空地，那里的土质疏松，容易挖掘。而那片坟地越挖越大，最后他不得不用篱笆围起来以免于家畜的破坏。他为他们每一个都做了小木牌，它们现在正在白月光下立着。上面有几个名字是小艾史拉、小奥拉、缇·威廉，还有一块却写着"白克士忒的孩儿，三个月零六天"。辨尼曾经还在一块木牌上面写着："他还没见过世界的阳光。"他回忆着那些年的往事，就像他走过栅栏时挨个去抚摸那一根根的栅木。

在那些孩子夭折后的很长一段时间里，他们一直没有孩子。直到长久的孤寂使他感到害怕，他的妻子也快过了生育年纪之时，乔迪·白克士忒出生了，他很健壮。乔迪到两岁刚能下地的时候，辨尼去打仗了。他本想几个月就能回来，因此将妻儿托付给自己的知心朋友赫托奶奶照顾。没料到当他带着满身沧桑回家的时候，已经是第四年底了。于是，他又带着妻儿回到了他们那祥和安静的天然生活中。

乔迪的妈妈对乔迪一向不冷不热，似乎她对子女的热心全都随那些夭折的孩子一起去了。但是辨尼却是全身心地爱着儿子的，他对乔迪的爱几乎超出了父爱。他发现儿子经常悄悄地瞪大眼睛，沉醉在鸟兽花草虫鱼那些神奇的自然之中，就如同他小时候一样。所以孩子在这么一个美好的四月天溜出去，尽情地享受着应有的童年快乐，他是懂的，他知道那种让孩子着迷的东西是什么。

他妻子胖大的身躯动了一下，她在睡梦中呓语。他知道不论何时他在她怒声责备孩子的时候都会做孩子的堡垒。夜鹰飞到了远处的森林，继续叫唤着。窗外的月光隐没了。

"看他怎么瞎折腾，让他随意去玩吧，让他去玩小水车。总有一天，他会毫不在乎那些的。"他想。

第三章 贝奇之死

The Yearling

乔迪不情愿地睁开眼。他想："我一定要找机会钻进树林里睡觉，从星期五睡到星期一。"阳光照进卧室东边的窗子，他不清楚是黎明的晨曦还是桃树上鸡群的吵闹唤醒了他。他听见它们扑打着翅膀，从桃树上一只只地飞了下来。黎明的日光转眼成橘红色，垦地上的长叶松此刻还是乌黑一片。四月的太阳本来就会早早升起，现在还早，但是在妈妈叫他之前起床要更好些。他懒懒地翻了翻身，床垫下干燥的玉米壳咯吱咯吱地发出脆响。那只多名尼克公鸡在窗外欢腾地啼叫。

"叫吧，"他说，"有本事你叫我起床啊。"

黎明的日光变厚了，融成了一团。一缕金色的早霞，覆盖在那些松树层上。他正看得出神时，太阳升起来了，它像一个硕大无比的黄色煎锅挂在松林间。微风从变化多端的东方跑来了，粗布窗帘被它拉扯进屋里后，它又来到床边抚摸着他，它的手清爽而温柔，像是舒适的毛皮。他躺在那里，犹豫着要不要舍弃眼前舒适的被窝去开始接下来的一天。然后，他跳下床，站在床下那张鹿皮毯子上，裤子在能够得着的地方，而且幸运的是他的衬衣正好摆在正面。此刻，他只需要关心马上开始的一天和厨房里的饼香，睡觉什么的已经被抛之脑后了。

"喂，妈妈。"他在门边，"我喜欢你，妈妈。"

"你和那些猎狗和家禽一样，"她说，"只在肚子饿的时候才喜欢拿着碟子的我。"

"那是因为拿着碟子的你是最好看的。"他笑了。

他吹着口哨小跑到木架旁，在木桶中舀了水到盆里，将脸和手都泡进水里，不打算用那强碱的肥皂。他浸湿了头发，用手指分开它们，又从墙上取下一块小镜子，仔细地端详着自己。

"我难看极了，妈妈！"他大叫。

"那是，自有白克士忒这个姓到现在，没有一个好看的白克士忒。"

他对着镜子皱着眉头，这样却使他鼻子上的斑点挤成了一大块。

"我倒希望和福列斯特他们一样黑。"

"你应该庆幸没有他们那么黑，他们都是黑心鬼。你是白克士忒，所有的白克士忒都是正直的。"

"你这么说好像我没有你的基因似的。"

"虽然我父母家的人没有你们白克士忒家人这么瘦小，但是他们也是正直人。如果你学会干活的话，那就和你爸爸一样了。"

镜子里，他看到一张瘦小的脸，上面雀斑点点，有点泛白，但很健康，就如一块沙地。每次他去教堂或者在福留西娅镇办事的时候，他都会很苦恼他那头蓬乱的头发。它们像一堆蓬乱的干草。爸爸总是在每月月底前后的一个星期天清晨给他细心修理，但是过不了几天，它们又会长成乱乱的一团，妈妈称那是"鸭尾巴"。而他的眼睛又大又蓝，他在思考或者皱眉的时候，它们会眯成一条线，只有在那个时候，妈妈才会承认他是她的亲骨肉。

"他有那么点我们阿尔埚丝家的人的味道了。"她说。

乔迪又把镜子转到耳朵边去观摩，并不是在检查它们是否干净，而是想起了那一天，当时雷姆·福列斯特捏起他的下巴，揪起他的耳朵。

"小鬼，你的耳朵真像一只负鼠的耳朵。"雷姆说。

接着乔迪对着镜子扮了个鬼脸，然后把镜子挂回墙上。

"我们要等爸爸回来吃饭吗？"他问。

"是的，如果把东西都放在你眼前，等你爸爸回来的时候，就所剩无几了。"

他在后门口徘徊着。

"你可别溜了，你爸爸只是去玉米地了而已。"

他听到南边树林里老裘利亚找到猎物的欢快的吠声，他似乎还听到爸爸向它发出命令的声音。妈妈的厉声阻挠并没有用，他早已经飞奔出去了。她也听到了狗吠声，她赶到门外，在他后面喊："你和你爸爸别跟着那愚笨的狗跑太远，我可不乐意坐在这里等你们吃饭，也不同意你们两个在林子里闲逛。"

他听不到老裘利亚的叫声，也听不到爸爸的声音了。他害怕极了那激动人心的事情已经结束，侵略者已经逃走，但或许爸爸和狗正在追赶。他跟跟跄跄地穿过林子，朝刚才发出声响的方向冲过去。

爸爸的声音忽然传来："小心点，儿子，已经结束了，我会等你的。"

乔迪猛地顿足。老裘利亚站在那里瑟瑟发抖，当然不是因为恐惧，而是对猎物的渴求。爸爸望着黑母猪贝奇被撕烂和咬碎的尸体。

"它一定听到了我的挑战。"辨尼说，"细心观察，孩子，你知道我发现了什么吗？"

被撕碎的母猪尸体让乔迪感到恶心。爸爸朝着更远处走去，老裘利亚也敏锐地嗅着那个方向。乔迪走了几步，观察着沙地。这个足印让乔迪心潮澎湃，这是一只大熊的足印，右前掌像帽子一样大，还缺了一个脚趾头。

"残脚熊！"

辨尼点头。

"我很自豪我的儿子还记得它的足印。"

他们弯下腰开始揣摩它的来去踪迹。

"正好应了我说的话，是深入敌后的战争。"辨尼说。

"怎么没有一只狗叫，爸爸？还是我睡着了，没有听到？"

"它们都没有叫。残脚熊会把握风向，别以为它不知道自己在干什么。它像条影子钻了进来，天不亮就会溜出去。"

乔迪感到脊背发凉。他想象着那庞大的黑影在林中穿梭，那锋利的巨爪扑向正在熟睡的温驯的贝奇，那利齿獠牙撕碎了贝奇的骨头，贝奇都没有机会发出一声求救的哀嚎。

"它已经饱食。"辨尼说，"它顶多只吃了一口。一头熊从冬眠中苏醒时，它的胃是收缩的。之所以我讨厌熊，是因为一般动物就像大多数人一样总是为了它所需要的东西去掠杀别的动物，但是有些动物或者人，只是为了屠杀而屠杀——看穿一头熊的面目，你会明白它是不值得同情的。"

"要把贝奇带回家吗？"

"肉烂了，但是还有内脏和猪油。"

乔迪觉得他本该为贝奇的死感到难过，但此刻他的心情却激动万分。突如其来的屠杀在白克士式这片神圣的地域发生，因此他同那只逃脱了人们五年追杀的大熊结下了深仇大恨。他发疯了一般想捕获它，同时又有些许不安——残脚熊已经主动出击了。

乔迪拽起贝奇的一条后腿，辨尼拿起另一条，他们一起把它拖回家去。老裘利亚很不情愿地跟在后面，它自然明白不了为什么他们不马上出发猎捕那头熊。

"我承认，"辨尼说，"我不敢告诉你妈妈这件事。"

"她一定会大发雷霆的。"乔迪同意道。

"贝奇是一头多好的母猪啊，唉，它多好啊。"辨尼说。

白克士忒妈妈正在门口等他们。

"我喊了又喊。"她喊道，"你们在那里打到了什么？游荡了这么久！哦，天哪！天哪！——我的母猪！我的母猪！"

她一激动，把双臂高高地举了起来。辨尼和乔迪匆忙来到屋后，她也号着跟了过来。

"孩子，我们把肉挂到横梁上去，"辨尼说，"这样狗就吃不到了。"

"告诉我，"白克士忒妈妈说，"至少得让我知道它是怎么死的！它怎么会在我的眼皮底下被撕成这样？"

"是残脚熊干的，妈妈。"乔迪说，"有它清楚的脚印。"

"这些狗难道都在垦地里呼呼大睡？"

那三个家伙已经过来了，它们嗅到了肉鲜味。她抄起一根木棒扔向它们。

"你们这群废物！只知道白吃，事情才会变成这样！"

"它们比那只熊笨多了。"辨尼说。

"它们不知道叫吗？"

她又抄起根木棒扔过去，狗儿们灰溜溜地逃走了。

然后，他们便向屋子里走去。乔迪第一个跑到厨房里，那儿的饭香味正在诱惑着他。而他妈妈并没有因为刚刚的事情而分散她对乔迪的注意力，她朝他叫道："你先过来洗你的脏手。"

乔迪和爸爸一起去洗手。早饭已经放在桌子上了，白克士忒妈妈坐在那里哭得很伤心，以至于浑身颤抖着，她不想吃东西。

乔迪往他的碟子里加满了粥、肉汁、蛋糕和奶油，他说："无论如何，我们现在的肉都够吃一阵子了。"

她转过头对他说："现在是有肉，可是到冬天的时候就没有一丁点儿了。"

"我会拜托福列斯特们给我们一头母猪。"辨尼说。

"是啊，还要祈求那些无赖的恩惠。"她又开始呜咽，"这挨千刀的熊！我真想亲手把它大卸八块！"

"如果我看到它，会替你转达的。"辨尼吃着东西，温和地说。

乔迪忍俊不禁，笑了起来。

"真有出息，还拿我开涮。"她说。

乔迪拍了拍她胖胖的手臂，说："我正在想象呢，妈妈，如果你和残脚熊厮打在一起，那会是什么样子？"

"我打赌你肯定胜出。"辨尼说。

"除了我，没有一个人能正儿八经地过日子。"她又哀号起来。

第四章 猎熊之行

The Yearling

　　辨尼用完餐，站了起来："好吧，现在让我们来想想今天该干些什么正事吧，儿子。"

　　乔迪心里一沉，他想又要锄地了。

　　"现在可是我们去逮那熊的好时机。"

　　又是一个阳光明媚的日子。

　　"去拿我的炮弹包和火药桶，别忘了火绒角。"

　　乔迪跳起来去拿。

　　"瞧瞧，说到锄地，他磨叽得像只蜗牛，"妈妈说道，"可一到这个时候，他就立马变成一只迅捷的水獭。"

　　说着，她从橱柜拿出了剩余的一瓶果胶，将它涂到还热着的蛋糕上面，然后把它们一起放进一块布里，塞进了辨尼的背包。她给自己留了一块甜薯饼，把其余的饼也放进包里。但很快，她看了看她自己留下的那块饼，又迅速地将它塞进背包，和其他食物放在一起。

　　"午饭吃这些不够，"她说，"但你们应该会早早回来的。"

　　"我们没回来之前别来找我们，"辨尼说，"无论如何，一天没饭吃不会饿死。"

"听到乔迪说的了吗？吃完早饭一小时后他就会饿死的！"她说。

辨尼提着背包和火绒角，说："乔迪，拿这把大刀去割一条短吻鳄的肉。"

喂狗的干熏鳄鱼肉挂在熏烟室，乔迪跑去推开那厚重的木门。熏烟室里阴暗凉爽，一股山核桃木的灰尘味夹杂着熏火腿的味道扑鼻而来。木梁上原来钉着方锥钉子挂满肉的地方只剩下三块干瘦的火腿和两块熏肉，熏鳄鱼肉旁边悬挂了一条干瘪的鹿腿。都是因为残脚熊带来了这些灾难，要不然，贝奇的小崽子们，本来要被挂在这里的。乔迪割下一块鳄鱼肉，肉很干，但很鲜。他用舌尖轻舔着，那种咸味还不赖。然后他到了院子，和爸爸一起。

老裘利亚此时看到那支破旧的枪，兴奋地狂吠。利普跃出屋子，跳到裘利亚旁边。新来的帕克疑惑地摇着尾巴。辨尼拍拍它们："这一天结束的时候，你们就不会这么兴奋了。"然后对乔迪说，"最好穿上你的鞋子，孩子，那里的路不好走。"

对于乔迪来说要是再耽搁下去，他就要疯掉了。他冲进他的床底下，扯出了他那双厚重的皮靴，然后飞速地套在脚上，去追爸爸。似乎如果赶不上爸爸的话，这场捕猎就会结束一样。老裘利亚在最前面慢慢地侦察，它的长鼻子正在嗅着熊的足迹。

"嗅它的气味应该不会很难吧，爸爸？它不会跑太远，应该可以抓住的吧？"

"它早逃远了，但是我们已经给它足够的时间睡觉了，这样我们能更容易抓住它。它如果知道后面有人猎捕它，它肯定会比任何东西都逃得快。"

熊的足迹向南穿过了橡树林。硕大的熊掌掌印经过前一天雨水的冲刷，已经显现得一清二楚。

"从掌印看，和乔治亚州黑人的脚一样大。"辨尼说。

橡树林忽然没了，就像播种的人到这里刚好播完了种子。这里地势低洼，长着大松树。

"爸爸，残脚熊有多大？"

"很大，但现在它经过漫长的冬眠，胃是收缩的，所以它的分量还不够。但它的掌印能暗示出它有多庞大，你看那掌印的后半部陷得较深，可以推测出它们走路的姿势。鹿也是这样，一只肥胖的鹿或熊，它们的足迹总是这个样子的。一只娇小的母鹿或小鹿的蹄印只有前半部分，因为它们是踮着足尖行走。由此可知这头熊非常大！"

"等到赶上它的时候，你不会怕吧，爸爸？"

"情况糟糕的时候会怕，但我还是最担心这些狗，它们总是为猎人卖命。在打猎中，它们的生死难以预测。"辨尼的眼睛闪烁着。

"儿子，你害怕吗？"

"我不会。"

他想了想又说："但要是我怕了，我可以爬到树上去吗？"

辨尼咯咯地笑了起来："即便你不害怕，在树上看热闹也是一个不错的主意。"

他们悄无声息地前进。老裘利亚看起来胸有成竹，利普满足地跟在它后面。老裘利亚嗅哪里，它也嗅哪里，老裘利亚停下时，它也跟着停下。当它的软鼻子触到杂草时，就不停地打喷嚏。混血犬东跳西蹿，还去追一只突然跑出来的兔子，乔迪在它后面吹着口哨。

"让它去吧。"辨尼说，"它觉得孤单的时候自己会赶上来的。"

老裘利亚转过头来尖叫。

"这狡猾的老东西，已经改变它的方向了。"辨尼说，"可能它朝锯齿草塘那里去了，我们可以偷偷跟上，再攻其不备。"

乔迪掌握了一点爸爸猎捕的技巧了。他想福列斯特他们就没这么聪明了，他们如果发现了可恶的残脚熊，就会声势浩大地去追赶它，他们的那群狗也会在他们的命令下在树林里发出响亮的吠声。如此一来，便让那头熊得到了警告。爸爸虽然身材小，但是论捕猎却远在他们之上，他的智谋家喻户晓。

乔迪问道："你怎么能猜出一只动物想要做什么呢？"

辨尼回答："野兽和人比起来强健得多，跑得也快多了。人和野兽比起来只有一个优势，就是有谋略。如果一个猎人不能在谋略上胜过野兽，那么就不是一个合格的猎人。"

大松树稀疏了起来，然后他们到了另一片长满槲树和棕榈的林子里。低矮又茂密的灌木丛被野蔷薇包围着。接着，林子消失了，一片宽阔的土地在西边和南边出现，乍一看是草地，实则是锯齿草。锯齿草的叶子很稠密，就像一棵繁茂又结实的树，长在齐膝的水里面。老裘利亚猛地扎进去，水面上的层层波纹暗示这是一个大水坑。一阵风吹过，锯齿草被分成两拨，一打小水洼显现了出来。辨尼紧盯着狗。乔迪想："这宽阔的一片，比那繁荫遮地的树林更加挑逗人心。"那头硕大的熊随时可能猛地出现在他们面前。

乔迪低语："我们要绕路吗？"

辨尼摇摇头，低声说："风向不对，看起来它不会往前去。"

狗在水里不断地溅开水花，按照锯齿草的位置，以"之"字形前进。熊的味道不时地出现和消失在水里。老裘利亚搜寻着熊的气味，用舌头舔水，接着它涉到一个水坑的最中央。长着矮腿的利普和帕克因为在里面陷入太深而不痛快地抖抖全身，然后回到高地盯着老裘利亚。帕克吠了几声，辨尼拍着它，让它安静下来。乔迪跟在爸爸后面，谨慎地移动着。一只苍鹭猛地从他上面飞过，吓了他一跳。裤子冷冰冰地贴在腿上，水坑的水让他双腿发冷，水里的污泥附着在他的靴子上。不过，很快他便觉得那水很舒服，他走过浸透清凉的泥泞，激起一朵朵浑浊的旋涡。

"它吃了火龙叶。"辨尼咕哝着。

他指指光滑的箭状叶，叶的边缘有凹凸的齿痕，有的叶被咬去了叶秆。

"这是它目前开胃的东西，一头熊冬眠之后首先会吃这个，所以它才有胃口咬贝奇。它昨晚肯定在这儿。"辨尼靠近火龙叶，摸着一片叶边正变成棕色的叶子。

老裘利亚也站在那里。现在味道不是在脚下的水里，而是弥漫在芦苇和草丛里。老裘利亚用它长长的鼻子闻了闻芦苇，又凝视着前面的空地。它似乎觉得那个方向是对的，于是便追往南边。辨尼这时高声说话了："它已经饱食了，老裘利亚说它正往它的窝里走呢。"

他到一个高一点的地方，这样利于他观察猎狗。

他神采飞扬地边走边说："以前我看见过很多次熊在晚上吃火龙叶。它会发鼻哼，打呼噜，溅水，还会慢吞吞地走。它剥下火龙叶塞进嘴巴，就像人一样。它还闻来闻去，像狗一样咀嚼。猫头鹰在它上面悲啼，牛蛙像狗一样地叫唤，绿头鸭叫着'斯内克，斯内克'，火龙叶上的露水闪闪发亮，活像夜鹰的眼睛。"

辨尼的描绘令人身临其境。

"爸爸，我好想瞧瞧一头熊吃火龙叶的样子。"

"可以，你到我这般大的时候就会见到，还有更多美妙神奇的东西等着你。"

"你会在它们用食的时候开枪吗，爸爸？"

"我总是遏制自己不那么做。看着它们天真烂漫地吃东西，我已经别无所求。如果这个时候，或者当它们求偶的时候打死它们，我会很难过。如果非得弄到肉或者我们饿了，我就得打死它们。你以后不能像福列斯特他们那样，只为了好玩去捕杀。这跟野兽的行为一样坏，听到了吗？"

"知道了，爸爸。"

老裘利亚尖叫了一声，熊的足迹兜转到了东边。

"真担心，"辨尼说，"那月桂……"

红月桂林看起来是穿不过去的，环境的转变让猎狗们很好地隐藏了起来。残脚熊在旁若无人地吃东西时，通常会离隐蔽之处很近。红月桂林的幼苗紧密地抱在一起，和栅栏一样，乔迪很奇怪为什么那么大的熊可以在这里走动。但是在有的幼苗很稀疏或者特别幼嫩的地方，一条明显的小径被他发现了，明确地说是一条足迹，很多动物都在此经过。数不清的足迹盘根错节，各种动物都在这里留下了足迹：浣熊、兔子、负鼠、臭鼬……鹿后面跟着猫，猫后面是猞猁……它们都曾小心翼翼地在附近寻食。

辨尼说："我还是上好枪吧。"

他命令老裘利亚等等他，老裘利亚很听话地蹲在那儿，利普和帕克也很满足地在它旁边伏着。辨尼打开乔迪扛着的火药桶，将火药抖进枪口。然后从他的子弹袋里扯出一缕黑色的西班牙干苔藓塞进去当作填塞物……

"准备完毕。裘利亚，去追它。"

大清早打猎真是一项爽快的任务，如同一次欢快的跋涉。此刻，稠密灰暗的月桂在他们头上撩拨，从林深处飞出的鸟恐吓般地扑扇着它们的翅膀。这里的泥土又软又黑，从树尖上射下来的几缕光线落在了这条幽径上。过往动物的味道并没有影响到猎犬的追踪，因为熊的气味浓郁地飘散在这儿。帕克竖着它的短毛，老裘利亚飞快地追着，辨尼和乔迪不得不跟着它俯身飞奔。辨尼将枪换右手，枪口微斜，以防万一他摔一跤致使枪走火，伤到前面的猎犬。一根树枝啪的一声摔在地上，乔迪赶紧抓住爸爸的衣角，只见一只松鼠跳着逃走了。

丛林稀疏了，地面低下去，眼前是一片沼泽。阳光大片大片地照射进来。这里有很大的比他们头还高的羊齿，其中有一片已被熊压倒，它们带着极其浓郁的香味。一弯卷须弹回原来的地方，辨尼指了指。乔迪明白，残脚熊不久前刚刚经过。老裘利亚亢奋极了，那足迹意味着一顿美餐，它的鼻子嗅过潮湿的沼泽。一只灌丛鸦在前面惊起，叫着"泼里克——安——珀——哇——啊——啊"。

沼泽的水凹陷下去，汇聚成一条窄窄的溪水。一条水蛇抬起它好奇的脑袋，忽然回旋着滑进水里，顺流而下。溪岸长着棕榈树。接着，那庞大的足迹越过沼泽。乔迪看到爸爸背上的衬衫已经湿了，他摸到自己的衣袖也被汗水浸透。忽然，老裘利亚狂吠，辨尼跑了过去。

"小溪，"他叫道，"它想从这里逃走。"

沼泽立马沸腾起来，一棵棵小树被踩倒，那头熊如一股猛烈的飓风横扫着一切阻挡物。狗儿们不停地吠着，乔迪的心剧烈地跳动，耳朵也开始轰鸣。他被一根竹藤绊倒在地，但很快又站了起来，辨尼的短腿在他眼前像船桨一样急速搅动。若不是狗儿们把熊紧逼住，那熊早已过溪了。

岸边铺开一片空地，一团黑东西横冲直撞。辨尼站在那里举枪。此时，老裘利亚像一支精悍的匕首，飞向残脚熊粗糙的头，它已经把敌人追到手了。老裘利亚跳上去，又退下来，然后又跳上去。利普也在旁边展开攻击，残脚熊在原地打转，向它反击。老裘利亚又扑上去咬它的侧腹。辨尼收起了枪，怕伤到了狗。

残脚熊忽然虚伪地表现出不以为然的模样。它动作慢了下来，犹豫不决，似乎被迷惑，被牵绊着。它开始嚎叫，就像小孩在哭。顷刻间，狗退后了。此时正是开枪的好机会。辨尼急忙扛起枪，对准熊的左脸扣动扳机，枪却卡壳了。他再一次拉好火锤，扣动扳机，额头流出了汗水，可又是徒然的咔嗒一声。接着似乎卷起了一阵黑色风暴，只见那黑熊以不可思议的速度咆哮着向狗扑过去，随着一阵阵令人发毛的咆哮声，白色的尖牙和锋利的弯爪一闪而过。狗也不示弱，老裘利亚在熊的后面撕扯，利普在残脚熊转身咬老裘利亚的时候跳上去咬它长满毛的喉咙。

乔迪震惊了。他见爸爸再一次抿着嘴，去扣扳机。老裘利亚死咬着熊的侧腹，但熊在原地打着转回避它，又从另一边咬住了利普，把它连拖带拽地扔进了丛林。枪膛发出了哗哗声响，随即一阵爆炸声，辨尼向后倒地——枪从后面走火了。

利普又赶回来咬住熊的喉咙，老裘利亚在后面攻击。熊又被包围了，在原地折腾。乔迪赶去看他爸爸。辨尼站起来，右脸被火药熏黑了。突然，残脚熊摆脱了利普，闪电般地咬向老裘利亚。老裘利亚的胸膛被熊的利爪抓伤，疼得尖叫。利普跳上熊背，撕咬着熊皮。

乔迪尖叫着："它快咬死裘利亚了！"

辨尼不顾一切地奔到激烈的战场，用枪拼命捅熊的肋骨。老裘利亚在剧烈的疼痛中还是咬住熊的喉咙。残脚熊咆哮着，突然转身跳下岸，潜进深水。两条狗还是一直咬着，残脚熊发疯似的潜着，只有老裘利亚的头出现在熊鼻子下的水上。利普理直气壮地骑在那宽大的熊背上。残脚熊到了岸边，慌忙逃上去。老裘利亚松口，虚弱地倒地。残脚熊逃向茂密的灌木丛。有那么一会儿利普待在熊背上，但很快它便困惑了，它跳了下来，犹豫地返回岸边。它嗅着老裘利亚，蹲在那里，对着溪水嗥叫。远处的灌木丛传来一阵嘈杂声，之后便一片寂静。

辨尼叫道："这里来，利普！裘利亚！"

利普摇着短尾巴没反应。辨尼拿出了捕猎的号角，轻轻地吹着。乔迪见老裘利亚抬头，又很快地垂下去。

辨尼说："我去把它带过来。"

他脱掉鞋子，滑下水，却在离岸几码远的时候被急流拽住，他便像个木头一样被水流推下去。乔迪看见他拼命地逆流前进，然后在下游一个很远的地方东倒西歪地站住了脚，正在擦眼睛上的水。接着，他爬上岸，俯下身看了看狗，随后用胳膊挟起狗。这次，他往上游走了一段才下水。当他划着他没有挟狗的那只胳膊时，他被急流包围住。幸好水流很快平缓了，他也基本到了乔迪面前。利普跟在主人后面上了岸，在岸上甩着身上的水。辨尼把狗轻轻地放在地上。

"它的伤很重。"辨尼说。

辨尼脱掉衬衣，把狗裹到里面，两条衣袖被系在一起当成背带，将狗背在身上。

"好了，"他说，"我得去弄一支新枪。"

他脸上被弄伤的那块已经变成一个水疱。

"怎么回事，爸爸？"

"那枪的零件几乎全部是坏的。火锤松了，这我本来就知道，但我之前试过两三次都没有问题的。它从后面走火的原因主要是主弹簧坏了。好吧，我们走，你拿那支坏枪。"

于是他们穿过沼泽往家赶。辨尼先往北走，继而折向西。

"我不逮到这熊誓不罢休，"他说，"只需要一支新枪，还有时间。"

忽然，前面那柔软的包袱让乔迪看不下去了，那里的血正顺着爸爸干瘦的脊背往下流淌。

"我要走前面，爸爸。"

辨尼回头望望他。

"不要因此没精打采的。"

"我可以当先锋。"

"可以，去吧。乔迪，拿着背包，里面有面包吃，吃完你会觉得好很多。"

乔迪在背包里乱找，抽出一包饼，果胶在舌尖上酸酸凉凉的。他感到羞愧，竟然得到如此的享受。他仓促间往嘴里塞进几块，又拿了些给爸爸。

"美食可以抚慰人心。"辨尼说。

忽而一阵尖叫声，是混血狗帕克。乔迪生气地踢它。

"随它吧，"辨尼说，"我一直在质疑它，有的狗是捕熊狗，有的不是。"

帕克跟在最后面。乔迪奋力地开路，但迎面比他粗壮的树枝横铺在地，比爸爸肌肉还坚硬的藤蔓张开它的爪牙绊住他。他束手无策，只好绕道，或者从下面爬过去。辨尼背负着狗，不得不停下换换肩。沼泽里潮湿闷热，利普不停地喘气。乔迪吃过东西感到很惬意，他又伸手拿甜薯饼。爸爸不想吃自己那份，乔迪于是分给了利普一半。而帕克，他才懒得给它。

终于，他们脱离了沼泽，进入一片舒爽广阔的松林，这让他们轻松许多。虽然接下来还有几英里的丛林，但是此刻全不在话下，在橡树林、蒲葵、冬青、荞麦丛里跋涉，总比在沼泽里穿行好多了。当他们能瞧见白克士忒岛上那棵高大的松树时，已经是黄昏了。他们从东边穿过沙地，来到了垦地。利普和帕克冲向了给小鸡设置的掏空的饮水槽。白克士忒妈妈正坐在那窄小的阳台上忙碌，腿上摆着一大堆要缝补的衣物。

"没逮着熊，狗却死了，啊？"她叫着。

"还没死，赶紧拿布、水和针线来。"

她立马起身去拿。乔迪很奇怪，她肥胖的身躯和大手，每次在需要的时候，总是有不可思议的力量。辨尼把老裘利亚放在阳台上，它哀叫着。乔迪俯身摸摸它的头，但它却对他龇牙咧嘴。他不高兴地去找妈妈，她正在用一条破旧围裙做布条。

"你可以去取水。"她说。于是，他匆忙去取水壶。

辨尼抱着一团粗布来到阳台，给狗做窝。白克士忒妈妈拿来了手术工具。辨尼解开狗身上渗透鲜血的衬衫，清理那道深深的伤口。老裘利亚默默忍受着，显然是经历过多次这样的伤痛。辨尼清理完两条最深的伤口，又在所有伤口上涂上松脂。老裘利亚一声哀嚎后，又乖乖地服从了。

"一根肋骨断了，我不会处理。但是只要它活着，肋骨会自动愈合。"辨尼说。

老裘利亚流血过多，不停地喘息。辨尼把它和狗窝拢好。

白克士忒妈妈问："你要把它抱到哪里去？"

"卧房，我今晚要亲自看着它。"

"别放在我的卧房，艾史拉·白克士忒。我乐意帮助它，但是我不想你整晚来来回回跑，我昨晚半个晚上都没睡好。"

"那我和乔迪一起睡，把裘利亚放那儿。"他说，"今晚不能留它自个儿在棚里。乔迪，去给我拿冷水来。"

他把它放到乔迪房间一角的粗布上。它不喝水，也许是不能喝。他便扳开它的嘴，强迫它喝。

"现在让它休息，我们去干活。"

夕阳下的垦地特别祥和宁静。乔迪在干草里收集了鸡蛋，又去牛栏挤了奶，招呼去列克赛喂小牛。然后，他去帮妈妈劈好柴。辨尼像往常一样去了凹洞，他清瘦的肩膀扛着两边吊着水桶的木担架。白克士忒妈妈用蔬菜和干豇豆做晚餐，她小心翼翼地放进一小块鲜猪肉。

"现在要是块熊肉就好了。"她说。

乔迪饿了，而辨尼却没有食欲，他几次离桌去给老裘利亚吃的，但是它不肯吃。白克士忒妈妈笨重地起身去收拾和清洗桌子上的东西，她没有细问打猎经过。乔迪却很想讨论那神奇的足迹和激烈的斗争，还有他心中的惧怕。辨尼很沉默。没有人和乔迪说话，他就把他所有的精力都转移到他的那碟干豆子上，一个人咀嚼着。

日落时分，夕阳很红润，厨房里被染上一道又灰又长的条纹。

辨尼说："我得回房休息，我很累。"

乔迪脚痛，还被皮靴磨出了水疱，他也必须睡了。

"我还得折腾一会儿，"白克士忒妈妈说，"我今天只顾着着急，还弄坏了火腿。"

辨尼和乔迪来到房里，在狭窄的床边脱了衣服。

辨尼说："如果你和你妈妈一样胖的话，我们是不可能挤下这张床的，除非一个人睡到床下去。"

而这张床的大小对于骨瘦如柴的父子俩来说，是绰绰有余的。天边的夕照模糊，屋里渐暗起来。狗也入睡了，不时地发出阵阵啜泣声。满月升起来了，一小时过后，屋子里铺满了亮亮的银纱。乔迪的脚热辣辣地痛，膝盖在抽搐。

辨尼问："还没睡着吗，儿子？"

"我似乎还在赶路。"

"我们走了不少路呢，"辨尼说，"你觉得逮熊怎么样？"

"很棒……"他搓着膝盖，"提起它我很兴奋。"

"我知道。"

"我喜欢老裘利亚追熊，让熊无路可走。"

"但是斗争很残酷，不是吗，儿子？"

"是的。"

"狗受伤是一件很难过的事。你还没见过一头熊被杀死吧？熊是可恶，但当它被扑倒，被猎狗们围着撕咬的时候，它也会发出人一样的哭声，如果死了，多少也会令人怜惜的。"

父子俩静静地躺着。

"如果野兽不来侵犯，那该多好。"辨尼说。

"希望我们可以把那些偷我们东西、危害我们的野兽干掉。"乔迪说。

"野兽的世界里没有'偷'这个词,野兽和人一样也要生存,而且也想舒服地生存。所以,吃别的生物,是它们的天性。它们可不会管我们设的区域和栅栏,它们可不会管这个地方是我们付过钱的私人处所。熊怎么会知道我们靠这些猪谋生?它只管填饱自己的肚子。"

乔迪躺着,打量着月光。他觉得他们这个岛似乎是令一群猛兽虎视眈眈的碉堡。此刻,有多少只闪着红色、绿色和黄色光芒的眼睛在月光下熠熠发亮呢?穷凶极恶的它们会杀入垦地,掠夺、吃掉家畜,然后逃走。黄鼠狼和负鼠会钻入鸡圈,狼和豹会在一夜间吃掉小牛,残脚熊可能还会再来打别的牲口的主意。

"我们去打猎和它们捕杀是一样的,"辨尼说,"到野兽睡觉和抚养它们宝宝的地方去捕猎,这个生存法则是残酷的,但确实如此——屠杀或者饥饿。"

而垦地还是比较安全的,野兽来过,又走了。乔迪忽然不寒而栗。

"冷吗,儿子?"

"大概是吧。"

乔迪好像看到了残脚熊咆哮着东蹿西跑,还看见老裘利亚扑上去,又被熊抓下来。它咬着熊不放,最后被熊一掌拍了下来,浑身是血,惨不忍睹。但是垦地还是很安全的。

"过来点,儿子。我来暖暖你。"

他微微靠近爸爸瘦削的身子。辨尼用胳膊抱着他,他牢牢挨着爸爸的腿。爸爸让他很有安全感,爸爸越过水流湍急的溪水背回负伤的狗。垦地也让他感到安全,爸爸为了垦地,也为了他自己在奋斗。他突然感到很温暖、很安稳,不知不觉睡着了,夜间一次被吵醒的时候,只见辨尼在月色下缩在角落里照看着那只狗。

第五章 小翅膀

The Yearling

吃早饭时，辨尼说："得弄支新枪，不然，问题会层出不穷。"

老裘利亚好了点。伤口被处理得很好，没有病变。但是它流血过多，委靡不振，总是睡觉。它只在辨尼拿着的葫芦瓢里喝过一点牛奶。

白克士忒妈妈问："你打算怎么买新枪呢？我们都交不起税。"

"我的意思是做买卖。"辨尼说明白了些。

"如果你能做成个好买卖，我就能吃掉我的浴盆。"

"听我说，我的确不愿意宰别人，但是也有让双方都乐意的买卖。"

"那么你打算用什么去交换呢？"

"混血狗。"

"谁愿意要它？"

"它是一条好猎犬。"

"好到只会吃点心。"

"你懂的，福列斯特他们对猎犬是完全不在行的。"

"艾史拉·白克士忒，你真的要去和福列斯特兄弟谈买卖的话，你将只会穿着你的短裤回家。"

"是的，今天我和乔迪正要去那儿。"

辨尼的口气很强硬，抗拒了她庞大的身体所散发出的强势语气。

她叹息："好吧，我一个人在这里，没人给我劈柴和挑水，也没人关心。去，带他去吧。"

"我永远不会让你没柴和水的。"

乔迪很着急，他宁愿不吃饭也想马上去拜访福列斯特家。

"乔迪也应该和男人们相处，学些东西。"辨尼说。

"福列斯特家真是个学东西的好地方。他去学习的话，只会学到一颗像黑夜般黑的心。"

"或许他能学些别的东西。不管怎样，我们今天得去那边。"他从桌边站起来。

"我去担水，还有乔迪，去劈一堆柴。"

"要带午饭吗？"她在后面问。

"我可不会对我的邻居无礼，我们会和他们一起吃饭。"

乔迪快步走到柴堆旁边。手中的斧头每砍一下，就会感觉他离福列斯特们和他的好朋友——小翅膀近了一步。他劈完一捆柴，抱着充足的木柴将它们装满柴箱。爸爸去担水，还没回来。乔迪又赶到马棚备好马鞍，这样的话，就算妈妈再用托词拦阻，他们也能先一步出发。他看见辨尼肩负两个装满水的沉重的水桶，一步一步弯着腰，正从那条西边的沙路艰难地走来。他赶紧上前去，帮爸爸卸下重负，生怕一点点的不平衡就会让水桶倾翻；如此的话就得重复这一趟沉闷又辛苦的搬运了。

"已经给凯撒备好鞍了。"他说。

"你劈的柴都要开始烧了，我早猜到了。"辨尼咧嘴笑了，"现在，我要换上体面衣服。系好利普，拿枪出发吧。"

他们的马鞍是从福列斯特们那儿买的，它对于大屁股的他们来说还是不够用。而辨尼和乔迪两人坐在上面，却觉得很舒服。

"坐在我前面吧，要是你以后比我高，挡住了我，那到时候你就坐到后面去。快一点，帕克。"

那混血狗跟上前，又踌躇着往后面看了看。

"希望这是你的最后一眼。"辨尼对它说。

凯撒此时精神抖擞地跑起来。它长茧的厚实的背很宽阔，辨尼还在后面抱着他，这一切让他觉得很舒适，像在摇椅里坐着一样。阳光透过树枝洒了下来，沙路像被铺上一层金灿灿的绸带。路在凹洞的西边分岔，一条指向福列斯特岛，还有一条折向北边。老松树树干上刻着古迹斑斑的斧印，标记折向北边的道路的拐弯处。

"这个标记是你做的还是福列斯特他们做的？"乔迪问。

"在我来之前就有了。福列斯特他们也只是听说而已。怎么回事，孩子？有的痕迹很深，但松树生长很慢，所以听说这是西班牙人刻的记号，这一点也不奇怪。去年你没有向老师学历史吗？不知道吗，孩子？这是西班牙人开拓的道路。就在我们刚刚经过的那儿，那是跨越佛罗里达的远古西班牙人的旧道。它在巴特勒堡岔开，南面那条叫'骑士旧道'。这里的这条叫'黑熊旧道'。"

乔迪转过头，惊讶地望着爸爸。

"西班牙人也捕熊吗？"

"他们需要在这里安营扎寨时，那是必须的。他们的敌人有印第安人、熊和黑豹，和我们一样。但是我们没有和印第安人战斗。"

乔迪紧张兮兮地看着周围，感觉松林里瞬间沸沸扬扬。

"现在这儿还有西班牙人吗？"

"一个也没有了，乔迪，现在讲述西班牙人的老祖父那辈人也都不在了。西班牙人跋山涉水，经过佛罗里达去营商、参战。早已没人知道他们的归宿了。"

春光洋溢的清晨，树林里所有东西都在忙活着。红鸟们在求偶，到处都是长着漂亮羽冠的雄鸟，它们的歌声让整个白克士忒岛散发出一种活跃又撩人的气氛。

"是不是可以和小提琴、吉他媲美了？"辨尼说。

乔迪的心思又落到了丛林里，他刚刚还和西班牙人一起在海上漂泊。

香枫挂满了新叶。红苞花、茉莉和山荣黄盛开又凋谢，但黑果木、荞麦和狗尾草正在娇艳地盛开。他们向西边穿过一英里的草地，上面长满了白色和玫瑰色的花。在圣奥古斯丁葡萄那里，野蜂在由小花包围的草丛里嗡嗡地叫着。他们经过一块贫瘠的垦地时，路变窄了，凯撒放慢了脚步，路两边的树丛扑面而来，低矮的橡树、光滑的冬青和桃金娘，与他们的腿摩擦着。周围的植被矮小而稠密，偶尔可以为他们遮阴。四月的艳阳高照着，凯撒流着汗，马镫的皮带不停地发出短促的摩擦声。

两英里的路途死寂而闷热，偶尔会有一只雀从灌木丛中闪过。一只狐狸拖着尾巴蹿了过去。一个像野猫的黄色的东西忽地跳进桃金娘丛，没来得及看清那是什么。然后，路渐渐宽了，周围的丛莽都让出道来。福列斯特岛那片耸立的树林出现在眼前。辨尼下马，又抱着利普上了马。

"抱它干什么？"乔迪问。

"别管。"

接着他们走进一片阔叶林，那个棕榈和槲树连成的深邃冷寂的地方。

那年岁久远的深灰色茅屋，依附在旁边的一棵巨大的老橡树下。树下闪耀着一洼池塘。

辨尼说："现在，难道你还不去捉弄小翅膀吗？"

"我永远不会捉弄他的，他是我的朋友。"

"很好。他虽然孵出来的时候就有残缺，但是他是无辜的。"

"他是我最好的朋友，不考虑奥利弗的话。"

"你还是和奥利弗待着吧。他的故事和小翅膀的一样荒诞，但是他总清楚自己什么时候是在撒谎。"

森林的沉寂瞬间被打破了，茅屋里传出一阵嘈杂声。声音越来越大，他们听得出来好多椅凳从屋子里的一边被摔到另一边，一个笨重的东西落地而碎，夹杂着玻璃的碎声，地板被很多脚同时践踏。福列斯特家的男人们大吼着击打墙壁，接着，一声女人的尖叫，仿佛震慑住了所有的吵闹声。咣喳一声，门开了，一群狗冲了出来。福列斯特老妈妈操起一把灶帚打它们，她的儿子们都拥在她身后，狗儿们争先恐后地寻找藏身之处。

辨尼大声问："在这里下马安全吗？"

福列斯特他们一边对白克士忒父子高声问好，一边辱骂狗。福列斯特老妈妈双手抓起她的条纹棉布围裙，像挥舞旗帜一样上下挥动。欢迎声和咒骂声融合在一起，让乔迪感到不舒服，他无法确定他们是否受欢迎。

"请下马进屋。滚远点！可恶的偷吃鬼！窃贼！嗨，还好吗？该死的！"

福列斯特老妈妈挥动灶帚驱赶着狗，狗全部逃进了林子里。

"辨尼·白克士忒！乔迪！下马进来吧！"

乔迪下马，老妈妈拍着他的头，这让他闻到了一丝鼻烟和柴火的味道，他又立马想到赫托奶奶身上那种香味。辨尼也下马，谨慎地挟着那混血狗，然后福列斯特们跑前忙后。波克把马拉到马厩。密尔惠尔一把抓住乔迪，将他抬到了他肩膀上，又把他放回原地，就像他在逗一只小狗玩。

小翅膀在茅屋的台阶上，乔迪瞧见他便急忙跑过去。他那佝偻着的身体难看地晃动着，像一只负伤的猿猴。小翅膀高兴地舞动着他的拐杖，叫道："乔迪！"

乔迪跑上去。然后，他们都停在那儿看着对方，有点扭捏，但都很开心。

乔迪感到一种快感，那是从未从其他人那里得到过的。他朋友的身躯已经不再像变色龙或者负鼠的体态那样奇怪了。他知道大人们的话——小翅膀是个傻子。乔迪肯定是不会让小翅膀发现他这个称呼的。这个最小的福列斯特成员有一个想法：如果他能让自己附在某样轻飘飘的东西上面，他就能像所有鸟儿一样从屋顶飞下来。他曾经在自己的肩膀上捆扎了很多枝条和藤蔓，跳了下去……他奇迹般地活下来了，只是那次飞翔给他生来就残缺的脊背徒增了碎骨，他的身体看起来更加扭曲了。当然，这很傻。而乔迪却暗自想，有些东西还是有意义的。因为乔迪自己总是会向往风筝，很大很大的那种，所以他还是能理解他，他渴求飞翔，渴求自己挣脱大地的束缚，可以自在地释放自己那扭曲又笨重的身体。

乔迪招呼小翅膀，小翅膀告诉乔迪他得到了一只小浣熊。

他总是不断地添新宠。

"我们去瞧瞧。"

小翅膀把乔迪带到茅屋后面，给他看那一摞箱子和木笼，小翅膀总是把他各种类型和品种的小动物安置在里面。

"我的鹰死了，"小翅膀说，"它太野了，我不敢把它放出去。"

那对沼泽里捉来的黑兔，以前就有。小翅膀抱怨道："它们在这里不生小兔，我会给它们自由。"

一只黑松鼠不停地踩着踏木。

"这个家伙送给你怎么样，我可以再养一只。"小翅膀说道。

乔迪无比向往，即刻又失望地低下头："我妈妈不准我带这些东西回家。"

看着那黑松鼠，乔迪内心很是苦恼。

"这里是小浣熊。过来呀，小拍拍！"

一只又光又黑的小鼻子和一只又小又软的爪子微露。小翅膀扯掉一块木板，拖出了小浣熊。它紧贴着他的胳膊，发出了"唧唧"的怪异叫声。

"你可以试着抱它一下。它不会咬你的。"

乔迪把小浣熊紧紧地贴在自己身上。他可从来都没看过，摸过如此可爱的小家伙。它身上灰色的皮毛很柔软，就像妈妈身上的法兰绒睡衣一般。它那棱角分明的小脸上长着一团黑色的绒毛，如同眼周带了面具一样。那松软卷曲的尾巴高高地翘着。

它吮吸着他的胳膊又开始叫了。

"它又想吃奶嘴糖了。"小翅膀像妈妈般地说，"趁现在屋里没狗，快抱它进屋吧，它很怕狗。但它也许会慢慢适应它们的。它讨厌吵闹。"

乔迪问道："我们刚来的时候，你们为什么闹得那么凶？"

"闹的不是我，"小翅膀不屑地说，"是他们。"

"为什么？"

"不知道哪只狗在屋子中央撒了一泡尿。他们在争论是谁的狗干的。"

第六章 福列斯特一家

The Yearling

小浣熊贪婪地吮吸着奶嘴糖。它仰面蜷缩在乔迪的怀里，它的前爪紧抓着裹满糖的布袋，满心欢喜地闭上眼睛。它的小肚子喝足了牛奶后圆圆的，它迫不及待地踢开了奶嘴糖，想挣脱束缚。乔迪把它放到肩膀上，它便用它那小巧又好动的小爪拨弄他的头发，用它的小鼻子嗅他的脖子和耳朵。

"它没有安分的时候。"小翅膀说。

这时坐在灶台的阴影下的福列斯特老伯说话了，乔迪一直没有发现他，他坐在那里很沉默。

他说："我是个孩子的时候也曾有过一只浣熊。它在两岁之前很温驯，和猫咪一样。后来没想到它咬掉了我小腿上的一块肉。"他往炉火里唾了一口。"浣熊长大后会伤人，这是它的本性。"

福列斯特老妈妈进来朝她的壶和盘子走去。她的众多儿子们也跟在她身后进来了——波克和密尔惠尔、盖贝和派克、艾克和雷姆。乔迪很奇怪地看着，福列斯特老妈妈和老伯那么干瘪的身躯，却有这么一群健壮的儿子。他们长得很像，除了雷姆和盖贝之外——盖贝个子低一些，有些内敛；雷姆的脸修理得很干净，但和别的兄弟一样高，有瘦又白。

雷姆不太爱说话，因此每当波克和密尔惠尔畅饮或吵架的时候，他往往在一边闷闷地沉默。

瘦小的辨尼·白克士忒一进来便被福列斯特兄弟们所埋没。而福列斯特老伯还在畅谈着浣熊，只有乔迪在那里听着，但是他依旧饶有兴致地在那里讲着。

"那只小浣熊会长成狗那么大，它将会挑衅院子里的所有狗。一只浣熊活着的使命就是降服狗。它会伏在水面，迎战众多狗，然后把它们一只一只地杀掉。咬人？它当然会咬人，它的袭击是不会停止的，除非它死掉。"

乔迪在福列斯特老伯的描绘和福列斯特兄弟们的谈论之间矛盾着，因为两者的内容都让他感兴趣。然后，他便看见爸爸依旧温柔地抱着那条一无是处的混血狗穿过屋子。

"你好吗，福列斯特先生？很荣幸见到你，一切可安好？"

"你好，先生。我想我这么一把老骨头了，这样的身体起码是令人满意的了。说实在的，我早该闭眼了，可能因为和这里的一切都熟识了，所以不肯离开。"

福列斯特老妈妈说："请坐下吧，白克士忒先生。"辨尼便在一把椅子上坐下。

雷姆·福列斯特在屋子的另一边喊道："你的狗是只跛子狗吗？"

"没有的事，我没想到过它会成跛子，只是怕会被你们的狗咬罢了。"

"怎么……很宝贵吗？"雷姆问。

"它当然不宝贵，甚至还不如一片烟叶。我走的时候，你们不要打它的主意，它确实一无是处，连小偷都不会光顾它。"

"你把它伺候得这么好，而它却如此低贱。"

"我就是这样。"

"你让它和熊斗吗？"

"有过。"

雷姆靠近，急促地呼吸着。

"它的嗅觉灵敏吗？它捕熊凶猛吗？"

"它很不中用，它是我所有猎犬里面最不中用的一只。"

雷姆说："是吗？我还从没听过有人这么诋毁自己的猎犬呢。"

辨尼说："这么说吧，我承认，它是长得很逗人爱，很多人爱看它还想要它，但是我可不想如你们所愿去拿它做交易，因为你们会觉得上当受骗的。"

"你回去的路上会打猎吗？"

"怎么不会呢？男人总是会想到打猎的。"

"那这恐怕就奇怪了，你带着一个废物还声称要去打猎。"

福列斯特兄弟们你看着我，我看着你，不说一句话，一个个都盯着这只混血狗。

"这只狗和我的旧枪一样糟，这让我的行动遭遇到重重困难。"

于是福列斯特兄弟们的视线又转移到屋子墙上那一列列的枪。乔迪觉得那些东西足以开一家枪铺。福列斯特兄弟们通过做马、鹿和烈酒的生意赚了很多钱，他们买枪如同别人买面粉和咖啡一样容易。

"我可从未听说你的行动出现问题。"雷姆说。

"但就在昨天，"辨尼说，"我的枪卡壳了，最后还走了火。"

"你在捕什么东西？"

"残脚熊。"

顿时，他们七嘴八舌："它在哪儿捕食？它从哪条路过来的？它去了哪里？"

福列斯特老伯用手杖狠狠地敲击地板："你们全部住嘴，让辨尼说话。你们个个都像公牛一样吼着，让他怎么插话？"

福列斯特老妈妈猛地揭开锅盖，端出一锅玉米面包，乔迪寻思那锅面包有糖浆水壶那么大，香味势不可当。

她说："怎么能让辨尼先生还没用餐就开口说话，你们还讲不讲礼貌？"

福列斯特老伯也跟着教训他的儿子们："你们怎么这么不讲礼貌！不让人家在吃饭前放松一下吗？"

密尔惠尔去一间卧室拿回一个酒壶。接着他拿去玉米穗做的壶盖，把它交给辨尼。

辨尼说："抱歉我可能喝得远不及你们在座的多，因为我没有你们那么大的容量去接纳它。"

所有人都大笑。密尔惠尔给每个人递酒壶。

"乔迪？"

"他还小，喝不了呢。"辨尼说。

福列斯特老伯说："怎么不行，我就是用酒断奶的。"

福列斯特老妈妈说："我只需要一小杯。"

她把吃的盛到大大的盘子里，便于饭后清洗。长长的木桌被团团热气笼罩，桌子上有咸肉烧豆角、一大块熏鹿腰、一大浅盘炸松鼠、沼泽甘蓝菜、碎玉米粥、饼干、玉米面包、果浆和咖啡。炉灶的一边还放着一块葡萄干布丁。

她说："早知道你们来的话，我肯定会弄些更好吃的。好吧，都坐近一些吧。"

乔迪观察他爸爸，想看看他是否欢喜于眼前丰盛的美食，可辨尼的表情很严肃。

"这么绝佳的菜肴已经足够款待一位州长了。"他说。

福列斯特老妈妈局促地说："我认为你们应该为眼前的美餐而祷告。孩子他爸，祈祷一下终归是件好事，现在我们这么多人都聚在了一起。"

福列斯特老伯不自然地合起了双手。

"啊，上帝，请您再次赐予我们这些罪恶的灵魂食物吧。阿门。"

他们清完嗓子之后便吃了起来。乔迪坐在他爸爸对面，他的两边是小翅膀和福列斯特老妈妈。他发现他盘子里的食物不知不觉多了起来。波克和密尔惠尔积极地夹吃的给小翅膀，小翅膀接着又从桌子下面夹给乔迪。所有人都全神贯注地享用美食，屋子里有了片刻的清静。

很快，桌子上的食物便像积雪一样快速融掉了。雷姆和盖贝又吵了起来，惹得他们老爹用拳头不停地敲桌子。他们起先还抗议老爹的介入，不久便平息了。

福列斯特老伯靠近辨尼，低声说："我的儿子们个个很粗鲁，这我知道。他们打架又酗酒，所有女人看到他们都会像母鹿一样拔腿就跑。但是有一点我也得说一说——他们中间的任何一个在饭桌上都不曾对他们的爸妈口出恶言。"

第七章 夜半狂欢

The Yearling

　　福列斯特老伯说："那么现在，我的邻居，来讲讲这头讨厌的熊的故事。"

　　福列斯特老妈妈说："可以，但是你们几个家伙必须去把盘碟洗了，不然你们会沉醉在故事里忘乎所以。"

　　她的儿子们纷纷站起来，拿起自己的盘子和那些大一点的盘碟。乔迪惊讶地看着他们，觉得他们好像快要在自己的头发上系发带了。

　　老妈妈走回她的椅子，经过乔迪的时候，拧了拧他的耳朵说："我没有女儿，如果他们想让我每天给他们做饭，那么他们就得做饭后的清洗工作。"

　　乔迪望望他爸爸，暗自祈祷这些话可别传到白克士忒岛去了。福列斯特兄弟们洗完了那些东西。在他们后面，小翅膀也蹒跚着拐进来，收集了剩菜残羹去喂他的动物们。只有去给狗儿们喂食的时候，他才能确信他给它们留下了和自己一样的一份食物。他自个儿开心地笑着，觉得这一天给它们弄到的东西太多了，甚至连晚上的冷饭都备好了。乔迪在一边吃惊地看着这一切。福列斯特兄弟们稀里哗啦地洗完餐具，铁桶、水壶之类的都被挂在了炉灶旁的钉子上。

他们拉来皮椅和长凳，围着辨尼，有的点起烟斗，有的削着烟草。福列斯特老妈妈低头触了点鼻烟。波克拿起辨尼的那支枪，用一支锉刀修理那松垮的火锤。

辨尼说："它令人震惊。"

乔迪颤抖起来。

"它像影子一般潜入，杀死我们的母猪，把它咬得体无完肤，却只吃了一口。它并不是想吃东西，它是个卑鄙的东西。"

辨尼停下来点烟斗。福列斯特兄弟们赶紧凑过去给他松皮脂。

"它的到来像狂风中的黑云一般阴森，它转个圈就能找到它的方向。它的到来不带一丝风吹草动，所有狗都没有嗅到，甚至连这只……连这只……"他弯下腰拍拍他的混血狗，"也被愚弄了。"

福列斯特兄弟们互相使眼色。

"我们早饭过后出发。乔迪、我和三只猎狗。我们追着熊，一直穿过南边的丛林。又沿着锯齿草塘追到酋尼泊溪。接着过了沼泽地之后，气味越来越明显，然后我们就追上了……"

福列斯特兄弟们紧张地抓住他们的膝盖。

"各位，在酋尼泊溪边水流最深最急的那里，我们终于追上了它。"

乔迪感觉辨尼讲的故事比那次打猎还要精彩。所有的一切在他眼前重现了：黑影和羊齿，杂乱的棕榈丛和湍急的溪水。这个动人心弦的故事让他的脑子几乎要爆炸了，让他振奋的还有他爸爸——辨尼·白克士式，他连一个拙劣的画匠都不是，却给所有人带来身临其境的享受。他单单坐在那里就可以变幻出神奇的魔咒，让所有这些野蛮的男人热切地洗耳恭听，正如此刻一样。

他将那次搏斗讲成了史诗。当说到枪从后面走火，残脚熊把老裘利亚摁倒时，盖贝惊慌之间把烟卷嚼进嘴里，呛得冲到炉火旁不停地吐着。福列斯特兄弟们惊恐地往前靠了一点，坐在椅子的一角，眼睛大大地瞪着，双手紧握着拳头。

波克深深地吸一口气说："上帝啊！要是我当时在场该多好啊！"

盖贝接过话说："然后残脚熊去哪儿了？"

"谁也不知道。"辨尼说。

屋子里一阵安静。

最后雷姆发话了："你还没告诉我们这只狗是如何表现的。"

"这个不怪我，我已经说过了它不中用的。"辨尼说。

"它现在看起来好好的，身上没有一点伤，是不是？"

"是没一点伤。"

"这么聪明的一条狗跟着我去搏斗，它是不会受伤的。"辨尼大口吸着烟，有点喘不过气。

雷姆起身走向辨尼。他打着响指，流着汗，俯身喃喃地对辨尼说："我有两个心愿：一个是看着残脚熊被打死，还有一个就是收留这条狗。"

"啊，不，这可不行，"辨尼幽幽地说，"我可不想骗你用它做买卖。"

"不要撒谎啦，对我不管用。你想要用什么东西交换？"

"拿老利普替代它和你做交换。"

"你真是只狡猾的狐狸，我明明已经有比利普更好的狗了。"

雷姆走到挂枪的墙壁那里，从钉子上取下一支伦敦焚·曲司特的枪。枪身在发亮，枪的手柄摸着光滑舒适，那对火锤看起来更添霸气，就连配件也是精心打制的。雷姆将它摇摇晃晃地扛在肩上，看了看，拿给辨尼。

"这是从英国运来的新品，你把子弹填满之后，发射不在话下，就和吐口水一样简单。只需要一下子——嘣！嘣！两颗子弹！鹰的攻击效率也不过如此，这可是公平买卖。"

"天哪，绝不可以，"辨尼说，"这支枪太贵重了。"

"还有更多和它一样的枪。辨尼，你就答应我吧。我想要得到的狗，我是非要弄到手不可的。我拿这支枪来换它，不然，我会在上帝的眼皮底下把它偷走的。"

"唉，既然如此，好吧。但是你现在要当着所有人保证，当你带它去打猎之后，不能把我在你们这里吃的所有布丁都扣出来。"

"击掌为誓。"雷姆毛茸茸的手，握上了辨尼的手。

"小鬼，快过来。"雷姆对混血狗打着口哨，他双手抓着它的脖子，将它带到屋外，好像生怕辨尼会反悔一样。

辨尼坐在他的椅子里摇着，他平静地把那支枪平放在他膝盖上。乔迪直勾勾地望着那支精工细作的枪，同时惊讶于他爸爸的头脑远胜于福列斯特兄弟们，但他不知道雷姆会不会守信。他听大人们说过做买卖很复杂，所以在他眼里，一个人用说真话的权宜之计来赢了买卖是不可思议的。

他们谈了整个下午。波克修理好辨尼的旧枪前膛，他对那支枪还抱有希望。福列斯特兄弟们悠哉地打开了话匣子，关于残脚熊的凶狠，关于以前对付过的熊，而那些熊都比不上残脚熊的狡诈阴险。他们提起以前打猎的种种回忆，甚至还追溯到二十年前他们养过的猎狗的名字和事迹。小翅膀想去钓水塘里的小鱼，他对他们所说的毫无兴趣，而乔迪却还想在这里聆听那些很久之前的故事。福列斯特老伯和老妈妈叽叽喳喳地尖声念叨着，很快他们便像困乏的蛐蛐儿一样打哈欠。最后他们伸开薄弱的身子躺在椅子里睡着了，他们干瘦的骨架在熟睡中很僵硬。辨尼直直腰，站了起来。

他说："我最讨厌离开我的好伙伴。"

"晚上留在这里，我们要猎狐狸。"

"谢谢。只是我不喜欢家里没有男人在。"

小翅膀使劲扯着辨尼的胳膊："让乔迪待在这儿吧，我还有一半东西没来得及给他看。"

波克说："辨尼，让小人儿留下吧。明天我去福留西娅镇，顺便把他给你捎回来。"

"他妈妈会生气。"辨尼说。

"这就是你妈妈对你的好吗，乔迪？"

"爸爸，我很情愿留在这里。我每次出来都玩不够。"

"前天不是就在这里玩了吗？好吧，可以留下，如果你备受欢迎的话。雷姆，如果你考验完那只狗之后，在波克带它回家之前可别杀了它。"

他们又叫又笑。辨尼把新枪和旧枪一起扛着去牵马。乔迪紧跟在后面，轻敲着那光亮润滑的新枪。

"我会很有负罪感，如果不是雷姆，而是其他任何一个人的话。雷姆欠我一顿揍，从他给我绰号那时起。"辨尼在喁喁细语。

"但你没骗过他。"

"我的话是真的，但是我的意图却扭曲得像瓦克拉瓦哈河一样。"

"你说他知道了会怎么样？"

"他会撕碎我，"辨尼说，"然后呢，我猜他会大笑。再见，好好的，孩子。"

福列斯特们也在后面跟着。乔迪挥手告别爸爸，心里突然有一种孤单感油然而生。他差一点点就开口把爸爸喊回来，然后上马和爸爸一起返回垦地的舒适中。

这时，小翅膀激动地叫着："乔迪，快过来！看小浣熊在水池里抓鱼了！"

乔迪跑去看小浣熊。小浣熊在水里戏耍，用它人一样的手本能地试探着它周围的东西。然后，剩下的半天时间乔迪一直和小翅膀待在一起。他帮小翅膀打扫松鼠窝，做了只鸟笼去收纳一只瘸腿的红鸟。

福列斯特兄弟们喂的鸡和他们本人一样狂野。丛林里四处都是母鸡产下的蛋，在荆棘里，草丛中，蛇把母鸡下的所有蛋都统统吃掉了。乔迪和小翅膀一起去收集鸡蛋的时候，发现一只母鸡在孵蛋，小翅膀便把他们弄到的十五颗鸡蛋放在了它身下。

小翅膀说："它是一个好妈妈。"看起来似乎他总是把这类事处理得井井有条。

乔迪又萌生了想要属于自己的东西的想法。小翅膀会给他小松鼠，他相信甚至他也愿意送给他自己宝贝的小浣熊。但是一直以来，他都明白加一张吃饭的嘴只会让妈妈恼怒，即使是一张很小很小的嘴。

小翅膀正在和孵蛋的母鸡打招呼："你现在卧在巢里，听得到我说话吗？这次你得把所有的鸡蛋孵成一只只黄黄的小鸡，不允许有小黑鸡出现。"

他们往回走。屋子那边，小浣熊正又叫又跳地赶过来，它从小翅膀歪曲的腿上一直爬到他的脊背，才消停下来。它搂着他的脖子，蜷缩在那里。它的牙小小的、白白的，轻轻地咬着他的皮肤，还故作姿态地使劲扯着，以至于它的小脑袋不停地摇晃。小翅膀让乔迪将它带进屋，它用好奇的姿态和目光打量着这个陌生人，然后试探性地顺从。

福列斯特兄弟们大摇大摆地去他们各自的垦地干活了。波克和艾克赶着母牛们和小牛们去饮水，密尔惠尔在马厩喂马，派克和雷姆早已不见踪影。乔迪想他们或许又去捕猎了。的确，此处真是一块舒坦、富足和暴烈同存的地方。这片土地上有这么多人去忙活，而在那一片和他们几乎一样大的垦地上，辨尼·白克士武却必须得一个人扛起他们所有人的劳作量。那没有锄完的玉米地让乔迪感到不安，他知道辨尼会不介意地锄完它。

夕阳晕红，福列斯特老伯和老妈妈还在椅子里沉睡。槲树将本来还在白克士武垦地上的光亮挡在身后，黑暗迅速吞没了茅屋，福列斯特兄弟们陆续进屋。小翅膀在灶前起火热那冷咖啡。

乔迪看到福列斯特老妈妈微微睁开一只眼之后又闭上了。她的儿子们稀里哗啦地把冷餐放到桌子上，那声音可以吓走一只白天的猫头鹰。于是她起身，捅捅老伯的腰肋，叫他也起来吃晚饭。这次，他们干掉了每一个碟子，狗都没剩饭吃了。小翅膀用一盘玉米面包和一桶酸奶搅在一起的冷饭去屋外喂狗，他提着桶走得东倒西歪，乔迪跑过去帮他。

晚饭后，福列斯特兄弟们一边点烟，一边闲聊。他们同附近所有的牲畜贩子一样都在谈论牲畜不足的问题，话题已经遍及远远的西边村落。由于春天的小马驹备受狼、熊和豹的侵犯，所以那些从肯塔基过来做买卖的贩子也无影踪了。福列斯特兄弟们认为，去北边和西边做马驹买卖，会稳赚一笔。

乔迪和小翅膀没兴趣听他们讲那些，就找个角落玩游戏。小刀扎进了那又光又净的地板，乔迪想，这对于白克士式妈妈来讲绝对是不被允许的事情。但是地板上的木屑多一点或者少一点，在这儿是没有什么后果的。

乔迪从游戏中坐起来说："有一件事情，我敢打赌，你不知道。"

"什么事情？"

"以前西班牙人经常从我家前面的树林里经过。"

"怎么，我知道呢，我见过。"小翅膀弯腰贴着乔迪，兴奋地在他耳边嘀咕。

乔迪一惊，紧盯着他："你见过什么？"

"那些西班牙人啊。他们一个个金戈铁马，头戴闪闪发亮的头盔，高大黝黑。"

"不可能。他们早都消失了，没有一个留在这里，和印第安人一样。"

小翅膀狡黠地眨眨眼，说："那是你听说的。听我的，找机会去你们凹洞的西边，那里长满山茱萸，它们围着一棵木兰树，你知道吗？有一个西班牙人会骑着他的黑马从那棵木兰树后面路过。"

乔迪的背阵阵发凉，他明白这自然是小翅膀的又一个故事，难怪他爸妈都说小翅膀疯得不轻。但是乔迪又希望这个故事是真的，去看看木兰树后的东西也没什么大碍吧。

福列斯特兄弟们直了直腰，收起他们的烟斗，便进了卧室，个个解衣睡觉。他们每个人占着一张床，很明显任何一张双人床都容纳不了他们其中任何两人的身躯。小翅膀和乔迪来到他们的床上，小翅膀的卧室是紧靠厨房的一间像棚帐一样的小屋。

"给你一个枕头。"他对乔迪说。

乔迪想知道小翅膀他妈妈是否会问他有没有洗脚。他觉得福列斯特兄弟们真自由，困了就可以爬上床而不用管有没有洗脚。

小翅膀开始给他讲故事，是关于世界尽头的故事。他讲到，天空被黑暗和空洞笼罩，只剩下云。乔迪刚开始听得津津有味，但慢慢地小翅膀的故事越扯越荒谬，他便睡着了。梦里，大波西班牙人驾着彩云，并没有骑马。

半夜，他被吵醒，起初他还以为又是福列斯特他们在争吵，实则是召集的号令。他听到福列斯特老妈妈唤人的声音，然后砰的一声，门被打开了，是一群狗挤进门的声音。

外面的灯光照进小翅膀的房里，狗和人全都在屋子里。此刻赤裸的男人们看着瘦了一点，但他们的高度依旧有屋顶那么高。福列斯特老妈妈草蜢般的身躯蜷缩在她那长长的灰色法兰绒睡衣里面，她点燃了一支牛脂蜡烛。狗儿们匆忙钻进床下又挤了出来。乔迪和小翅膀也赶紧起来跟在队伍后面。谁都没有耐心去解释这场动荡的原因。他们经过一排房间，最后狗儿们从一张破烂的窗纱里跳了出去。

福列斯特老妈妈镇定地说："它会被抓住的，这个讨厌鬼。"

小翅膀在一旁引以为傲："妈妈听狐鼠的耳朵是最厉害的。"

"我想只要是个人都能听到，那东西都跑到他们的床柱上荡秋千了。"她说。

福列斯特老伯拄着拐杖慢吞吞地走来。他说："这一晚不用再睡了，我现在宁愿喝一杯威士忌也不愿再去睡觉。"

波克接过话说："爸爸，你有对那秃鹰威士忌最敏感的味觉。"

他去一个橱柜前取出酒坛，老伯拔去塞子，倾起酒坛就喝了起来。

雷姆说："别喝得没知觉了，只顾着恋酒。把酒给我吧。"他猛地喝了一口，把酒继续递给别人，然后抹干嘴，再捏捏肚子，似乎很饱的样子。他去玩弄他墙边的小提琴，将琴弦随意地拨拉了两下，总算勉强凑成了一首曲子。

艾克说雷姆的曲子很糟，然后他取来自己的吉他，径自坐在雷姆旁边。

福列斯特老妈妈把蜡烛放到桌上，她说："你们这些喋喋不休的裸鸟，要赖到第二天吗？"那两人沉醉在彼此的和弦中，没人回应她。

波克也取下他的口琴。艾克和雷姆中止了，开始听波克的演奏，然后三个人又一起合奏起来。

福列斯特老伯说："连狗都会喜欢，这么动听的曲子。"

所有人又传递了一次酒坛子。派克的犹太人竖琴和密尔惠尔的击鼓全都上场了。波克由凄切的调子切到欢快的舞曲，曲子由晃晃悠悠的步伐变成整齐豪放的迈步。雷姆和艾克中间是乔迪和小翅膀，两个孩子坐在地板上。

福列斯特老妈妈说："你们可不要觉得我什么事都不会，只会去睡觉。"接着，她扔松脂片到炉灶里，燃起了火，放上了咖啡壶。"接下来，你们这些闹腾的猫头鹰便能吃早餐了。我现在总算知道，什么叫一心两用：玩耍和做饭两不误。"她向乔迪眨眨眼，乔迪也向她眨眼。一阵欢快又震撼的感觉交织在乔迪的心里，他不明白妈妈为什么那么不喜欢这些爱闹腾的人。

曲调逐渐成了跑调的轰鸣，好像所有野猫从丛林各处聚集到一起，却有一种足以让耳朵和心神都得到享受的韵律。豪迈的和弦穿过乔迪的胸腔，此刻他觉得自己变成了雷姆·福列斯特手中的小提琴，被他奏响了。

雷姆低声告诉他："真希望我能和我的甜心两个人在这儿歌舞。"

乔迪冷不丁地冒出一句："你的甜心是谁？"

"我的小吐温·维萨贝。"

"为什么，她可是奥利弗·赫托的女朋友。"

雷姆挑起他手中的提琴弓，乔迪还以为雷姆要打他。结果，他继续着手中的拉奏，只是他的眼中平添了几分怒火："小孩，如果再说一次这种话，你就没有开口说话的舌头了，知道吗？"

"嗯，雷姆。算我错了。"他赶紧接话。

"刚才只是给你一个提醒。"

他忽然感到很沮丧，似乎自己是奥利弗的叛徒。接着曲调又不断地钻进他的耳朵里，他感觉自己被音符凑成的风暴卷到了高高的树梢。

福列斯特兄弟们将舞曲变成歌曲，福列斯特老伯和老妈妈也和着响起了那刺耳的微颤声。已是破晓时分，榆树上的仿声鸟也和他们一样放声高歌。福列斯特兄弟们放下手中的东西，晨光跌进了屋子里。

早餐已经备好。福列斯特老妈妈的备餐任务繁重，但对于福列斯特们来说，桌子上的这些食物却还有点少。福列斯特兄弟们只穿着裤子就凑了过来，毕竟所有东西都好好地摆放在桌子上了，那热乎乎的食物还冒着香气。一顿狼吞虎咽之后，他们才各自不慌不忙地去洗脸、穿衣、套靴，迎接这一天的忙活。

波克备好马鞍，坐上他那匹大杂色牡马，然后把乔迪摇晃着拎起来放到他后面的马臀上。因为很明显粗壮的他一上马，马鞍上连插根羽毛的缝隙都没有了。

小翅膀一瘸一拐地跟到垦地边，小浣熊还在他肩膀上趴着。他挥动拐杖向乔迪道别，直到他们消失在他的视线中。乔迪坐在波克身后，在回白克士忒岛的整个途中不停地摇晃颠簸着，这使他眩晕。一直到他推开楝树下的木栅门时，他才记起他没有注意到那棵木兰树后面的西班牙骑士。

第八章 回家后的美餐

The Yearling

乔迪拉上身后的门，闻到一股扑鼻的烤肉香味。他绕到屋外，又怨恨又急切。他忍着那敞开的厨房门后的诱惑，急匆匆地去找熏烟室里的爸爸。辨尼走出来唤他。

他的心里顿时被懊恼和兴奋来回撕扯着。摆在他眼前的是，一大张鹿皮被拉伸开来挂在熏烟室的墙上。

乔迪一边号啕大哭一边跺着脚："你去打猎也不叫上我一起去，我再也不会让你背着我一个人去打猎了。"

"开心点，儿子。看看这么上好的猎物，你应该得意才是啊。"

他平静下来，取而代之的好奇心像温泉一样喷发着，他着急地问："爸爸，你是怎么拿下它的？"

辨尼蹲在沙地上，乔迪赶紧也凑到他旁边。

辨尼说："那是一头雄鹿，乔迪。当时我差点和它撞在一起。"

乔迪听着又不开心了："为什么不能等我回来呢？"

"你和福列斯特他们在一起玩得不开心吗？你总不能想要在一棵树上捉住所有浣熊吧？"

"打猎可以缓一缓的，可以有很多时间和机会，这样太快了。"

辨尼大笑："好吧，儿子。你要知道，你、我或者任何人都不会在猎物面前拖延时间的。"

"雄鹿要跑到哪里去？"

"乔迪，我断定还没有遇到过一次猎物站着等我的机会，这次就是。这只鹿站在那里仿佛没有看见马一样，一动也不动。我当时就在想：'讨厌的东西，我还没有把新枪上好。'结果我一看，上帝保佑，我才知道福列斯特他们的每支枪都是早早就填满子弹的。那鹿就站在我面前，枪里正好两发子弹。就这样，它倒了下去，正好横在路中间，真是一袋唾手可得的美食。我把它绑在凯撒的屁股上，接着上路。你知道我当时是怎么想的吗？我偷乐：'我拿回家的鹿肉准会让孩子他妈不会怪我把乔迪留下来和小翅膀一起了。'"

"那我妈妈怎么说的，在你把新枪和鹿肉运回来的时候？"

"你妈妈说：'如果是除了你这个憨厚的呆瓜以外的任何人，我会断定那是偷来的。'"

他们窃笑着。厨房里飘出的香味闻起来是一餐美味，和福列斯特他们待在一起的时光早已被抛之脑后。此刻天地间空无一物，只有眼前的这顿午餐。

乔迪进了厨房："妈妈，我回家了。"

"那么，我是该笑还是该哭呢？"

她在灶台前弯着肥大的身躯，闷热的天气让她的汗珠从粗胖的脖子上淌下来。

"爸爸真是个打猎的能手，是不是，妈妈？"

"是的，他干的第二件好事就是让你整日整夜地在外面玩。"

"妈妈……"

"又怎么了？"

"我们今天会吃鹿肉吗？"

　　她从灶台前转过身："乞求上帝的宽恕。你眼里除了你那空荡荡的肚子，难道就没有别的事情了吗？"

　　"你做的鹿肉真香，妈妈。"

　　她妥协了："今天我们就吃，温度高，我怕搁坏了。"

　　"那肝脏也是吧？"

　　"我的老天！我们不可能把所有的东西一次吃完吧。不过如果晚上之前你能够填满我的柴箱的话，或许我们晚上可以吃鹿肝。"

　　乔迪在碟盘锅盆旁边来回踱步。

　　"快去厨房外面吧，你在这里什么也做不了，都快要把我折磨死了。"

　　"我会做菜。"

　　"对，你和狗儿们一样都会做菜呢。"

　　他跑出去问爸爸老裘利亚在哪儿。他感觉自己似乎已经有一星期的时间不在家了。

　　"正在康复着，一个月后，它便会让残脚熊为难喽。"

　　"福列斯特兄弟们会帮我们吗？"

　　"我们一向合不来。我倒希望自己和他们各忙各的。谁猎到不是最关键的，只要再也没有残脚熊来侵犯我们就可以了。"

　　"爸爸，我从来没承认过，其实狗和熊搏斗的时候，我很怕，怕到差一点就逃走了。"

　　"在猎物面前没有枪，也同样让我心里不痛快。"

　　"但当你把猎熊故事讲给福列斯特兄弟们的时候，我们好像变得英勇神武了。"

　　"是的，儿子。那就是讲故事。"

　　乔迪仔细地观摩着鹿皮。它很粗大，但看起来那么优美，表面还泛着红润的色泽。同一个动物在他眼里往往会演变成两种动物，而且它们大相径庭。他在猎捕的时候，它是他急切想击中的猎物。当它流着血倒在那里，那奄奄一息的惨状又让他有负罪感。但是接下来，在他看到它被切成块状晾干、腌制、熏干，然后被煮、烤、煎，或者在露营时被做成烤肉的时候，它又变成他眼里诱人的美味了，和熏肉一样。他怀疑它深藏某种魔力，否则要怎么解释他前一刻还躲之不及的恶心的东西，下一秒便如狼似虎地扑上去呢？这样一来，或许是存在大相径庭的两个动物，又或许是存在大相径庭的两个孩子。

那皮看起来神气依旧。不论何时，他那裸露的双脚在床边接触到那松软的鹿皮时，他总是幻想它就藏在下面，然后在他不注意时冒出头来。辨尼虽然个子矮小，他消瘦的胸襟上却长满了黑毛。他小时候曾裸着身子裹着熊皮，紧贴着皮毛睡觉，白克士忒妈妈说那便是他胸襟上长毛的原因。显然，这是白克士忒妈妈的玩笑，而乔迪将信将疑。

垦地上的食物已经和福列斯特们的食物一样丰裕了。白克士忒妈妈把被咬死的母猪做成了香肠，胀鼓鼓的肠衣一袋袋被悬挂在熏烟室里，山核桃木的余烬在它们下面冒着烟。辨尼停下手头的活，把几块小木片填进还在阴燃的灰里。

乔迪问道："我必须去劈柴还是锄玉米地？"

"乔迪，你知道就好。我是不会让野草占领玉米地的，玉米地已经被我锄完了，你可以去劈柴。"

他开心地跑到柴堆旁，他觉得如果他不做点事情分心的话，他会饿得跑去和狗抢鳄鱼肉吃，和鸡争玉米面包屑。刚开始他觉得时间过得很慢，他痛苦地渴望跟随爸爸去外面。直到爸爸消失在畜棚前，他才开始一心一意地劈柴。他用手臂抱着一捆劈好的柴送到厨房，顺带瞅瞅午饭筹备的进程。当看到它们被好好地摆上桌时，他顿时觉得神清气爽。妈妈正在倒咖啡。

妈妈对他说："去叫你爸爸来，然后洗净你的手，我敢说你从出去到现在为止都没有洗过。"

辨尼总算来了。鹿腿盘踞在整个桌子的中央，他取出刀，他切鹿腿的姿态足以让人发狂。

"我好饿啊！我的肚子误以为我的喉咙被割断了。"

辨尼放下刀，看着他。

白克士忒妈妈说："听听，这是不是很高雅的格调，你从哪里学的这话？"

"嗯，那是福列斯特兄弟们说的。"

"我就知道。这就是你向他们学的东西，那一群卑鄙的无赖。"

"他们不卑鄙，妈妈。"

"他们一个个跟臭虫一样低下，还有他们的黑心肠。"

"他们没有黑心肠。他们确实很欢迎我。妈妈，他们拉着小提琴唱歌跳舞，比演奏会还精彩。我们大半夜地就开始欢腾起来，真好玩。"

"那自然了，他们总是找不到更好的事情做。"

他们眼前的盘子里，一堆高高的肉正静候着，白克士忒一家人开始享受美餐。

第九章 巨大的碗状花园

The Yearling

小雨在晚上悄然降至，将四月的雨后清晨刷洗得透彻明亮。玉米苗伸出了它的脑袋炫耀它又长高了，远处田野的豇豆争先恐后地挤出土地，甘蔗的浓翠在茶色土壤的映衬下更显娇姿。在乔迪眼里，这一切是那么新奇。他每逢从外面回到垦地的时候，都会注意到之前他习以为常、从不关心的东西，但是它们一直都是在那里的。他去福列斯特家里之前，他从未看到小桑树成群扎堆地挤在那里。斯卡珀农葡萄开花了，那是他妈妈卡罗莱纳州的亲戚的礼物。野蜂早已发现了它，争先恐后地享用着那新鲜的果浆。

乔迪连着两天都吃得饱饱的，以致这个早上他肚子不是很饿，感觉提不起神来。爸爸还是照旧先于他起身出去了。妈妈也早已将厨房里的早饭备好，她此刻正在熏烟室摆弄香肠。柴箱里的柴缩减了大半，乔迪只好去填满它。他懒懒散散地干着活，他干活必须慢条斯理，这是他乐意劳动的前提。仅溜达了两次，他就填满了柴。老裘利亚拖着脚四处寻找辨尼，乔迪弯腰抚弄它，它一动不动地在他身旁站着，摇着它的长尾巴。也许它此刻很是喜欢这垦地温馨的安居，也许它只是将自己的使命暂搁，远离那丛林、野地和沼泽里辛苦的跋涉。它那道最深的伤口还没消炎，其余的伤疤都愈合了。

爸爸从畜棚那边走来，一个怪怪的东西在他身上挂着。他朝乔迪喊道："我得到了一个神奇的东西。"

乔迪跑过去看到一只陌生而熟悉的小家伙。那是一只软软的小浣熊，它的颜色和其他浣熊的灰色完全不一样，它的奶油白布满全身。

乔迪擦了擦自己的眼睛，觉得不可思议："也有白色的浣熊吗，爸爸？这是一只发须花白的浣熊老爷爷吗？"

"所以才叫神奇啊。浣熊从来不会长白头发白胡须的。这是浣熊里面稀有的一只，它的书面称呼是白化种，白色是与生俱来的。瞧它尾巴上本该是黑色的环儿，它不也是奶油白吗？"

他们蜷伏在沙地上，开始观察小浣熊。乔迪问："它掉在陷阱里了吗？"

"是的，它当时身受重伤，奄奄一息，我承认我真不忍心杀它。"

乔迪怅然若失，很不幸，他没能见到一只活的白化种小浣熊。

"让我抱抱它。"

这只死去的小家伙躺在他的臂弯里。它身上的奶油白正变得暗淡，它的毛摸起来比别的浣熊松软，尤其是肚皮上那撮毛，和刚睁开眼的鸡雏身上的绒毛一样。乔迪摸着它。

"我多希望能捉住这么一只很小的浣熊，爸爸，再把它养起来。"

"它自然会是一只完美的宠物，但是也可能以后会变得和别的浣熊一样低劣。"

他们走进外门，绕着屋子步入厨房。

"小翅膀说了，他的浣熊没有一只是很低劣的。"

"是的，但是福列斯特家的人是不会去在意将来它是否会咬人。"

"或许它会从背后偷偷咬上一口，啊？爸爸。"他们哈哈大笑，想象着他们的邻居被浣熊咬屁股的情形。

白克士忒妈妈正在门口等着他们，她的眼睛一见到乔迪怀里的动物，便亮了起来。

"天哪，你们把它逮到了真好，这只掳走我母鸡的东西。"

乔迪不满意了："妈妈，你快来看看，它是白色的，它很珍贵呢。"

她置若罔闻："就是一个窃贼，它的皮要比一般的值钱吗？"

乔迪看他爸爸，辨尼正在洗脸，只见他睁开了一只肥皂沫中的眼睛，朝自己使眼色。

"大概没有一镍币值钱。乔迪不是一直想要个小背包吗？就好好利用这张皮吧。"他漫不经心地说。

用那张珍贵的软皮做一只小背包，这真是和养一只浣熊一样激动人心的好消息。乔迪按捺不住自己想这件事的念头，他觉得这种喜悦甚至可以抵过不吃早餐的空虚。

他殷勤地表示他心中的感激："我去清理水槽。"

"我每年都有为我们挖口深井的打算，至于水槽，我们可以利用它倒垃圾。但是砖头总是很贵。"

"不知道何时才能随心所欲地用水，已经这样小心翼翼地过了二十年了。"白克士忒妈妈说。

"我们还要坚持，孩子他妈。"辨尼说。

他的表情严峻。乔迪深知水的匮乏一直在向爸爸挑战，他的确面临着比他们母子更多的艰难险阻。劈柴是乔迪的任务，而双肩担着水桶，跋山涉水穿梭在垦地与凹洞之间的就必须是辨尼了。即使他的双肩瘦削，但是还得承受那轭形挑担和丝柏木桶的重压。水从凹洞里的沙子渗出来汇聚成那里仅有的一个水池，发霉的草叶映出一片琥珀色。这样取水似乎是辨尼祈求家人宽恕自己将他们安置在这种地方的一种方式。乔迪第一次对此感到奇怪：溪流、湖泊以及上好的井水就在离他们家几英里外的地方，为什么爸爸要带他们住在这里。在险峻的凹洞的边上，还有些没被处理过的水塘，想到这里，他几乎想和赫托奶奶待在一起了。然而他眼中的垦地，遍布松树的那片土地，足以构成全世界。在别的地方的生活，只是别人口中的故事罢了，就像奥利弗讲的非洲、中国和康涅狄格州。

妈妈说："你还没吃呢，最好往口袋里装一些点心和肉。"

乔迪装满了他的衣兜："妈妈，你知道我希望什么吗？我真想有一个装东西的袋子，就像负鼠一样。"

"上帝很聪明，把你的胃送给你。他的意思本来就是在你妈妈备好食物的时候，你就可以把它们装进胃这个袋子里。"

辨尼起身缓步走出门，让乔迪先去凹洞，等他弄好浣熊皮再去找他。

晴朗的天空下有丝丝微风。乔迪到畜棚里取出锄头懒洋洋地出发了。快经过栅栏时，他看见那里的桑树已经蔚然成荫。狭板鸡笼里，那只妈妈喜爱的母鸡正咯咯地召集着它的孩子们。他蹲下身来捉住一只毛茸茸的小黄球贴在自己脸上，那小鸡惊吓间在他耳旁不停地尖叫。乔迪刚一松手，它便趁势躲进母鸡宽厚的翅膀下。

院子的草将要进行一次修理，沿着从屋前到木栅门的这段路也需要锄草。路两边有柏树条镶边，但是上下的杂草还是会铺散开来。路旁的孤挺花丛也被它们肆无忌惮地占领了。淡紫色的花瓣从楝树上落下，乔迪光着脚丫从上面走过，直直地走出木栅门。他犹豫着，那畜棚的确魔力非凡，也许此刻一窝新的鸡雏又出世了，那小牛儿的模样又比昨天变了些。要想往后推迟永远都那么烦人的清理水槽的工作，除非给自己找一个完美的幌子去四处游逛。但是话又说回来，他如果能够加快速度，那么清理工作早早结束之后，他这一天也算是有盼头了。一阵思量之后，他便扛着锄头快步出发了。

小翅膀曾说过世界的尽头。他想，那应该和凹洞差不多吧。小翅膀说，在世界的尽头，只有黑暗、空洞和云，不被人所知。他想，如果有人去了世界尽头的话，肯定和他到了凹洞边的感觉是一样的，他希望这个道理是他第一个得知的。他走过栅栏，来到荆棘遍布的小路上。他假想自己对凹洞一无所知，然后经过一棵山茱萸，那个凹洞的路标。接着他紧闭双眼，若无其事地吹着口哨，脚步又轻又缓。然后，他狠下心紧闭双眼……终于，他不得不睁开眼睛走更远的路了。还有几步路就能到达终点，他松了口气，那巨大的石灰岩凹洞近在眼前。

那凹洞的年纪远超过辨尼·白克士忒。辨尼回忆说，当时那些沿着凹洞岸边生长的树群和幼苗差不了多少，而时过境迁，现在岸边的树木已经是参天大树了。那棵东岸陡坡上的木兰，它的树干的粗壮已经堪比白克士忒家里的研磨石了，还有一棵大山核桃树和男人的大腿一样粗。凹洞的中央戳进了一枝槲树的枝干。香枫、山茱萸、铁木树和冬青朝气蓬勃地在陡坡上生长着，它们相对来说是娇小的树，树间还插着坚硬如长矛般的蒲葵。凹洞上下布满了硕大的羊齿。

好一个巨大的碗状花园。绿叶永远呈羽毛状层层叠叠地遮掩着，扑朔迷离，凉爽清新。位于白克士忒岛中心的凹洞如同这干涸丛林的绿色生命和心脏。

由于辨尼·白克士忒和乔迪带来的牲畜多年来的光顾，从西岸到凹洞底部的那条小径，现已被沙土和石灰覆盖。洞底的水塘来源于四岸的渗水，渗水没有间断过，哪怕是最干旱的时候。而那水塘自然是死水一片，加上来往饮水的动物的搅和，所以只有辨尼的猪在这里喝水和打滚。而其他牲畜和自己家人的用水，就只能靠辨尼自己动脑子了。

在东岸小径的对面，辨尼想办法在石灰层里挖出一组水槽用来拦截和储藏渗水。用来为马和牛服务的水槽和他的肩膀一样高，他很早之前总是同那头和他一起垦荒的奶白色的牛前来。往上再高几码的地方，是一对深水槽，这里是他妻子带着洗衣板来洗衣服的地方。水槽边一段奶白色的地方便是岁月累积下来的肥皂沫的痕迹。至于洗被单，她便得收集雨水。最后，用来餐饮的水来源于远高于牲畜和洗衣水槽的一个狭深的水槽。由于此处地势险峻，所以不会遭到大动物的侵扰。从西岸的小径过来的那些鹿、熊、豹，要么去洞底的水塘，要么去牲畜水槽饮水，较高的水槽只有松鼠或者小野猫这种小家伙才上得去。所以至少可以确定的是，最上面的这个水槽没被任何动物碰过，当然除了辨尼不断用来舀水去装满那柏木桶的葫芦瓢。

乔迪颠簸着走下小径，用撑在自己前面的锄头来平缓坡地的陡峭，笨重的锄头老是和一旁的野葡萄藤缠绕在一起，这样的前行让他很兴奋。那段坡在他的脚步声中渐渐变高，树顶在他的脚步声中退后。轻风从苍翠的碗口盘旋到浓密的碗底，顿时所有的绿浪随风舞动着涟漪。一碗树叶挥动着它们各自的小手，那羊齿飞快地给地面一个亲吻。一只红鸟在凹洞上面舞出一道弧形的虹，又如同一片枫叶般落在水塘边，但一看到乔迪蹲在水塘边，就转眼飞远了。

几头猪被赶到北边的草地上去寻食了，所以这片水塘很清澈。一只小青蛙正盯着乔迪，它蹲在那根半浸在水里的枝条上一动也不动。乔迪很惊奇，离此最近的水流远在两英里之外，而这只小青蛙不辞劳苦地跳到这么远的小水塘来，真让人费解。乔迪想，跳上凹洞边的第一群青蛙，它们当时也许在犹豫地撅着它们绿色的小屁股，那么它们知不知道这里有水呢？听辨尼说，他看见过一行整齐的青蛙队列在雨天跳过枯竭的被碾平的树丛。他们是在懵懂无知地摸索还是目的明确地活动呢？连辨尼也不知道。乔迪揪下一片羊齿扔进水塘，小青蛙跳进水塘，钻进了软软的淤泥里。

一个人住，其实并不等同于孤单。他忽生独处的想法，他长大后一定要在这水塘边为自己建一座小房子。那些动物会渐渐习惯他的小房子，然后他就能在月色下透过窗户看它们饮水了。

他从平展的地面穿过去，又往上爬行几英尺，牲畜水槽就在那里。

此时他的锄头显得碍手碍脚，他干脆把它扔在一边，用自己的手挖起那厚实的层层沙土和落叶，他很卖劲地挖着，只想挡住缓缓渗入的水以还原一个干燥整洁的水槽。而他的手一抽出，渗水就进去了。终于，他看着变得白白净净的水槽，甚是满意地去凹洞更高更大的洗衣水槽，那儿有更艰难的清理等着他。那里的落叶很少，是因为妈妈经常在那里洗衣服，如此，日积月累的肥皂沫不断加剧着这个水槽的溜滑度。他在一棵香枫上面收集了一抱西班牙苔藓，这个东西绝对是上好的洗擦材料。他还在坡岸一块光秃秃的沙地上掏了些沙子以备用。

等爬到最上面的饮水槽时，他疲倦极了。他躺在陡峭的坡上休息，只微微低头，便可以饮到里面的水，活像一只小鹿。他调皮地伸出舌头在水槽里胡乱翻搅，忽地扎进去，又收回来，水上的涟漪微颤，他仰身躺在那里看着。同时，他心里寻思，熊饮水的模样是狗一样的轻舔还是鹿一样的吮吸呢？为了断定这个问题，他假装自己是一头熊，分别用轻舔和吮吸来做尝试。舔水是可行的，但他在尝试吮吸的时候被呛着了。他拿不定主意，他想辨尼必然是知道的，他好像亲眼见过。

乔迪把脸浸入水中，让左右两个脸蛋依次享受着水的爱抚和酷爽。他只用两只手撑着自己，足以让脑袋舒服地沉浸在水里，除此之外，他也想弄明白，自己可以在水里屏息多久。接着，他便呼出了水泡，一阵"咕嘟嘟"的冒泡声后，他听到了爸爸在凹洞底的声音。

"儿子，你在那里干什么？你这么喜欢这里的水？为什么它被舀到脸盆里后，你却对它视而不见？"

他转过头来，像只落汤鸡："爸爸，我没听到你来。"

"你把你肮脏的小脸深深地扎进你可怜的爸爸准备喝的水中。"

"我一点也不脏，爸爸，水也没被弄浑。"

"正好我也不渴。"

辨尼爬上坡岸俯瞰眼下的几个水槽，他满意地点头。他靠在洗衣水槽边，嘴里衔着一根嫩叶。

"我承认，我今天听到你妈妈说'二十年'这几个字的时候很震撼，我几乎从来没有停下来思量一下这些年。我从来没有去推算，也没有去留心那些一年又一年匆匆而过的时光。你知道？每逢春天，我都想给你妈妈弄一口井。但这个计划总是没有落实，都是因为想买头公牛，或者担心母牛掉进泥沼里，或者怕小孩子在这里玩水溺水，或者需要看病的花费，又或者承担不起高昂的砖头价格……诸如此类的原因。我曾有一次挖井，直到深入三十英尺还没有水。我就知道这下算是栽了。而二十年，对于任何一个在山坡上的渗水水槽上洗衣服的女人来讲，的确很久。"

乔迪严肃地听着。

"我们一定能给她弄口井，总有一天。"辨尼顿了顿，又重复着，"二十年了……"

"但是老是有事情扰乱我的计划。还有那次战争……让脚下的土地不得不重新开垦。"

他靠着水槽，回顾往事。

"当我第一次来到这片土地的时候，我便选中了它，我想……"

乔迪忽地想起了早上心中的那个疑惑："爸爸，为什么你要选中这里呢？"

"嗯，我选中它是因为……"他顿了顿，皱着眉，努力在脑海中寻找合适的说法。终于，他开口笑了："总之，我喜欢平静。只有这里才能给我想要的平静。当然，除了熊、豹、狼和野猫的侵犯外，对了，还有你妈妈的打扰。"

他们坐在那儿，谁都没有开口说话……松鼠在枝头开始了它的活动。

忽然，辨尼用胳膊戳了一下乔迪的肋骨："瞧那只爱偷窥的小家伙。"

他指了指一棵香枫。果然，离地差不多十二英尺高的地方，一只半大的浣熊正躲在树干后偷偷看着他们。它发现他们看到它了，就缩头消失了。不一会儿，他们又发现它那面具似的脸在树丛里东张西望。

辨尼说："看来我们看动物和它们看我们一样，都很好奇。"

"那么为什么它们有的很厚脸皮，有的胆子却很小呢？"

"这我也不清楚。可能和它的年纪有关，但这个道理也没人规定过。对了，我想起在野猫草原的那一次，当我打了一上午的猎，在一棵槲树下生火取暖，顺带给自己烤肉的时候，一只狐狸当时蹿出来趴在了火堆旁。我们就那样对视着，我本以为它太饿了，就用一根纤长的树枝叉了一块肉给它，而且还送到了它鼻子下面。但是，它没有吃，也没有离开，只是一直趴在那里看着我。理论上讲，像狐狸这种野性动物，即使很饿，也是不可能跑到这样一个任何动物都不会靠近的地方的。"

"我好想和你一样看着它呀。爸爸，它为什么要一直趴在那儿，还看着你呢？"

"那件事之后，我一直也在想这个问题，这么多年来，我所能想到的答案只有两种：第一种可能是它被狗逼退到那里吓傻了，第二种可能就是它冷得要死了。"

他们发现有半个毛茸茸的身子露了出来，是那只偷窥的浣熊。

"爸爸，我想要和小翅膀一样有个宠物陪我玩。我想得到一只浣熊，一只小熊也好，或者是类似于它们的动物。"

"我倒是无所谓，因为我和动物也投缘。但是你也知道，你妈妈会大发雷霆的。而且我们维持生计已经这么艰难了，多一张嘴的话，你妈妈会第一个跳出来反对的。"辨尼说。

"我喜欢小狐狸或者小豹，要是在它们很小很小的时候就把它们捉回来，你能驯服它们吗？"

"当然。"他思索着，"你能驯服一只浣熊，你能驯服一头熊，你能驯服一只野猫，你也能驯服一头豹。"他的思维流转到很久前他爸爸的布道词，"你可以驯服任何东西，儿子，但是人的舌头，唯有它是你驯服不了的。"

第十章 一曲沙龙舞

The Yearling

乔迪安心地躺在床上养病。妈妈说他发了高烧，他没和她探讨病因。他心想肯定是由于吃了太多未成熟的浆果造成的。当时，他的身体发抖，妈妈赶紧摸了摸他的额头，然后说他着凉发烧了，让他立马上床去。他无言以对。

而现在，她走进来，手里端着一杯热气腾腾的汤。他望着那个杯子发愁。他已经连续两天喝着她熬的香浓的柠檬叶茶了，如果他嫌茶味太酸，她会往里加一勺果冻。他怕她那让人难以捉摸的聪慧会悄然而至，发觉事情的真相。这样一来，她就会拿来治疝痛的蛇根汤或者净血药，任何一个都足以让他躲之不及。

"如果你爸爸给我种一棵治发热的草根，你们谁发热都不怕。无论什么时候，院子里要是有那样的东西简直是太方便了。"她说。

"你往杯子里放了些什么，妈妈？"

"与你无关，只管张你的嘴。"

"当然与我有关，我有那个权利知道。设想一下，我如果不知道是什么药而喝下去，被毒死的话还不明不白的呢。"

"如果你要知道，我告诉你吧，这是毛蕊花茶。我觉得你患麻疹了。"

"这不是麻疹，妈妈。"

"你知道什么，你都没有出过麻疹。张开你的嘴巴，假设不是麻疹，你吃下去也无大碍。但如果是的话，那不是正好能够祛除麻疹吗？"

祛除麻疹这个说法使他有些跃跃欲试，他听话地张嘴。她掰着他的脑袋往他嘴里倒进去了半杯药。他一边呛咳，一边反抗："我一口也不要喝了，这不是麻疹！"

"好吧，这么跟你说吧。如果你患的真是麻疹，又没有好好吃药的话，你会死掉的。"

他只得又把嘴张开，喝下了余下的毛蕊花茶。喝着很苦，但和妈妈配的混在一起的那些药相比好多了，最糟糕的是妈妈用石榴皮和草根做成的苦汤。

他把头枕回那鼓鼓的枕头，那里面塞满了干燥的苍苔。

"妈妈，假使这是麻疹，什么时候会出疹？"

"这杯茶过后，你出汗的时候。赶紧睡好。"

她出去了，他便听话地躺在床上等着出汗。在他眼里，生病是一种享受，除了生病的第一天晚上那场他不愿忍受的腹痛的煎熬之外，接下来的每一天他爸妈的倍加呵护，让他感觉特别幸福。而他瞒着他吃过生浆果的事情，让他的负罪感隐隐作祟。他要是说出事实，他妈妈便会给他对症下药，第二天他就会痊愈。他还想到两天以来辨尼一个人在垦地干活的情形：他牵着老凯撒去犁地，又给甘蔗的根部垒土；他去玉米地、豇豆地和小块的烟草地里锄草；他还去凹洞里挑水，砍柴，给牲畜饮水。

乔迪想，不管怎么样，他可能真的发烧了，或者是真的患麻疹了。但是他看过脸和肚子，没出疹也没出汗。于是他为了出汗，在床上手脚不停地乱动。他感觉自己的精神状态和平时一样，甚至比因为吃太多肉而肚子疼的那次还舒服。那次，他吃了超多的新鲜香肠和鹿肉，因为妈妈没有阻拦他。他想，也许这次的病和浆果没有一丝关系。最后，他开始出汗。

他叫着："嘿，妈妈。看，我出汗了。"

她进来仔细地看着他："如果你感觉和我一样舒服了，就可以起床了。"

他把被子抛在一边，起身站在鹿皮毯子上。有那么一瞬间，他有些眩晕。

"你感觉完全康复了吗？"她问。

"嗯，只是没力气。"

"对了，你还没吃东西来补充一下能量呢。穿上衬衣和裤子来吃饭吧。"

他立即将衣服穿好，随她进了厨房。她为他准备了点心、一盘杂烩和一杯甜奶，她留着的食物还都热着。她也坐在那里，一边看着他吃东西，一边说："你刚刚起身太急了，应该缓一点。"

"妈妈，能再给我些杂烩吗？"

"我看不行。你已经下肚的东西都能喂饱一条鳄鱼了。"

"爸爸在哪儿？"

"我想应该在畜棚。"

他便晃晃悠悠地去找爸爸。辨尼这一次却无所事事地坐在木栅门边。

"真行，孩子，你看着又快生龙活虎了。"

"我现在感觉还不错。"

"你不会是犯了麻疹、童床热或者天花吧？"他那对眼睛里的蓝光闪耀着。

乔迪摇头："爸爸……"

"嗯，儿子。"

"我觉得没有什么原因可以让我病倒，除了那未熟的浆果。"乔迪小心翼翼地说。

"正如我所料。但我从没向你妈妈提过，她如果知道你的肚子里装满了绿浆果，后果会不堪设想。"

乔迪长吁一口气，心里的石头总算落地。

辨尼说："我突然意识到再过一两个小时，月亮就会爬上来。你说我们拿着鱼漂去钓鱼怎么样？"

"去溪边吗？"

"我想去残脚熊觅食的锯齿草塘边垂钓。"

"我打赌我们去那里肯定会逮到一只坏东西。"

"我们去试一试吧。"

他们准备好装备和工具。辨尼换上了两个新鱼钩，那两小束灰色和白色的诱饵是他剪下鹿尾巴上的一撮短毛做成的，它们被绑在钓钩上，不仔细看根本发现不了。"假如我是一条鱼，我会自愿来上钩的。"他自信地说。

他进屋简单向妻子说明了一下："我和乔迪去钓鲈鱼了。"

"但是你已经筋疲力尽了，而乔迪还没完全康复。"

"正因如此，所以我们要去钓鱼。"他说。

她站在门口，望着他们的背影："要是你们弄不到鲈鱼，可要给我钓回一些小鲤鱼，我们可以连着鱼骨一起煎脆了吃。"

他向她许诺："我们不会一无所获的。"

好一个暖和的下午，足以让远途近了许多。从某种程度上来讲，乔迪觉得比起打猎，他更喜欢垂钓。打猎虽然更让人精神振奋，但随之而来的恐惧却远远多于钓鱼。一颗垂钓的心是平和的，可以用放松的心态环顾四周那又添绿意的槲树和木兰。他们来到一片之前来过的水塘边，因为长年干旱，水塘很浅。辨尼往水里扔进一只刚被捉到的蚱蜢，水面并没有任何东西来吃它，连一个饥饿的旋涡也没有。

"怕是这里所有的鱼都已经灭绝了。其实我挺困惑的，这么久了，不知道这些小水塘里的鱼是怎么生存的。"他顺手又丢进一只蚱蜢，依旧没有结果。

"鱼儿真可怜，在这儿已经很凄凉无助了。我真该把渔竿拿走，拿来一些吃的给它们。"他说。

他把渔竿放到肩膀上："也许上帝的想法和我此刻的想法一样，也许他看到下面的我，会说：'下面有个叫辨尼·白克士忒的人正在他的垦地上奋斗着。'"

他咯咯地笑着，又说："但是这可是一片好地方啊，也许鱼儿和我一样也对这里很满意。"

"瞧，爸爸，有人在那里。"

顺着乔迪指着的方向，辨尼用手挡着晃在眼前的光线，在他们刚走过的那条丛林小道，有半打男女。在槲树岛屿、锯齿草塘和丛原这种偏远孤僻的地点，人类的存在比动物更罕见。

"是米诺卡岛人，他们正在逮捕囊地鼠。"

乔迪逐渐看清他们背负的麻袋。那囊地鼠的藏身之处——又脏又深的洞穴，那可是最典型的瘠薄土地。而且那囊地鼠是很多人眼里最低贱的可餐动物。

辨尼说："我一直觉得他们捉囊地鼠可能是为了制药材。仅仅为了食物，他们从海岸边赶到这里来的话，似乎不大可能。"

乔迪说："我们溜过去，看看他们吧。"

"我不想窥探他们，米诺卡岛人很可怜，他们饱受欺骗和痛苦。"辨尼说，"他们所有的遭遇我爸爸都知道。来自英国的一个人许诺他们好的工作和幸福的生活，越过海洋和印第安河，他将他们带到新士麦那。

但是不幸的是，收益甚微，那个英国佬丢下了他们，以致他们饿死了一大半。现在留下来的所剩无几。"

"他们像吉卜赛人吗？"

"不，因为吉卜赛人很粗犷。除了男人们长得很黑，和吉卜赛人相似之外，年轻的女人们却很标致。他们安宁地生活在他们的小世界里，只倾心于自己的生活和事务。"

那列队伍在丛林里不见了。乔迪兴奋得如同撞见了西班牙人一样，脊背发凉。他分不清男女，只感觉他们像黑色的雾霭和幽灵一样，在他面前闪现。他们那特别的重担里不仅装满了囊地鼠，还有不公正的待遇。

辨尼说："那边的水塘，肯定有蝌蚪那么多的鲈鱼在等着我们。"

那是离残脚熊剥吃火龙叶的草岸微微偏往西边的地方。这里的久旱使得大块的沼泽地变成结实干裂的硬地，他们很容易就分辨出了旁边的水塘。锯齿草已经不在水塘边，只有睡莲叶还纠缠着水面。一只大蠊经过他们，它那黄色的腿和彩色的小脑袋炫耀着它的风采。一缕微风的抚弄使得水塘泛起层层涟漪，上面的睡莲扭摆着纤细的腰肢，那叶面在阳光下发亮。

辨尼说："这里有足够多的浅滩，晚上还会有撩人的月色。"

他把线系紧在两根渔竿上，再弄上鱼漂。"现在我们兵分两头，你去北边试试，我在南边。走吧，别莫名其妙的样子。"

乔迪站在那儿看着爸爸娴熟的动作，他那骨节分明的手挑起渔竿，把鱼漂抛向远处的池里。他望着这一切，惊羡于爸爸的技巧。鱼漂起先落在那一片莲叶上，辨尼便耐心地远远牵引着，那鱼漂不听话地上下乱跑，活像一只胡蹦乱跳的虫子。见一直没有鱼的光顾，辨尼便收回线，再抛了一次。他朝水塘喊道："藏在水里和草里的鱼儿们，老爷子我现在能看到你们佝偻着身子正在那里坐着，不要再留恋了，快过来用餐吧。"他牵引着鱼漂的手慢了下来。

乔迪在去往北边钓鱼和观看爸爸的技术之间挣扎着,最终还是走到了他的地方。有那么一段时间他的投掷技术太烂了,他总是把线搅在一起,还抛不到适当的鱼漂位置,他的钓线还会被坚硬的锯齿草卡住……但他很快便能运用自如了。他的胳膊不自觉地划出一个令他满意的弧线,手腕适时地扭动了一下,然后鱼漂便被丝毫不差地抛进了草丛边——他的目标位置。

辨尼喊道:"干得好,儿子。暂时不要动它,过一会儿进行首次拉动。"

原来他一直在爸爸的窥视下。他忽然紧张起来,他小心翼翼地移动着渔竿,鱼漂弹了一下,接着眼前出现一团旋涡。依稀间,水里晃过一个银白色的东西,紧接着诱饵被一个张大的像烧锅那么大的嘴咬住。瞬间,钓线的那一端承载了磨石那么重的重量,那重量一边往下坠,一边拼命挣扎着,像一只野猫,令乔迪几乎失去平衡。他用力支撑着自己,同时竭力让自己不被内心难以克制的狂喜冲昏头脑。

辨尼连忙吆喝:"放轻松,诱饵别被拖下水了。稳好渔竿,小心脱手。"

辨尼留他一个人在那里奋战,胳膊和手的酸痛让乔迪难以忍受,但他丝毫不敢松懈,怕不小心的滑落给那巨大东西逃掉的机会,也怕他用力太猛断了线,一样前功尽弃。他此刻盼望着来自于爸爸的魔咒,它们的出现会立马助他大告成功,终结他此刻的痛苦。那鲈鱼向系着钓线的草丛冲撞着,想脱线。乔迪想到一个办法,他可以拽紧钓线,沿着岸边走,鱼或许会被他牵引到近岸来,那样他就可以趁势把它拖到岸边。

他按计划慢慢地进行着。他急切地想丢掉渔竿,用钓线拽出那条大鱼。他渐离塘边,一边提着渔竿,一边使劲扯着钓线。那条鲈鱼在他卖命的进攻下,拖着重重的身躯显现出来了,在草丛里垂死挣扎。他丢掉渔竿，急忙将它挪到安全地带，那条鲈鱼约莫有十磅重。

辨尼过来了："孩子，我为你感到自豪，这么出色的成绩也只有你能达到。"

乔迪上气不接下气地喘着，辨尼拍着他的背，父子俩都激动无比。乔迪望着那鲈鱼硕大的鱼背，还有那直挺挺的鱼肚，实在难以置信。

"它怎么这么像残脚熊呢？"乔迪冒出这么一句话。他们都扑哧一声笑了，拍着对方的背。

"现在我得准备打败你了。"辨尼说。

他们又分割了两个水塘开始行动。但片刻之后辨尼就喊着自己认输了。接着，他双手拿着钓线和蠕虫为白克士忒妈妈钓起了小鲤鱼。乔迪这边，不停地抛下诱饵，而水塘里那振奋人心的旋涡、突如其来的晃动和鲜活生命的对抗却迟迟未现。最后，一条小的鲈鱼上钩，他拿给爸爸看。

"把它放生，我们不能带走它。我们要对付的是长成那一条那么大的。"

乔迪有点不甘心地放掉小鱼，眼巴巴地望着它游走。爸爸一向对此很严格的，打猎也是，他不准乱捕滥杀，他捉回去的只有那些能吃的或者能养的。闪耀又刺眼的光圈在空中淡去，太阳也快要隐去了，他想，恐怕这一天没有第二次机会再钓一条大鲈鱼了。他漫不经心地抛着诱饵，同时对他越来越精湛的捕鱼技术扬扬得意。他失望地看见了月光，毕竟此刻已过了鱼儿觅食的时间，没有一条鱼会被引诱到他的鱼钩上的。正在他长吁短叹时，听到了爸爸像鹌鹑一样的叫声，他知道这是在暗示他捕猎松鼠的时机到了。乔迪放下手中的东西回望那片草丛，确信自己对那里还是熟悉的。那条鲈鱼在草上躺着，被他用草盖着，以免受到阳光的暴晒。他蹑手蹑脚地走到爸爸叫他去的地方。

辨尼低声说："一群鹤正在那里跳舞。我们慢慢地靠上前，不要被发现了。"

接着乔迪的眼前出现了一大群白色的鸟，他惊讶于爸爸的眼睛——真像鹰眼一样尖锐。

他们弯下身来，身子贴在地上，向前慢慢爬行。当辨尼整个身子都贴到地上时，乔迪也学他那样。就这样，他们慢慢地折腾到了一片很高的锯齿草旁，辨尼暗示乔迪藏在草丛后。此刻，那些鸟近在咫尺，乔迪想如果他现在手中拿着渔竿的话，就可以触碰到它们那白色的羽毛。辨尼小心地蹲下来，乔迪也大气不敢出一下地蹲了下来。他惊讶地瞪大了眼睛，他将这群高鸣鹤挨个数了一遍，有十六只。

这群高鸣鹤正跳着沙龙舞，和在福留西娅镇上的鹤一样。还有两只鹤在鹤群外直直地站着，它们的身躯在月光下笔直又雪白，它们发出奇特的声音，既像嘶鸣又像在唱歌。声音的调子和舞蹈一样参差不齐。鹤群最中央，少许的一些鹤在逆时针跳转，有几只鹤似音乐家般地奏着乐。其余的几个舞蹈家优雅地抬起它们的翅膀，依次抬脚又依次落下去，然后不停地重复着昂起头来又埋进去的动作。它们的步伐很轻缓，它们的动作整齐划一，看起来有些愚笨，但这一切让人觉得很神圣，很高雅。它们的翅膀就像伸出的手臂一样上下挥舞着。一圈又一圈，最外围的一圈拖着舞步不停地重复着。鹤群最中央的舞队此刻已经舞到了忘乎所以的地步。

正当辨尼和乔迪沉醉在这场天籁般的歌舞会中的时候，声音和舞步突然戛然而止。乔迪想难道是它们表演结束，又或者它们发现了两个偷窥者。很快，他的谜题便解开了。原来是鹤群外那两只唱歌的鹤迈入了鹤圈里面，再看它们的位置已经被另外两只替补了。歌舞会重新开始，乔迪这次还发现了清澈的水面倒映出它们的影子，那十六个雪白的影子在水里跳着舞。岸上，几许风吹草动惹得水面微波荡漾，斜阳将它们雪白的身躯染成玫瑰色……恍若一群魔幻精灵鸟在水边婆娑起舞。岸边随它们摇摆的锯齿草，跟着荡漾的水面，所有的一切都和它们融为一体了，乔迪觉得大地似乎也开始颤抖了。不错，落阳、轻风、地面和天空，一切的一切都和这些魔幻鸟儿共舞。

乔迪感到自己也被它们同化了，一呼一吸之间，他的手臂竟也跟着鹤的翅膀一样摆动着。斜阳隐进锯齿草丛，水面金光闪闪，连同岸上的鹤群。远处的阔叶林渐渐变黑了，莲叶和水面被夜色吞没。此时，鹤群的雪白无可比拟，超过了任何云朵、夹竹桃或者百合。接着，它们飞走了，没有任何预兆。是由于一小时的舞蹈已落幕，还是一条短吻鳄浮出水面吓走了它们，乔迪也无从得知，反正它们已经飞走。它们绕着落阳的一丝光晕，在空中划出一道弧线，便排成长列飞向西边，空中时不时传出它们那种只在飞行时才有的低哑的怪声，直到它们消失在他们的视线中。

辨尼和乔迪直起身子，站了起来。蹲在那儿太久，他们感到腰酸腿疼。越来越接近夜晚，水塘越来越模糊，周围被幽暗笼罩。他们折回北边，乔迪找到了他的鲈鱼。然后，他们转向东边经过沼泽，又往北走。小径的路此刻也难以辨认。它通向丛林中的那条路，而此时路两边已经挤满了墙一样的树木草丛，他们得再向东边转一次才能确保不会走错。漆黑覆盖着整片丛林，漫长的寂静跟随着脚下如深灰毛毯的沙路。一些动物在不经意间闪现，又匆忙溜进路边的树丛。他们听见远处豹的吼声，头顶扑扑地飞过几只蝙蝠。他们继续往前走着，没说一句话。

他们到家的时候，面包已经烘烤好了，肉也在铁锅里烧熟了。辨尼拿了一个树脂火把去畜棚里了。乔迪借着灶火的些许光亮将那条鲈鱼去鳞又开膛，白克士忒妈妈把切好的鱼和粉面搅和在一起，然后煎成又黄又脆的鱼块。一家人坐在一起只顾着吃，不说话。

"你们怎么了？"她问。

　　他们依旧没有开口。他们此时既没有留意他们吃的是什么，也没有注意到眼前这个女人，他们甚至没有听见她在讲些什么。其实他们只是刚刚目睹了一场惊世骇俗的视觉盛宴，他们到现在仍旧在恍惚之中，无法自拔。

第十一章 福留西娅镇

The Yearling

小鹿们出生了，乔迪发现了它们在丛林间留下的尖尖的蹄印。不管他去哪儿，不论是取水的凹洞、伐木的树林，还是辨尼为野兽设的陷阱旁，他都会仔细地观察它们来去的足迹。当然，它们的足迹通常是跟在母鹿更大的蹄印后面的。只是觅食的时候，母鹿和小鹿的蹄印不在一个地方，小鹿的足迹总是远离独自觅食的母鹿，而那个地方往往被掩盖得好好的。乔迪常常发现一对双胞胎小鹿，每逢这个时候，他便难以抑制内心的喜悦。他喜欢设想他会带走其中一只，然后留下另一只给它们的妈妈。

有天晚上，他将自己的想法告诉了妈妈："妈妈，我们的牛奶足够了，我不可以带回一只小鹿作为我的宠物吗？一只花纹小鹿。不可以吗？"

"我只有说不行。你怎么说有足够的牛奶？我们每天的牛奶可是刚刚好，没有一滴是多余的。"

"我可以让它吃我的那份。"

"是啊，把那可恶的鹿吃肥，然后你越来越苗条。我们每天都忙不过来了，你还要弄个多余的东西回来，指望着它日夜不停地吵吗？"

"但是我好想要啊。我本来还想要一只浣熊，但是浣熊长大了会咬人的，小熊也很可爱，但是它们也会惹是生非。我想我想要的就是一个东西……"他皱起了眉，额头上的雀斑挤在了一起，"一个只属于我自己的东西，随时随地跟着我，永远不会跑掉。"他在脑海中搜寻着合适的字眼。

"我想要的是一个可以相互依赖的东西。"他说。

"哼，你可是在哪儿也找不到这个东西的。不论在那些多余的动物里面，还是在人群里面。从现在开始，乔迪，不要再来烦我。如果再让我听到你说什么'小鹿'、'小熊'或者'浣熊'，你就等着美美地挨一顿揍吧。"她说。

辨尼在旁边的角落里只是听着。

第二天早上的时候，辨尼说："我们去猎雄鹿吧，我们很可能会发现鹿窝的哦。看小野鹿应该和驯服小鹿同样有意思。"

"两条狗都去吗？"

"我们只带老裘利亚。它受伤之后一直没参加过活动，这次的小任务会对它有益处。"

白克士忒妈妈说："上次捕的鹿撑不了多久，但是我们应该明智地筹划一下。如果熏烟室挂满熏鹿肉的话，是不是会添色很多呢？"

食物来源的状况决定了她心情的起落。

辨尼说："乔迪，看来似乎这支旧枪要给你了。可要谨慎，别像我上次一样被它害惨了。"

乔迪不敢想象自己会不认真地拿着它，在他内心，只要这支枪由他一个人使用，就已经足够了。妈妈已经准备好了那个浣熊皮小背包，他将子弹、工具、填充料和火药桶装了进去。

辨尼说："孩子他妈，雷姆的枪里面子弹不够，所以我想我必须去福留西娅镇买弹匣。我还想再捎些咖啡，虽然本来就有些咖啡豆。"

她赞同道："也好，我要一些针线。"

他说："最近那些雄鹿们看起来是在河边觅食，那边有一群密集的雄鹿蹄印。我打算和乔迪一块儿去那个方向，只要我们弄到一两只雄鹿，我们就能去福留西娅镇用鹿肉做买卖得到我们想要的东西。然后，我们便可以去拜访赫托奶奶了。"

她蹙额："你们又要去拜访那个老太婆，看来你们又要去闲逛几天了，你最好把乔迪给我留在这里。"

乔迪紧张地看着爸爸。

辨尼说："我们明天就会回来。如果我不把他带出去教他，他怎么学打猎呢？他是要成为一个大人的。"

"真是一个不错的借口哦，你们这些男人就是爱想方设法地聚在一起瞎闹。"

"这样吧，你跟着我去打猎，亲爱的，乔迪待在这里。"

乔迪禁不住笑出了声，他难以想象妈妈那肥胖的身影穿过丛林和水塘的情形，他只是想想就已经激动地叫了出来。

"够啦，走吧。"她也笑了，"把事情安置妥当。"

"你要知道我们一走，你一个人多快活。"辨尼对她说。

"我必须得承认这一点，只有这个时候我很清闲。把你爷爷那支枪帮我备好。"

乔迪想，那支年岁久远的长汤姆枪对她来说，远甚于任何猛兽的危险。她的技术本就远远不够格，更何况那支和辨尼的旧枪一样糟糕的枪。但是他明白枪的存在能给她安全感。乔迪去棚屋里拿下那支枪，同时他暗暗窃喜：还好她没要我刚得到的那支旧枪。

辨尼给老裘利亚打了个口哨，然后男人、孩子和猎犬便出发了。上午时分，加上五月的太阳直射，天气很闷热。那槲树坚硬的小叶子像平底锅一样伸展着，对抗着热气。乔迪的脚被穿过皮靴的沙地的热量灼烧着。尽管被酷热折磨着，但辨尼的脚步还是没停过。乔迪费劲地赶上爸爸。老裘利亚好像还没有嗅到什么东西，在前面慢慢地前行。辨尼停了下来，直直地望着眼前。

乔迪问："爸爸，有什么东西吗？"

"没什么，什么也没有，儿子。"

然后，他在离垦地东边一英里的地方换了另一个方向前行。鹿的蹄印突然在这里多起来了。辨尼弯下腰来研究着，关于它们的大小、性别和时长。

他最后得出结论："两头大雄鹿一同从这里经过，它们是在天亮前走的这条路。"

"你怎么能根据足迹得出这种结论呢？"乔迪问。

"只因为见得多了。"

对于乔迪来说，这些足迹和其他的仿佛没什么区别。

辨尼用手指描绘着："现在你应该知道该如何分辨它们的雄雌了，母鹿的蹄印尖而小。研究足迹的时长很简单，因为存在久的脚印，沙和土会被吹进去，否则就是新足迹。如果你再仔细观察，你会发现鹿的脚趾在跑的时候是分叉的，只有当它走的时候脚趾才聚拢。"他给那狗指指地上的新脚印，"裘利亚，这里，快追上它。"

老裘利亚嗅着那足迹，他们随着足迹穿过丛林向东南方向走，来到一片广阔的长着冬青的地方。

在这里，他们还发现了熊的足迹。乔迪问："我可以打熊吗？如果逮着机会的话。"

"熊或者鹿都可以，只要你把握住好的时机，还有就是不要浪费子弹。"

除了阳光炽热的烘烤让人难以忍受之外，在阔地上行走倒是一件很轻松的事。冬青在身后一排排隐没，接下来是让人欢喜的阴凉的松树林。辨尼手指着一块被熊咬过的地方："我曾很多回碰见熊咬树：它站着一边撕扯树皮，一边摇晃着脑袋咬着树，接着背靠着树，用肩膀使劲地在树枝上摩擦。虽然有人说熊的这一举动是为了预防它爬到别的树上去抢蜂蜜的时候被蜜蜂蜇，但是我觉得这是一种雄性动物的自我显示。雄鹿也是这样，它会在树上摩擦自己的角和头，它们都是通过这种方式显示自己的威猛。"

老裘利亚抬起它的头，辨尼和乔迪停止前进，前面有一阵骚乱声。辨尼给老裘利亚做手势让它跟紧，然后和乔迪悄悄慢行。眼前又是一片阔地，他们停在那儿。只见一对孪生小熊正在一棵纤细的松树苗上来回荡着，它们在高高的有弹性的松树上荡秋千呢。乔迪想起自己也这么玩过，他突然觉得这两只小熊是和他一样的小孩，他真想跳上去和它们一起荡秋千。

两只小熊开心地摇荡着，松树不停地被拽到离地一半距离的地方，然后又立马弹起来，又被拽到另一边。树上不时地传来两只家伙的亲切低语。

乔迪不能自已地叫了一声。两只小熊停止了戏耍，惊异地望着这两个人类。两只小熊第一次看到人类，但它们并不害怕，它们只是对这两个人类很好奇，就像乔迪此刻的感觉。它们那黑乎乎、毛茸茸的脑袋直直地朝这边探着。其中一只爬上更高的一根树丫，它呆呆地盯着他们，另一只臂还在树枝上环绕着。很明显，它不是为了找一个安全的地方，而是想将他们看得更清楚一些。它乌黑的眼睛正闪闪发亮。

"天哪，爸爸，"乔迪请求着，"我们捉一只吧。"

辨尼也有点情不自禁了。

但他很快又恢复了理智："它们不能养了，因为已经长得很大了，那我们可就要自作自受了。过不了多久，它会长得更大，不仅它会被你妈妈赶出去，可能我俩都会被赶出家门的。"

"爸爸，瞧它还在眨眼睛。"

"那也许是低劣的。两只孪生小熊，一只必然是亲和的，另一只必然是低劣的。"

"那我们就去捉那只亲和的吧，爸爸，求求你了。"

那两只小熊探着它们的小脑袋，仿佛在偷听他们的谈话。

辨尼摇摇头："走吧，儿子。我们继续我们的活动，而它们也应该继续它们的玩闹。"

乔迪依旧在后面对那两只小熊恋恋不舍，即使辨尼已经再次跟上了鹿的足迹。

他猜想小熊会不会爬下来跑到他身边，结果它们依旧只望着他，它们从本来的那个地方转移到另一条树枝上。他多想摸摸它们那歪着的小脑袋啊。他还想象着它们能像奥利弗·赫托口中所说的熊一样，顺服地趴在他面前，乞求他喂它们东西吃；想象着它们温和又听话地蜷缩在他的腿上；想象着它们在他的床下打呼噜，或者睡在他枕头边。他沉溺在自己的幻想里，以至于快要看不见爸爸了，他赶紧赶上前去。他回头和两只小熊告别，他挥挥手，只见它们傻傻地挺起了它们黑黑的鼻子，似乎在向它们嗅到的空气求解——这两个观察它们的东西到底是什么生物？这是它们第一次表现出了恐慌的神态，它们从松树上下来，朝西边的冬青树跑过去。他追上了爸爸。

辨尼告诉他："你可以请求你妈妈让你养一只那种小动物，容易饲养的，足够小的。"

这让他振奋，他想刚一岁的幼兽肯定很容易养活。

"我以前从来没有过宠物或者其他什么东西和我玩，我的家庭本来就是乱糟糟的一团，劳作和《圣经》都没有让我的家境变得宽裕起来。我爸爸和你妈妈一样，他不允许把食物浪费给动物吃，他竭尽全力让我们吃饱肚子。后来，他去世了，从那以后我便是兄弟里面最年长的一个，我便不得不照看别的兄弟，直到他们能养活自己为止。"

"那小熊也会自己养活自己，不是吗？"

"小熊会养活自己，只是会让你妈妈的小鸡倒霉。"

乔迪叹口气，接着全力帮爸爸找寻雄鹿。那双挨在一起的雄鹿蹄印让他感到很惊奇，春夏时节，他们尚能和睦相处。而当秋季令它们的角成形之后，他们便会为了求偶而展开争斗，小鹿会被它们从母鹿身旁赶走。它们其中一头比另一头大。辨尼说那只大的足以当马骑。

少许阔叶木掺杂进松林里面。这里茂密的毒狗草抬起它们黄色的铃铛。辨尼研究着大片大片的蹄印："儿子，你一直都喜欢看小鹿，你只管躲在这棵槲树上，我保证你会发现点什么东西的。我和裘利亚继续前去转一转。还有，你的枪就藏进这灌木丛里，暂时你是不会用到它的。"

乔迪藏身于那棵槲树半腰的枝叶中，辨尼和老裘利亚在眼前消失了。他乱糟糟的头发被汗打湿。一缕清风过后，乔迪凉快极了，他把额前的头发掠开，抓着他的蓝袖子擦拭了脸颊，然后静静地躲在那里。四处鸦雀无声。远处有鹰尖锐的叫声，然后又一片死寂，也没有虫鸟在丛林间飞动的声音，没有觅食的动物，没有嗡嗡的蜂和低鸣的虫子。也许是因为正午，在炙热的烘烤下，所有动物都躲藏起来休息了。此刻只有辨尼和老裘利亚在某片灌木丛和桃金娘里面穿行。灌木丛在他下面发出了急促刺耳的声音，他还以为是他爸爸回来了，他的动作幅度过大过快，差点儿暴露出来。这时，他听见了一阵咩咩的叫声。一只小鹿离开一丛低矮的蒲葵的掩护，被他发现了。它一定是一直待在那里的，原来辨尼知道。乔迪小心地吸气。

一只母鹿从那丛蒲葵上一跃。小鹿蹒跚着向母鹿跑去，母鹿低着头，低沉地叫唤着，像是在抚慰它的宝宝。它舔着小鹿的脸，小鹿那热切的小脸上，似乎只凑得下耳朵和眼睛。这是一只带花斑的小鹿，而乔迪是第一次见到这么小的一只鹿。母鹿仰起头，它那大大的鼻孔向空中不断地嗅着，嗅出了它的敌人——人类的味道。它又抬起它的脚踵，在槲树下试探着，发现了猎犬和人的痕迹。它一边随着那痕迹前后移动着，一边抬起头静静聆听。它的耳朵直直地竖着，它发亮的眼睛大大地瞪着。

小鹿咩咩地叫。危险从迫近到消失，母鹿看起来似乎很满意。小鹿开始吮吸着母鹿鼓鼓的乳房，它的头紧贴着母鹿的胸脯，在贪婪的美餐中，还兴奋地晃动着它短短的尾巴。母鹿还是不满意，它不顾小鹿径直来到槲树下面。乔迪知道，虽然他被茂密的树枝掩藏着，但是母鹿依旧闻出了树上的踪迹。它抬头嗅着，寻着。他手上的气味、鞋子的皮味和衣服上的汗味，很容易被它的鼻子嗅到，如同人的眼睛认出树上的路标一样。小鹿对它那香甜的美餐意犹未尽，紧随母鹿身后。那母鹿突然转身把小鹿连滚带爬地踢进灌木丛，随即自己也跃了过去，一眨眼的工夫就不见了。

乔迪这才从他藏身的地方下来。他赶紧跑到小鹿滚进去的地方，它早已不见了。他在地上认真地探寻，却无法找到它们的踪迹。他失望地坐等爸爸回来。

辨尼回来了，他满脸通红，汗水浸湿了他的衣服。

"现在，儿子，告诉我你看到了什么吗？"

"一只小鹿和一只母鹿。那小鹿一直在这里的，然后去吃了它妈妈的奶，而母鹿一闻到我的气味就逃跑了。所以我现在找不到小鹿了。你觉得裘利亚可以找到它吗？"

"只要留下了痕迹，裘利亚就可以追到。但我们还是别去折腾那小家伙了，它现在肯定正在担惊受怕，它肯定离这儿不远。"

"它妈妈怎么可以不顾它而逃走呢？"

"这正是母鹿的聪明之处。一般大多数动物都会带着幼崽逃走，而母鹿不会，它只会把小鹿藏到另一个安全的地方，这样不会引起注意。"

"爸爸，它身上的斑点真是可爱极了。"

"那斑点是呈线形还是错乱的呢？"

"线形。"

"那就是一只小雄鹿了。你高兴吗，近距离地观察它？"

"当然高兴！但是我更想捉住它，喂养它。"

辨尼笑了。他从背包里取出午餐，乔迪却反对地说他更急切于打猎。

辨尼说："我们应该在某个地方吃午餐，一头雄鹿可能会从我们身边经过。猎物经过的地方，是最适合吃午餐的。"

乔迪拿出了他那藏着的枪，坐下来和辨尼一起吃着。他食不知味，似乎只有新鲜的浆果才能刺激他的味觉，让他觉得自己是在吃东西。果浆此时吃着也不够甜滑了。老裘利亚尚欠活力，它静静地卧着，四肢伸展开。在它身上黑毛的衬托下，几处伤疤发白。辨尼仰面躺在那里。

他慢吞吞地说："如果风还是照常刮着，那两头雄鹿便很快会兜一圈来这儿。距离这里四分之一英里远的那几棵松树，只要你爬上其中任何一棵，在那个位置射击的话将会很不错。"

乔迪拿着枪出发了。为了凭自己一人之力干掉一头雄鹿，他要拼尽所有力量。

辨尼在他身后叮嘱："把握最佳时机，记住别过早射击，别被枪的火力冲下来。"

眼前散落着几棵高大的松树，它们被一片长满冬青的平地包围着。乔迪来到一棵最高的松树前，他想爬上去，那样可以看到任何经过的东西。而手拿枪去攀爬那直直的树干不是件容易的事，仅在他爬到最矮的树枝的时候，脚踝和膝盖已经被擦伤了。他停了片刻，接着一鼓作气爬到树顶，那个他向往的最高点。在一丝觉察不到的风吹草动下，松树摇晃了一下。它像是活着的动物和人一样，随着自己的呼吸而晃动。

他想起了小松树被小熊摇晃的情形，他也摇晃着那树尖。而他和枪的重量让树枝立马失衡，它们恐吓似的吱吱作响，好像快要断裂了，乔迪匆忙停了下来。他观察着周围。当他的视线转移到下面的时候，他发现了一只鹰也站在高处凝视着下面，那眼光是狡黠、敏锐又凶恶的。他的眼睛绕着四周缓缓地转了一圈，第一次确信地球是圆的。他想假使把头猛地转一圈，整个地平线便可以收入眼底。

他的视野等同于整片空间，他是这么认为的。他可以察觉到任何一丝风吹草动。他并没观察到什么东西的靠近。突然，一头硕大的雄鹿出现在他面前，它正在觅食，它显然是要吃那早熟的黑果。而它还远在他可操纵的范围之外。他谋划着悄悄爬下松树匍匐着靠近它，但那东西太过于敏锐，肯定在他行动之前就逃掉了。他静候着时机，祈祷着那雄鹿觅食时，可以不知不觉地来到他所能掌控的位置上。而它缓慢的速度让人抓狂。

有那么一小会儿，乔迪都觉得它要走开，去南边觅食了。后来，它直直地向他走了过来。松树枝掩藏着他，他悄悄地举起了枪，心脏剧烈地跳动。但是他无法辨认那头鹿的远近，它看起来好像很庞大，但他还是看不清它的耳朵和眼睛。他似乎已经经历了一场遥遥无期的等待，那鹿才好不容易地仰起头。乔迪把枪瞄准它结实的脖子。

他开枪。然而在那一刹那，他察觉到自己的射击有太大的局限性，他把角度估高了。但他似乎已经打到了猎物，他看见它跃到半空的姿势，感觉那不单单是恐惧的表现。很快，它跳过了冬青丛，呈一条长长的弧形从松树下面闪过。如果此刻他手拿爸爸新的双筒枪，就可以再打上一枪。随即，就在那几秒的时间里，他听见了辨尼的枪声，他激动地颤抖着。

他赶紧爬下树，沿着来时的路跑到阔叶林里。槲树下面，那雄鹿正躺在那里。辨尼早已开始剥皮了。

乔迪问道："我打中它了吗？"

"是的，干得很棒。只不过它还没有被击倒，我在它跑掉的时候又补了一枪。你打得有点高了。"

"我知道。在开枪的那一刻，我就意识到了。"

"没关系，你正是要通过这样的过程来学习。看这里，是你的子弹，那儿是我的。"

乔迪弯下身子打量着这优良的身躯。当他见到那空洞的眼睛和正在流血的喉咙，感觉心里一阵恶心。

他说："其实我们也希望不需要打死它就有食物。"

"是这样的，但是我们必须吃东西。"

辨尼的操作很熟练。他那简陋的猎刀刀把是用玉米心做的，刀刃已经不是特别锋利了。只见他割开鹿肉，将那重重的鹿头宰了下来。他剥开它膝盖下面的鹿皮，绕了一圈将它们绑在了一起，然后把鹿扛在了背上，他的举动看起来是那么稳妥。

"保尔西可能会向我们要这张鹿皮，如果我们去福留西娅镇剥鹿皮的话。"他顿了顿，"如果你想把它送给赫托奶奶，我们就不送他了。"

"她肯定想把它做成一张地毯的，我想。我还想亲自打死鹿，将鹿皮送她。"乔迪说。

"好的，那鹿皮就随你处置了。我要拿一块前脯肉作为我的礼物。奥利弗出海了，他现在没有带给她野味了，除了我们。那愚蠢的北佬只会绕在她身边碍事，哪会打猎。"辨尼又笑着补充说，"也许你最好把鹿皮去送给你的心上人。"

乔迪瞪大眼睛怒视着辨尼："爸爸，你又不是不知道我没心上人。"

"那我怎么看见你们手拉手玩得很开心呢，你不想念尤拉莉亚吗？"

"我哪有和她牵手，那只是我们一起玩的游戏罢了。我发誓你再说一次，爸爸，我就死给你看。"

　　几乎很少有辨尼戏弄他儿子的时候，但是偶尔会有那种机会，让他不得不这么做。

　　"奶奶才是我的心上人。"乔迪说。

　　"好吧。我只是说出了事情本来的样子。"

　　父子俩走在又漫长又闷热的沙路上，辨尼汗流浃背，却依然在那头鹿的重压下神清气爽地向前走。乔迪想帮他背一段路，但他摇摇头。

　　"这种东西只适合大人来背。"他说。

　　他们过溪后又行进了两英里的窄道，才上了那条大路，那条通往福留西娅镇的大路。途中，辨尼歇了一小会儿。一天快要结束的时候，乔迪知道他们已经离波特拉堡不远了，因为他们已经路过迈克·康纳船长的家。走到一处拐角的时候，他们已经看不见松树和胭脂栎这些旱地植物了，一片翠绿展现在眼前。这儿有香枫和月桂，有像路标一样标示着江河的柏树，有低丛里迟迟盛开的野杜鹃，一路还有那热情的花儿打开它淡紫色的花冠。

　　他们到了圣约翰河。河水在天色下幽深而冷清，对在它上面来回的船只和沿岸用水的人们视而不见。乔迪凝视着这条与外界沟通的通道，辨尼则向对面召唤着船只。一个男人撑着一艘简陋的木筏前来，然后他们上了船。他们看着那流水发着呆。

　　辨尼付了摆渡钱之后，两人走过一条弯弯的石子路，来到福留西娅镇的一家店铺。

　　辨尼招呼店主："最近可好，保尔西先生？你觉得这东西怎么样？"

　　"太好了，轮船上这个很受欢迎，船长一定喜欢。"

　　"鹿肉现在是什么价呢？"

　　"还是老样子。一块肉一元五。我保证，在这河周围游玩的城里人最喜欢这个。但是你我都知道，那鹿肉的味道，远不及猪肉的半成。"

　　辨尼把鹿拖到肉板上剥皮："是的，只是对于一个没有打鹿条件的大肚皮来讲，鹿肉可是极具诱惑力的。"

说着他们哈哈大笑起来。辨尼是这家店里最受欢迎的买卖人，他会讲一大堆逗人开心的趣事，他的幽默就如同他做的买卖一样让人舒心。在这个镇上，保尔西是人们心中正直的法官，乃至"百科全书"。即使此时在他那狭窄到密不透风的小店里，他看起来还是一位领导者，如同指挥导航的船长。他的货物简直太多了，有日用品、整个镇子稀有的奢华品，还有犁、拉车、四轮马车、生产工具，连同日常食材、威士忌、五金器具、干货和药品。

"我明天回去的时候，要把一块前脯肉带回去给我妻子，还有一块前脯肉是送给赫托奶奶的。"辨尼说。

"为她的老灵魂而祈祷。我也不知道为什么我要说'老灵魂'，但假如一个人的妻子能像赫托奶奶那样永远有一颗年轻的心灵，那么生活就成了一种享受。"

乔迪沿着柜台下的玻璃边走边看，柜台里面有各种饼干和糖果，有博罗和洛基世的全新的刀，还放着鞋带、纽扣和针线。靠墙的架子上放着粗劣的货品。水桶和大水罐、脸盆和猪油灯、崭新的煤灯、咖啡壶、长柄煎锅连同荷兰炖锅，它们被紧凑地摆放在一起，就像一窝奇特的幼鸟。他的眼光扫过器皿，看到了那些衣服和布料。有印花棉布和柳条棉布，有斜纹粗棉布和赝品，有家用布和手织布。他看到那几匹羊驼毛棉、亚麻布和绒面呢上布满了厚厚的一层灰。像这种奢华布料很少有人买得起，何况现在是夏季。杂货、香肠、奶酪和熏肉被放在了店铺的后面。在它们旁边是桶装的糖、面粉、粗砂和青咖啡豆、袋装的土豆，还有小桶装的糖浆和威士忌。乔迪对这里的东西倒是没有什么兴趣，于是转身回到玻璃柜台那里，他看到一个生锈了的口琴摆在一团甘草上面。他顿时被吸引住了，用他那鹿皮换这个口琴的想法诱惑着他。他想，如果那样的话，他就可以为赫托奶奶吹上一曲，和福列斯特兄弟们合奏的话也不错。但是，对于赫托奶奶来讲，可能鹿皮更能博取她的欢心吧。

保尔西招呼他："孩子，你爸爸很久没来这里了。我可以送你一角钱的东西，你挑一个吧，不管是什么。"

他热切地看着那些东西。

"我觉得那口琴不止一角钱吧？"

"嗯，对。它放在那儿很久没人理了，尽管拿去吧。"

乔迪那渴望的眼神看了糖果最后一眼，他琢磨着，他应该可以在赫托奶奶那儿吃到糖果的。

他说："谢谢您，先生。"

保尔西说："真是个有礼貌的孩子，白克士忒先生。"

"他正是我心里的安慰。"辨尼说，"我们失去了那么多小孩，但我想有时候我可能太过宠溺他了。"

乔迪感到心里暖暖的，他想他以后要表现得更绅士，更优雅。他自豪又潇洒地走开，瞥见门口闪过一个人影。原来是保尔西的外甥女在那里，她正傻傻地望着他。他愤恨的血液立马沸腾了起来，他讨厌她，因为他曾受过她爸爸的嘲笑；他讨厌她，因为她那难看的头发像猪尾巴一样悬挂着；他讨厌她，因为她那一脸比他还多的雀斑；他讨厌她，还因为她又尖又小的如同松鼠般的牙齿、手脚和瘦长身躯上的每一块骨头。他立马行动起来，弯腰从一个麻布袋里拿出一小块土豆，举得高高的。她挑衅地看着他，还像条束带蛇一样朝他吐舌头，接着用两只手指捏着鼻子表现出厌恶和恶心的样子。他把土豆扔过去，正好掷到她的肩膀上。她叫了一声，往后退去。

辨尼喊道："乔迪，你在干什么？"

保尔西皱着眉头走过来。

辨尼严厉地批评着："立马给我滚出去！保尔西先生，口琴还是不要给他了。"

乔迪到外面，正是骄阳正烈的时候。他觉得自己丢脸了，但是如果再给他一次机会的话，他还会那么做，而且他会给她扔一个更大的土豆。辨尼的买卖成交之后，便过来了。

辨尼说："真是糟糕透顶，让我为你蒙羞。你妈妈说得真对，不该让你和福列斯特兄弟们在一起闹腾。"

乔迪拖着脚走着："不管怎么样，我讨厌她！"

"我很无奈，不知道要说些什么。你怎么会想起这么做！"

"无论如何，我就是讨厌她。她扮鬼脸，那样子真恶心。"

"但是，你这一辈子，难道见到丑女人都要向她们扔东西吗，儿子？"

乔迪倔强地朝沙地吐口水。

"嗯……就是不知道，赫托奶奶对这件事会发表什么看法。"辨尼说。

"啊！不要告诉她，爸爸，求你别告诉她。"

辨尼脸沉了下来。

"爸爸，我保证我会乖乖的。"

"我不知道她还会不会得到你的鹿皮。"

"爸爸，把它给我吧。我保证如果你不跟她说的话，我以后不会向任何人扔东西。"

"好，只此一次，以后别让我看到你做这种事情。把你的鹿皮拿好吧。"

他打起了精神，内心焦虑的乌云散开。他们走到北边那条沿河的小路。路边的牡丹开得正旺。远处的巷子里那一簇夹竹桃也正毫不逊色地盛开着，红鸟们被它们引诱到了巷子里。它们沿着巷子一直蔓延到白色栅栏边的大门。栅栏里面是赫托奶奶的花园，那花园伸展在那儿像极了一张五颜六色的被子。金银花和茉莉花的藤枝翠叶爬上她那白白的小茅屋，将它牢固地拽在地上。这儿所有的东西在乔迪眼里都是亲切而熟悉的，乔迪穿过花园中间的小道，飞快地跑过如羽毛般柔软的、玫瑰红与淡紫色相间的花簇。

他叫道："我来了，赫托奶奶！"

小屋里传来一阵轻快的脚步声，接着，她站在了门口。"乔迪！你这个坏东西！"

他跑上前去。

辨尼喊道："小心别把奶奶撞倒了，孩子。"

赫托奶奶拥抱他那瘦小的身躯，而他用力地蹭着，挤得她叫了起来。

"你这个熊崽子。"她说。

她咯咯地笑。他抬头，仰起脸也开心地和她一起笑。他边笑边望着她，她那粉色的脸带有皱纹。她的眼睛黑得就跟浆果一样，它们在她笑的时候一开一合，周围的皱纹也随着浮动。她笑的时候全身颤动，她那小小的鼓起的胸就像一只鹌鹑在抖擞着。

乔迪趴在她身上像小狗一样闻着："唔……奶奶，你闻着真香。"

辨尼说："赫托奶奶，这次不论怎么说都不要替我们辩护了，我们两个真是一对臭味相投的家伙啊。"

乔迪接下话说："哪里的话，挺好的啊，除了打猎的气味，还有鹿皮、树叶和臭汗味。"

她说："这不是正好吗，我现在空虚得很，巴不得闻闻孩子和男人的气味呢。"

辨尼说："不管怎么样，这些刚刚打的鹿肉就当作是我们赔罪的诚意了。"

"连同这张鹿皮，可以为你做地毯呢。这个归功于我，是我打伤它的。"乔迪说。

她的双手高高地举了起来，他们的礼物似乎瞬间贵重了很多。她抚摸着鹿肉和鹿皮。乔迪心想，他可以独自去猎一头黑豹来报答她的认可。

辨尼对她说："小心别把你的小手弄脏啦。"

她从它们上面感受到了男人的勇敢和刚毅，就像骄阳汲取水分一样。男人们被她的洒脱不羁所吸引，年轻人和她交往后会成为一名冒险的勇士，老年人为她那头银色的卷发而沉迷。她身上有一种经久不衰的女人味，它能让所有男性变得充满男子汉气概。这一切令女人们愤怒，白克士忒妈妈带着对她深深的厌恶在她那儿住了四年之后，回到了垦地。但这位老人以德报怨。

辨尼说："我去把肉放到厨房，鹿皮的话最好挂在小屋墙上。我来弄好它们。"

乔迪召唤道："过来，拉毛！"

只见那小白狗欢快地跑过来，它像个球一样一下子弹到乔迪面前，舔他的脸。

赫托奶奶说："它一见到你就得意忘形了，好像见到它的亲人一样。"

拉毛看到了正一动不动地歇着的老裘利亚。它的毛立马竖了起来，走向老裘利亚。老裘利亚耷拉着长长的耳朵，不动声色地坐在那里。

赫托奶奶说："我喜欢你们的那条狗，它看起来真像我的舅妈露西。"

辨尼拿起鹿肉和鹿皮去屋后了。这个地方是永远欢迎他们父子两个和身经百战的老猎狗的。乔迪想，在这里待着比回到妈妈身边还要舒服。

他说："我想你遇到我便没了好运，而你的确始终能容忍着我。"

赫托奶奶咯咯地笑："是你妈那样对你说的吧。你们来这边，她没有反对吗？"

"只是没有像平时那么强烈地反对。"

"你爸爸娶了一个让鬼见了都发愁的女人。"她刻薄地说。

接着，她把手指举到空中。

"我打赌你想去游泳。"

"河里游吗？"

"你尽管扎进去。当你出来的时候，我会给你一些奥利弗的干净衣服。"

她并没有告诫他鳄鱼、水蝮蛇和急流的威胁，她仿佛明白乔迪肯定有自己的主见。乔迪一路跑到河岸，只见流水深不见底，河岸两边被水花拍打着，发出潺潺水声。而那水体中心只是缓缓地流淌着。急流涌动的水面上，是那快速漂泊的叶子。乔迪在那木制的岸上徘徊了片刻便跳了进去。他喘着气往那冰凉的上游赶去，然后保持和河岸相近的距离，那个地方水流缓一点。

而这几乎是徒劳。河畔又黑又高的树林让他觉得，他似乎被束缚在两岸的槲树和柏树里面了，他还假想着他被身后一条鳄鱼追杀着。于是，他绝望地游。他用他那狗刨式，好不容易地从这儿到了那儿。他怀疑自己是否能坚持游到上游那里的河岸，那个来往渡船经过和轮船泊岸的地方。接着，他便朝自己所想的那个地方泅去。途中他将一根柏木杆作为自己暂时的依靠，贴着它喘了口气。不久后他又出发了，离那岸看着还有一些距离。他穿着衬衣和裤子，这让他游得极不自在。他想要脱光它们游泳，他知道赫托奶奶肯定不会介意的。其实他挺想知道，如果妈妈知道了福列斯特兄弟们脱光衣服唱歌跳舞的话，她会怎么说。

他往回看了一眼，只见赫托奶奶家的河岸已经在那河流拐角处消失了。眼前黑色涌动的流水让他惊慌失措。他又一次转身的时候，湍急的河水抱住了他，他便不自觉地像一颗子弹一样冲向下游，任凭他怎么往河岸边奋力地游。急流的触角抵着他，他被牢牢地控制住了。他想，也许他会被它抓到福留西娅镇的水闸那里，接着被冲到庞大的乔治湖，甚至漂进茫茫大海中。

他盲目反抗着，却感觉自己踩到了地上，这才发现自己已经搁浅在了离河岸很近的地方。他松了口气，小心前行，终于上了那木质平台。深呼吸之间，心里的恐惧已经了无踪影，反而在那冰冷的流水和刚刚的险境之后，他振奋起来。

辨尼站在岸上："好一场勇敢的拼搏，而我只满足于在岸边洗个澡。"然后，他小心翼翼地下了岸。他说："要让我的脚离开地面我可不踏实，我已经不是天不怕地不怕的小伙子了。"

乔迪很快便上了岸，然后两人来到了小屋后面，那里早有赫托奶奶为他们准备好的干净衣服。她拿给辨尼的是过世已久的赫托先生的衣服，衣服看着有些发霉了。她给乔迪的是很久前奥利弗穿的衣服和裤子，奥利弗现在已经穿不上了。

她说道："据说，如果想保存一样东西，你得七年用一次。二乘七是多少呢，乔迪？"

"十四。"

"不用再问他了，就算是我和福特斯特兄弟们去年冬天请的那位老师，他自己几乎也不知道。"

"嗯，事物本身远比书本上来得重要。"

"不错，但是读、写和算数是必须的。对于乔迪的话，我传授给他的东西，他往往都能掌握得很好。"

他们在棚屋里把衣服和头发收拾好。他们看着身上借来的衣服，觉得它既干净又陌生。乔迪长满雀斑的脸亮亮的，他那褐色的头发湿湿地服帖在头上。穿好自己的鞋子之后，他们用自己的脏衣服擦拭掉上面的灰土。赫托奶奶在外面叫他们，他们赶紧进里屋。

屋子里又是那股亲切熟悉的味儿，虽然他从不知道那里面的成分。赫托奶奶的衣物上香香的薰衣草味道很容易嗅到；她放在炉灶前面的那个小罐里的干草味；她那橱柜里的蜂蜜味；她的油酥点心、水果蛋糕和面粉糕饼的香味；还有她给拉毛洗澡时所用的肥皂味和从窗外蔓延进来的花香。然而盖过这一切的，是那穿过小屋的河水的气息，那气息将小屋包围，小屋内外到处是河水带过来的难闻的湿气和羊齿的霉味。

门是开着的，他从那儿看向屋外，河边有一条小道，那里开满了万寿菊。夕阳下，河水金光闪闪，像几内亚的黄金，又像是金色的花朵。河水缓缓流着，乔迪的心也跟着它一直漂到了海洋上，奥利弗——那个洞察整个世界的神奇人物，正在海上乘风破浪。

赫托奶奶为他们拿来斯卡珀农葡萄酒和甜饼。乔迪被准许喝了一点像酉尼泊溪水一样清冽的葡萄酒，辨尼大口喝着。乔迪希望它能更甜一些，比如像黑莓汤那样，他心不在焉地吃着饼干。很快，他便害羞地停了下来，眼前的盘子已经空空如也。而如果在家的话，此刻他必定会被妈妈数落一顿。只见赫托奶奶夫橱柜边又满满地添上了一盘。

"不要愧对你的晚餐。"她说。

"我发现的时候总是太晚了。"

乔迪跟着她进了厨房。她把切成片的鹿肉进行烘烤，他有点焦虑地撇着嘴。对于白克士忒一家来说，那肉算不上优厚的招待。而当她打开炉灶门时，他发现还有其他的东西在煮着。她有一个铁炉灶，那扇紧闭的铁门总是将无数好吃的都藏在它身后，从那里出来的食物，总是比他家那个老是敞开着的炉灶出来的食物要神秘。虽然那饼激不起他的胃口，但是飘至而来的香味让他直流口水。

他游荡在爸爸和赫托奶奶之间。辨尼安静地坐在屋子前面一把坚实的椅子上，周围布满了阴暗和黑影。这里虽然没有在福列斯特家那样亢奋，但带给人踏实又温馨的感觉，这种感觉如同冷夜里暖和的棉被一样紧紧裹着他。对于辨尼来说，在这儿有好吃好喝的肉、酒在他眼前，而在家却只有各种任务和琐碎困扰着他。乔迪上前去帮赫托奶奶干活，却被她从厨房赶了出来。于是，他便跑到院子里逗拉毛。老裘利亚奇怪地望着他们，玩耍对于它和它的主人来讲，简直就是不可思议的事情。它那黑色和褐色毛掺杂的脸上依旧一副一本正经的苦力狗模样。

晚饭准备好了。乔迪认识那么多人，但只有赫托奶奶一个人设立了单独的房间吃饭。他们所有人都是趴在厨房里面的松木桌上吃饭的，所以直到她把吃的拿过来的时候，他还盯着桌子上的白布和蓝盘子。

辨尼说："我们这对流落街头的人，有幸坐在了这美餐面前。"

可话一说完，他便和赫托奶奶笑着闲聊起来，那是在他自家桌子面前所没有的神态。

他对她说："我惊讶的是你的爱人到现在还没有露面。"

"所有人都说他理当被投到河里去，除了你，辨尼·白克士忒。"

"这就是你对待可怜的伊淬的方式，啊？"

"只可惜他还没被溺死，那个受到耻辱还不觉悟的人。"

"你可以正式地接纳他，然后以合法的方式扔掉他。"

乔迪猛地笑起来。他觉得他无法边听他们的对话边吃饭，他发现他已经被落在后面了，于是便只顾着大吃起来。那条鲈鱼刚刚从伊淬的网里弄过来，配着诱人的香料，吃起来又脆又香。而且，在自家每日三顿的甜薯之后，那爱尔兰土豆真是美味。还有那早早成熟的玉米，他自家的玉米很少有这么鲜嫩的，因为他们总是迫切地想把地里所有的玉米都储备起来。乔迪为他没有本事吃完所有东西而惋惜，他所有的精力只能用在软软的面包和果胶上。

辨尼说："他在这里被惯成这样，回家后他妈妈又要像对待一只新猎犬一样去为难他。"

吃完饭，他们穿过花园，来到河边散步。过往的轮船上，那些游客向赫托奶奶招手，她也伸手回应他们。太阳快要下山了，只见伊淬·奥赛儿穿过小道，走进屋里干杂活。

他走近了，赫托奶奶望着他："现在瞧着，难道他不像扫把星吗？"

乔迪心想，伊淬看着确实和一只落汤鸡没什么两样。他的脖子后面耷拉着一缕缕灰色的头发，他那稀稀落落的长须延伸到了他的下巴下面，他的两条臂膀就像小鸟脆弱的翅膀一样贴在身侧。

"瞧，"她说，"苦闷的北佬，他的双脚就像短吻鳄的尾巴一样拖在地上。"

"他确实难看，"辨尼不得不承认，"但是他足够温顺，像狗一样。"

"我讨厌令人怜悯的男人，我讨厌所有卑躬屈膝的东西。"她说，"他的腿弯到这种程度，裤子简直要在地上画一串符号了。"

伊淬慢吞吞地走到屋子后面去。乔迪听到了奶牛那边他的声音，接着又听到声音转移到了柴堆那里。当一天所有的活干完，他才小心翼翼地上了屋前的台阶。辨尼与他握手，赫托奶奶向他点头。接着，他清清嗓子，但是如亚当的苹果一样，他的喉咙动了动却停了下来。最后，他没有再尝试着开口，而是坐在最下面的那级台阶上。所有人都兴奋地谈论着，他看起来似乎已经很知足的样子，灰色的脸上泛出了些生气。昏暗的光线下，赫托奶奶消失在屋子里了，他才呆板地站起身来准备走。

"天哪，如果上帝赐予我像你一样滔滔不绝的口才，她可能就不会对我这么差。你觉得她不肯宽恕我是因为我是个北佬？如果是的话，辨尼，我发誓，我愿意唾弃我的旗子。"他对辨尼说。

"哎，你知道吗，一个女人对自己的看法固执，和一条短吻鳄咬住肉不放是一样的道理。北佬取走她的针线，致使她不得不带着三个鸡蛋到圣奥古斯丁去换来一包针，这是她不可能忘掉的事情。如果北佬战败的话，她还有可能宽恕你。"

"但我就是一个败军，辨尼。我曾被狠狠地打败。在博尔乐，你们的叛军让我们惨败。天哪，我恨它。"那些往事历历在目，他擦擦眼睛，"你们赢了，你们一个抵得上我们两个。"说着，他慢吞吞地走开了。

"这个惨败的北佬还想追求赫托奶奶，真是不自量力。"辨尼说。

屋内，辨尼拿伊淬来困恼赫托奶奶，就和他开乔迪和尤拉莉亚的玩笑一样。她也竭力回击，而他们的回合却是亲切的。他们所谈及的让乔迪想起了自己那件良心上过不去的事。

他说道："奶奶，雷姆·福列斯特说吐温·维萨贝是他的甜心。我说她是奥利弗的女朋友，但是他听了之后很生气。"

"奥利弗回来之后，应该会注意的。"她说，"如果那个福列斯特会公平决斗的话。"

然后，赫托奶奶让他们到屋子里去休息，那间奥利弗提到过的雪白的卧室。他手脚伸展开，躺在爸爸身旁那床洁净的被单上。"赫托奶奶的生活难道不好吗？"

辨尼说："这只是一部分女人的生活方式。"他又忠诚地说，"不要觉得你妈不近人情，她的确没有赫托奶奶拥有的东西多，但那也是因为她本来就一无所有，那是我的责任。她不得不过着粗鄙的生活。"

乔迪说："我真希望赫托奶奶是我的亲奶奶，我还希望奥利弗也是我的亲戚。"

"怎么不可以，感觉像亲戚的人们，把他们当亲戚就行了。要不你和赫托奶奶一起住在这儿？"

乔迪在脑海中想象着垦地的茅屋。夜鹰可能已经开始哀鸣了，狼也许在嗥叫，豹也要长啸了。凹洞里，会有鹿们去饮水，雄鹿是自个去的，母鹿要带着它的小鹿。而某个角落里，小熊们会挤在一起。这儿的白桌布和白床单是远不及白克士忒岛的有些东西的。

"不，我只想把赫托奶奶带到我们家去，和我们一起住。但必须先让我妈妈接受她。"

辨尼咯咯地笑起来："小家伙，你快要长大了，得学着去了解女人……"

第十二章 奥利弗

The Yearling

破晓时分，乔迪听到从赫托家岸边传来货运和客运轮船经过的声音，他从床上爬了起来。窗外，轮船的灯光在黎明的天色下很灰暗，桨轮迅速地在河水里搅拌。轮船在福留西娅镇发出尖细的鸣笛声，他细听起来，他听到它好像停泊了，然后接着又朝上游开走了。他莫名其妙地关注着轮船的往来，无法再次入睡。院子里，老裘利亚在叫。辨尼在熟睡中动了几下。他的脑子此时陷入了无比清醒的警戒状态，一丝风吹草动就能让他惊起。

他想轮船停下了，是来人了。老裘利亚低声吠着，接着呜呜地哼唧着。

"应该是它认识的人……肯定是奥利弗！"他激动地从床上跳了下来。

他没穿衣服就跑了出去。拉毛也醒了，尖叫着从赫托奶奶门边的窝里蹿出来。

"都出来，你们这些懒惰的旱鸭子！"

赫托奶奶也从她的房间里跑过来，头戴一顶白睡帽，穿一身白色的睡衣。她来不及停下来把她肩上的披肩系牢，只好一边跑一边将它绑好。

奥利弗只一跳就到了台阶上，活像一头雄鹿。乔迪和赫托奶奶以风驰电掣的速度扑向他，他抱着赫托奶奶的腰欢快地旋转着，而她用小拳不停地捶着他。乔迪和拉毛叫着以吸引他的注意。奥利弗便挨着将他们抱起来旋转。

不知何时，衣装整齐的辨尼已经镇定地站在旁边，他与奥利弗热烈地握手。奥利弗白白的牙齿在黎明暗淡的光线中发亮。

"把这对耳环给我，你这个海盗。"赫托奶奶则发现了另一处光亮，她踮起脚尖够到了他的耳朵，只见一对金色耳环在奥利弗的耳垂上挂着。她把它们扭下来，戴上了自己的耳朵。他大笑间拉扯着她使劲摇晃，拉毛发狂地吠着。

在这片骚乱中，只听辨尼说："神啊，乔迪，你怎么光着身子？"

乔迪呆住了片刻，拔腿就跑。奥利弗抓住了他，赫托奶奶扯下肩上的披肩拦腰给他系好。

她说："我在情况紧急的时候，可能也会不穿衣服跑出去的。奥利弗回来每年可只有两次机会呀，孩子。"

乔迪说："反正我跑出来的时候天还没亮。"

骚动渐渐平息。奥利弗把行李放进屋内，乔迪在他身后寸步不离。"这次你都去了哪些地方？你见过鲸鱼了吗，奥利弗？"

辨尼说："乔迪，先让他歇歇。他现在可不是喷泉，能把所有故事像喷水一样都给你喷出来啊。"

但是奥利弗的故事正在喷出来："这正是一个水手回家的目的：看望他妈妈和他的女朋友，还有自吹自擂。"

他曾去过热带地区。乔迪恨自己离开这么久，去穿了借来的衣裤。他和赫托奶奶挨个不停地问奥利弗各种问题，这位远途归人不停地回答着。赫托奶奶一身横条花布衣服，头上银色的卷发是特地梳好的。她在厨房里为他们做早餐。奥利弗则打开他的行李袋，把里面的东西倒在了地板的最中央。赫托奶奶说："我不可能把做饭和看你的东西兼顾起来。"

奥利弗说："那我还是传达上帝的意思，让妈妈你去做饭好了。"

"你好瘦。"

"我是瘦了，而且瘦得只有骨头了。我一直想着回家好好吃一顿。"

"乔迪，来把火烧大，然后把火腿切片，连同那熏肉和鹿肉。"

她把碗从橱柜里取出来，打了几个鸡蛋，再搅和。乔迪一干完活又去找奥利弗。太阳出来了，阳光溢满屋子。奥利弗、辨尼和乔迪围在那里瞧那行李袋里面倒出来的东西。

"我给每个人都带了礼物回来，除了乔迪。有趣的是，我竟然把他忘啦。"奥利弗说。

"不会的，你不可能也从来不会把我忘了。"

"那你瞧瞧，你能知道哪个是你的礼物吗？"

乔迪放下一捆显然是给赫托奶奶的丝绸，然后把那些从别国拿回来的衣服放置一旁，那些香水味和陈腐味混合着的怪异的服装。他又瞅见一块用法兰绒裹着的方巾，奥利弗拿走了它："这是给我女朋友的。"

还有一个袋子的口已经松了，乔迪看到里面满是玛瑙和透明石头。他丢下它，拿起另一包东西闻了闻。"是烟草！"

"那是给你爸爸的，从土耳其弄来的。"

"天哪，奥利弗……"辨尼打开后很是惊奇，那浓浓的烟草香使得整个屋子一阵清香。"天哪，奥利弗，我都不知道我什么时候得到过别人的礼物。"

乔迪拿捏着一条又长又重的东西，感觉是金属制品。"肯定是它！"

"你不看的话准不知道是什么。"

乔迪心急火燎地拆开那个东西，原来是一把猎刀。它掉在了地上，那刀刃又亮又利。乔迪直直地盯着它："一把猎刀，奥利弗……"

"设想一下，如果你要一把粗钝的刀，就如你爸爸那样的……"

乔迪冲上去握紧了它。那又长又亮的刀刃在阳光下晃眼极了。

"丛林里不会有第二把这种猎刀，包括福列斯特兄弟们。"他说。

"我也是这么想的，我们总不能让他们老是得意忘形吧？"辨尼说。

乔迪望着奥利弗手里那块法兰绒方巾，在奥利弗和福列斯特兄弟之间，他感到心神不定。

他终于忍不住叫了起来："奥利弗……雷姆·福列斯特说吐温·维萨贝是他的女朋友。"

奥利弗笑起来，双手来回丢着那块小方巾。"要知道，福列斯特兄弟没有一个讲真话的，没有人可以把我的女朋友抢走的。"

乔迪心里的石头落地了。他把一切毫无保留地告诉了赫托奶奶和奥利弗，他的良心已经不会受到谴责了，而奥利弗也毫不在意。他又想起了雷姆那张积着怒火的脸，但眼前这些异国他乡的奇珍异宝很快又将他的心神带走了。

吃早饭的时候，乔迪注意到赫托奶奶根本没碰她的盘子一下，她不停地给奥利弗夹菜，让他吃得饱饱的。她那双亮亮的眼睛像饥饿的燕儿一样一直眼巴巴地望着她的儿子。奥利弗坐在那儿，看起来玉树临风。他脖子上那古铜色的肌肤在衣领敞开的地方显露出来。他的头发久经日晒，隐约泛着红光。他的眼睛是灰蓝色，还闪着绿光，那正是乔迪所想的大海的颜色。乔迪飞快地用手盖着自己短扁的鼻子和满是斑点的脸，并悄悄地用手探到后脑勺顽固突起的鸭尾巴。他开始对自己很不满意了。

他问赫托奶奶："奥利弗生下来就很好看吗？"

辨尼说："这个我清楚，他小时候还不如我和你好看。"

奥利弗沾沾自喜："乔迪，你不用为这事情烦恼，你长大后一定和我一样好看。"

乔迪说："有你一半好看也好。"

奥利弗说："我想让你去把我们刚才所说的告诉我的心上人。"

赫托奶奶皱皱鼻子："水手们追姑娘都会赶在回家之前的。"

"我听说，"辨尼说，"水手们对爱情的追求从来不会停止。"

"那么乔迪呢？"奥利弗问道，"你找到你的心上人了吗？"

"不会吧，你还不知道啊，奥利弗？"辨尼说，"乔迪正为尤拉莉亚·保尔西着迷呢。"

乔迪感到一团愤怒的火焰在心里熊熊燃烧着，他有一种像福列斯特兄弟们那样怒吼着去恐吓所有人的冲动。他支吾着说："我……我恨女孩子，我最恨尤拉莉亚。"

奥利弗奇怪地问："为什么啊？她有什么不好吗？"

"我讨厌她的歪鼻子，她长得像只兔子。"

奥利弗和辨尼都被逗笑了，他们互相拍打着。

赫托奶奶说："从现在起你们两个人都停止为难这个孩子吧，难道你们忘了你们以前的样子吗？"

乔迪的怒气在对赫托奶奶无比的感激之下立马无影踪了。只有赫托奶奶每次站在他这边替他说话。其实也不是，他想，辨尼也总是庇护着他的。每当妈妈蛮不讲理时，辨尼就会说："随他去，奥拉，我小时候也是如此……"所以他忽然明白了，爸爸只是在这里拿他开玩笑，随朋友们玩乐罢了。其实，关键时刻，爸爸从来没丢下他。

他咧开嘴笑了，对辨尼说："我猜你肯定不敢跟我妈妈说什么我有心上人之类的话。否则，后果会比我养一只黄鼠狼还要严重。"

赫托奶奶问："你妈妈会教训你吗？"

乔迪说："我和爸爸都会挨她骂的。我爸爸会更惨一些。"

"她竟然不感激他，"赫托奶奶说，"她只是不懂得欣赏。"她又叹息道，"一个女人一辈子必须先爱过一两个坏男人，才会感激后来的好男人。"

辨尼谦逊地望着地板，默不作声。

乔迪对赫托奶奶的丈夫好奇了起来，赫托先生到底是个好男人还是坏男人呢？他不敢问赫托奶奶，毕竟他去世已久。不管怎么样，这个问题还是没有意义的。奥利弗站起身子，伸了伸他长长的腿。

赫托奶奶问："你在家才待了几分钟就要走吗？"

"就出去片刻而已。我得到处溜达一下，和那些邻居打个招呼。"

"是那个黄毛丫头吐温吧，啊？"

"是的。"奥利弗弯下身子抚弄他妈妈的卷发，"辨尼，你们今天就不要回家了吧？"

"我们做完买卖就要往回赶。奥利弗，我好恨，恨这个周末不能和你们在一起玩闹。我们礼拜五赶过来，然后把鹿肉给保尔西，让他及时和今天北边驶来的轮船交货。让奥拉一个人一直在家终究不太好。"

"不，"赫托奶奶说，"只怕豹子可能会把她抓走。"

辨尼向她瞥了一眼，她正在一心一意地抚弄她围裙上的折痕。

奥利弗说："那就岸上见。"

他走了，把他的水手帽挥手甩在了他的后脑上，随后传来他的口哨声。乔迪忽然觉得冷清了许多，总是会有一些突发情况让他不能听奥利弗的故事。他的感觉告诉他，每当奥利弗讲故事给他听的时候，他都会很乐意地在岸边坐一个下午，但是他从未有满足的时候。奥利弗讲了几个故事的时候，就会有人来访，或者就是一些别的事情让奥利弗不得不去做。反正他的故事从来都没有讲完过。

"他从来没有给我讲过一个让我满足的故事。"他说。

赫托奶奶说："同样，我也没和他待过太久的时间。"

辨尼来回踱步，在走与留之间犹豫着："我讨厌离别，尤其是现在奥利弗也在的时候。"

"他回到我身边，然后又离开我，这样的想念远比他在海上的想念强烈。"

乔迪说："都怪吐温，都是他的女朋友的错。我想我永远都不要女朋友。"

对于奥利弗把他们撇下，他心里充满愤恨。奥利弗破坏了他们四个人那原本亲密无间的团伙。辨尼似乎很满足于屋子里的宁和，他不停地往他的烟斗里塞着奥利弗带给他的烟草。

辨尼说："我真的很恨……但是我们必须得走了。我们必须去完成那个买卖，而回家步行的路长远而颠簸。"

乔迪顺着岸边溜达着，朝拉毛扔树枝，然后便看到伊淬·奥赛儿朝这边急匆匆地跑过来。他叫道："快让你爸爸过来，别让赫托夫人听到了。"

乔迪赶紧穿过花园去叫他爸爸。

辨尼出来了。伊淬上气不接下气地说："奥利弗正在和福列斯特兄弟们打架。是在店铺外，先和雷姆打起来，然后福列斯特兄弟们都上去打他，他们快要打死他了！"

辨尼立马跑向那店铺，乔迪在后面追得好辛苦。伊淬赶在他们身后。

辨尼回过头朝乔迪喊道："我们一定要在赫托奶奶拿着枪过来之前把问题解决了。"

乔迪也喊道："我们去帮奥利弗打架吗？"

"我们去帮挨打的人打架，帮奥利弗。"

乔迪的脑袋像风车般旋转着："爸爸，你说过，如果想在白克士忒岛上存活下去，就必须和福列斯特兄弟们做朋友吗？"

"我是说过，但是我更不想看到奥利弗受伤。"

乔迪发愣了，在他看来，奥利弗纯属自作自受。因为他为了一个女孩抛下了他们，他甚至幸灾乐祸于他惹上了福列斯特兄弟们。他想可能奥利弗被打之后会回家，然后吸取教训。吐温·维萨贝……他向地上唾了一口。最后，他想起了小翅膀，他无法想象……他再也不能和他做朋友了。

他朝他爸爸喊："我不要去帮奥利弗打架。"

辨尼没有开口，他只顾着飞快地狂奔。保尔西店铺前的沙地上，那场战斗正在激烈地进行着，沙路上已经乌烟瘴气，像仲夏的龙卷风一样。他还没看清打架的都有谁，就听见了一片叫喊声，大概福留西娅镇的人都凑在这里了。

辨尼气喘吁吁地说："这群看热闹的白色负鼠，根本不在意谁的死活。他们只管看别人打架。"

乔迪看见吐温·维萨贝站在人群外面。所有人都说她好看，而他却只想把她头上松软的黄毛一根根地拔下来。她的小脸又瘦又白，她大大的蓝眼睛紧张地盯着眼前打架的人，把她的手帕紧紧地一遍遍缠在自己的手指上。辨尼挤开人群，乔迪紧跟着他爸爸，紧紧地拽着他爸爸的衣角。

的确，福列斯特兄弟们快要打死奥利弗了。奥利弗一个人对抗三个：雷姆、密尔惠尔和波克，奥利弗此时就像他见到过的被猎犬们扑倒，撕咬得皮开肉绽、鲜血不止的雄鹿。鲜血和沙尘布满了他的脸，他正谨慎地紧握拳头，试图跟福列斯特们挨个过招。雷姆和波克一起扑了上去，乔迪听到拳头猛击着骨头的震裂声，人群又一阵惊呼。

乔迪理不清头绪。他们撇开奥利弗去那女孩那里是活该，但是也不能三对一啊，这一点儿也不公平。就算是一头熊或者豹被猎犬们追捕的时候，他也觉得是不公平的。妈妈说过福列斯特兄弟们是没有良心的，他一直不相信。因为他们欢歌载舞，他们嬉闹哄笑，他们盛情款待，他们还拍他的背，让小翅膀和他一起玩。三打一这难道不是没良心吗？但是，密尔惠尔和波克打架是为了雷姆，为了帮他抢那个女孩。这不好吗？这不是忠诚吗？奥利弗的膝盖跪倒在地，接着东摇西摆地站起来。他在满身鲜血和灰土中咧开嘴笑着，乔迪胃里一片翻滚，奥利弗要被打死了。

乔迪跳上雷姆的背，用手乱抓他的脖子，拳头重重地击打他的头。雷姆转过身，将他连滚带爬地扔了出去。他的脸被他的大掌击得生疼，屁股摔在地上也刺痛着。

"你这头小黑豹，给我滚出去。"雷姆骂道。

辨尼叫道："谁挑起的？"

雷姆回应："我们挑起的。"

辨尼推过人群，挤到雷姆面前，他的声音比叫喊还要大："如果三个人一起打一个人的话，我支持这一个人。"

雷姆凑到他耳边说："我不想杀了你，辨尼·白克士忒。但是你要是再挡我的路，我就可以像拍死一只蚊子一样对待你。"

辨尼说："我本来就应该维护公平正义。你们若真要杀了他，就光明正大地开枪，然后犯谋杀罪而被绞死。这才是一个男子汉该做的事情。"

波克在沙地上拖着脚走动，他开口了："我们倒想和他单打独斗，是他先出手的。"

趁着形势稍转，辨尼问道："谁先挑起矛盾的？是谁伤害了谁？"

雷姆说："他回来偷窃，这就是他干的好事。"

奥利弗用衣袖擦着脸："偷窃的人是雷姆。"

"偷什么？"辨尼用一只拳头拍击着另一只手掌心，"猎犬？猪？枪？还是马？"

人群外，忽然传来吐温·维萨贝的哭声。

奥利弗低声说："这里不是说这个的地方，辨尼。"

"那这就是一个撒野的地方？像一群疯狗似的在路上撒野？你们两

个疯子，还是再挑其他的时间单独继续你们的野蛮行为吧。"

奥利弗说："我会和一个男人不分场合地打架，雷姆也这么说。"

雷姆说："那我就再说一遍。"

打架又继续开始了。辨尼挤进他们之间，竭力推开他们。乔迪觉得爸爸就像一棵弓下腰来抵制暴风雨的结实的松苗。人群再一次轰动。

雷姆的拳头越过辨尼头顶径直打到奥利弗身上，这一拳如同步枪一击，奥利弗直直地倒下了，像一只破布做的娃娃一样躺在那儿不动了。辨尼猛打雷姆的下巴，密尔惠尔和波克从两旁回击他，雷姆又狠狠地捶辨尼的肋骨。乔迪被激怒了，他像是被飓风卷了进去。他一边拼命地咬住雷姆的胳膊，一边使劲地踢他壮实的小腿。雷姆转过身来，把乔迪打飞，就像一头熊被小狗缠怒了一样。乔迪感觉自己在半空中又被打了一掌，他见奥利弗歪歪扭扭地站了起来，他见辨尼的手臂像连枷一样在击打着……他感到一阵雷霆般的耳鸣，从近到远，然后消失，他陷入一片黑暗……

第十三章 打架之后

The Yearling

乔迪躺在赫托奶奶增置的卧室里，望着眼前的天花板，他想："我梦见我打架了。"

他听见了轮船的船桨在湍流中逆驶，它们狼吞虎咽地将河水吞进去，又飙了出来。停靠在福留西娅镇的轮船在鸣笛，他才意识到他刚刚从此刻的清晨醒过来。汽笛声回荡在河两岸，在西边那片丛林组成的围墙上撞出了回声。他感觉自己做了一个噩梦，梦见回家的奥利弗与福列斯特兄弟们打了一架。他转头望着窗外那些过往船只，却被一阵剧烈的疼痛刺穿了他的脖子和肩膀。他只得把头转过去一半，接着，回忆像疼痛一样开始清晰。

他想，原来一切不是做梦。

时过晌午，西边的太阳光线跨过河两岸，明晃晃地照射着床单。那阵疼痛减缓了，可他依然觉得头晕目眩，四肢无力。他听见屋里的椅子嘎嘎响的声音，有人在。

"他睁眼了。"是赫托奶奶的声音。

他努力地朝她转头，但无济于事，他还是被疼痛压得动不了。

她弯下腰来。他喊了一声："奶奶。"

121

"他和你一样结实，现在已经没问题了。"她没有对他说话，而是在对他爸爸说。

辨尼在床的另一头，他的手腕绑着绷带，一只眼睛又乌又肿。他笑着对乔迪说："我们两个可是出手相助的大英雄呢。"

乔迪感到额头一阵冰凉的感觉，赫托奶奶从他头上取掉了那块湿毛巾，用手按着刚才那片敷过的位置。她用手轻轻地触摸着他脑后那疼痛的中心部位，那里是雷姆打过的左颌且碰到沙路上的部位。由于她温柔地揉捏，他的疼痛缓解了许多。

她说："说说话，我想知道你的大脑有没有受伤。"

乔迪说："我想不出说什么好。现在不是吃午饭的时间吗？"

辨尼说："他最严重的伤处，恐怕是他的肚子。"

"我并不是饿了，只不过刚才看到太阳，好奇罢了。"乔迪说。

她说："没关系，宝贝。"

他接着问："奥利弗在哪儿？"

"床上。"

"他伤得很重吗？"

"尚且还有意识。"

"现在说不定。"辨尼说，"假如再挨那么一下子，不知道他会不会还有知觉。"

"不管怎样，他那好看的脸现在已毁容，最近肯定是没有什么黄毛丫头来看他的。"

"你们这些女人一个比一个刁钻苟刻。依我看，总是奥利弗和雷姆去看别人。"辨尼说。

赫托奶奶卷起那块冷毛巾，走出了房间。

辨尼说："把一个年轻人打得逼向死路，这是不人道的。但是我真为你感到骄傲，乔迪，在朋友有难的时候，你不顾一切挺身而出。"

乔迪望着屋内的光线发呆："但福列斯特兄弟们也是我的朋友啊。"

"可能以后我们和福列斯特他们的交情就没了。"辨尼说,他似乎洞察他所想的。

仿佛脑后的疼痛刺穿到了心脏,乔迪不愿意和小翅膀分离。他想会有那么一刻,他从家里偷偷跑出去和小翅膀秘密见面,他藏在灌木丛后面把小翅膀叫过来和他玩耍。可能大人们会发现他们的私会,然后雷姆会将他们打死。奥利弗将会万分愧疚他为吐温·维萨贝打的那场架。比起福列斯特兄弟们,乔迪更怨恨奥利弗,因为奥利弗把本应该送给他和赫托奶奶的那些东西都送给了那个黄毛丫头,那个在那里掰着手指看他们打架的讨厌鬼。

但是时光倒退的话,他还是会帮奥利弗打架的。他回想起一只野猫被猎狗们撕扯的场景,野猫自然是活该,但是在它张着大大的嘴垂死挣扎的时候,那双充满敌意的眼睛渐渐呆滞的那一刻,他会心痛地怜悯它。他哭过,想尽方法帮助那些痛苦的动物,他认为过多的折磨是老天的不公平,连同一个人被许多人打也是如此。所以他要为奥利弗打架,即使他会失去他的小翅膀。他闭着眼睛,心里很满足,当他想通了的时候,感觉所有一切都好起来了。

赫托奶奶走进来,端着一个托盘。

"宝贝,现在试一试能不能起身。"

辨尼手伸进枕头下面,扶乔迪慢慢起身。乔迪感觉整个人都麻木了,不过这种疼痛和那次他从楝树上摔下来的感觉差不了多少。

辨尼说:"希望奥利弗这一次能顺利过了这个坎。"

赫托奶奶说:"他还算幸运,他那匀称的鼻子没有被打掉。"

乔迪痛苦地吃着面前那一盘姜饼,他不得不吃到只剩下一块,他痛苦地望着剩下的那一小块。

赫托奶奶说:"我会为你留着。"

辨尼说："这难道不是一种赐予吗？有一个女人读懂你的心思，还会支持你、帮助你。"

"是的。"赫托奶奶说。

乔迪倒在枕头上，头刚靠在枕头上他便感到了一阵刺痛，那种温馨舒服的感觉瞬间了无影踪，周围的物体仿佛被撕碎。可是，接着一切又恢复了那种祥和。

辨尼说："到了必须得走的时候了，奥拉肯定要暴怒了。"

他站在门前的路口，看起来有些驼背，还有些孤单。

乔迪说："我想和你一起回去。"

辨尼的脸像阳光一样灿烂了起来。"那你现在告诉我，孩子。"他的语气很急切，"你支撑得住吗？我告诉你我的想法吧。保尔西有一匹会独自认路回家的母马，我们可以骑它回家，然后把它放开，它自己就可以跑回去。"

赫托奶奶说："如果乔迪也回去的话，奥拉会感到安慰一些。我也是如此，奥利弗在我看不到的地方出事，远比在我眼前出事让我难受得多。"

乔迪缓缓下床，头脑还是有些发昏，还有些沉重。他差点又禁不住躺回那整洁的床单上。

辨尼说："依我看，乔迪成为一个真正的男子汉了。"

他听到爸爸的夸奖，马上直直地朝门口走去。

"我必须和奥利弗打声招呼吗？"

"为什么不呢，去吧。可不要表现出觉得他变丑了，他是那么骄傲的一个人。"

他进入奥利弗的房间。奥利弗那闭着的眼睛很浮肿，似乎他刚被一窝黄蜂袭击过。他的半边脸是紫的，他的嘴唇也是肿的，他的头被绷带紧紧地包着。神采飞扬的水手现在就这么消沉地躺着不动，而这一切都是为了吐温·维萨贝。

乔迪说:"再见,奥利弗。"

奥利弗没有张口。乔迪的心一下子软了。

"很内疚,当时我和我爸跑得不够快。"

奥利弗说:"过来吧。"

乔迪来到了他的床边。

"你可以帮我做件事吗?帮我去跟吐温说,礼拜二黄昏时刻,我会在那个老树林里等她,让她来见我。"

乔迪愣了一下,随即大喊道:"我不同意!我恨她!那个黄毛小东西!"

"好吧,那我就让伊淬去。"

乔迪单只脚在地毯上来回磨着。

奥利弗说:"我本来把你当朋友的。"

他想,做朋友可真是件麻烦事。接着他又想起那把猎刀来,心里又是感激又是羞愧。

"嗯……这样吧,虽然我很不乐意,但我会替你转达的。"

奥利弗笑了起来。他想,哪怕他躺在那里快要死了,他也是会笑的吧。

"再会了,奥利弗。"

"再会,乔迪。"

他走出房子,赫托奶奶正在等着他。

乔迪说:"搅出了一些很不愉快的事情,不是吗,奶奶?奥利弗去打架,我们所有的人也跟着倒霉。"

辨尼说:"孩子,礼貌点。"

赫托奶奶说:"他已经很礼貌了。如果一头公熊恼火地求偶时,总是会有麻烦。只希望到此为止,不是个开端才好。"

辨尼说："反正你知道去哪儿找我。"

他们穿过花园。乔迪回望，赫托奶奶在后面向他们挥着手。

辨尼来到保尔西的店铺，将他买的东西和前脯肉拿上。保尔西很乐意借给他们母马，只需要他们在它回家的时候，给它的鞍上绑一张作为装饰的鹿皮。他们用一只袋子装满了那些必需品，面粉、咖啡和为新枪准备的火药、弹壳。那匹母马被保尔西从畜栏里拉了出来，他又用一条毛毯当马鞍。

"不要急着放了它，在明早之前。"他说，"它虽然比狼跑得快，但是我可不想它被豹吃掉。"

辨尼过去提他的袋子，乔迪悄悄挨近了店铺老板。他不想让他爸爸知道奥利弗的秘密。

他悄声告诉他："我必须得去拜访一下吐温·维萨贝，你知道她住在哪儿吗？"

"为什么你要找她呢？"

"我有话对她说。"

保尔西说："这里有太多的人要跟她说话，唉，你还得等机会。那位黄发上包了块方巾的小姐，已经上了一艘去森福德的轮船。"

乔迪有了一种如同是他亲自赶走她的满足感。他借了纸笔，给奥利弗写了一个条子。这对于他来说真是一件不容易的差事。因为他的知识来源，除了他爸爸的指导之外，也就只有追溯到那个短暂的冬天，那个巡回学校的老师给他补习的一些东西。

他用笔歪扭扭地写道："亲爱的奥雷弗，你的图温，已经成穿去上游了，我好高兴。你的喷友乔迪。"

他念了一遍，觉得应该表现得更仁慈一些。他涂掉了"我好高兴"，用"我很惋惜"来代替，以显示自己的高尚。他想起了奥利弗那些经久不衰的光辉事迹，也许他还能听到他的故事。

当船越过岸边一片一片的丛林时，他的心绪如同那波涛一样奔流不止，他望着那汹涌的河水。奥利弗以前一直没令他失望过，而福列斯特兄弟们也和妈妈口中讲的一样粗鲁，他感觉自己似乎被遗弃了。但是他坚信小翅膀是不会变的，在小翅膀扭曲的躯体里面的那份细腻又柔软的心思，是永远不会倾向于暴力的，就和他自己一样。而爸爸，也是不会变的，就像广阔又坚固的大地。

第十四章 致命的一咬

The Yearling

鹌鹑们正在筑巢，所以一群群鹌鹑长笛般的歌唱也停了有一段时间了。一群一群的鹌鹑正在凑对，雄鹌鹑们不断地发出响亮又甜美的求偶声。

正值六月中旬，一天，乔迪看见一雄一雌两只鹌鹑从葡萄藤下跑出，它们的神态里透露出只有作为爸爸妈妈才有的匆忙。聪明的乔迪并没有打草惊蛇，只是悄悄地寻找葡萄藤下面的鹌鹑窝。他找到那个窝的时候，里面有十二颗奶白色的蛋。他很谨慎，没有去碰它们，生怕他碰了之后，它们会被它们的爸爸妈妈所遗弃。

过了一周，乔迪去藤架下面看斯卡珀农葡萄的长势，葡萄就像靶丸里面最小的一粒，不过它们足够翠嫩和健康。他将一根葡萄藤拿起来细看，想象着夏末那似乎被镀上一层金粉的葡萄。

乔迪正想得出神的时候，感觉脚踝旁边有什么东西在动，似乎草丛裂开了一样。原来，那些鹌鹑宝宝已经从蛋里钻出来了。鹌鹑宝宝们很小，它们其中任何一只都没有他拇指的末端大，它们就像一片片细小的叶子。母鹌鹑受惊了，它尖叫着不停地变换着自己的战略位置，起先在鹌鹑宝宝后面作防御，后来又开始向乔迪发动攻击。他照爸爸所说的站在那儿一动不动。母鹌鹑便唤来了它所有的宝宝，领着它们越过那高高的扫尾草逃跑了。乔迪跑过去找他爸爸，辨尼正在豌豆地里忙碌。

"爸爸，小鹌鹑们被孵出来了，就在斯卡珀农葡萄下面。还有，葡萄生长的势头很好。"

辨尼坐在犁把上歇息，大汗淋漓。他看到田野的另一边，一只鹰在地面低旋着寻找猎物。他说："要是鹰不吃鹌鹑，浣熊不喜欢斯卡珀农葡萄，第一次霜降之时，我们便会有丰盛的美食了。"

乔迪答道："我最讨厌的就是老鹰吃鹌鹑，浣熊吃鹌鹑倒是可以谅解的。"

"那是相对于葡萄来讲，你更热衷于鹌鹑肉。"

"不，一点也不是，因为我喜欢浣熊，我厌恶老鹰。"

"小翅膀给你看过了他所有的宠物吗？"辨尼说，"包括浣熊。"

"是。"

"猪都回来了吗，儿子？"

"还没。"

辨尼皱了皱眉："我不愿意看到的是，它们被福列斯特兄弟们捕捉去。它们一直以来都会很快回来的。假使是熊干的，它们也不可能全部被吃掉啊。"

"我一直走到以前的垦地，爸爸。脚印是直往西边的方向的。"

"当我把这块豌豆地忙完，我们就带着利普和老裘利亚去搜寻它们。"

"要是它们真落在了福列斯特兄弟们手中，那该如何是好？"

"如果真到了那个时候，那我们该怎么做就怎么做。"

"你不担心再面对他们吗？"

"不，我没有错。"

"如果你错了呢？"

"要是我错了，我不会再见到他们。"

"那要是再一次被打，怎么办？"

"那就是我们躲不过的了，继续和他们打。"

"我宁愿让他们得手，弄走猪。"

"难道你就这么放弃，不吃肉了？用一只被打成乌青的眼睛去换一群吃得饱饱的肚子。你情愿去讨饭吗？"

他犹豫起来："不情愿。"

辨尼转过身继续忙碌："回去跟你妈妈说，让她把我们的晚餐备早一点。"

乔迪看见他妈妈正坐在凉快的走廊的椅子上轻轻地摇着，手里还做着针线活。一只蓝肚皮的蜥蜴飞快地从她椅子下面钻过。如果被她发现的话，乔迪笑着想，不知她那肥胖的身躯会多快地从椅子里移出来。

"打扰了，妈妈，爸爸让我跟你说即刻准备晚餐呢。我们得早点去寻猪。"

"是时间了。"

她不慌不急地做完她手里的活，他坐在她下面的台阶上。

"我们可能会和福列斯特兄弟们碰头，如果猪果真落在他们手上的话。"

"行，会会他们。这群没良心的贼。"

他望着她，之前她对他和他爸爸在福留西娅镇与福列斯特兄弟们大打出手的事情很生气。

"这次可能又会受伤和流血的，妈妈。"他说。

"唉，只怪自己倒霉。我们必须去把自己的肉要回来。要是你们不去，谁去呢？"

她进屋。他听见里面荷兰灶的盖子被她使劲敲打的声音。他的心又乱了。妈妈总是爱讲"责任"，他最反感这个词了。为什么同样是被福列斯特兄弟们痛扁一顿，帮助他的朋友奥利弗被打不是他的责任，而为了要回猪被打却偏偏是他的责任呢？对他而言，为朋友两肋插刀，要比为了熏猪肉流血而荣耀得多。他坐在那里，没精打采。那蓝嘲鸫正在楝树上扑扇着翅膀，桑树上的松鸟正在驱赶红鸟。哪怕是在如此安静祥和的垦地里，对于食物的争斗也是时常有的。但是在他眼里，垦地里的每一种动物，它们的食物都很充足，连同它们栖息的角落一样。老凯撒，去列克赛和它的小牛，利普和老袭利亚，爱闹腾的鸡群和每个黄昏下哼唧着搜寻着玉米穗的猪，树林里唱歌的鸟儿们和葡萄棚下的鹌鹑们……

而远在垦地之外的灌木和树丛里，战斗却永无止息。熊、豹、狼和野猫到处搜捕着鹿，熊会吃其他熊的小熊，对于它们的肚子来说，所有肉没什么区别。而永不停歇地逃命的就是那些松鼠、林鼠和负鼠。鸟儿和小毛皮动物看到老鹰和猫头鹰立马战战兢兢地退缩。而垦地是没有这些危险的。因为辨尼一手建造的结实的栅栏，以及利普和老袭利亚的守卫，还有乔迪时刻戒备的警惕，才有了垦地的平静和安全。有时候半夜被瑟瑟声或者开关门声惊醒，乔迪便知道是辨尼，在完成了一场对掠夺者的突袭之后，他正溜回自己的床上。

这是一种来回反复的入侵。他们两个白克士忒会去灌丛里猎取鹿肉和野猫皮，肉食动物们和饿极了的小动物们同时也在想方设法溜入垦地。它们的抢掠致使垦地陷入了四面围困的处境，而垦地是丛林里面的一个堡垒，白克士忒岛是饥饿的兽群组成的茫茫大海里食物充足的宝岛。

他听到链条叮当作响，原来是辨尼沿着栅栏向畜棚走去。乔迪前去为他开门又给马卸下挽具。乔迪顺着梯子爬上放食料的顶层，又上一叉豇豆秆放进凯撒的饲槽。现在没有玉米，得等到夏收的时候。他发现一堆干豆荚，于是又把它添给了去列克赛。他想如此以来，明天一早它便能供给白克士忒一家和它的花斑牛犊更多的牛奶。牛犊好像没那么胖了，是辨尼让它断了奶。人工劈成的粗陋的屋顶木板，让乔迪待在上面闷热得透不过气来。那些干草带着又干又香的气味。这香气撩拨着他的鼻孔。他只在那儿躺下片刻，便将身子挪到那弹性十足的干草上。正当他躺在那里恣意放松的时候，听到了妈妈喊他。他从顶层下来，辨尼已经挤完了牛奶，于是他们一起进了屋子。白克士忒妈妈已经将晚餐备好，桌子上只有酸牛奶和玉米面包，但是对于他们来说已经足够了。

白克士忒妈妈说："你们两个出去，可要想办法弄点肉回来。"

辨尼点头："放心好了，我特地带了枪。"

他们一路向西，此时太阳还在树梢。旱了一段时间了，而此时乌云却堆积在北边和西边的天空。一大块铁灰色的云，正从东边和南边向闪耀着光辉的西方蔓延。

辨尼说："今天要是下一场好雨，我们就可以美美地丰收我们的玉米了。"

闷热似乎让空气静止了，沙路像是被又热又重的被子包裹着一样。乔迪设想，是不是他只需要使劲往上一跃，那些让他们透不过气来的东西便可以被他赶走。他那长茧的脚丫在滚烫的沙地上倍受煎熬。利普和老裘利亚死气沉沉地拖着尾巴，低头前行，它们那长长的舌头也无精打采地吊着。在旱地里搜寻猪的踪迹是很不容易的一项任务。辨尼的眼睛比老裘利亚的嗅觉更灵敏。他知道猪在黑橡林里寻找食，接着经过被遗弃的垦地，到了草原。在草原上，它们可以得到百合根，那里也有清冽的水塘供它们打滚。如果食物附近有的话，它们是不可能大费周章跑到那里去的。而今，正是个食物贫乏的季节，凤梨、橡果和山核桃根本不会有的，只有深刨至上一年那层落叶下面去。棕榈浆果此时还是太苦涩，哪怕是对于口不择食的猪来说。

辨尼在离开白克士忒岛三英里的地方，俯下身子仔细查看地上的足迹。他拿起一粒玉米在手里捏转，又指着一匹马的蹄印。

"他们用食物引诱着那些猪。"他说。

他一脸严肃，直起了身子。乔迪紧张地望着他。

"我们必须得赶过去了，孩子。"

"到福列斯特家去吗？"

"到猪在的地方，也许我们会在某个畜棚里发现它们。"

足迹呈"之"字形，明显是因为猪为了吃撒在地上的玉米粒前后摆动。

辨尼说："我知道福列斯特兄弟们为什么要打奥利弗，还有为什么要打你和我。但是我无论如何也搞不懂，他们怎么这样无耻、这样冷酷。"

他们往前走了四分之一英里，发现一个为猪设的粗制滥造的笼子，笼子里面什么也没有。笼子是用一根未经修剪的幼树做成，还有一根柔软的树苗上面放着诱饵，引诱猪进入圈套。

"这些混账肯定藏身于不远的地方，猪在这个破烂的笼子里是待不了太长时间的。"

那笼子旁边的沙地上，他们看见一辆货车绕过一圈在那里停下来的痕迹。然后，那痕迹直直地蔓延到一条昏暗的丛林小径上，那是通往福列斯特岛的方向。

辨尼说："走吧，儿子。我们的路已经呈现出来了。"

太阳挂在天边，那一团团雪白的云像一个个雪球，泛着红里透黄的光晕。天的最南边像刚经历一场枪林弹雨一般黑暗。冷风嚣张跋扈地穿过丛林，像一头庞然大物经过时冰冷的鼻息。乔迪打了个冷战，于是那接下来的热气让他觉得很舒服。前面的沙地上依旧散布着模糊的车辙，有一株野葡萄藤横躺在那里，辨尼侧身将它拿开。

他说："当有什么东西挡住了你前进的脚步，你一定得解决掉它。"

那条藏在葡萄藤下面的响尾蛇咬了他一口。乔迪还没看清那个影子，它便一闪而过，紫崖燕的速度和熊的爪都不及它的迅猛和精确。辨尼跌跌撞撞地退后，然后大喊了一声。乔迪也想往后撤退，并且拼尽全力大吼，但是他似乎是被绑在原地一样，既挪不了步子又开不了口。他感觉他们是被一条闪电袭击了，而不是一条响尾蛇。它的到来让人猝不及防，它是断裂的树枝，是飞走的鸟，是蹿逃的兔子。

辨尼叫道："撤退！把狗拉好！"

这声音把他从混沌中唤醒。他退后并抓紧猎犬的脖子。那带着斑驳的黑影，大概齐膝高。它高高地昂着它的脑袋，随着辨尼谨慎的动作慢慢地摇摆着。他听见响尾蛇尾环响亮的声音。狗也听到了，还嗅出了味道，它们全身的毛直立了起来。老裘利亚哀嚎着，在他的手中不断地蹭着力图挣脱。老裘利亚转身潜到后面，它那长长的尾巴紧紧地贴在两条后腿上。利普用后腿暴跳了起来，不停地狂吠着。

像在漫长的梦境中一样，辨尼退了回来。那尾环又一次响起。那不像是尾环的响声，像是蝗虫嗡嗡叫嚷，抑或是树蛙在窸窣作响。辨尼把枪举起来射击，乔迪颤抖着望着那条响尾蛇。它痛苦地在原地打转，它的脑袋钻进了沙子里。只见它那粗实的躯体绝望地扭曲着，蛇尾虚弱地发出一阵嗖嗖声，便不动弹了。然后，那扭曲成一团的蛇体，如同退潮一般松散开来。

辨尼回头，看着乔迪："我被它咬了。"他抬起他的右臂，然后大惊失色，他那干燥的嘴唇张得大大的，喉咙也发不出声来。右臂上那两个小口，每个口都有一滴血渗透出来。

他说："真是一条大家伙。"

乔迪松开手，利普便跑到那条死蛇那里继续狂吠，它的爪子抓挠着那条弯曲的尸体，随即安分下来，用它的鼻子到处嗅着。辨尼抬头，面如土灰。"死神离我不远了。"

他咬了咬嘴唇，接着转身穿过丛林，快速地往家的方向走。这是一条平路，可以在最短的时间内到家，而他太草率，横冲直撞地在前面穿行。一丛丛低矮的胭脂栎、冬青、棕榈被飞快地甩在后面，乔迪气喘吁吁地在后面追着。他心跳加速，摸不清自己走的是哪条路，他只顾着听前面他爸爸越过那些树丛时发出的声音，这样他就能紧紧地跟着他爸爸。忽然，身边密密麻麻的丛林不见了，一片空地出现在眼前，被几棵高高的橡树的浓荫遮挡着。就这样默默地走着，让人觉得很不自在。

辨尼忽然停下脚步，因为前面有响动。一头母鹿突然闯了出来，辨尼缓缓地吐了口气，不知何故，他看起来放松了许多。他用猎枪瞄准了它，乔迪觉得不可思议，此时难道是停下来猎取动物的时候吗？一声枪响，那母鹿被打翻在沙地上，挣扎了片刻便不动了。辨尼抽出猎刀，跑到了母鹿身边。乔迪看到他爸爸这个动作，怀疑他是不是被咬傻了。辨尼并没有伸向鹿的喉咙，而是割开它的肚子，用猎刀将鹿的肚子完全划开，母鹿的心脏还在鲜活地跳动着。辨尼从里面取出了肝脏，然后半跪在地上，换左手持刀。他把右臂转过来，看着那两个小口，口子现已合拢，他的上臂又肿又黑。他的前额流下汗珠，他迅速用刀刺进伤口，伤口立马涌出一股黑血，他用那还热着的鹿的肝脏压住刀的切口。

他喃喃地说："我能感觉到它……"然后他更用力地将肝脏压着，然后取下来，那肝脏已经成了有毒的绿色。他把它翻过来，将另一面再压上去。

他说："切一块心脏上的肉给我。"

乔迪在混沌中清醒过来，拿到自己的猎刀，切下了一块心脏。

辨尼说："再来一块。"

他把它们一块又一块地换着。

他说："把那把刀给我。"

他把刀挨近伤口的上面那块地方——那里最肿胀最乌青，又下手切了一刀。

乔迪大叫："爸爸！你会流血而死的！"

"那就流吧，总比青肿好。我见过一个人就是因为……"

他满脸的汗珠大颗大颗地往下落。

"很痛吗，爸爸？"

"感觉肩膀上插了一把滚烫的匕首。"

当压上去的肉片不再是绿色的时候，那鲜活温暖的母鹿的尸体慢慢僵冷起来。

他站起身子，平静地说："我想不出其他的办法了。我现在回家，你立马到福列斯特家去，让他们骑马赶往白朗池去请威尔逊大夫。"

"你觉得他们愿意吗？"

"得试一试。在他们赶你走甚至开枪之前，抓紧时间把事情说出来。"

辨尼回身走进那条踏平的小路，乔迪跟在后面。他忽然听到后面一丝骚动。他回头看，一只斑点小鹿正伫立在那片空地四处张望，它那柔弱的小腿还处于歪歪扭扭的状态，它有一双黑黑的好奇的大眼睛。

他叫道："爸爸，那母鹿还有一只小鹿。"

"抱歉，孩子。我不能再等下去，抓紧时间走吧。"

那小鹿却带给他异常的烦恼，他在那里徘徊着。他看见那小鹿困惑地仰着它的小脑袋，磕磕绊绊地来到那母鹿的尸体旁嗅着，咩咩地叫了起来。

辨尼说："快走。"

乔迪跑过去赶上了他。辨尼在丛林中忽然停下来，他说："让他们知道这条道通往我们的地方，以防我在途中倒下，好有人来搭救。

赶快去。"

　　他难以想象他爸爸浮肿的身体倒在路上，他开始狂奔。而他爸爸则拖着沉重的步伐向白克士忒岛走去。

　　沿着一路的车辙，乔迪跑到一片桃金娘前，就在这个地方，他见车辙转入福列斯特岛的那条路。频繁的人、动物和车的走动，那条通道已经没有地方供草丛或者野草等植物生根了。他的脚底似乎被干燥的沙地噙着一般，他的腿也似乎被触须纠缠着。他不知不觉地小跑起来，如同小狗一样，这样，脚丫从沙地里抽出来更稳当一些。他的两腿似乎不停地在搅拌着，而他的身体和思绪却在上面飘浮着，就像是马车轮子上放了一只空箱子，而这条路便是一架踏车了。他的两脚正在这架踏车上踏动，但他觉得身边闪过的那些树木和草丛都是重复的，他的奔跑似乎像龟爬一样白费力气。所以，每遇到一个拐弯的时候，那种麻木之下的震惊又一次让他无可适从。他很熟悉这条弯道，他离通往福列斯特岛的那条主干路已经很近了。

　　当他看到岛上高高的树木时，便知道他快要到终点了。他放松的心情里面掺杂着焦虑，他怕福列斯特兄弟们不愿意帮助他，再让他安然离开，他应该去哪儿呢？他走到一片槲树树荫下面筹划了半天。周围已经有薄薄的暮霭，但是他清楚离太阳下山的时候还早。天上的乌云改变了它以往呈团状的风格，像一抹染色剂一样将整个天空渲染得透彻。空中只有一线光亮，那西边的绿光，如同那浸透毒液的母鹿肉。他想他可以叫他的朋友小翅膀，他一叫的话小翅膀肯定就出来了。接着，他就可以借机靠近茅屋，然后把他的来意说出来。他想象着小翅膀会温和地望着他，同情他，想到这里，他松了口气。接着，他顺着槲树下的小路往前跑。

　　他不停地喊着："小翅膀！小翅膀！我是乔迪！"

　　他想象着他的好朋友马上就要撑着拐杖，晃晃悠悠地出现在他面前了。哪怕小翅膀有多紧急和忙碌的事情，他也会这样。或许他会和他的浣熊一同从灌木丛里面钻出来。

"是我！小翅膀！"

但是没人回答。他闯进那片刚刚被打扫过的院子。

"小翅膀！"

他看到屋子里是有灯的，还有那烟囱里冒出来的炊烟。门窗紧闭，以抵御蚊子和即将来临的夜晚。

门被打开了，在屋内的灯光下，他看到福列斯特兄弟们像森林里的大树一样，一个个将自己的树根拔了出来，不紧不慢地走近。他站在那里。雷姆·福列斯特走到门前，低头打量了片刻，才意识到是这个闯入者。

"你这小浑球，怎么到这儿来了？"

乔迪结巴地说道："小翅膀……"

"不许打扰他，他生病了。"

他哭着说："我爸爸……被蛇咬了。"

福列斯特兄弟们从上面走下来，站在他身边。

他为自己心疼，也心疼他爸爸，忍不住大哭起来。加之，他终于到达了他的目的地，他开始的计划已经实行完毕了。男人们一阵吵闹，就像面团里的酵母在发酵。

"他在哪儿？是哪种蛇？"

"响尾蛇，一条很大的响尾蛇。他正在赶往家里的路上，但他没有把握是否能走回去。"

"他是不是浮肿了？那蛇咬在哪个位置？"

"蛇咬在了手臂上，已经非常肿胀了。我请求你们骑马去请威尔逊大夫好吗？求求你们快点去吧，我再也不帮奥利弗了。我求你们了。"

雷姆·福列斯特大笑："一只蚊子许诺它永远不再咬人。"

波克说："现在几乎没用了。响尾蛇咬过了手臂，那人肯定当场就完了。在威尔逊大夫赶去之前，恐怕已经来不及了。"

"但是一头母鹿被他打死了，它的肝脏吸取了那些毒液。我求你们骑马去请威尔逊大夫吧。"

密尔惠尔说："我骑马去找大夫。"

他立马轻松了许多，就像阳光在身上拂过："太谢谢你了。"

"没关系。就算是狗被蛇咬了，我也会去救它。"

波克说："我骑着马去寻辨尼，一个被蛇咬过的人走路的情况很糟糕。天哪，你们这些人，我们竟没一口威士忌留给他喝。"

盖贝："大夫那里有。如果他没喝醉，大概会剩下一些。如果酒全被他喝光的话，那么他吐的气的效力也不错。"

波克和密尔惠尔转身，带着思考问题的从容去畜棚里备马鞍。乔迪瞧见他们不慌不忙的状态很焦虑，这样的速度怎么能迅速地救他爸爸呢？如果希望还在，他们就应该以最快的速度去营救。但他们看起来那么地无关痛痒，他们不像是去救人，更像是在缓缓地去准备他的葬礼。他无助地看着他们，他挺想在走之前去看望一下小翅膀。其他的福列斯特兄弟径直走向屋前的台阶。

雷姆走到门口，回头叫道："赶快走，小蚊子。"

艾克说："别难为那孩子了，别欺负他了，他爸爸可能快要死了。"

雷姆说："死了倒是件好事，趾高气扬的矮脚鸡。"

他们进屋关上门。乔迪心里一阵恐慌和胆寒。怕是他们所有人都不想帮助他，波克和密尔惠尔去畜棚里，料想只是没事找乐子，他们现在或许还在偷笑呢。他被遗弃了，他爸爸也被遗弃了。终于，那两人骑着马出来了，波克朝他挥手："孩子，烦躁解决不了问题。我们会尽我们最大的能耐。我们绝不会在别人危难之际袖手旁观的。"

他们用力地踢着马肚飞奔而去，乔迪那颗沉重的心轻松了许多。此刻他眼里，只有雷姆一个人是敌人了。他满意地将所有的恨意加给了雷姆。直到马蹄声消失，他才沿着大路往家走。

此时，他轻松了些去面对这一现实：他爸爸被响尾蛇咬了，他爸爸或许会死掉，而帮助他们的人已经上路了，他已经完成了他应该做的事情。他的内心已不再那么焦虑和害怕，他安心了许多。他没有继续奔跑，而是镇定地走回家，甚至没有去借一匹马。

他头顶洒过淅沥沥的雨点，和往常一样并没有什么动静，也许下一刻狂风暴雨就会袭进整个丛林。他感觉周围有一种模糊的亮光，他爸爸的枪依旧在他身上，他现在才意识到，他把它挂到了肩上，以最快的速度走过路面坚实的地方。他不知道密尔惠尔骑马到白朗池得花多久的时间，但他知道那威尔逊老大夫肯定是醉醺醺的，只是不知道醉成什么样子了。他希望他可以站起来，可以外出给人看病。

他记得他很小很小的时候，他曾在威尔逊大夫家里玩过。他记得威尔逊家里在一片繁茂的林子中央，那座房子的走廊很宽大，房子很陈腐，如同老大夫在老去一样。那间屋子里有很多很多的蟑螂和壁虎，如同身处屋外繁密的葡萄藤里。他想起老大夫喝得烂醉，躺在一顶蚊帐里，呆呆地望着天花板。只有在有人来的时候，他才慢慢地起身，迈着两只东倒西歪的腿摇晃着去张罗他的生意，而他的双手和心灵依旧是文雅的。他的确是个让人爱戴的好大夫，不论他醉与不醉。乔迪想，如果他能及时赶到，爸爸就有希望了。

他从福列斯特家那条小径直接转入通往东边他家的垦地的那条大路。在他面前还有四英里的路，要是硬地的话，一小时多一点他便能到达。而松软的沙地则让他的步伐不够坚定，那昏暗好像也想拦截他似的。一个半小时能够到家是最短的时间了，或许得两小时，他时而走路，时而小跑。光亮穿过半空刺进了昏暗的丛林，就像蛇鹕掉进了河里。路两边的生物们将路堵得窄了许多，向路中央靠近着。

东方的天空电闪雷鸣，整个夜空被一道闪电划过。他听见丛林中窸窸窣窣的脚步声，那是树叶被雨滴拍打的声音。他想起平时辨尼总是在他前面开路，他从来没觉得黑暗和夜晚可怕，而他现在感到如此孤单。他急切地想知道，全身臃肿起来的辨尼此刻正横躺在前面的路上还是已经躺在波克的马背上了。如果他能被波克发现的话。又一道闪电划过，他想起他和他爸爸曾好多次在那槲树下面躲避过暴风雨，当时的雨是友善的，因为他和他爸爸拥抱在了一起。

灌木丛里一阵嚎叫。他没看清楚是什么生物在他眼前那样不可思议地迅速晃过，空气中留下了麝香味。他对猞猁和野猫一点也不害怕，他早就目睹过豹袭击马的情形。他心跳加速，顺手摸着爸爸的枪，但是它已经没什么用了。那两个枪筒都是空的，辨尼用来打响尾蛇和母鹿了。他身上带着爸爸的猎刀，但还是希望手上有奥利弗送他的那把长刀。他还没给它上鞘，辨尼说那把锋利的刀带在身上太危险。当他在自己家舒服地躺在葡萄架下面或者凹洞底下的时候，他总是幻想着那些虎豹豺狼被他的那把长刀狠狠地一刺，它们的心脏顷刻便会被刺穿。而此刻他已经没有了那种神气和心思去想那些，他远不及那些野兽的爪掌迅猛。

不去想是什么生物了，反正此刻它已经消失了。他以更快的速度前进着，一路磕磕绊绊。他隐约听到很远处狼叫的声音，很远很远，也许只是狂风呼啸罢了。狂风猛烈了起来，远处有它呼啸而过的声音，听起来它似乎来自另一个世界，正对着一个阴暗的深渊怒吼着。它的声音猛地轰鸣了起来，再慢慢地逼近他，就像一面移动的墙。大树的枝叶和强风激烈地搏击着，低矮的灌木丛倒伏在地。天地间一声震耳轰鸣之后，狂风暴雨随之而来。

他赶紧低下头，一瞬间全身就被倾盆大雨泼湿了。雨水灌进他的后背，顺着背一直冲刷下去。他的衣服变得沉重起来，他只得艰难地前行。他背对着强风把枪放在路边，又脱掉衬衣和裤子，把它们迅速卷起来，再拿着枪，在狂风骤雨中光着身子继续前进。雨水冲刷在他光光的皮肤上，他感到很干净、很舒畅。一道闪电的光亮使他看见了自己白白的赤裸的皮肤，他这才惊异地发现自己是那么的一无所有而又无依无靠。孤单的他在身上毫无保护的情况下被丢在了这么一个充满敌意的世界里。黑暗和恐慌的野地里，只有他孤零零的一个人。那些未知的生物不时地在他身前身后出现又消失，像一头头潜伏在丛林里暗藏杀机的豹。它们是庞大又无法触及的，它们是他的敌人。他感到死神正在丛林里懒散地游荡。

他忽然想到爸爸或许已经死掉，或许已经奄奄一息了。他简直无法承受这些，他更快地往前奔跑，想要甩掉这种想法。辨尼不可能死的，狗、熊、鹿甚至别人都可以死，那是可以接受的，因为它们很遥远。爸爸不会死的，他宁愿他脚下的地陷进去一个大坑，那是他能接受的事情。但是倘若辨尼不在了，就没有脚下的地。没有了辨尼，就一无所有了。他内心惧怕着，是那种从未有过的惧怕。他啜泣起来，泪水流进了嘴里，他感觉到了咸咸的味道。

他向黑夜乞求，像他之前乞求福列斯特兄弟们那样："求求你……"

他的咽喉疼痛，他的腹股沟像被塞满了烫铅一样难受。眼前的一片空地被一道闪电照亮，他已经到了那片废弃的垦地。他飞驰过去在那老旧的栅栏旁边缩着，躲片刻的雨。狂风拍打着他的身体，他感觉比雨淋还要冷。他不得不发抖着继续前行，而短促的停留使他更觉得冷了。他本想通过狂奔来减轻那股寒意，可是却发现自己已经失去了力量，于是他只能慢步在滂沱大雨中。沙地被雨水浸透，他的步伐轻快、沉稳多了。接着，风小了，雨也跟着变得温和……他走着走着便感到自己已经沉浸在一种呆滞又麻木的苦恼之中，他恍恍惚惚之中以为他将必须这样走下去，直到生命的尽头。然而突然之间，他发现那凹洞已经被他甩在了身后，他已经到了自家的垦地。

烛光在白克士忒家的屋子里闪烁着。马儿们一边仰头嘶鸣一边挖刨土地，有三匹被系在栅栏上。他走过木栅门一直来到了屋子里。此刻，不管之前屋内的事务有多么地忙碌和紧张，现在一切都平静了下来，也没有招呼他的声音。空空的炉灶旁，坐着波克和密尔惠尔，他们斜靠在椅子上，正在像平常一样地聊天。他们看到了他："嗨，孩子。"接着又继续交谈。

"波克，在老图威仕特被蛇咬死的时候，你不在场。如果把那威士忌给辨尼喝的话，也说不准有多大用处。那老图威仕特踩着响尾蛇的时候，自己已经醉成白痴了。"

"对。当蛇咬我的时候，我会喝得饱饱的，这样会幸运很多。不管什么时候，我宁可醉醺醺地去死也不想清醒着完蛋。"

密尔惠尔向炉里唾了一口："没关系，会如你所愿的。"

乔迪很怕，也不敢问他们些什么。他径直来到爸爸的卧室，只见妈妈和威尔逊大夫各坐在床的一边。威尔逊大夫没有回过头来，妈妈看到他，站起了身，没有说话便去打开衣柜，取出了干净的衬衣和马裤给他。他把湿衣服丢在一边，把枪靠在墙上，慢慢地来到床边。

他想："如果到现在还没事的话，那他可能就能活下来了。"

床上的辨尼看起来很痛苦的样子，乔迪的心里就像揣着一只兔子一样，扑通扑通地跳个不停。辨尼呻吟着，接着又呕吐。老大夫赶紧弯腰给他备好了盆，再支撑着他的脑袋。辨尼的脸乌黑肿胀，他没有东西吐出来，却像是被什么控制着一般不得不干呕着。最后，他疲惫地躺回了原来的位置。老大夫把手伸到被子里，从里面抽出一个砖块，上面包裹着法兰绒。他将它拿给白克士忒妈妈。她把乔迪的脏衣服放在床尾，然后去厨房里给那砖块加热。

乔迪低声道："他的情况很糟糕吗？"

"是很糟糕。看他已经挺过去了，但接着，他又不对劲了。"

辨尼那双臃肿的眼睛张开了，他的瞳孔扩大到他的两只眼睛被黑色填满。他动了动他那已经肿成小公牛的大腿般的手臂。他发出了低哑的声音："你会着凉的。"

乔迪笨手笨脚地穿上衣服。

老大夫点着头："这个兆头好，他还记得你，这是他第一次开口呢。"

乔迪的心里软软的，他感到既幸福又难受。爸爸已经这样备受折磨了，还对他念念不忘。他想辨尼能活下来了，辨尼肯定会活下来的。

"他正在努力开口说话呢，大夫。"

接着，他又学爸爸的口吻说道："我们所有的白克士忒虽然瘦小却很坚毅。"

老大夫又点着头，然后向厨房喊道："我们现在试一试热牛奶怎么样？"

带着希望，白克士忒妈妈抽噎着。乔迪赶紧去厨房给她帮忙。

她啜泣着："为什么我们要承受这样的磨难，如果它真的发生了……"

乔迪说："妈妈，不会发生的。"但话刚说完，他的脊骨便瑟瑟发凉。

他跑到外面拿了一些木柴填进火里。狂风暴雨渐渐地西移，天空中的乌云翻滚着前进，就像是整营整营的西班牙人列队行进。而繁星点点的深蓝在东边冒了出来，微风过后的空气格外清爽。他双臂抱着一捆布满树脂的木柴进屋。

"妈妈，明天天气会很不错。"

"如果明天一早他还活着，那才算得上是好天气。"她又忍不住呜咽了，她的泪珠掉到炉灶上发出了嘶嘶声。她拿起身上的围裙擦干眼睛："你把牛奶拿进去吧，我得替大夫和我热茶。波克把他带回来的时候，我正在等你们回来吃饭呢，还没吃东西。"

他记起他只吃过一丁点儿东西，他想不出任何美食来，吃东西已经成为一个毫无意义的概念，他觉得它带不来美味，也带不来营养。他小心翼翼地把热牛奶端了进去。老大夫接过他手中的牛奶，坐在了辨尼的床边。

"孩子，现在，你扶好你爸爸的脑袋，我来喂他。"

辨尼的脑袋躺在枕头上，乔迪用胳膊撑着他，他的手腕酸痛了起来。爸爸的喘息声是那么沉重，如同福列斯特兄弟们醉酒时的鼻息。一块块绿色和白色在他的脸上分布着，就像一只青蛙的肚皮。

刚开始，他的牙齿抵触那伸进去的勺子。老大夫说："快张嘴，否则我就让福列斯特兄弟们来掰开。"

浮肿的嘴放松了，辨尼一口口地咽下去，杯子里一部分牛奶已经被喝掉，他转开头。

老大夫说："好了，如果你把它吐出来，那么我会弄更多的来给你。"

辨尼身上全都是汗。

老大夫说："这样很好，出汗对于中毒来说是件好事。松鸟的上帝，即使我们喝光了所有的威士忌，也得让你出汗。"

白克士忒妈妈也进来了。她手上的两个盘子上面各放着一杯茶和一些点心。老大夫拿了他的那一份放在腿上吃着，似乎很好吃，又似乎很没味。"这茶不错，只是比不了威士忌。"

乔迪从他说的所有话中看出，他现在算是最清醒的了。

"一个好人不幸被蛇咬了，"他叹息道，"而且全镇的人都喝光了威士忌。"

白克士忒妈妈迟钝地说："乔迪，你吃东西吗？"

"我不饿。"

他的胃此刻就像他爸爸的一样感到恶心。他感觉那蛇的毒液正在他的血管里狰狞，吞噬着他的心脏，他的胃不停地被搅动着。

老大夫说："感谢上苍，他没有再吐牛奶。"

辨尼已经沉沉睡去。

白克士忒妈妈坐在摇椅上，抿着茶，细嚼着点心。

她说："鸟雀的死亡都能够被收入上帝的眼底，那么白克士忒一家的苦难，上帝也许不会坐视不管的。"

乔迪步入前屋，只见波克和密尔惠尔已经躺在了鹿皮地毯上。

乔迪说："妈妈和老大夫在吃东西，你们吃吗？"

波克说："在你刚回来的时候我们已经吃过晚餐了。你不用操心我们，我们就睡在这儿，看看接下来怎么样。"

乔迪蜷伏在那里。每当他和他们谈起猎狗、猎枪和捕猎之类的事情，他都是很欢喜的，任何能够被他们提及的事情都是有趣的。波克打起了呼噜，乔迪蹑手蹑脚地回到爸爸的卧室。老大夫在椅子上打着盹。妈妈把床边的蜡烛拿开，躺到她的摇椅里。那椅子摇摆着，又逐渐慢了下来，接着她也睡着了。

对于乔迪来说，此时只有他孤孤单单地和他爸爸待在一起。他接管了守夜的任务。他想如果他能一直清醒着，用自己清晰而有力的气息随饱受折磨的辨尼一起呼吸，替辨尼呼吸，那么辨尼就一定能活下去。他像爸爸那样深吸了一口气，却感到头昏，他清楚地觉察到了他空空的肚子和眩晕的脑袋。或许给肚子填进去一些东西会好过些，然而他却吃不下去。他把脑袋靠在床边，坐在了地板上。他开始回想这一整天，他好像又身处回家的那条路上。只是此时不是那风雨交加的黑夜，他为自己能待在爸爸身边而感到安心。他深刻地体会到，当他独自面对很多事情的时候，那种孤独是多么地令人惧怕。他只要和爸爸在一起，就没有了那种恐惧感，让他为之震撼的所有恐惧都只是来源于那条响尾蛇。

他的脑海中又出现了那三角头、电闪般的袭击和扭曲的躯体。他不寒而栗，他想以后去丛林里，一定要小心。他还想起爸爸镇定的枪击和狗的颤抖，还有那母鹿以及那温热的肝脏血淋淋地压在了爸爸的伤口上。最后那小鹿的出现……他一下子坐直了，小鹿正孤单又可怜地在黑暗中，就像是形单影只地穿过丛林的自己。那场差点害死爸爸的灾难令小鹿失去了自己的妈妈。它此时一定在电闪雷鸣的丛林中，被饥饿和寒冷包围着，然后害怕地待在它妈妈的尸体旁边，热切盼望着那僵硬冰冷的躯体忽然跳起来，给予它温暖、食物和关怀。想到这里，他忍不住把脸埋入那床沿上搭着的被子里，心疼地哭着。他简直被内心的憎恨和疼惜撕裂了，他憎恨一切生命的死亡，疼惜所有生命的孤独无助。

第十五章 白克士忒家的新成员

The Yearling

　　一场迂回曲折的噩梦让乔迪睡不安稳。梦里，他和爸爸正在抵抗一群响尾蛇。它们溜过他脚下，噼噼啪啪的尾环声令人毛骨悚然。突然，它们融合成了一条粗壮的蟒蛇朝他攻击，咬向他的脸。他想大叫却怎么也发不出声音来。他急忙找爸爸，却见爸爸一动不动地横在那巨蟒身下，空洞的眼睛对着那漆黑的天空，躯体肿胀成一头熊那么大，他死了。乔迪拼命地想躲避那巨蟒，但是他的双脚像被粘在地上一样寸步不能移……他绝望了，但那巨蟒转眼间不见了，只有他一个人孤单地伫立在冷清的野地里，还有怀里的那只小鹿。辨尼死了，一种难以名状的悲痛溢满他全身，他听到自己的心碎裂的声音。他哭着哭着就醒来了。

　　他从那坚硬的地板上坐了起来，发现曙光已经开始闪耀，给松树林投上一道灰色的条纹，室内也还是一片灰色。有那么一瞬间，他的错觉告诉他小鹿还在他怀里面。当他完全清醒的时候，他便起身去看他爸爸。

　　辨尼的呼吸顺畅多了，尽管他还是发着烧，全身臃肿，和被野蜜蜂蜇过后的情形相差无几。白克士忒妈妈的脖子直直伸展在摇椅靠背上，她还酣睡着。老大夫平躺在床脚。

乔迪低声叫道："大夫！"

老大夫迷迷糊糊地抬头："怎么了……怎么了？"

"大夫，你看看爸爸！"

老大夫移动了一下身子，一只胳膊肘支撑着自己放松了一下。他揉揉自己的眼睛，然后坐在那里弯下腰去看辨尼。

"上帝啊，他总算挺过来了。"

"啊？"白克士忒妈妈说。她一下子坐了起来。

"他死了？"

"没有的事。"

她立马大哭起来。

大夫说："你真是自寻烦恼。"

她说："你只是不懂，他如果真的离开，那对我们来说意味着什么……"

这是乔迪第一次听她说话说得这么轻柔。

大夫说："不必这样，你这里不是还有一个男人吗？乔迪现在已经可以承担起耕地、收割和打猎的责任了。"

她说："是的，但他只是个没成器的孩子。他的思想里面除了玩耍和闲逛就没有别的事情了。"

乔迪觉得她说得真对，他把头埋得低低的。

她说："他爸爸还鼓动他贪玩。"

老大夫说："孩子，为有人支持你而感到荣幸吧。我们很多人的生活都是缺少支持的。现在，白克士忒太太，当他醒来的时候，我们让他多喝些牛奶。"

乔迪急切地说："妈妈，我负责挤牛奶。"

她很满意："是时候了。"

他经过前屋的时候，见波克正浑浑噩噩地揉着眼睛，密尔惠尔依旧在睡梦中。

乔迪说："大夫说，爸爸已经挺过来了。"

"我还准备当我起身的时候去帮忙为他准备葬礼呢。"

乔迪在屋外绕了一圈，取下了墙上舀牛奶的葫芦瓢。他感觉自己自由了，有了那种可以完全舒展自己的双臂，像飘过门前的一片羽毛一样自在和轻松。晨光还是那么稀稀落落。一只仿声鸟在冬青上清脆地叫着，听着像金属撞击的声音。那只多名尼克公鸡含糊不清地打了几声鸣。要是以前，这一定是辨尼允许乔迪睡会儿懒觉，自己动身外出的时刻。好一个宁静的时刻，偶尔的轻风会拂过松树林的树梢。日出会把它细长的手指扎进垦地。咔嗒一声，当他推门进入畜棚的时候，一群鸽子从松林里面飞了出来。

他在它们后面高兴地喊道："好啊，鸽子们！"

去列克赛听到他的声音后低叫着。他爬上顶层去给它拿草料。他想，它无私地供给牛奶，而他们给它的回报仅仅只是这点草料。它饿了，正用力咀嚼着。他笨手笨脚地挤着牛奶，它还抬了一只后蹄吓唬他。他小心地挤着两个乳头，又让小牛吮吸两个乳头。他能挤出的牛奶没有他爸爸挤得多，于是他打算把自己的那一份给他爸爸，这样他爸爸就可以将全部的牛奶喝掉，最后就完全康复了。

小牛的脑袋紧紧地贴着那垂下来的乳房，用力地吮吸。它已经不小了，却还是依赖它妈妈的奶。看着此番情景，他又想到了小鹿，它现在一定已经饿坏了吧？他甚至怀疑它会不会饿到发疯去吮吸它妈妈冰冷的乳头。那母鹿被抛开的肉一定把狼群引诱过去了，它会不会已被豺狼虎豹发现，它娇嫩的小身躯会不会已经被撕碎了。之前爸爸挺来的好消息带给他的喜悦现在已经消退了，此时他的心里只有难受，他还是会想到小鹿。

妈妈端着装着牛奶的瓢子，没说牛奶是多还是少。她把滤过的牛奶倒出一杯，去辨尼卧室，他跟在后面。辨尼已经醒了，他虚弱地笑了笑。

他含糊不清地开口了："看来，死神现在是不会来了。"

老大夫说："年轻人，你肯定是响尾蛇的亲戚。你是怎么挺过来的，在没有威士忌的情况下？我真不明白。"

辨尼低声说："怎么不可以？大夫，我是蛇王。一条响尾蛇当然不敢杀死蛇王。"

波克和密尔惠尔进屋，笑着。

波克说："辨尼，你看上去一点也不好看了。可是托上帝的福，你还是活过来了。"

老大夫把牛奶递到辨尼的嘴边，辨尼大口大口地喝了起来。

老大夫说："这次我其实没把握能救回你，是你命不该绝。"

辨尼闭上眼睛："我觉得我可以睡上整整一周。"

老大夫："我也是那么想的，我该做的事情已经做完了。"说着，他站起身，舒展了一下他的双腿。

白克士忒妈妈说："他睡觉的话，谁去田地里干活呢？"

波克说："他平时都干什么活？"

"最主要是玉米，收完玉米还得储存好。土豆要锄地，乔迪干得挺不错的，只是干不了多久。"

"妈妈，我会坚持的。"

波克说："让我待在这里帮你们干那些事吧。"

她惊了一下，然后生硬地说："我还是不愿欠你们的人情。"

"哎，白克士忒太太，不是因为我们家干活的人太多了，所以我才跑到这里来谋生计的。留在这里的话，我才是一个真正的男人。"

她谦卑地说："我当然会感激你，要是玉米收不上来的话，我宁愿还是我们一家人被蛇咬死算了。"

老大夫说："自从我妻子过世之后，我是第一次这么清醒。我很乐意在我走之前，和你们一起享用早餐。"

白克士忒妈妈去厨房备餐，乔迪去为她点火。

她说："我从未想过，我要接受一个福列斯特的恩情。"

"波克确实是福列斯特的一员，妈妈。他是朋友。"

"看着的确如此。"

她把咖啡壶倒满水，把新鲜的咖啡备好："去熏烟室里，取那最后一吊熏猪肉来。我们可不能输给别人。"

他自信满满地拿来了熏猪肉，她准许他自己切肉。

他说："妈妈，一只母鹿被爸爸打死，它的肝脏将毒液吸了出来。然后爸爸把伤口划出血，用鹿肉紧压在上面。"

"你怎么不带一条鹿腿回来？"

"当时哪有心思想这些。"

"也是。"

"妈妈，那母鹿还有一只小鹿。"

"肯定啦，几乎所有母鹿身边都有。"

"那是一个小不点儿，刚出生不久。"

"行啦，那又怎么样？摆好桌子，把果酱放好，黄油硬是硬点，但终究是黄油，也把它摆好吧。"

她正忙碌地翻动着玉米饼。肥肉在长柄锅里嘶嘶地响，她把蛋面糊倒进去，咸肉在里面噼噼啪啪地响着，她不停地翻动着肉，让两面都均匀地呈棕黄色。乔迪怀疑吃惯了福列斯特家里盛宴的那两个兄弟吃这些东西能不能吃饱。

他说："肉汁多来点儿，妈妈。"

"如果你不喝你那份牛奶的话，我可以做牛奶肉汁。"

这并不是什么多大的牺牲。他说："可以再杀一只鸡。"

"我考虑过，但我们的鸡不是太老就是太小。"

她翻动着那玉米饼，咖啡煮好了。

他说："今天一早，我该去弄几只野鸽子，几只松鼠也好。"

"现在想起来，可真是个好时机。让那些男人去洗一洗，之后再来吃早餐。"

三个男人站在洗脸木架旁，一个个用手兜捧水洗脸，乔迪给他们一条干净的毛巾。

老大夫说："当我清醒的时候，能够让自己吃饱真是一件荣幸的事情。"

密尔惠尔说："威士忌也是我的食物，只要有威士忌，我就可以生存下去。"

老大夫说："自从我妻子过世后这二十年来，我几乎也是这个样子。"

乔迪为桌子上备的食物而自豪，它们虽然没有福列斯特家的盛宴那么诱人，但是每种食物的数量都令人满意，足以让男人们狼吞虎咽。最后，他们移开眼前的盘子，点起了烟斗。

密尔惠尔说："我感觉今天好像是礼拜天。"

白克士忒妈妈说："生病的时候总让人觉得像是过礼拜天，一群人坐在一起，男人们也不用去外面干活。"

乔迪还是第一次看到白克士忒妈妈如此亲切温柔，她唯恐食物不够他们吃，所以忙活到他们吃完，才有滋有味地吃起来。男人们漫无目的地闲谈。乔迪又想到那只小鹿，它始终在他内心深处，如同噩梦中他紧紧地把它搂在怀里一样。

他悄悄离开桌旁，来到了他爸爸床边。辨尼正在床上歇息，他睁大了清澈的眼睛，而瞳孔还是扩大又乌黑的。

乔迪说："爸爸，你好点了吗？"

"不错。孩子，死神肯定去偷别的魂魄了，但这次是侥幸。"

"的确如此。"

"孩子，我为你而骄傲。你从容而镇定地完成了你的任务。"

"爸爸……"

"怎么了，儿子？"

"爸爸，你还记得那只母鹿和小鹿吗？"

"我永远会记着它们。可怜的母鹿为救我的命丧生，的确。"

"爸爸，那小鹿或许还在那里呢，它一定饿坏了，也一定吓坏了。"

"是的。"

"爸爸，我已经这么大了，我不喝牛奶也可以的。我现在可以去找那只小鹿吗？"

"带它来这里？"

"再把它养大。"

辨尼沉默地望着天花板："孩子，真不知该怎么回答你。"

"爸爸，把它养大浪费不了多少吃的。它很快会去外面给自己找树叶和果子吃的。"

"小东西，你要养的是我所知道的最温驯的兽类。"

"它妈妈被我们杀掉，我们应该感到愧疚。"

"看起来如果让它挨饿受冻就是以怨报德，是吗，孩子？其实摸着胸口我对你说不出一个'不'字。我真的没想到我还可以活到黎明的曙光照进屋的时候。"

"我和密尔惠尔骑马去找找它怎么样？"

"就跟你妈妈说是我让你们去的。"

他又悄悄返回桌旁，妈妈正在给在座的人挨个倒咖啡。

他说："妈妈，爸爸让我去把那小鹿带回来。"

她的手瞬间在半空中停住了："哪来的小鹿？"

"我们杀死的那只母鹿的小鹿。我们用小鹿妈妈的肝脏除去毒液，爸爸才得救。"

她喘着气："天哪，拜托……"

"爸爸说了，如果让小鹿饿死，我们就是以怨报德。"

威尔逊大夫说："是的，白克士忒太太。世界上所有的东西的获得都是需要付出代价的。孩子和他爸爸没错。"

密尔惠尔说："他可以和我一起骑马返回，我可以帮助他寻到那只小鹿。"

她绝望地把咖啡壶放在桌上。

"就这样吧，如果你愿意给它喂你那份牛奶。我们没多余的吃的给它。"

"我也是这么想的。它还没长大，它只需要牛奶。"

男人们纷纷起身。

老大夫说："我现在只希望他一天天好起来，白克士忒太太。但万一有不良情况，你知道我的住处的。"

她说："好，大夫，那我们该怎么样来报答你呢？我们现在是不能立马给你钱，但等到庄稼收获后……"

"付什么付？我可是什么也没做。他在我来这里之前已经无大碍了，亏我还住了一宿，又享用了这么美味的早餐。只要你们甘蔗成熟的时候，送我点糖浆就可以了。"

"你真是太好了，大夫！我们一直是这么浑浑噩噩地为生计而忙活，却不曾发现还有你这样好心肠的人。"

"嘘，白克士忒太太，你的男人那么好，怎么就不允许别人对他好呢？"

波克说："你们觉得辨尼的那匹马如何，我怀疑那么老的马去耕地会不会累死。"

老大夫说："如果辨尼一直愿意喝牛奶的话，就多给他些牛奶喝。如果有的话，再加点青菜和新鲜肉。"

波克说："我和乔迪会照料的。"

密尔惠尔对乔迪说："我们走吧，孩子，该上马了。"

白克士忒妈妈紧张地问："你们该不会去太长时间吧？"

乔迪说："我会在晚餐前回家的。"

她说："看来，非要等到吃晚餐的时候，否则你们是不会回来的。"

老大夫说："这是男人的共性。白克士忒太太，能把男人唤回家的，只有三样东西——他的床、他的女人和他的晚餐。"

波克和密尔惠尔一阵狂笑。老大夫瞥到那个奶白色的浣熊皮背包。

"好一个漂亮的宝贝！假如用它来装我的药的话，真是棒极了。"

乔迪从未拥有过一件珍贵到拿得出手的东西，他将它拿了下来，送给老大夫。

"我的，你拿去吧。"他说。

"为什么给我呢？我没想拿你的东西，孩子。"

"它在我这里也没有什么大用处，而且我能为自己再做一只呢。"他得意地说。

"好吧，我得感谢你，以后每次带着它去治病时，我都会默念着'谢谢你，乔迪·白克士忒'。"

老大夫的感谢让乔迪得意而自豪。他们一起出去让马饮了水，又从白克士忒粮储不足的谷仓里取出一些干草来喂它们。

波克对乔迪说："你们白克士忒就是这么凑合着过日子，那是所有的粮草了，不是吗？"

老人夫说："只有一个白克士忒干活，但是当这孩子长得足够高的时候，他们的境况会好很多。"

波克说："长得高不高，好像对一个白克士忒来讲没有什么意义。"

密尔惠尔上马后，把乔迪拉上马坐在了他的后面。老大夫也骑上马，往相反的方向奔去。乔迪向大夫挥手告别。

乔迪心里很是明朗。他迫不及待地对密尔惠尔说："你认为小鹿还会在那里吗？你会帮我找到那只小雄鹿吗？"

"会的，只要它还活着，找到它不是件难事。你怎么知道它是雄的？"

"它身上的斑点是呈竖列状的，爸爸说过雌鹿身上的斑点是没有规则的。"

"这就是雌性动物。"

"什么意思？"

"难道不是？雌性动物本身就是如此。"

密尔惠尔拍拍马侧腹，马小跑起来。

"这就是女人的行径。当我们和奥利弗·赫托打起来的时候，你和你爸怎么也掺和进来了？"

"你们一伙人打奥利弗一个，这对奥利弗不公平。"

"不错。既然是雷姆和奥利弗的女朋友，就应该让他们两个去协商和解决。"

"但是一个女朋友不能同时属于两个人的。"

"你还不知道什么是女朋友。"

"我恨吐温·维萨贝。"

"我也不看好她。我在盖茨堡有个寡妇，她对我始终如一。"

这种事情对于他来说还是太深奥了，他又想到了他的小鹿。他们已经经过那块废弃的垦地。

他说："切入北边的路，密尔惠尔。我就是在这儿发现小鹿的，在爸爸被蛇咬伤然后杀死那母鹿的时候。"

"你们为什么来到了这里？"

乔迪犹豫着："因为我们要找我们的那几头猪。"

"哦……找你们的猪，啊？好了，别再惦记着那些猪了。它们天黑的时候就会回去的，我想。"

"爸爸妈妈看到它们肯定会很高兴的。"

"我也不清楚，你们白克士忒一家总是这么强势。"

"我们不是强势，我们只是做我们觉得对的事情。"

"我想说，你们白克士忒一家很有胆识。"

"你认为爸爸不会死吧？"

"不会的，他的身体是铁打的。"

"你能跟我说说小翅膀怎么样了吗？他病得严重吗？还是只是雷姆不想让我和他见面？"

"只因为他病了。他异于常人，他视空气为水，视动物的食料为熏肉。"

"还有他能看到的东西也是奇特的，像西班牙人之类的等等。"

"嗯，但可笑的是如果西班牙人不是好几个时代之前的事情的话，可能我们真会把他的话当真呢。"

"你觉得雷姆会让我去看看他吗？"

"你还是不要冒险了。但如果雷姆某天不在家的时候，我会告诉你，知道吗？"

"我真的好想去看望小翅膀。"

"你会如愿以偿的。现在你打算去哪里找小鹿呢？这条小道旁长满了密密的草丛。"

突然，乔迪不想让密尔惠尔和他在一起了。他想若是小鹿已经死了或者没找到的话，密尔惠尔会目睹他的失望。倘若小鹿被他找到了，他们的重逢将会多么美妙……他不想让密尔惠尔和他一起分享他期待已久的这场重逢。

　　于是，他说：“差不多快到了。只是这路两旁的草丛把路挤得严严实实，马不方便走。我可以走路去。”

　　“但我不能走开，孩子。如果你迷路了或者也被蛇咬了，那可怎么办？”

　　“我会很小心的。如果小鹿跑别处去玩了，那我就得找很久很久，我还是在这里下马吧。”

　　“行吧，但是你可千万要留神，一路用树枝在棕榈下面戳一戳，这里是响尾蛇的窝，你分得清北和东吗？”

　　“这儿，那儿。那些高高的松林可以作为路标。”

　　“好的。如果有什么糟糕的事情，你或者波克骑马来通知我。再会。”

　　“再会，密尔惠尔。我很是感激你。”

　　然后他们挥手告别。直到密尔惠尔的马蹄声听不到了，他才右转。丛林里一片寂静，除了他踩断树枝所发出的响声。他是那么地急切，顾不上应有的戒备，但他还是折下一根树枝，在眼前那一片片黑咕隆咚的稠密草丛里面试探着。响尾蛇是不会无缘无故地对人展开攻击的，辨尼没留意，他们当时身处过于幽深的灌木丛。有那么一瞬间，他怀疑自己是不是迷路了，接着一只秃鹰在眼前跃向了高空，他来到了那片空地，很多秃鹰在母鹿的尸体边围成了一圈。它们转过头来露出那干柴一样的脖子，朝他发出咝咝的叫声。他将手里的树枝向它们扔过去，它们飞上了毗邻的树上。它们的翅膀咯吱咯吱作响，它们的嘶鸣声像用生锈气筒时发出的声音。沙地上有野猫硕大的足迹，他摸不准那是野猫还是豹。但他知道那大野猫吃掉母鹿的鲜肉后，剩下的就归这些爱吃腐肉的鸟类了。他想知道更鲜嫩的小鹿味道是否也被它们嗅到了。

　　他走过母鹿的尸体，到了小鹿之前待的地方，他在杂木横生的草丛里寻找它。他简直怀疑那不是昨天刚刚发生过的事，小鹿不在这里。他又在空地上来回搜寻着，依旧没有什么动静和痕迹。那群秃鹰不停地扑扇着它们的翅膀，不耐烦地想要继续回去吃腐肉。他又来到之前他看到小鹿的地方，他仔细地观察地面，想要找到小鹿的足迹。这里的足迹已被当时的暴雨洗刷干净了，此时这片空地只剩下野猫和秃鹰的足迹。而这块地方并没有野猫来过的痕迹。然后，他在一棵棕榈树下发现了一个足印，像地鸠的足迹一样纤细又灵巧。

就在这个时候，他前面一阵骚动，慌忙间他退后一步。只见那小鹿正抬头望着他，它摇摇晃晃地转动着小脑袋，水汪汪的眼睛一动不动地盯着他。它的眼神让他激动得颤抖，它也在微微发抖，但它并没打算站起来或者逃走，这也是乔迪所期盼的。

他轻轻地对它说："是我啊。"

小鹿仰着鼻子闻他，他的一只手摸在它软软的脖颈上，他喜出望外地靠近它，接着去抱它。它的身体一阵颤抖，但它还是一动也不动。他轻轻地抚着它，似乎它是陶瓷做成的，稍不留意就会被他弄碎。它皮毛的柔软度超过了那奶白色的浣熊皮背包，而且平滑又干净，还有一股甜美的草香味。他缓缓起身，将它抱了起来，他感觉它比老裘利亚轻一些。它弯曲又细长的腿垂了下来，他把胳膊努力地往上抬。

他担心如果待会儿它闻到或者看到妈妈会乱动或者咩咩叫，于是他穿过空地的一边走入了丛林。穿过重重阻拦，外加身负重物，是不容易的。小鹿细长的腿总是在灌木丛里磕磕碰碰，他也很不自在地迈着步子。他尽量为小鹿遮挡那带刺的藤枝，以免它被刺到。它的小脑袋一路上随着他的步伐晃着。乔迪的心因为它顺从于他的爱抚，而扑通扑通地跳个不停。他来到那小道之后，不停地走着，直到来到了交叉路口，那里直通回家的路。他停下来休息，将小鹿放下来，它的细腿站在那里晃悠着。它望着他，然后咩咩地叫。

他被它迷住了，说："等我缓过气来，我带你走。"

他想起了他爸爸所说的：一只小鹿会紧跟着第一个抱起它的人。他试探着慢慢走开，小鹿在他身后一动不动地看着他。他又回去将它摸了几下，再走开，它终于歪歪扭扭地向他走去，还可怜兮兮地叫着。它愿意跟着他，它是他的了，它是属于他自己的东西了，他兴奋得忘乎所以。他想轻抚它、召唤它，带它一起奔跑和玩耍，但又怕惊了它。他用双臂将它抱在怀里，似乎这样的徒步很轻松，他有了一种像福列斯特家人那样的力气。

他感到肩膀疼痛，于是又停下来歇息。他再一次出发时，小鹿很快跟上了他。它跟着走了一点点路的时候，他就又抱起了它。此刻，他眼里的回家路不值一提，只要小鹿跟随着他一起走，这样他几乎能够从白天走到黑夜。他走得大汗淋漓，一阵六月的晨风吹过，让他顿生凉意。天空就像是蓝瓷碗里的水一样干净。他到了垦地，这里经过昨夜暴雨的冲洗之后，满目的翠绿和清透。他看见玉米地里，波克·福列斯特在老凯撒后面犁田，他好像在骂马的迟钝。他盘弄着门闩，却还是不得不放下小鹿去把门打开。他忽然心生一念：他走进屋子来到辨尼的卧室，小鹿跟在他后面。但是走到台阶的时候，小鹿却止步不前，他不得不把它抱起来走。辨尼躺在那里闭着眼。

乔迪向他爸爸叫道："爸爸，看看！"

辨尼转过头，只见乔迪站在床边，他怀里的那小鹿正服服帖帖地偎着。辨尼觉得孩子和小鹿的眼睛一样晶莹透亮，看到偎在一起的他们，他的脸上露出一丝愉悦。

他说："我以你为傲，你找到它了。"

"爸爸，它不怕我，它还待在它妈妈给它铺的窝里面。"

"当它们一出生，母鹿就开始教它们。它们总是不动声色地在那里，甚至会被你踩到。"

"爸爸，它跟着我走。我一走开，它便跟上来了，像一只狗，爸爸。"

"那还不好，让我们再看看它。"

乔迪将小鹿高高地举起来，辨尼摸它的鼻子，它一边咩咩叫，一边期待地触碰着他的手指。

他说："嗨，小东西。很抱歉我必须杀掉你妈妈。"

"你觉得它还会想它妈妈吗？"

"不会，它想到的只有食物，它知道的只有吃的。它能想到某种东西，但它还不知道它们是什么。"

白克士忒妈妈进屋了。

"妈妈，看看。我找到了它。"

"我看到了。"

"它是不是很好看，妈妈？它的斑点都是竖行的，还有那对大眼睛，难道不好看吗？"

"就这么一个小不点儿，得有好长一段时间的牛奶给它喝了。早知道这么小，我就不让你把它带回来了。"

辨尼说："奥拉，我想跟你说件事，而且现在就要说，以后也不会再提及。小鹿的到来应该和乔迪一样受到喜爱，我们必须慷慨地用牛奶和食物养大它。你回答我，难道以后你就要因为它而争吵？它是乔迪的小鹿，如同裘利亚是我的狗。"

乔迪之前从未见他爸爸对他妈妈这样严肃地说话。不管怎样，辨尼的口气让一向苛刻的她把嘴张了张又闭住，最后只眨了眨眼睛。

她说："我只是说它很小。"

"好的，那就这样子。"辨尼闭上了眼睛，"如果没有什么问题的话，拜托你们让我自个儿歇着吧，开口让我心跳加速。"

乔迪说："妈妈，我给它准备牛奶，不烦劳你。"

她没说话。他去厨房里，小鹿摇摆着跟着。橱柜上，一碟早餐奶在那里，上面泛着奶油，他把奶油滤到一个壶里，然后用衣袖擦去那可能会溅出的几滴。他想如果他多承担一些，就能减少一些小鹿带给他妈妈的烦恼，那样她就不会不欢迎它了。他将牛奶倒进一只小瓢里，拿出去给小鹿喝。小鹿一闻到牛奶的味道，立马咕咚咕咚地喝起来。他赶紧在一边稳好牛奶，唯恐被它掀翻在地上。他把小鹿带到院子里，又开始喂它，而它却够不到瓢里的牛奶。

他的手指浸入牛奶，再伸进小鹿又软又湿的嘴巴里，它满足地吮吸着。他把手指一拿出，它便迫切地叫着，用小脑袋蹭着他。他又用手指蘸了牛奶，当它的小嘴巴吮吸的时候，把它慢慢地诱到牛奶里。小鹿一边吮吸着，一边喘着气，它急不可耐地踏着它的小蹄子。他手指放在牛奶下面的时候，小鹿很满意。它的眼睛闭上，像是在经历一场美梦；它的尾巴像是在回应他一样摆动着；它的舌头吮吸着他的手指：这一切让他心醉。一阵奶沫的舔吸声之后，牛奶干干净净了。小鹿还是咩咩叫，蹭着他，显然它的肚子已经平静下来了。乔迪的心蠢蠢欲动，还想给它更多的牛奶。虽然有他爸爸的支持，他还是不敢得寸进尺。一头母鹿的乳房和一只小母牛的一样大，那小鹿吃的奶已经和它妈妈平时喂它的一样多了。它吃饱喝足，慵懒地躺在那儿。

他接着筹备它的窝。屋子里明显是不敢奢求的，他到屋后面的畜棚里的沙地上清理出一块地方，又到院北榭树下弄来足够的西班牙苔藓，就这样在畜棚里布置了一个厚实的窝。旁边是一只母鸡的窝，母鸡那做贼般的眼戒备地看着他，它下蛋后就扑腾出门外，还咯咯叫着。乔迪小心地收起鸡蛋，拿去厨房给他妈妈。

"它们一定让你满意，妈妈，这些是多出来的食物。"

"很好，而我们也多了一张吃饭的嘴。"

他不理会她："那个新鸡窝正好在小鹿的窝旁边，小鹿待在畜棚里，不会扰到任何人。"

她没应声。他走到屋外，小鹿在桑树下躺着，他抱起它去畜棚。

他把它放进那个窝里，说："从现在开始，你要听我的话，就像听你妈妈的话一样。你待在窝里不许动，直到我来的时候。"

小鹿朝他眨眨眼，便哼唧着懒懒地躺在那儿。他悄悄地走出畜棚。他觉得它是如此乖巧，比任何一只狗都听话。

他到柴堆那儿，剃下树脂片备用。他把柴堆弄得整整齐齐，然后抱了一大捆黑橡木送到厨房的柴箱里。

他问："妈妈，我滤的奶油怎么样？"

"不错。"

"小翅膀生病了。"他说。

"是吗？"

"雷姆不让我去看望他。妈妈，雷姆是唯一一个和我们过不去的人，都是因为奥利弗的女朋友。"

"嗯嗯。"

"密尔惠尔说，雷姆不在家的时候，他会想办法告诉我，那样我就可以偷偷去看小翅膀。"

她笑了起来："你今天真像个小老太婆似的啰唆。"

她去炉灶那里时，摸了摸他的头："我很开心，我真的不确信你爸爸还能坚持到今天的黎明。"

厨房里一片祥和。马具的叮当声传来，波克从地里回来了，他让老凯撒到畜棚里歇息。

乔迪说："我还是去帮他一把。"

而其实让他走出这间令人愉悦的屋子的却是那头小鹿。他跑进畜棚去观摩小鹿，他为他是它的主人而感到骄傲。他和波克往回走的时候，还神采飞扬地谈论着它。他招呼波克一起走。

"别惊扰到它，它在那儿……"

而波克的回应并不像辨尼那样令他满意，毕竟小翅膀那些数不清的宠物早已被波克看习惯了。

"它可能会野起来，然后跑掉。"波克说着，去木架旁洗手，然后吃午饭。

乔迪想，波克比妈妈还糟糕，净说扫兴话。他拖延着时间，去抚摸小鹿。它此刻依旧在甜美的梦境之中，它吮吸着他的手指。波克根本不懂他们之间的亲密，其实这样更好，这样就可以保持他们之间的神秘。乔迪也跑到木架旁洗手，他的手触过小鹿，还留着那种浓烈的草味。他不想洗掉那种味道，但是他知道要是被妈妈发现她肯定会生气的。

妈妈把头发沾湿又梳理好才来吃饭。她容光焕发，并非在炫耀姿色。她在她那棕色的花布衣服上系上一条干净的粗布围裙。

她对波克说："我们家就辨尼一个人干活，所以我们的食物远不及你们的多。但是我们的用餐是干净又得体的。"

乔迪瞥了波克一眼，看他有没有不高兴。只见波克把燕麦粥舀到他的盘子里，又在中间掘了一个坑，用来放煎蛋和肉汁。

"从现在开始，奥拉小姐，不要管我。天快黑的时候，我和乔迪会出去为你打松鼠，可能还会打到火鸡呢。我看到那豇豆地里有火鸡的爪印。"

白克士忒妈妈给辨尼盛了满满一盘粥，外加一杯牛奶。"乔迪，端过去给你爸爸。"

他给他爸爸拿了过去，辨尼望着面前的盘子摇摇头。

"我讨厌这些东西，儿子。放在那里，给我喂口粥和牛奶，我讨厌举起我的胳膊。"

辨尼的脸已经消肿了，但他的右臂还是比之前粗了三倍，他的喘息声也很厚重。几口稀薄的粥和一杯牛奶过后，他让乔迪把盘子拿开。

"你和你的小宝贝怎么样？"

乔迪告诉他那铺好的窝。

"你真会选地方，你要给它起个什么名字呢？"

"还没想好，我想要一个最特别的名字。"

波克和白克士忒妈妈进屋看望辨尼，他们坐了下来。天气炎热，艳阳高照，他们并没有任何急迫的事情要做。

辨尼说："乔迪正苦闷于给那个新来的白克士忒起什么名字呢。"

波克说："乔迪，知道吗，当你见到小翅膀的时候，他会帮你想个名字。他很擅长这个，就像那些懂音乐的人一样。他会给你一个不同凡响的名字。"

白克士忒妈妈说："快去吃午饭，乔迪。那斑点小鹿竟然让你连吃饭都不顾了。"

乔迪去厨房弄了满满一盘吃的去畜棚。小鹿还在沉睡，他在它旁边吃午饭。他把手指蘸了浸着油的饭粒给它吮吸，它只闻一下，便又埋下了头。

乔迪说："你要试着吃牛奶之外的东西。"

泥块在椽条上响动，乔迪刮净他的盘子，将它搁置一边。然后他躺在小鹿窝边，他的一只胳膊抱着它的脖颈，此刻他觉得自己永远都不会孤独了。

第十六章 捣蜜和猎狐

The Yearling

　　乔迪在小鹿身上花费了太多精力。它总是跟在乔迪后面，乔迪劈柴的时候，它在一旁妨碍着。挤奶的任务交给乔迪了，他便把小鹿挡在畜棚外，它从门缝往里看，咩咩地叫。他使劲挤着去列克赛的乳房，直到它用脚踢他来抗议。每多挤一杯牛奶就意味着给小鹿更添一份营养，他想他真的能够看着它慢慢长大，看到它细小的腿可以稳稳地站在地上，摇头晃脑地活蹦乱跳。他和它一起嬉戏，然后一起去休息。

　　湿热的天气让躺在床上的辨尼大汗淋漓。波克也挥汗如雨地从田地回来，他没穿上衣，胸前长着厚厚的黑毛，上面的汗滴，就像是苍苔上发亮的雨滴。当白克士忒妈妈确定他不需要上衣时，她便把衣服清洗了晒到烈日下面。

　　她得意地说："上面满是他的汗臭味，但现在一点也不难闻了。"

　　波克一进屋，白克士忒家的屋子简直要被他撑破了。

　　白克士忒妈妈对辨尼说："早上我一瞥见他那胸膛和胡子，还以为是一头熊跑进来了呢。"

　　他每日三餐的食量让她震惊，但她并没有抱怨，因为他为他们干了更多的活，带给他们丰富的野味。在他来到这里的一周后，地里的玉米、豇豆和红薯全都被他锄完了，在那西边的豇豆地和凹洞之间，他开辟了两英亩新地。超过一打的橡树、松树和香枫，以及数不清的小树被他砍倒，他将树桩烧掉，修整被砍倒的树。乔迪和辨尼在树干切面上观察是否能做木柴用。

他说："在那片新开辟的地里种些海岛棉，春天一来，你们便可以收获。"

白克士忒妈妈半信半疑地说："你们可是不种棉花的。"

他很轻松地说："我们福列斯特的人生来就不是合格的农户。虽然我们也会垦地和耕地，但是过你们口中的粗鲁和懒散的生活是我们的天性。"

她很不自然地说："那种粗鲁会带给人很多麻烦。"

他说："你没听说过我祖父吗？别人都叫他'麻烦的福列斯特'。"

她不能不喜欢他，他的脾气温和得像狗一样。她只是在晚上悄悄地跟辨尼说："他干活的劲头真抵得上一头牛。但他那么黑，让人难以接受，艾史拉，他黑得像一只秃鹰。"

"那是由于他的胡子。如果我的胡子也像他的那么黑的话，也许我不是像一只秃鹰，而是像一只乌鸦了。"

辨尼在慢慢康复着，他身上的臃肿已经消退，那蛇咬过的口子和被他割开的伤口，也正在结痂脱落，但是一点点的用力就会使他恶心，心跳加速，就像机船上的直叶风扇轮一样，然后他必须直直地躺下才能恢复正常。他的神经就像绷在朽木上的竖琴的弦一样。

对乔迪来讲，他已经被小鹿迷住了，再加上波克，简直让他沉醉在其中无法自拔。他从辨尼的卧室来到波克干活的地方，接着去找小鹿，然后重复着去这些地方。

他妈妈说："你理应去观察一下波克都做了些什么，当他不在的时候，你可以学他那样做。"

辨尼是悠闲的，对于他们三个来讲，这是不言而喻的。

波克到垦地后的第八天早上，让乔迪去玉米地。玉米地有一行半的玉米前一晚被小偷光顾了，垄行中间有一堆玉米壳。

波克说："你猜这是谁干的？"

"是浣熊？"

"不是，是狐狸。它们和我一样爱吃玉米，昨晚来了两三个大尾巴的家伙，它们在这里美餐了一顿。"

乔迪笑了起来。

"狐狸的美餐，我还真想瞧瞧。"

波克坚定地说道："你必须在晚上拿枪出来赶走这些东西，今晚，我们就来干掉它们。你要好好学，天黑前，我带你去凹洞那棵野蜂筑窝的树上偷蜂蜜，然后你就知道该怎么做了。"

乔迪心神不宁地熬过了这一天。跟波克去打猎和跟他爸爸打猎不一样，福列斯特兄弟们做的任何事情都会让他感到狂喜又刺激，吵吵闹闹和乱七八糟总是伴随着他们。和辨尼打猎本身就比打猎这件事更有意思，和辨尼打猎时他总是有时间看飞鸟，偷听沼泽下短吻鳄的动静。他希望辨尼可以加入他们一起去偷蜂蜜，然后猎捕那偷玉米的狐狸。下午，波克从新垦地里回来了，辨尼正在睡着。

波克对白克士忒妈妈说："给我一个油桶、一把斧头和一些会烧出乌烟的烂布。"

白克士忒一家很少有烂布，因为所有的衣服的破处都被重复地缝补过，直到它们碎成片。而面粉袋被用来做成围裙、抹碟布，以及她冬天晚上刺绣时坐的椅子的套和她缝补被子的内衬。波克不耐烦地望着她拿给他的那一小撮布片，说："好吧，我想我们还可以用苔藓。"

她说："你们可别被蜇了，我祖父曾被蜇过，当时卧床了两星期呢。"

"即使被蜇，也没关系。"

他和乔迪穿过院子出发了，小鹿紧随其后。

"你想让你那讨厌的宝贝被野蜂蜇死吗？不想的话，就把它关得好好的。"

乔迪无奈地把小鹿引到畜棚里，关上门。哪怕是去偷蜜，他也不想离开它。辨尼没有加入对他来说真不公平，整个春天他都一直盯着那棵野蜂筑巢的树，他只是在静候时机。野蜂们会将那些黄色茉莉、桑树、冬青、棕榈、楝树、野葡萄、桃树、山楂和野李子的花蜜带回去。之后，它们还会找更多的花丛去采蜜，为自己的冬天准备着。红月桂和火炬松此时开得正旺，很快就会出现漆树、秋麒麟和野紫菀。

波克说："你猜谁最爱随我们一起偷蜂蜜？是小翅膀。他弄蜂蜜的方式总是最镇定的，你会有野蜂们把蜂窝送给了他的错觉。"

他们来到凹洞。

波克说："我不明白你们为什么跑到这么远的地方取水，如果我在这里继续待下去的话，肯定会在你们房子边上挖井。"

"你准备回去吗？"

"嗯，是。我为小翅膀着急，而且我从来没忍受过这么长时间没有威士忌。"

野蜂筑窝的树，是一棵枯掉的老松树。树腰有个又深又黑的洞，那是野蜂们的出入口。树坐落在凹洞的北岸，波克在槲树下面弄了很多青色的西班牙苔藓，指了指松树边上的干草和羽毛："树鸭们试图在这里筑窝，它们见到那树上的洞，并没有研究那里面是住着啄木鸟，还是有着乳白钩嘴的大啄木鸟，还是一群野蜂。它们眼里只看到了那个洞，就想在那里安家，结果却被野蜂们蜇走了。"

接着，他去砍那老松树的树根，立马，一阵嗡嗡声传来，像一群响尾蛇弄响尾环的声音。野蜂声和斧头声，让橡树和棕榈树上躲藏的松鼠们开始骚动，松鸟也惊叫起来。那嗡嗡声渐渐变成了恐吓声，野蜂们像一粒粒小子弹一样从他们头上的高空中飞过。

波克对乔迪叫道："弄个烟熏火堆，孩子，勇敢点。"

乔迪把烂布和苔藓揉在一起，他奋力地打着火石……辨尼生火是个老手，乔迪惊讶地发现他从来都没有亲自试过这个。烂布被溅出的火花烫焦，但是他吹的力度太大，所以烂布上的火花很快就没了。波克放下斧头走过去，拿过他手上的东西。他和乔迪一样使劲地打，但他吹那烂布的时候充分体现出了一个福列斯特的聪明。终于，烂布燃烧起来，他又把它和苔藓放在一起，浓烈的烟冒了起来。

波克返回那棵松树继续挥动斧头，用那锋利的斧头刃朝那腐朽的树心砍着。松树长长的纤维被劈碎，它们颤抖着。老松树在空中发出一种快要被打倒的呐喊，接着轰然倒在地面上，野蜂们从它那腐朽又破裂的心脏里像团团乌云一样飞了出来。波克连忙把那冒着烟的苔藓抛了过去，他虽然牛高马大，却有着鼬鼠一样的敏捷。那团烟球一被抛进洞里，他便拔腿就跑，此时他看起来比往常还像一头笨重的熊。他一边怒吼，一边拍他的胸膛和肩膀……乔迪忍不住笑起来，突然感到一根灼烫的针刺着他的脖子。

波克叫道："快去凹洞下面！快跳进水！"

他们慌忙翻下陡峭的岸，干旱让那池塘的渗水很浅，他们藏在里面，水无法完全保护他们的身体。波克挖了一把污泥涂在了乔迪的头发和脖子上。而他的浓密毛发可以保护他。跟在他们身后的野蜂跟了过来，在水上倔强地来回盘旋。过了一会儿，波克小心翼翼地抬头："它们应该已经平静了，但我们两个现在却跟猪一样。"

污泥在他们的脸上、衣服和裤子上结了泥块，今天并没有洗澡的规划，而乔迪带路爬上了凹洞南岸那两个洗衣水槽的地方。他们在其中一个水槽里面洗衣服，在另一个里面洗澡。

"你偷笑什么？"波克说。

乔迪摇了摇头，他想起他妈妈说过的话："如果蜜蜂可以把一个福列斯特蜇干净，那我会养上一窝。"

波克被蜇了半打刺，而乔迪只有两个。他们小心地来到那棵老松树前，那团苔藓的位置很合适，蜜蜂们都被熏醉了，一大群蜂在洞里慢慢地汇集，寻找它们的王后。

波克用斧头砍开一个大大的口子，又用猎刀剔去了周围的木片，然后清理掉木块和碎屑，把刀伸进去，等他把刀子拿出来的时候，他大吃一惊："不错的一天，这里的蜂蜜太多了，树里面满是蜂蜜。"

他拿出一块金黄色的，正滴着蜂蜜的木片。虽然蜂巢又粗又黑，但是里面的蜂蜜却比上好的糖浆还纯净。他们用那油桶装满了蜂蜜提回了家。白克士忒妈妈又拿给他们一个柏木桶。

波克说："恐怕用一盆的饼干来蘸蜂蜜都嫌少。"

一路上的负担很重，波克说，这是他从小到大以来收获蜂蜜最多的一次。

他说："明天当我回家告诉我家里人的时候，那些家伙肯定难以置信。"

白克士忒妈妈犹豫地说："你可以带一些回去。"

"不需要那么多，装一些留在肚子里就够了。我看好沼泽地里的两三棵树，如果它们让我失望了，我再来找你们。"

她说："你对我们太好了。如果有那么一天，我们会盛情回报。"

乔迪说："我不想让你回去。"

"我走了的话，你就没时间照顾你的小鹿了。"那壮汉戏谑他说。

波克看起来焦躁不安。晚饭时候，他的双脚扭动着，来回踱步，看着天空。

他说："今晚适合骑马。"

乔迪说："你怎么突然心急了？"

波克停止踱步："我就是这样子。来来去去全是随心而定，我不管去哪儿，都只是满足地待上一阵子，然后就想走了。当密尔惠尔和雷姆去肯塔基做马匹生意时，我发誓，我快要发疯了，直到回家后才正常了起来。"他顿了顿，看着斜阳，又低声说道，"我此时很担心小翅膀，我在这里忽然有种感觉……"他拍着他毛乎乎的胸膛说，"他现在恐怕不太好。"

"家里会有人来吗？"

"关键就在这里，如果他们不知道你爸爸病重，他们可能会骑马来。但他们知道你爸爸需要帮助，所以不管情况多糟，他们也不会来通知我的。"

他焦急地等着天黑，好把他的事情做完就回家。辨尼和任何一个福列斯特一样善于夜猎，乔迪想开口炫耀他爸爸的精明与老练，但如此一来他和波克夜猎的时间就不多了，于是他闭嘴，给波克准备火斗用的树脂片。

波克说："我卡顿叔叔的头发是红色的，像一丛蓬松又杂乱的草一样立在头上，他的头发和斗鸡的鸡冠一样红。一晚，他拿着火斗去打猎，那火斗有一点短小，溅出了一点火星到他头发上，立马就燃了起来。知道吗，当他喊我爸爸帮他的时候，我爸爸无动于衷，他还以为是月光在卡顿叔叔的头发上发光呢。"

乔迪惊愕地听着："真的吗？"

波克一边忙着削木头，一边说："如果换作是你讲故事，我肯定不会问这种问题。"

辨尼的声音从卧室传出："我受不了了，我要和你们一起去。"

他们去了辨尼的卧室。

辨尼说："如果你们是去猎豹，我保证我现在的体力可以和你们一同前往。"

波克说："我还真的可以带你去，如果我的狗也在这里的话。"

"为什么这么说，难道我的两条狗抵不过你们那一群？"

接着，他无辜地说："那条和你们交换的劣狗，现在怎么样了？"

波克慢慢地说："不是啊，那狗已经被证明是我们所有猎狗里面最迅捷、最优秀，在打猎中最吃苦耐劳、最无惧的狗。只是需要一个善于训练它的人。"

辨尼轻笑："我欣慰的是你们把它给训练出来了，它现在在哪儿？"

"唉，它优秀得没法说，让我们所有狗在它面前都黯然失色。雷姆却受不了它，一晚，他把它拖了出去用枪打死，然后埋在白克士式的坟地里了。"

辨尼沉重地说："我看到那个新坟，还以为你们的坟地里没地方了呢。等我康复的时候，一定要去立一个石碑，我会在上面刻上'一个福列斯特在此，所有它的亲戚致哀'。"

他拍着他的被子哈哈大笑。

"投降好了，波克。"辨尼说，"认输吧。"

波克捋捋胡须："嗯，我觉得这只是个有趣的玩笑，但别奢望雷姆也会这么想，他会认为那是讽刺和挖苦。"

辨尼说："所有的事情都会过去的，我放得开，希望你们也如此，包括雷姆。"

"雷姆不一样，他做事情有他自己的看法。"

"我觉得很抱歉。我加入了他和奥利弗的斗争，因为你们这一边的人太多。"

波克说："唉，血浓于水，我们内部的争斗也是经常的，但如果和别人发生矛盾的时候，我们会团结起来对付外人。而你和我是没有矛盾的。"

从打架谈起的唇枪舌战就此结束。

乔迪问："如果所有人都不提及会让人争吵的事情，还会打起来吗？"

辨尼说："我觉得会。我曾经目睹两个聋子打架，他们只会用手势表达，可能是因为其中一个的手势让另一个难堪。"

波克说："这是人的天性，孩子。等你到了求爱的年纪，你的裤子也会不止一次地沾满灰土。"

"但是只有雷姆和奥利弗在求爱啊，还把所有的白克士忒和所有的福列斯特都卷了进去。"

"引起打架的原因很多。我知道以前有个牧师为了不让别人叫他未成年人，就脱下自己的外套去和别人打架。人打架的时候总觉得自己是对的，而厄运总是会降至最后赶到的人的头上。"

波克说："听，我觉得外面有狐狸的叫声。"

最开始的夜晚是沉寂的。接下来，他们耳旁回绕着各种声音。一只猫头鹰在啼叫，一只树蛙拉着它的小提琴，预告着天要下雨。

波克说："它在那里。"

远处隐约传来一阵尖锐而哀怨的叫声。

波克说："对于我们可怜的狗来说，这不算是音乐吗？它们不会去回应那些女高音吗？"

辨尼说："如果今晚你和乔迪清理不了这些坏东西，那就下个月带来你们的猎狗，我们一起去。"

波克说："走吧，乔迪。等我们赶到时，那些东西可能已经在玉米地了。"他拿起角落里辨尼的新猎枪，说："今晚我就靠它了，它看着很眼熟。"

"别把它和狗一起埋了，它真是一把好枪。"

乔迪扛着那把老前膛枪，和波克一起出发。畜棚里的小鹿听到了他的声音咩咩地哀鸣起来。他们走过桑树和那树木绑成的围栏，到了玉米地。波克沿着第一排玉米走到玉米地的北边，从那里开始横穿每一排玉米。他每走两排玉米便停顿一下，借火斗里的亮光探视玉米地深处。他走到半路停住了，轻轻捅了下乔迪。原来是两颗灼热的绿色玛瑙盯着那光亮。

波克小声说："我用光亮吸引它的注意，你溜进这行玉米的中间，可千万别把光挡住了。等到它的眼睛看上去有先令那么大的时候，你就瞄准它的两眼中间打。"

乔迪紧紧地贴着他左边那排玉米匍匐爬行。那绿光灭了又亮。他举起枪，借着火斗里烧着的树脂片的光亮，瞄准，再扣动扳机。那枪和平常一样，把他震动得失衡。然后，他前去看他的成果，但波克在后面阻止他："喂！已经打中了，就让它在那儿，回来。"

他又顺着那排玉米爬了回去，波克把自己手里的枪给他。

"可能还有一只在不远处。"

他们爬过一排排的玉米。而这一次，他先看到那双闪着绿光的眼睛。和上次一样，他沿着那排玉米匍匐前行。手里握着这把新枪让他很兴奋，他比老前膛枪长不了多少，这样更易于瞄准。他自信地扣了扳机……波克还是把他叫了回去。但当他们继续小心翼翼地爬过一排排玉米，又从玉米地的西边绕了一圈，在南边用光亮沿着一排排玉米前行的时候，却再也没有出现那发光的绿眼了。

波克的声音很洪亮："这就是我们今晚的成果，来看看都有些什么。"

两枪都毙了命，一只雄狐狸，一只雌狐狸。两个都很胖，是吃了白克士忒家的玉米的缘故。

波克说："可能它们有一窝小狐狸，不知道在哪个洞里。但它们是分开生活的，各自觅食。等秋天来的时候，我们必须得好好地猎一场狐狸。"

狐狸是灰的，有着像刷子一样的尾巴，看起来挺好看的。波克高兴地把它们背回了家。

快到家的时候，他们听到一阵喧闹，白克士忒妈妈在尖叫。

波克说："你妈不会在你爸爸生病的时候和他嬉闹吧，会吗？"

"她从来没和他嬉闹过，除了开口说话。"

"我宁愿一个女人狠狠地抽打我，也受不了她的冷言冷语。"

走近之后，他们听见屋里的辨尼在大叫。

"孩子，难道这女人要杀了他？"波克说。

乔迪说："一定是有东西在追小鹿。"

白克士忒家的院子里平时不会有比负鼠更大的兽类，波克越过栅栏，乔迪紧随其后。借着门口的光线，只见辨尼站在那里只穿着一条裤子，旁边站着白克士忒妈妈，她正挥动着她的围裙。乔迪感觉有一个黑影子一闪而过，去了葡萄架那边。狗追在后面狂吠。

辨尼叫道："是头熊！快打它，趁它还没越过栅栏！"

波克奔跑着，那火斗里的火花溅开了一路。借着火斗里的火光，只见一头笨重的东西穿过桃树向东边的栅栏跑去。

乔迪叫道："我拿火斗，波克，你打它。"

他感到了自己的恐惧和无力，他们快速地在前进中交换了东西。栅栏旁，熊反击着狗，它疯狂地咬向它们，它的眼睛和牙齿随着发亮的火光一起闪烁。接着，它趁机跳上了栅栏。波克朝它打了一枪，它便翻滚了下来……两只狗发疯了一样围攻过去，辨尼也赶了过来。火光下，那熊已经死了。那两只狗得意扬扬地继续攻击，似乎在炫耀是它们的功劳。

波克很满意："如果这东西知道有个福列斯特在这里，肯定就吓得不敢来了。"

辨尼说："即便你们所有的福列斯特都在这里，它也会来，因为它闻到了让它疯狂的东西。"

"是什么东西？"

"那新蜂蜜和乔迪的小鹿。"

"小鹿被它找到了吗，爸爸？哦，爸爸！小鹿受伤了吗？"

"它根本无从下手，还好畜棚的门是关好的。接着，它被蜂蜜引诱着转了一圈来到门口。我本以为是你们两个呢，直到蜂蜜上的盖子被它弄开，我才发现。我当时完全可以打死它，但我没枪。于是我和奥拉大喊，这一定是它溜进来之后听到的最激烈的呼喊，所以它就匆匆逃走了。"

乔迪的心一惊，怕小鹿成为熊的口中餐。他去畜棚抚慰它，却见它漫不经心地在睡觉。他高兴地摸摸它，又回到大家和熊那里。那是一头两岁的很胖很大的公熊，辨尼固执地要帮着剥皮。尸体被他们挪到了后院，他们在火斗的亮光下面剥了熊皮，把它分成了四份挂到熏烟室。

波克说："我现在得讨一桶肥肉回去给我妈妈，让她弄些熊油和熊油渣。她从来不煎东西，除非有熊油。老太婆说她的牙龈最喜欢熊油渣和甜饼，真想不通，她那四颗牙齿得咯咯地嚼一天呢。"

丰富的猎物，白克士式妈妈也变得慷慨大方了。

她说："把那大块肝也拿去给可怜的小翅膀吧，那个会给他补充力量。"

辨尼说："我只能说可惜不是残脚熊。苍天在上，我一定要用猎刀捅穿它的脊梁骨。"

那些狐狸可以等到明早再剥皮，因为那肉只能加点胡椒，给小鸡吃几顿营养餐。

波克说："老头伊淬·奥赛儿邀请过你去吃他的狐狸肉没？"

辨尼说："有过，但我说：'谢谢你的好意，伊淬，等你有了狗肉，我再来吃。'"

辨尼心情很好，他和波克蹲在那里聊着狐狸和狗、奇异的食物，以及吃这些怪东西的怪人。有史以来第一次，这种话题乔迪居然没有兴趣，他盼望大家都尽快去睡觉。最后，辨尼的新奇尽头渐渐消退，他洗了手和剥熊皮的猎刀，躺在了他妻子身旁睡觉。波克依旧滔滔不绝，准备讲到半夜，乔迪假装到他房子地板上的草铺上睡觉。他的床基本被波克占完了，还有四分之一的毛乎乎的长腿在床外。波克继续坐在床边上说着，直到发现周围已经没了听众。乔迪听到波克边打哈欠边脱掉裤子，于是他躺在玉米壳铺成的床垫上去，他身下嘎吱作响。

乔迪等待着，直到听到一阵隆隆作响的鼾声才溜出去，乱摸到了畜棚。小鹿听到了声音站立起来，他凭感觉走近它，抱住它的脖子，任凭它的鼻子紧贴他的脸。他抱起它走了出去，小鹿在他家这么短的时间里，长得如此快，他不得不用尽力气去抱它。他偷偷摸摸地来到院子放下它，它高兴地跟在他后面。他匍匐着进了屋子，用一只手在它又硬又光的头上摸着。它的小蹄子像尖皮鞋一样敲打着木质地板，他又抱起了它，谨慎地经过爸妈的卧室，最后进了自己的屋子。

他把小鹿拉过去和他一起躺在自己的小床上。在畜棚里、烈日里或者槲树下，他和小鹿就经常这样躺在一起。他的头紧挨着它，它的下巴上面的一些短毛触碰着他的手，它的肋骨和它的呼吸一起微动。他一直为和小鹿晚上睡在一起找借口，而现在有了一个强有力的借口。他以和平的名义将小鹿这样偷偷地运来运去，当被发现的那一天不可避免地到来时，没有比熊的侵犯更合理的借口。

第十七章 上帝啊，请赐予他一些红鸟

The Yearling

这简直不是一片甜薯地，而是一片汪洋大海。乔迪身后的成果，那锄过的甜薯垄的数量已经相当可观了，而没有锄过的像是延伸到了天边一样。时值七月，酷暑难耐，他裸着的双脚被沙土灼烫着。甜薯的藤叶向上伸卷，似乎这与骄阳无关，而是被下面的干泥烘烤着。他把蒲葵帽檐往后拉，用衣袖擦脸。他看看头顶的太阳，大概已经十点了。他爸爸说了，如果在中午前他能锄完所有甜薯地，下午便可以去看小翅膀，再为小鹿要个名字。

树篱内，小鹿正躺在接骨木的树荫下。当他干活的时候，它便不再讨他欢心了。它在甜薯埂周围撒欢，踩踏藤叶，破坏土埂。或者跑过来干扰他干活，想让他陪它去玩。刚来的时候，它那圆溜溜又诡异的眼睛，现在已经充满了领悟的神情。它和老裘利亚一样英明了，乔迪本想把它关回那畜棚里，但它立马又自觉地跑回树荫下了。

它卧在那里，用眼角的余光看着他。它的脑袋安逸地搭在它的肩上，那短小的白尾巴偶尔晃动着，它带着斑点的皮，像涟漪一样颤动着赶走苍蝇。如果它能安静地待在那里，乔迪就能更充分地把时间用在锄地上。他喜欢有它在旁边，这样的锄地会让他感到更舒服。他又开始专心致志

地干活，看到自己已经完成了那么多，心里别有一番滋味。它们一垄垄地被他抛到后面，他胡乱地吹了一通口哨。

他曾给小鹿想过好多好多名字，他一个个地琢磨，但是所有名字都不尽如人意。他所知道的所有狗的名字，诸如丘、葛兰博、罗梵、拉布等，都不适合。它的脚步那么快捷，正如辨尼说过的那样，它是踮着脚尖走的。如果这样的话，它应该被称作吐温·特欧斯，也就是吐温，而这又让他想起了吐温·维萨贝，于是这名字便泡汤了。如果以"踮脚"本身命名也不妥，因为辨尼有过一只又难看又糟糕的狗就是这糟糕的名字。但小翅膀一定不会让他失望，他是一个给宠物起名字的天才，他的浣熊"拍拍"、负鼠"闪闪"、松鼠"吱吱"和瘸腿红鸟"牧师"，因为它栖息之前总是喊着："牧师！牧师！"听小翅膀描述，当它这么叫的时候，树林里的其他红鸟就会飞过去和它配对。只是乔迪听到其他红鸟也是那么叫的，但不管怎么样，这个名字很不错。

波克离开后的这两周，他在家里做了不少事，辨尼虽然基本康复，但总是会眩晕，心跳加速。辨尼认为蛇毒还没完全清除，但白克士忒妈妈觉得是他在发热，所以给他喝柠檬茶。在不适过后，他出去多走动一下是很好的，但乔迪想让他闲在家。小鹿能够经常陪着乔迪替他排忧解闷，所以他特别感激他妈妈对它的大度。除了大量的牛奶，并没有别的问题。但很明显它已经碍着她了。它有一次进屋，正好一碟搅拌好准备烤的玉米面包糊被它看到了，于是它就吃完了它。从那时起，什么菜叶、玉米面、点心和面糊，它都爱吃。当他们一家人吃饭的时候，就必须把它关进畜棚，因为它总是用头蹭他们，还咩咩叫着把他们手中的碟子撞翻。当辨尼和乔迪笑它的时候，它便领会地抬头望他们。狗儿们开始时会驱赶它，但后来也顺着它了。白克士忒妈妈也容忍着它，但从来都不喜欢它。乔迪给她展现小鹿的魅力："妈妈，它的眼睛不好看吗？"

"它的眼睛远远能瞅见玉米面包。"

"它还有一条乖巧又光滑的尾巴呀，妈妈。"

"所有鹿的旗子尾都一个样。"

"但是，它既可爱又愚笨。"

"说得对，它愚笨极了。"

太阳当空照，小鹿跑进甜薯地，细咬了几口嫩叶，又去树篱下卧在一棵野樱桃树的树荫下。乔迪检查着他的成果，只剩下一垄半了。他渴望回去喝些水，但他所剩的时间不容浪费，可能还会晚吃午餐。他鼓足了劲，在不破坏藤枝的前提下，以最快的速度挥动着锄头。当太阳刚好在他的头顶时，那半垄已经被他完成了，只剩下一垄在他眼前挑衅地伸展着。此时，他妈妈将会打响厨房门口的铃迫使他停下手中的工作了。辨尼已经说得很清楚，晚一分钟也不行的，如果在午餐前还是完成不了锄地，那他就休想去看小翅膀了。树篱那边传来脚步声，他见辨尼在那里望着他。

"很大一片甜薯地，不是吗，儿子？"

"实在是很大。"

"很遗憾，等到明年这个时候，就没有一个甜薯了。樱桃树下你那个小宝贝会要走它的那一份。你要记着，我们只有两年时间，两年之后，它不得不走。"

"爸爸，不能那样。我锄了整整一个上午，但还有一垄。"

"好，我跟你说吧，我不想让你下午过去。虽然我们有约在先，但是我们来做个交易，你帮我去凹洞给你妈妈挑干净的水回来，这垄甜薯在傍晚我就可以搞定。爬那陡峭的凹洞，我还很费力。这个交易可是很公平的。"

一扔下锄头，乔迪便跑着回家去拿水桶。

辨尼在他身后喊："力所能及就行，不要挑太多。你这只刚满周岁的小鹿的力气和老鹿是无法相比的。"

水桶本身就很重，因为是柏木做成的，那扁担是白橡木做成的。乔迪挑起桶，急忙往凹洞走。小鹿在他后面大步慢跑地跟着。凹洞阴暗又寂静，这里不同于别处，由于厚厚的树叶的遮挡，早上和晚上的光线要比中午的多。鸟儿们也静静地在凹洞岸边歇息着，给自己洗尘，在天黑前飞下去饮水。有鸽子、松雀和红鸟，也有鸫鸟、仿声鸟和鹌鹑。他慢慢地带着小鹿穿过陡峭的岸边，去那绿色的大碗底。小鹿一路跟着他，然后和他一同穿过那水池。它低头饮水，他觉得这是他梦中的情形。

他对它说："总有一天，我要在这里盖一间房子。我会给你找到一只母鹿，我们一起住在这水池边。"

一只青蛙猛地跃了起来，小鹿惊慌后退，乔迪笑它，然后跑去饮水槽喝水。小鹿也随他一起喝着，它的嘴巴一上一下地吸吮着。它的头不经意间碰到了乔迪的脸，乔迪为了表示友好，也学它一样吮吸着，而且发出了像它一样的声音。乔迪抬头抹抹嘴，小鹿也傻傻地抬起脑袋来，它的嘴巴和鼻子滴着水。

乔迪用挂在水槽边上的葫芦瓢把水桶舀满，丝毫不管他爸爸的叮咛，就这样挑着满满的水桶回家。他弯腰，把肩膀屈到扁担下。当他试着站起来时，那肩膀上的重担压得他挺不起身子来。他不得不倒出一些水，才能勉强走上坡。扁担掐着他细瘦的肩膀，他的腰又酸又疼。他在半路上停了很多次，将水桶里的水往外倒。小鹿的鼻子好奇地伸进水桶，他庆幸他妈妈没看到这一幕。她自然不会知道小鹿很干净，她是不会承认它的味道是香甜的。

当他来到院子里，他们已经在吃午餐了。他把水桶放上水架，再关住小鹿。他把水壶灌满了桶里的干净水，拿到了饭桌上。他的忙活让他感到很热很累，但不是很饿。所以他暗自庆幸，他可以将自己的大部分午餐留给小鹿了。卤水腌制的烤熊腰留有长毛，但他觉得它胜过了牛肉，和鹿肉差不多好吃。他给肉里添了一份绿菜，把他所有的玉米饼和牛奶都留给了小鹿。

辨尼说："我们也许是幸运的，我们遇到一只小熊的侵犯。如果是一头大熊的话，那么这个时候肯定是吃不到熊肉的。熊的交配时间是七月，乔迪，你记好，它们在交配的时候，可千万不要吃它们的肉。千万别打它们，除非它们找上门来。"

"为什么不能吃它们的肉？"

"我现在也不明白，反正当它们在求偶的时候，浑身的卑贱……"

"就像雷姆和奥利弗那样？"

"……就像雷姆和奥利弗那样。它们会发怒，发脾气，它们的怨恨都会跑进它们的肉里去。"

白克士忒妈妈说："公猪也一个样，只不过一年到头都会那样。"

"这些公熊也会打架吗，爸爸？"

"它们的斗争很可怕，而母熊会在一边看着……"

"就跟吐温·维萨贝一样吗？"

"……跟吐温·维萨贝一样。之后母熊跟打赢的那头熊走了，它们就是这样凑对的。过完七月或者八月，公熊离开，第二年的二月份小熊就出生了。不要以为公熊，比如残脚熊，不会吃碰到的小熊。这是我讨厌熊的另一个原因，它们的感情都不带天性。"

白克士忒妈妈说："你现在要留心点，今天去福列斯特家的路上，对于那些在求偶的公熊要回避。"

辨尼说："一定要擦亮双眼，你看到一只动物的时候，不要使它感到有威胁就没什么问题。那条响尾蛇是因为受到我的惊扰才咬我的，那是自我保护。"

白克士忒妈妈说："你在给魔鬼找借口。"

"我承认。魔鬼没做错事却备受谴责，错都是人类造成的。"

她诧异地问："乔迪完成他的任务了吗？"

辨尼笑笑，说："他履行了自己的约定。"

他和乔迪相互眨眼使眼色。他们都清楚，其中的来龙去脉不需要跟她说明，男人间的默契她是体会不到的。

乔迪问道："妈妈，我现在能去了吗？"

"我看看，还得弄点木柴来……"

"妈妈，不要让我做那么耗费时间的事情，你也不想我晚归途中被熊吃掉吧？"

"你就是想晚上才回来，我看你是宁愿撞见熊也不想看到我。"

他把柴箱填满准备出发，妈妈让他换衣服，整理头发，他不安地被她耽搁时间。

她说："我只是想让卑劣的福列斯特们知道，世界上还有这么正派得体的人。"

"他们不卑劣，他们生活得很潇洒、很开心。"

她嗤之以鼻。小鹿被他从畜棚里带出来去吃他喂的东西，喝他掺了水的牛奶，然后他们一起上路了。小鹿一会儿跟在他后面，一会儿又跑到他前面，一会儿好奇地探到灌木丛里，一会儿又一惊一乍地跳回来，乔迪觉得它在假装。也有他们并排一起走的时候，他很喜欢把手温柔地放在它的脖子上，他的步伐也会积极地跟随它的步调。那个时候，他遐想他是另一只小鹿，他弯着腿，像它一样往前走，还灵敏地抬头张望。路旁，一根兔豆藤开着花，他扯下一段系在小鹿的脖子上做脖圈。那上面的玫瑰色小花让小鹿显得很可爱，他甚至觉得，如果妈妈现在看到它的话，也会喜欢的。如果在他回家之前脖圈上的小花枯了的话，他一定要在回来的路上再给它做一个新脖圈。

小鹿在废弃垦地旁边的岔路口停下来，抬起鼻子向空中嗅着。它的脑袋晃动着，耳朵直直地立着，探究空气中的味道。他学它一样把鼻子转向它嗅的方向。气味浓烈而刺鼻，还带着臭味。他顿时吓得一身冷汗，接着是一阵深沉又凶猛的咆哮，带着咬牙切齿的声音。他想掉头往家跑，但还是被好奇心止住了脚步。他往路拐角走了一步，小鹿还一动不动地站在原地。他惊呆了。

距此一百码的距离，两只公熊正在前面的道路上慢慢地走着。它们像人一样并排前进。他们的步伐就像一曲舞蹈，像一对舞伴在方块舞中不停地变换着姿势和位置。突然，它们相互撞击，它们的熊掌高高地举起，狂吼着转身撕扯对方的喉咙。一头公熊狂抓另一头的脑袋，狂吼转为咆哮……短短几分钟，斗争却激烈无比。然后，它们继续前进，一边攻击一边防守。它们闻不到乔迪，因为风向对他有利。他悄悄跪地，在它们后面远远地爬着，他不愿意看到它们就这样消失在他的视线里，他想知道它们谁能赢得这场斗争。但是他又害怕它们的斗争结束后会来找他麻烦。他能确定的是这两头公熊已经斗争很久了，它们都没有力气了。沙土上有血，它们的每一次攻击都比上一次乏力，并排前进的速度也越来越慢。他正看得聚精会神的时候，一头母熊从灌木丛里走出来，后面跟着三头公熊，它们不动声色，各自走着。正在打架的那两头公熊看见它们之后也挨个跟在它们后面。乔迪站在那里看着，直到它们全部消失在他的视线中，他觉得此番情形真是既壮烈又滑稽得让人兴奋。

他扭头回到路拐角，才发现小鹿不见了。他急忙唤它，才发现它在路边的树丛里。他上了那条通往福列斯特家的路，不停地往前跑。刚才的一幕已经结束，此刻他却为自己的冒险而战栗。那一幕的确已经结束，他也想有再次看到的机会，毕竟任何人都难有这样的殊荣能看见兽类的私事。

他想："我刚刚目睹了那件事。"

长大了真好，能够亲身经历男人们的所见所闻，就如波克和他爸爸一样。所以他喜欢把肚子贴在地板上或者营火前的地面上，听男人们说话。他们知道所有稀奇古怪的事情，他还发现越老的人讲的故事越有意思。他感到自己也加入了他们神秘的高谈阔论中，他现在已经有一个可以在冬夜给他们讲述的故事了。

他爸爸会跟他说，讲讲两头公熊在路上打斗的情景吧。

首先要告诉的人是小翅膀，他又跑了起来，迫切又兴奋地想把故事告诉他的朋友，小翅膀一定会感到惊讶。如果小翅膀还病着，他可以直接去林里、屋后那些宠物堆里，或者床上找他。小鹿走在他旁边，小翅膀一定会大吃一惊。小翅膀会弓着他扭曲的身体靠近它，用手温柔地抚摸它。小翅膀会微笑，因为他知道他——乔迪，正得意扬扬呢。半晌，小翅膀会开口和他说话，他所说的也许很怪异，但他的故事一定是最优美动听的。

乔迪到了福列斯特家的垦地。穿过槲树，他走进了大大的院子。茅屋似乎昏昏欲睡，没有一丝炊烟，没有一条狗，只能听见屋后围栏里一条狗的吠声。因为午后的酷热，福列斯特们或许都在歇息着。但当他们在白天睡觉的时候，一定会在走廊或者树荫下面的，因为屋子里容纳不了他们那么多人。他站在院子里叫喊："小翅膀，我是乔迪！"

猎狗呜呜地叫着，像是在哀怨。屋内传来一阵椅子在地板上擦过的声音。波克打开了门，他低头看着乔迪，用手抹过嘴，他的眼睛很迷茫，乔迪想他一定喝多了。

乔迪结结巴巴地说："我是来看小翅膀的，我给他看我的小鹿。"

波克摇摇头，好像他在驱赶一只烦人的蜜蜂或者他自己的烦恼，他又用手抹嘴。

"我来只为了看他。"乔迪说。

"他死了。"波克说。

这三个字仿佛是难以理解的，像是两片枯黄的叶子被风卷过他眼前，随之而来的便是一股寒风麻痹了他。他极其困惑。

他又说了一遍："我来看他。"

"你来得太晚了，我本打算来接你的，如果时间允许。但是我们连请大夫的时间都没有，这一刻他还在呼吸，下一刻他就走了，就像一支蜡烛转眼被吹灭一样。"

乔迪望着波克，波克也望着乔迪。麻痹转变成了崩溃，他没有哀伤，只有寒冷和晕眩。他觉得小翅膀没有死，也没有活着，他也不知道他去了什么地方。

波克低声说："进来看看他吧。"

波克开始说小翅膀像蜡烛一样走了，而他现在又说他在屋里。乔迪觉得他的话没有一点道理。波克回到屋里，又回头望着乔迪，他那呆滞的目光示意乔迪跟他进去。乔迪一步一步跨上台阶，跟他走进了屋子。屋内，福列斯特家的男人们凑在一起坐着，他们的神色呆滞又沉重。他们像是一个暗淡的整体，又似乎是一块深黑的巨石被凿碎之后的散落石块。福列斯特老伯回头凝视乔迪，似乎不认识他一样，很快又转过去。雷姆和密尔惠尔也呆呆地望着他，其余的人依旧没有丝毫响动。乔迪想，他们像是站在一堵专门用来对付他的墙上俯视他，他们并不欢迎他。波克探到他的手，把他带进了那个大卧室。波克想说点什么，却没开口，他紧握乔迪的肩膀："振作一点。"

小翅膀紧闭双眼，他那瘦小的身子缩进那张宽大的床中央，仿佛快要消失一样。他现在比乔迪躺在自己的小床铺上还显得弱小。一张薄单齐下巴盖着，他的两只胳膊放在单子上，在胸前交叉着，手掌笨拙又弯曲……这一切让乔迪恐惧。福列斯特老妈妈在床边，把她的头藏在她的围裙里，身体因为抽泣而颤动。

她拿下围裙："我失去了我的孩子，我那长歪了的孩子啊。"

她又把头埋进去，继续抖动。

她呻吟着："上帝的心是石头做的，石头做的啊！"

乔迪想立马逃离这里。那枕头上瘦骨嶙峋的脸让他害怕，那是小翅膀，那又不是小翅膀。波克把他拉回床边。

"他虽然听不到你的声音，但你还是跟他说说话吧。"

乔迪张了张嘴，却说不出一句话来。小翅膀像是牛脂做的，像蜡烛一般。乔迪突然觉得他熟悉了起来。

"嗨。"他悄悄地说。

说完话，乔迪觉得他不再像一盘散沙一样崩溃了。他的嗓子压抑而紧绷，像是被绳索束缚住了。他难以接受小翅膀是如此地安静，此刻他才明白什么叫作死亡。死亡是一种永远的安静和死寂，不会有任何回应。他再也听不到小翅膀的声音了。他转身把脸埋进波克的怀里，他被他大大的胳膊环绕着，他在那里站了很久。

"我知道你会恨这一切。"波克说。

他们从那个房子里走了出去，福列斯特老伯对他点头示意。他来到老伯跟前，老伯拍着他的胳膊，手指着旁边一圈正在沉默的人。

他说："真是奇怪，我可以舍弃那群家伙里的任何一个，但是上苍却带走了我最舍弃不了的那一个。"他又补充道，"而他也是最不中用的那一个。"他躺回了摇椅，继续沉思。

乔迪的到来让每个人难受。他来到外面的院子，又走到了屋后。小翅膀的宠物们被遗忘在那里。一根树桩上，系着一只看起来有五个月大的小熊，看上去是被弄来陪病中的小翅膀玩的。它拖着满是灰土的链条，一圈又一圈地走着，直到被链子老老实实地拴在树桩上。它饮水的盆子也被掀翻了，里面一滴水也没有。它看到乔迪，便四脚朝天地在地上撒欢，跟婴儿一样。松鼠依旧在吱吱地踩着永远踩不完的踏木，它也没有水和食物，负鼠霸占了它的窝在睡觉。红鸟牧师神气地站在那里，啄它笼子里光秃秃的木板。他没看见那只浣熊。

乔迪知道小翅膀给这些宠物预备的装着花生和玉米的袋子在哪里

放着，那只小小的箱子是他的哥哥们为他做的，里面总是满的。乔迪给小家伙们喂东西吃，喂水喝。他小心翼翼地走近那只小熊，它像一只小圆球一样，但他还不知道它会不会用它的小爪袭击人。见它可怜地叫唤，他就把胳膊伸过去，那小熊紧紧地揽住他的手臂，一副再也不情愿放开的样子，用黑色的小鼻子不停地在他肩膀上摸索。他把它放了下来，把那一摊缠在一起的链子理好，再给它水喝。它喝着，喝着，以至于盆底最后一滴水都进了他的肚子，那像宝宝小手一样的小掌，迫切地接过小水盆。如果不是深深地沉浸在哀痛中，此时他会笑它。他照料着它们，替它们的主人给予它们关怀，这让他心里感到些许安慰。他悲观地想，等着它们的，又将是什么命运……

他茫然地陪着它们玩，那种和小翅膀一起分享的别样的开心已经没有了。一种怪异又跌撞的影子姗姗而来，他立马知道浣熊拍拍来了。它在他身上一边爬着一边呜呜地悲啼，从膝盖到肩膀。他的头发被它那尖细又灵活的爪子拨弄着，他忽然悲痛地趴在地上，号啕大哭起来，他想念小翅膀。

他的悲痛转变成对小鹿的热望。他起身给浣熊扔了一把花生，然后去找小鹿。它在桃金娘丛里面，在那里它可以安全地四处张望。他想它或许渴了，就让它喝小熊水盆里的水，小鹿嗅了嗅没喝。他又想从福列斯特家充足的食物里悄悄弄点玉米喂它，但他不想这么不诚实。他说服自己或许以它现在的嫩牙去咀嚼那些坚硬的食物还太早。他找了一棵槲树，让小鹿和他并肩坐着，那是一种在波克毛乎乎的怀里没有的慰藉。他想知道，小翅膀的离去是否让他对宠物们已不再那么喜爱，或者是小鹿足以代替所有宠物的地位。

他对小鹿说："即使拿它们全部来交换你，我也不愿意，就算是小熊。"

他感到一种悦人的忠实感，他只喜爱小鹿一个，即使是长久以来引诱着他的那些小动物也无法取代它。

这个下午似乎特别漫长，他隐约觉得还得做些什么事情。福列斯特一家的态度冰冷，但无论如何，他明白他们还是不想让他现在离开。否则，波克早该跟他说再见了。夕阳挂在了槲树下，妈妈肯定在生气。他想即使他们要赶他走，也得等一件事完成后才行。似乎那是他和那蜡烛般的小翅膀的约定，只有办完那件事，他才能自由。幽暗的天色中，福列斯特兄弟们一个个走出房子，默默地去干活，炊烟开始升起。树脂的清香里面掺着煎肉味。他随着波克去拉母牛饮水。

他说："小熊和松鼠们已经被我喂过食物和水了。"

波克抽了一头小母牛一鞭子，说："我今天也想过它们一下子，但转眼又黯然失神起来。"

乔迪问："我还能帮你些什么？"

"我们这里的人手从来都不缺，你去帮我妈妈好了，像小翅膀那样，为她留意炉灶。"

他忍痛走进房间，目光避开那卧室的门，那门掩着。炉灶前，福列斯特老妈妈的眼睛已经哭得又红又肿，她时而用她身上系着的围裙擦擦眼睛。她凌乱的头发已经被浸湿，梳理得整齐而平滑，似乎是对一位贵宾的尊重和欢迎。

乔迪说："我来帮您。"

她转身，手中拿着一个勺子。

她说："我在这里想到了你妈妈……她亲手埋葬的孩子和我得到的孩子一样多。"

他郁郁寡欢地帮她加柴，感到无比难受，但是他还不能离开。晚餐很简单，和白克士忒家的一样。福列斯特老妈妈心不在焉地摆放着饭菜。

她说："我把煮咖啡的事给忘记了。他们不吃饭的时候，就会喝咖啡。"

她将满满的咖啡壶搁在灶上，福列斯特家的男人们挨个去后面的门廊洗手和梳理。以前的谈论、打闹、争吵和杂乱的步伐声全都没了。他们默默地来到桌前，似乎刚从梦里醒来。福列斯特老伯从卧室出来，奇怪地看着乔迪。

他说："这真怪……"

乔迪在福列斯特老妈妈旁边坐着，她给每个人的碟子里盛好肉，然后开始哭泣。

她说："我把他算上了，像平时一样。啊，天哪！我把他算上了。"

波克说："妈妈，让乔迪替他吃他那一份吧，乔迪或许将来会和我一样强大。啊，孩子？"

一家人又振作起来，他们大吃大喝了一顿之后，又觉得难受，便把碟盘推得远远的。

福列斯特老妈妈说："这张桌子今晚我是没有心情清理了，我想你们也是。把它们堆放到明天再说吧。"

这样的话，明天才能获得自由。福列斯特老妈妈看着乔迪的碟子："孩子，你的点心和牛奶都还好好地放在那里，你觉得难吃吗？"

"那是留给小鹿的，我吃的东西总有一部分是给它的。"

"我那可怜的孩子。"她又开始哭了起来，"我的孩子不是想看你的小鹿吗？他老是说，他老是说……他老说：'乔迪有了一个小弟。'"

乔迪感觉喉咙被什么东西可恶地哽住了。他吞下泪水，说："所以我要来，我要来让小翅膀给小鹿起个名字。"

"但是他已经想出好听的名字了。他在谈及小鹿的时候，就说出了一个名字。他说：'一只小鹿开心地摇着小旗儿般的尾巴，一只小鹿的小尾巴就是一条小旗儿。如果我也有一只小鹿，它肯定被我叫作小旗儿，小旗儿小鹿，这就是我给它起的名字。'"

乔迪重复地念着："小旗儿……"

他高兴得差点疯狂，因为小翅膀曾提起他，还给他的小鹿起了名字。他悲喜交加："我还是去喂它好了，我去喂小旗儿。"

他滑下椅子，拿着牛奶和点心去外面，他感觉小翅膀正活生生地在附近看着他。

他叫唤着："小旗儿，快过来。"

小鹿来到他跟前，似乎它已经知道他在叫它的名字，而且像是很久前就知道了一样。他的手在牛奶里浸湿了点心去喂它，那小嘴温润地在他手心蹭着。他回到房内，小鹿紧跟在后面。

他问："小旗儿能进来吗？"

"进来吧，欢迎它进来。"

他僵硬地坐在角落里那张小翅膀的三脚凳上。

福列斯特老伯说："这只小鹿会使他开心，今晚你就陪着他吧。"

这便是他们对他的托付了。

"明天安葬他的时候你不在的话不合适。他只有你这么一个朋友。"

乔迪放下了对爸爸妈妈的挂念，就像抛掉了一件破烂的衣服一样。所有的事情和眼前这么一件大事相比，显得无足轻重。福列斯特老妈妈去卧房负责早班的守灵。小鹿好奇地在屋子里嗅着每个人，然后来到乔迪身旁躺下。夜色恐怖地填满屋子里的每个角落，更增添了每个人内心的沉重。哀伤在空气里撒下浓烈又厚重的味道，只盼时光这股风能渐渐地把它们吹散。

九点的时候，波克僵直地站起来，急忙点燃蜡烛。到了十点，院子里闯入一个骑马的人。原来是辨尼骑着老凯撒来了，他把缰绳往马脖子上一扔就进了屋子。福列斯特老伯代表所有人起身跟他打招呼。辨尼看见一张张垂头丧气的脸，老伯指了指那掩着的卧室门。

辨尼说："是孩子吗？"

福列斯特老伯点头。

"走了，还是快要……"

"走了。"

"我害怕的就是这一点。乔迪不回家的话，我估计事情已经发生了。"

他的一只手拍着老伯的肩膀："我和你们一样，也很悲伤。"

他挨个和每个人问好，最后呆呆地望着雷姆。

"你好吗，雷姆？"

雷姆顿了顿："你好，辨尼。"

密尔惠尔腾出自己的位置，让辨尼坐在那里。

"什么时候的事情？"

"今天一早。"

"当我妈妈进屋去看他是否能进食的时候。"

"他躺在那里被折磨了两天了。我们打算请大夫的时候，他似乎又好起来了。"

交流间的倾诉，抚慰着心里的伤痛。辨尼神色庄重地倾听着他们滔滔不绝的言语，点头回应着。他像是他们眼里小而结实的石头，所有的哀怨一碰在上面就会碎裂。当他们倾诉完之后，辨尼便提起自己早逝的可怜的孩子们，他告诉他们死亡是任何人和事都无法阻拦的，他们要试着承受。他和他们一起分担着痛苦，他们似乎成为了他的一部分。他们的痛苦得到了缓解，他们的哀伤被分走了很多。

波克说："可能乔迪想和小翅膀单独待一下。"

当被他们带到卧室，门快被关上的时候，乔迪突然害怕了。似乎屋子角落的黑暗里藏着某种东西，如同他爸爸被蛇咬的那一夜闪现在丛林里的东西一样。"让小旗儿也进来可以吗？"

他们允诺了，这自然是再合适不过了。小鹿被带到他身边，他坐在椅子边上，还能感觉到上面福列斯特老妈妈的余温。他把双手叠在一起，小心翼翼地看那张脸庞。蜡烛在床边的桌子上，当蜡烛的火焰晃动的时候，似乎小翅膀的眼睛也随着一起闪耀。薄单被一袭微风吹动，卷起又落下，似乎是小翅膀的气息。过了一会儿，心中的那股惊恐平息，他才好好地倚在椅子上。以这样的距离和姿势看着小翅膀的时候，他感觉小翅膀没有那么陌生了，但是细看之下，那在烛火下萎缩又干瘦的脸一点也不像小翅膀。小翅膀同那只缠在他脚下的浣熊，此时正摇摇晃晃地在丛林里玩耍，他马上又会摇摇晃晃地进来，然后跟乔迪讲话。他难受地瞥了一眼那交叉歪扭的双手，它们依旧冰冷着不动。他哭了，没有发出声音。

摇摆不定的烛火让人困顿，他的眼前开始一片蒙眬。他努力让自己清醒，随即又迷迷糊糊了。他沉睡在死亡和死寂之中。

天快亮的时候，他无精打采地睁开眼睛。外面传来敲打的声音，他不知何时被放在了床脚的一边，他赶紧打起精神来。小翅膀不在床上。他立马来到外面的屋子里，一个人也没有。他来到外面，见辨尼在钉一个崭新的松木箱的箱盖。福列斯特们全都站在那里，福列斯特老妈妈正在哭，没人和他说话。辨尼钉好了最后一颗钉子。

他问："好了吗？"

他们点头，波克、密尔惠尔和雷姆走了过来。

波克说："这个箱子我一个人来就可以了。"

说着他把箱子扛了起来，福列斯特老伯和盖贝没了踪影。波克走向南边的阔叶林，身后跟着福列斯特老妈妈，她被密尔惠尔搀着。其余的人都跟随在他们后面，一列人慢慢地行走着。乔迪想起小翅膀的一个葡萄藤秋千就是在这里的一棵槲树下面。那秋千旁边，站着福列斯特老伯和盖贝，他们手中拿着铲子。地上有一个刚挖的坑，坑的四周是被挖出的带着木头霉菌一样的沙土。拂晓的光亮透过整个林子，整片大地被黎明的日出用长长的手指覆盖。波克轻轻地放下棺材，把它置入了敞开的洞穴。他往后退一步，福列斯特们踌躇着。

辨尼说："让爸爸先来。"

福列斯特老伯铲了一铲土填进去，接下来，波克接过铲子，也填了一些土块。铲子在一个个福列斯特的手中重复着。当铲子传到乔迪手中的时候，只有一抔土的样子了。乔迪呆滞地把土铲到坟上。

福列斯特们你看看我，我看看你。福列斯特老伯开口了："辨尼，你自小在你爸爸和基督教的影响中长大，如果你能为我们祷告些什么，我们会很感激。"

辨尼走到坟边，闭眼，抬头向着阳光，福列斯特们都低下头。

"啊，上帝，无所不能的上帝。我们这些愚昧的人类是没有资格评估对与错的。如果我们所有人英明一些的话，我们就不会把这个可怜的跛腿孩子带到这个世界上。我们会让他高大强壮，如他的哥哥们，他会正常地生活和工作。但是冥冥之中，您已经将他带到这里，您让他与小动物们生活在一起，您让他聪慧、灵巧又温和，鸟儿们愿意陪在他身边，负鼠们在他身边快乐地玩耍。他从没用他那歪曲可怜的双手去逮过一只野猫。

"现在，您将它带到另一个地方，那个地方可以包容他那扭曲的身体和怪异的想法。上帝啊，您现在已经把他扭曲的身体复原了，我们已经很欣慰了。上帝啊，请赐予他一些红鸟，或者一只松鼠、浣熊和负鼠去陪伴他，就像他活着的时候一样。我们莫名地感到了孤独，如果把几只负鼠带到天堂里不过分的话，请你赐予他小动物们的陪伴。阿门。"

福列斯特们跟着默念着："阿门。"汗水渗出了他们的脸庞，他们挨个过去和辨尼握手。这时，小浣熊出现了，它直直地跑到了那座新坟旁，号哭着，波克把它抱起来。福列斯特一家人转身往回走。凯撒的鞍子已经准备好，辨尼上去，又把乔迪放在了他后面。乔迪唤着小鹿，小鹿从灌木丛里过来了。

波克从屋子后面走出来，手提一个小铁笼子，他把它拿给坐在马上的乔迪，里面是那只瘸腿的红鸟牧师。"我知道你被禁止养小动物，但是这个东西只需要面包渣就够了。留给你作个纪念吧。"

"谢谢你，再见。"

"再见。"

老凯撒缓缓地跑在回家的路上。一路上他们都沉默着。即使老凯撒慢了下来，辨尼也没督促它。艳阳高照，乔迪的胳膊举着小铁笼，不知不觉酸痛难忍。他们已经看到了白克士忒垦地，听到了马蹄声，白克士忒妈妈早已守在门口。

她老远喊着："操心一个人已经够烦了，还要烦另一个，两个还都不回来了。"

辨尼和乔迪下了马。"别吵了，乔迪妈妈。我们有要务，可怜的小翅膀死了，我们帮忙埋了他。"辨尼说。

"哦，可惜不是那吵闹鬼雷姆。"

辨尼放老凯撒出去吃草，才进屋。饭桌上的早饭已经冷了。

他说："没关系，只需要把咖啡加热一下。"

他茫然地吃着："我没见到过一个家庭会这么难受。"

她说："别告诉我那些粗鲁的人也会有心痛的时候。"

他说："奥拉，你终究会发现的，人和人的心都是一样的，每个人都会有悲伤，只是表现得不一样而已。我觉得，那些悲痛只是增添了你舌头的尖刻度。"

她硬生生地坐着。"我好像只有狠起心来，才能承受那些悲痛。"她说。

辨尼赶紧离桌来到她跟前，轻抚她的头发："我懂，只是你要学着多体谅别人一些。"

第十八章 他们一起回家了

The Yearling

八月的酷热是残忍的，它给予人们唯一的仁慈便是闲暇。几乎没什么要干的活，没什么让人忙碌的工作。好雨过后，玉米熟了，茎秆也逐渐干燥，只等着收获。辨尼估计会有个好收成，不久之后，一英亩就能有十个蒲式耳。甜薯枝繁叶茂，给鸡准备的高粱也正在成熟中，那穗尖长长的，就像蜀黍一样。栅栏旁是为鸡准备的向日葵，它们的脑袋像水盆那么大。豇豆很充足，所以是主要的食物，他们几乎每天都吃野味烧豇豆，而那些充足的豆藤可以作为牲畜们过冬的饲料。只有花生没那么好的收成，但是母猪贝奇已经被残脚熊咬死了，已没有那么多小猪需要育肥。那些走丢的猪奇迹般地回来了，还有一头母猪随它们一起回来，它们已经从福列斯特家改为白克士忒家的了。辨尼接纳了它，这是他们两家为了和好而心照不宣的礼物。

红缎甘蔗的长势一直不错。白克士忒们盼望秋天的霜冻时节，那时甜薯被挖出来，玉米磨好了，甘蔗汁也成了糖浆，猪也杀了，他们便会有丰裕的食物。虽然此时食物最贫乏，但食物尚不缺，只是种类没有秋天的时候丰盛，因此就少了一种宽慰的感觉。玉米粉和面粉是他们每天的食物，肉很少，除了辨尼偶尔猎的鹿、火鸡或者松鼠肉。一晚，辨尼在院子里捉到了一只大大的负鼠，便挖了很多新鲜的甜薯和它一起烤，虽然那次烤肉没有味道，但依旧很奢侈，因为甜薯还又小又生。

骄阳嚣张地烘烤大地，白克士忒妈妈很肥胖，所以这样的天气让她烦躁。辨尼和乔迪瘦小灵活，但是他们在这么热的天里也变懒了，做什么事情都慢吞吞的。每天一早，他们和往常一样去挤奶、喂马、劈柴和挑水，接着就闲下来了，直到傍晚。白克士忒妈妈只做那顿午饭，做完饭她把炉灶的火盖好，晚餐是冷饭，有时还有上一顿的剩饭。

乔迪经常想起小翅膀。活着的时候，小翅膀和他在一起玩耍，现在他走了，他的音容笑貌还是浮现在他的脑海里，他还是可以和他交流彼此的想法，虽然这不是真的。而小旗儿却奇迹般地越长越大，它是他的寄托。乔迪觉得它身上的斑点在消失——那是鹿要成年的征兆，但是辨尼没看出来。而很显然，它的大脑发育得很快。据辨尼说，熊脑是所有丛林动物中最大的，接下来是鹿的。

白克士忒妈妈说："这东西狡猾得像只老鼠。"

辨尼说："怎么这么说，乔迪妈妈。诅咒它你不羞愧吗？"接着，他朝乔迪眨眼。

当小旗儿还是自由身的时候，它就已经会提起外面的鞋带把门打开溜进屋了，无论是白天还是晚上。它把乔迪床上的羽毛枕头顶下来，咬着它在屋里乱蹿，直到枕头裂开，里面的羽毛在屋子里飘荡了好多天，甚至他们还在一碟点心布丁上发现了一缕羽毛。小旗儿和狗打闹，成熟稳重的老裘利亚，在小旗儿用蹄子挑衅的时候，它最多以摇尾巴回应。而利普就不一样了，它声势威猛地吠着，一副要猛扑上去的样子。然后，小旗儿便撒起两只后腿，闪着它的短尾，得意地晃着脑袋，冒冒失失地越过栅栏，飞奔而去。它最爱和乔迪一起，他们在一起打闹，用头抵触对方，还比赛跑步。白克士忒妈妈不满意地说乔迪瘦得像条黑蛇。

八月底的一个下午，乔迪和小鹿去凹洞里挑水，以备晚餐使用。路旁鲜花怒放，有漆树花，还有束心兰高举长满白色和橘色花朵的茎秆。法国桑葚在纤细的花茎上成熟，那淡紫的成堆的小珠子，像是百合花茎上的蜗牛卵。芬芳的鹿舌草的第一朵花蕾上面伫立着一只蝴蝶，它慢慢地抖动翅膀，似乎在守候着花开，好去采蜜。豇豆地里传来鹌鹑们清脆又整齐的叫声。天黑的时间提前了。在那一排围栅的拐角处，西班牙人转向北边，再走过凹洞。榭树上面覆盖着藏红色的阳光，那些从树枝上垂下来的灰色西班牙苔藓，此时就像金色的卷帘。

乔迪的手忽然停在了小鹿的头上。只见一位戴着头盔的骑士，正骑马越过西班牙苔藓。乔迪往前一步，骑士和马却不见了，似乎它们是由比苔藓更薄的东西做的。他退后一步，他们又出现了。他紧张地深吸了一口气，难道这就是小翅膀口中的那个西班牙骑士。他不敢肯定，他有一种想跑回家的冲动，内心仿佛有个声音告诉他，他活见鬼了。但由于爸爸的影响，他命令自己向前走，向那幽灵出现的地方慢慢靠近。最终，一切真相大白。原来是缠在一起的树枝和苔藓给了他错觉，他还可以认得出哪里是马，哪里是骑士，哪里是头盔。他的心在震撼之后放松了，而一种失落感却油然而生，他宁愿自己不知道真相，那样不是更好吗？要是他选择逃跑肯定会信以为真。

他继续出发去凹洞。月桂依旧繁茂，整个凹洞被它的香味弥漫。他又想起小翅膀了，他永远都无法明白，斜阳下的西班牙骑士是刚刚那个，还是小翅膀眼里更神秘、更真实的另一个。乔迪把水桶放在那里，沿着那条窄窄的小径走下去，那条小径还是他出生之前辨尼挖的通往凹洞底部的通道。

他忘记了他的差事，躺在了坡下一株山茱萸的影子下面。小鹿东闻闻西嗅嗅，才在他身旁卧了下来。他躺在那里，整个凹洞尽收眼底。他头顶的凹洞周边被斜阳侵染成一个无形的正在燃烧的光圈。他的闯入让一只松鼠安宁了一会儿，接着它又咯吱咯吱地啃树皮，叫嚷着在树上乱蹦乱跳，为一天的最后一小时而疯狂，就像它们为一天的开始而疯狂一样。它们跳到了棕榈树上，棕榈叶子被折腾出响声，但接下来那榭树叶子并没有发出它们跳跃的声音。在香枫和山核桃树密密的枝叶里，任何声音都不会被发觉，直到松鼠在树干上爬动，从树梢蹿进另一棵树里。树丛间鸟儿的叫声很清脆。一只红鸟正在靠近，乔迪看到它歇到白克士忒家的饮水槽边。斑鸠们盘旋而下，饮了一口水，又飞去旁边松林里它们的老窝，小刀一样的灰翅膀和空气摩擦作响。

乔迪察觉坡岸上有东西在动。只见一只母浣熊带领两只小浣熊走到了石灰岩的水槽边。母浣熊从较高的那个水槽开始，谨慎地在里面捉鱼。现在，乔迪庆幸自己有借口晚归了，他不得不等那被弄浑的水慢慢澄清才能去挑水。母浣熊并没有在水槽里找到它想要的东西，其中一只小浣熊，好奇地趴在牲畜水槽的边上往里望，母浣熊一掌把它打开，让它脱离险境。母浣熊沿岸走下，不一会儿就被高大的羊齿遮住，转眼那黑色的面具脸又出现在了金豆的茎秆里。它身后的两只小浣熊不时地四处窥探，它们的小脸是它们妈妈的脸的复制品，毛乎乎的尾巴也同样骄傲地扬着。

母浣熊不停地走，直到到了凹洞最底部的那个水塘边，它在那里捉鱼。它长长的黑黑的爪，在枯叶下面的水里来回抓。它侧身把爪子伸进一道缝里，那是一只小龙虾。一只青蛙跳出来了，它立马转身扑去，捉住那只青蛙涉水回到水塘边。它坐在那里，把青蛙连打带摔，如同狗摔老鼠一样。然后它把青蛙扔到它两个孩子中间，它们扑上去，吼叫着咬青蛙的骨头，把它分吃了。母浣熊静静地看了一会儿，又去水塘里，那毛乎乎的尾巴浮在水面上，两只小浣熊迫不及待地跟着它下水。它们又尖又小的鼻子刚能伸出水面，母浣熊发现后立马把它们赶回了岸。它们挨个儿被它抓住打毛乎乎的小屁股，那动作和人类的一模一样，乔迪不禁用手捂着嘴，这样才不会发出惊呼声。他一直看着它捉鱼喂小浣熊的情形，最后，它悠哉地走过凹洞底，上岸穿过凹洞周边。它身后的两只小浣熊愉快地叫着，相互交谈着。

阴影覆盖了整个凹洞，乔迪有一种感觉，好像小翅膀和浣熊们不久前一起走了，他们一起回家了。小翅膀的一丝灵魂总会在动物们经过和寻食之处，他的一丝气息永远不会离开小动物们。小翅膀是一棵树，他如同树一样是属于大地的，他连同他那扭曲而脆弱的树根深深地埋在了地底下。他还如同那姿态万千的云朵、落阳和皓月。他的一部分远在他那扭曲的身体外面，就像风一样摸不着，抓不住……所以他的离去带给乔迪的痛苦已不是那么难以承受了。

他来到饮水槽边，舀起他力所能及的水到水桶里，然后回家。晚餐的时候，他给他们讲浣熊的事情，妈妈听他说到浣熊妈妈打小浣熊屁股的时候也饶有兴致，他们没问他晚归的原因。晚饭后，他和爸爸坐着，一起聆听猫头鹰的啼叫、蛙声、远处的野猫叫声和更远处的狐狸声，一阵狼嚎在北边响起，另一边还有回应……辨尼认真地倾听着，点着头，他很想把自己这一天的心情告诉辨尼，只是乔迪的语言表达不了自己内心深处的感受，所以辨尼无法完全体会。

第十九章 七天七夜风雨劫

The Yearling

　　九月的第一个星期很炎热，大地被太阳烤得像朽骨一样枯焦、干燥，只有野草在此时生长。干热的天气渐渐衍生出一种不安来。狗儿们变暴躁了，蛇在三伏快结束的时候四处游荡，蛇皮已经脱落。辨尼在葡萄藤下杀了一条七尺长的响尾蛇。当时，他发现咖啡草在动，似乎钻过一条短吻鳄，所以他跟了上去。他说那条蛇在追捕鹌鹑，它要在冬眠之前把它的长肚子吃得饱饱的。辨尼在熏烟室的墙上熏干那条大大的蛇皮，然后把它挂在炉灶旁的墙上。

　　他说："我喜欢看着它。因为在所有毒蛇里面，它是唯一一条不会害人的。"

　　每年夏天的这个时候，炎热往往最让人难受。而天地间模模糊糊的一种变化——季节的交替，好像植物们都能感觉到。鼠尾草、紫苑和鹿舌草生长在干燥的空气里。商陆果成熟了，鸟儿们正沿着栅栏在啄着。辨尼说，通常情况下所有的动物都不会以它为食。春夏的果子，荆棘果、黑果木、蓝莓、酸梅和野醋栗已经匮缺好久了，鸟儿和兽类也有几个月没有野梅和夏花山楂吃了。浣熊和狐狸在剥野葡萄藤的皮。

　　秋天的水果：番木瓜、冬青和柿子还没熟透。等到霜降的时候，橡子、松子和蒲葵果才能熟透。鹿们不得不吃植物的嫩叶：香枫和桃金娘的嫩芽、狗根草的嫩尖、草原和水塘里的竹芋尖和多汁的百合秆叶。这种植物生长在又矮又湿的地方，鹿们必须去沼泽、草原和河边，所以几乎不经过白克士忒垦地。去湿地和沼泽之类的地方猎鹿是很不容易的，辨尼在一个月里只带回了一只一岁的雄鹿。那又尖又小的角还长着绒毛，摸着像是粗糙的羊毛，有碎屑的地方是小鹿为了加快角的生长在小树上摩擦而留下来的。白克士忒妈妈给他们煮着吃了，她说味道很像骨头。辨尼和乔迪不怎么吃，那会让他们看到小鹿新生角下面的那双大眼睛。

熊也在低地觅食，蒲葵芽是它们的食物。它们粗鲁地把它剥皮吃光。斯威特溪边的棕榈林看似刚经过一场暴风雨般的洗礼：低矮的棕榈表面被撕成了带子，里面的奶油色果心连同地下面的那一块都被吃掉了。偶尔有几棵高大的棕榈，也正摇摇欲坠，那些勤快一点或者饿得厉害的熊剥去它们的皮，吃掉了里面的果心。辨尼说，它们活不了了，因为和所有生灵一样，棕榈没有心就会死去。只有一棵矮棕榈只被撕去了外皮，里面完好无损。辨尼用猎刀取出又光又圆的果心，把它带回去煮着吃。白克士忒们和熊一样喜欢这个"沼泽甘蓝菜"。

辨尼说："那些剥皮的家伙把所有果心吃光之后，就会光顾小猪了。你会发现每个晚上它们会偷偷地去猪圈。你的朋友小旗儿最好和你这个主人待一块儿，尤其是夜晚的时候。万一你妈妈为它争吵，我会担起责任的。"

"小旗儿还不够强大，会被熊伤害吗？"

"所有打不过熊的动物都是熊的目标。有一年在草原的时候，我的公牛被一头熊杀死了，那头牛的大小和那头熊一样，够熊美美吃上一星期。它不停地返回牛的尸体旁，那头牛被吃得只剩下肚子，到最后肚子也被吃了。"

白克士忒妈妈抱怨着天不下雨，接雨水的桶已经干了，所有东西都得弄到凹洞去洗了。衣服看着脏兮兮的。"不管怎样，阴天适合洗衣服。我妈妈就爱说：'阴天好洗衣。'"

酸奶也需要雨水去凝固，炎热的天气通常会让奶变质，凝固不了。每逢这个时候，就需要雨水了，妈妈会让乔迪去山核桃树下接雨水，因为从山核桃树上滴下来的雨滴，最适合做酸奶。

白克士忒一家都密切关注着九月的月亮，辨尼把妻子和儿子叫过去一起看。那银色的新月直直地挂在夜空，令他喜出望外。

"我们很快就有雨了。如果月亮是直直地横着，雨就会被挤走，一滴雨也不会落下。但是，以现在的情形可以推测，仅是即将降至的雨水就能把我们挂在绳子上的衣服冲洗干净了。"

他是个了不起的预言者。三天过后，出现了雨的征兆。辨尼和乔迪打猎时走过茜尼泊溪的时候，溪里的短吻鳄在低吼。白天蝙蝠四处乱飞，晚上青蛙不厌其烦地呱呱叫。多名尼克公鸡在大中午啼个不停，松鸡嘶叫着低空盘旋，响尾蛇在炎热的中午溜过垦地。又过了一天，空中飞过很多白鸟。辨尼双手挡在眼睛上面，焦急地仰视着那些鸟。

"这些海鸟们本不该从佛罗里达经过的，我不想看到它们，因为它们预示着有恶劣的天气。我说的恶劣，是极端恶劣。"

而乔迪却如同神采焕发的海鸟，他向往暴风雨。因为它会跋扈地征服所有东西，把所有人安逸地关在屋子里。不用干活的时候，他们就坐成一团去聆听它无情地击打屋顶的声音。他妈妈在那个时候也会很体贴地把糖浆做成糖果给他，他爸爸则会给他讲故事。

他说："希望是一场纯粹的暴风雨。"

辨尼回头严肃地望着他："最后别那么想，儿子。暴风雨会推倒作物，淹死无辜的水手，折掉树上的橘子。当它从南边到来，屋舍甚至会被摧毁，人会死掉。"

乔迪说:"那还是不要来了,但风和雨本身是好东西。"

"是的,那就另当别论了。"

当天的夕阳很怪异,不是红的而是绿的,西边的天在太阳下山后成了灰色,东边却成了浅绿色的玉米秆颜色。

辨尼叹息:"我不想要这种天气,太恐怖了。"

夜晚的大风猛烈地抨击着门,小鹿来到乔迪床边蹭他的脸,他把它抱上去,他们一起睡。天亮后是一片晴空,但是东边的天空却是一抹鲜红色。一整个早上,辨尼都在修整熏烟室的房顶。他在家里和凹洞间来回了两次,挑满了所有空着的水桶。天空的颜色在中午的时候变成了深灰色,空气很闷热。

乔迪问:"暴风雨要来了吗?"

"我认为不是,但一定会有不寻常的事情发生。"

天空在下午变得乌黑,鸡全部早早回窝了。去列克赛和小牛被乔迪带回牛棚,辨尼早早地挤好了牛奶,然后把老凯撒赶进马厩,放了一叉剩余的干草到它的马槽里。他说:"去每个鸡窝里收集蛋,我先去屋里。得快一点,否则就来不及了。"

母鸡们并没下蛋,但畜棚的鸡窝里有三个蛋。乔迪去玉米仓,老巴乐诺克正在下蛋,它身下的玉米壳正在嘶嘶作响。干燥的空气充满香气,他感到窒息。等到窝里有两个蛋的时候,他把五个蛋一起放在衣袋,就往回走。他没有像他爸爸一样着急。忽然,远处一阵震耳欲聋的声响打破了如同黄昏般的沉寂。他惊了一跳,这样的巨响只有当全部的熊相遇时才会有,但这是风的声音。风从东北方而来,声音之大可以听见它那庞大的脚掌正踏过树尖,然后,它又从玉米地上划过,摧残院子里的树。桑树的枝干垂在地上,楝树柔弱的枝丫被折断。接着,它从他头顶踏过,那声响和千万只天鹅飞天的振翅声一样。松树被它抓住拼命地摇晃。雨也来了。

风从头顶上面高高地踏过，雨就像一堵坚实的墙从天而降。乔迪弯腰抵抗着，似乎他在从高处跳水。但是他抵不过狂风的劲头，他已经跌跌撞撞。有一阵风用它那又长又壮的手指拨开了大雨的墙，扫清了自己前进的道路，他的衬衫、嘴巴、眼睛和耳朵被它撕扯着。他感觉自己快要被它掐死了，他小心地用一只手保护着衣袋里的鸡蛋，另一只手捂着脸，迅速跑到院子里。小鹿正颤抖地等待着他。它的尾巴又湿又短地挨着屁股，耳朵也垂下来了，它尝试在他身下躲避。他绕着屋子跑了一圈，来到后门，小鹿跟着他跑。厨房的门从里面锁住了，猛烈的暴风雨让他拉不动它，他敲那厚厚的门。他突然想到，此时在风雨的咆哮声中，他们肯定听不到敲门声，他和小鹿很快会变成落汤鸡了。而辨尼却在暴风雨中把门拉开了。乔迪和小鹿立马冲进去，乔迪站在那儿气喘吁吁，用手擦去眼睛上的雨水，小鹿也眨巴着眼睛。

辨尼说："看看，是谁把暴风雨给盼来了呀？"

乔迪说："如果我盼望一件事情之后，它会这么快来临。那我以后再盼望什么的时候，可得千万小心了。"

白克士忒妈妈说："赶紧去换衣服。你怎么不在进来前把小鹿关好？"

"没时间啦，妈妈。它淋得像只落汤鸡，还被吓着了。"

"唉……只要它乖乖的。现在别穿那些好的，拿一条到处是洞的烂裤子，不管怎样是在屋子里。"

辨尼在乔迪后面说："他现在简直像极了一只湿漉漉的一岁小鹤，假使添上翅膀和尾巴的话。天哪，春天都过去了，他还是那个小小的样子。"

白克士忒妈妈说："如果他脸上的斑点消退，头发整齐了，骨头上添些肉，那他一定会很好看。"

"只要稍加一点变化，他就会和白克士忒家的人一样好看了，上帝保佑。"辨尼无比赞同她的话。

她以挑衅的眼神望着他。

"我的意思是，就像你们家的人一样好看了。"他忙补充着。

"这话还差不多，你还是得用另一种口气说话。"

"就算我们没有被暴风雨拘禁在这里，亲爱的，我也不想让你不高兴啊。"

他们一起大笑。乔迪在卧室里无意中听见这段对话，他自己都糊涂了，他们到底是在拿他寻乐，还是他的相貌真的有潜力变好看。

他对小旗儿说："不管怎么样，你肯定觉得我是好看的，是不是？"

小旗儿蹭着他，他认为它承认了。他们慢慢走回厨房。

辨尼说："是的，这正是要肆虐三天的东北风，气候突变是来得早了些，但是像这样的情况，我遇到过很多次。"

"你怎么说是三天呢，爸爸？"

"我不能完全保证。但是九月的第一场风暴往往是来自东北的三天暴风，然后遍及全国。全球的气候大致也就这样。我听奥利弗·赫托说过，九月的风暴也会出现在遥远的中国。"

白克士忒妈妈说："奥利弗为什么不来看我们？我讨厌赫托奶奶，但奥利弗我却很喜欢。"

"或许他受够了福列斯特兄弟们，所以现在不想路过这里。"

"他不去挑起事端，他们也会打他吗？没有弓的小提琴，如何拉呢？"

"不管何时何地遇到他，福列斯特兄弟们怕是都要打他，至少雷姆如此。直到他们解决掉关于女孩的问题。"

"怎么可以这样呢！当我是个女孩子的时候，都不会发生这种事情。"

"那是。因为只有我一个人追求你。"

她举起扫帚，假装要打他。

"但是甜心，"辨尼说，"那个时候其他男人哪有我这么潇洒。"

门外的暴风雨平息了一刻，这使他们听到外面哀怨的犬吠。辨尼打开门，只见老裘利亚湿漉漉地站在门外颤抖着，利普可能已经把自己藏好了，或许老裘利亚也找到了藏身之处，但是仅仅一个干燥的地方还是满足不了它。辨尼让它进了屋。

白克士忒妈妈说："干脆让去列克赛和老凯撒也进来算了，那样的话就会有更多陪伴你的东西了。"

辨尼对老裘利亚说："你是不是嫉妒小旗儿，啊？你是一个比小旗儿资质高的白克士忒，你可得自己弄干自己了。"

它边迟钝地摇尾巴边舔辨尼的手。乔迪感到很温暖，因为在他爸爸眼里，小旗儿和他们是一家人，它是小旗儿·白克士忒……

白克士忒妈妈说："你们男人怎么会对这些不会讲话的畜生这样呢？我真是想不通。你给狗取和你一样的姓氏，现在又加进来这只小鹿，和乔迪一起睡觉的那只小鹿。"

乔迪说："它们对我来说不是畜生，而是和我一样的男孩。"

"好吧，反正是你的床，只要它不把跳蚤、虱子和扁虱什么的带上床。"

乔迪愤愤不平："妈妈，瞧瞧它又光又美的皮毛，闻一下吧。"

"我才不要闻它。"

"但是它的味道是那么的香。"

"像玫瑰花香一样吧，但是我觉得湿皮毛就是湿皮毛。"

"我现在很喜欢闻湿皮毛的气味。还记得那次打猎的时候温度骤降，而我却没拿外套。"辨尼说，"咸水溪那里真的很冷。那个晚上，我把我们打死的那头熊的皮剥下来，盖着熊皮睡觉。当晚的一场冷雨，让我闻到了上面湿皮的味道。和我同行的南雷·奇勒特、贝尔特·赫伯和米尔德·雷凡哈斯都取笑我臭极了。而我躲在熊皮之下，却觉得很温暖，当时的我就像树洞里的松鼠。那熊的湿皮毛味儿，堪比黄茉莉花香。"

屋顶上，暴雨在打鼓，屋檐下，狂风在呼啸。老裘利亚舒适地躺在小鹿旁边。这样的狂风暴雨如同乔迪所期盼的那样。他悄悄盼望它们在半月之内还能再来一次。辨尼不时地凝视着窗外漆黑的一片。

"这雨让蟾蜍都害怕。"辨尼说。

晚餐有豇豆、熏鹿肉饼和点心布丁，很是丰盛。仿佛任何一点事情都会让白克士忒妈妈产生特地做美食的兴趣，似乎她的想象力只会用在柴米油盐上。这是第一次她捏了一些饼干布丁给小旗儿，乔迪心里很感激，所以饭后开心地去帮他妈妈擦洗盘碟。辨尼没有太多的体力，所以很快就上了床，但他并没睡着。白克士忒妈妈在卧室里点燃蜡烛，开始做针线活。乔迪在床尾横躺着，听窗户被雨敲打的声音。

他说："爸爸，给我讲个故事。"

辨尼说："我所知道的，都给你讲过了。"

"不，你总是会有新故事。"

"好吧，只有一个我没告诉过你，嗯……这不能算是个故事。我给你讲过我刚到这儿时的那条狗，那条狗不是很尽职吗？"

乔迪抓紧床单："快讲。"

"好的，先生。那条狗是狐狗、血犬和一般狗的混合品种。它的长耳朵长到快要垂到地上去，它的弯腿根本走不上土埂，它的眼睛能看到很远的地方，但是老是不会看该看的东西。它那对走神的眼睛差点让我把它卖掉。但是，在我带它打猎之后，才发现它和别的狗不一样。它不顾小道之间野猫和狐狸的足迹，自顾自地在边上躺下。开始的时候，我觉得自己是一个没有猎狗的猎人。

"然后，先生。我却渐渐发现，原来它是一条老谋深算的猎犬。儿子，帮我把烟斗拿来。"

乔迪很讨厌这个中断，但他又异常兴奋，他连忙把烟斗和烟草拿了过来。

"好吧，儿子。你直接在地板上或者椅子上坐着吧，别在我的床上。每当你听到'足迹'或者'小道'时，我的床就会被你晃得让我以为床板快裂开了。

"好样的，先生。当时我只有在那狗边上坐着，看它会玩什么花样。你知道野猫和狐狸是怎么愚弄猎犬的吗？它们会踩着自己的足迹往回跑，听着猎犬的声音往回跑，能跑回多远就跑回多远。它在跑回的途中转向另外一边逃走。这样，它所留下的踪迹就像一个大大的'V'形，说是鸭子们飞行的形状也可以。猎犬们自然会朝它一开始的方向追踪，因为那个地方它经过了两次，味道最重。当猎犬们追到足迹消失的地方时，东闻西嗅，什么也嗅不到了，它们只好气急败坏地沿着足迹往回找。它们最后才会找到那个'V'形的转折点，但是已经来不及了。野猫和狐狸几乎都是这么溜走的，它们早已遁得没影子了。可是，你知道我家长耳狗是怎么做的吗？"

"快说说。"

"它识破了它们的圈套，接下来就是它怎么采取行动了。它料想是往回跑的时候了，就顺着足迹跑回来，埋伏在旁边。当狐狸先生或者野猫先生跑回来的时候，它便扑出来抓住它们。

"但是也有失手的时候，它隐藏的时间过早，或者它的推测错误，那时候它便会耷拉着耳朵。总体来讲，它的胜仗还是占多数的。它为我抓野猫和狐狸，比我之前或者之后拥有的任何一条猎狗的功劳都多。"

他大口大口地吸着烟，白克士忒妈妈把摇椅往蜡烛边拖近了点。这个故事这么早就讲完了，远远满足不了乔迪。

"长耳狗还做过些什么，爸爸？"

"啊，它还遇到过厉害的。"

"是野猫还是狐狸？"

"都不是，是一头又高又壮的和它一样聪明的雄鹿，一头长着曲角的鹿，那角越长越弯曲。对于鹿来讲，回头跑的可能性不大，而那雄鹿却是个例外，正好那狡黠的狗吃这一套。但那条狗聪明反被聪明误，那狗的估测老是和雄鹿的行动背道而行。它来回跑两次，但下一次它就一直往前跑了，它的花样百出。就这样，一年又一年，雄鹿和那狗没有停止过它们的较量。"

"那谁最机灵，爸爸？最后怎么样了？"

"你一定要知道吗？"

乔迪顿了顿，他期望长耳狗抓住雄鹿，却又想雄鹿逃走。

"对，我要知道，我一定要知道结果。"

"好吧，最后有答案，但是没结果。长耳狗一直没逮到雄鹿。"

乔迪松了口气，这样的结局还不错。他在以后想起的时候，脑海里一定是那狗一直在追捕那雄鹿，一直都是。

他说："再告诉我一个这样的故事吧，爸爸。像这种有答案却没结果的故事。"

"儿子，这种故事不多见的，你还是就此知足吧。"

白克士忒妈妈说："我对狗不是很看好，但是我也曾喜欢过一只。是一只毛很好看的母狗。我对那狗的主人说：'当它有小狗的时候，我来拿一只。'他说：'小姐，可以。但是它必须去打猎……'当时，我还没和你爸爸结婚。他说：'不打猎的猎狗会死的。'我问：'它是条猎狗吗？'他回答说：'是的。'然后，我就说：'我不要猎狗，猎狗会偷吃鸡蛋。'"

乔迪焦急地等着她说下去，但显然这个故事已经讲完了。正如他妈妈所有的故事一样，那些故事里不会有任何关于打猎的字眼。他转而又想到刚才的故事，那条狗比所有的野猫和狐狸机灵，却永远对付不了那头雄鹿。

他说："我打赌，小旗儿长大后一定是最聪明的。"

辨尼说："如果有别的猎犬追它，你会怎么做？"

乔迪的喉咙立马缩紧了。

"任何狗或者人，敢来抓它，我就把他们一网打尽！应该没人会来，会吗？"

辨尼温和地说："我们可以各处散布风声，别人就会小心。它应该不会跑得很远，不会。"

乔迪打算让他的枪一直都填满子弹，以防外来侵犯。当晚，他和小鹿睡在一起。狂风拍打了窗户一个晚上，他睡得并不安稳。梦里，那只灵敏的狗，在雨中残酷地追赶着小鹿。

第二天一早，只见辨尼像过冬一样穿着他的厚外套，头裹围巾，正要穿过风雨去给去列克赛挤奶，这是当前必须做的事情。大雨像湍急的河流一样倾泻，一点转小的势头都没有。

白克士忒妈妈说："你的动作快一点，快去快回。否则，你会得肺炎而死。"

乔迪说："让我来吧。"

辨尼说："儿子，狂风会把你卷走的。"

乔迪望着他爸爸矮瘦的躯体在暴风雨里奋力穿行，他觉得在这么一种状况下，要是在矮瘦的身体和魁梧高大的身体之间作选择，那么结果是显而易见的。辨尼回来的时候，全身湿透了，上气不接下气，葫芦瓢里的牛奶被雨水弄脏了。

他说："上天保佑，幸亏昨天的水已经备足。"

一整天还是风雨大作，如同刚开始的时候一样。大雨倾盆而下，狂风又怒打它们，它们被逼到屋檐下。白克士忒妈妈把所有的锅碗瓢盆拿过去接雨水。那木桶里的雨水已经溢出来了，但是雨水还是不断地溅进去。老裘利亚和小鹿被赶出门，但很快又湿漉漉地站在厨房门口抖着。还多出了个利普和它们一起号哭着。辨尼不顾白克士忒妈妈的阻挠把它们三个都放进来了。然后，乔迪拿起炉灶边的那条橘红麻布地毯给它们擦干身体。

辨尼说："是时候该停一停了。"

但是，风雨依旧。偶尔看起来似乎要歇一会儿了，辨尼就急切地站起身望着外面。而当他决定冒雨出去劈柴或者看看鸡群的时候，狂风暴雨又开始大作了。快天黑的时候，辨尼好不容易冲出去给去列克赛挤奶，给凯撒饮水喂食，又给正战战兢兢到不能刨东西吃的鸡群喂食。白克士忒妈妈很快给辨尼换掉了湿透的衣服，在炉火旁烘着，一股清香又发霉的味道渐渐散开。

晚餐没有那么丰盛了，辨尼也不想讲故事了。狗被允许睡在屋子里，一家人早早地上床睡觉。不知何时，黑暗来临了，也不知道是什么时间了。拂晓的前一小时，乔迪醒来，看见外面还是漆黑一片，风雨还在进行着。

辨尼说："今早该停了吧。东北向的风已经吹了三天，而雨还是这个样子。要是太阳出来的话，该多好。"

太阳迟迟不现，风雨也没在上午停过。到了下午，那个辨尼期盼的停顿才出现了。但只是一个阴险的停顿，雨水从屋檐上落下来，树木和土地被浸透。凑在一起的鸡群，这时散开来了，在这片刻的平静中，心神不宁地刨挖着。

辨尼说："风快要改方向了，马上会有晴朗的天气了。"

风向真的变了，天空里的灰色成了绿色。狂风怒吼着冲过来，但已经不是东北风了，而是会带来更多雨水的东南风。

辨尼说："我不曾见过这样的风雨。"

雨来得更急凑了，像是整盆整盆的水往下倒，似乎酉尼泊溪、银幽谷、乔治湖和圣约翰河的水汇集在一起往下浇。风不像之前那么来势汹汹，但依旧强劲。风和雨好像无法停止了，刮风、下雨，刮风、下雨，刮风、下雨。

辨尼说："这肯定是上帝在撩拨那讨厌的海水。"

白克士忒妈妈说："别说话，小心遭天谴。"

"没有比这更严重的天谴了，我的妻子。甜薯、玉米、干草和甘蔗都完了。"

院子里像河一样。乔迪往外望，看见两只淹死的小鸡肚子朝上，在院子里浮着。

辨尼说："我活到现在经历过那么多灾祸，这是第一次目睹这么严重的。"

乔迪提议由他担负起去凹洞挑饮水的重任。

辨尼说："那里现在只有雨水了，还是浑浊的。"

他们只有饮屋子角落那口锅里接的雨水，从那柏木板上淌下的雨水稍带木头的味道。乔迪去干天黑前的杂活。他拿着瓢走出厨房，感觉自己步入了一个奇特而荒芜的世界。此时像是开天辟地之时，又像是世界的尽头。地里的作物都被刮倒了，大路变成了河，仅凭一只小船就可以到银幽谷。松树现在成了海底生物，一边被暴雨拍打，一边接受着湍流的冲击。似乎他可以一直游到雨那头的天边去。畜棚比屋子矮多了，里面的水已经齐膝。去列克赛撞开了阻隔它和小牛的木板，它们娘俩挤在一个高高的角落里。小牛儿吃光了多半的牛奶，他只能挤出一夸脱的奶了。在畜棚和玉米仓之间有条过道，他本打算去收集玉米壳作为营养餐来安慰去列克赛，但过道里的雨水却那样恼人地流淌着，所以他只好让它等到第二天一早，他可以拿顶楼匮乏的草料喂它。他觉得那是个好主意，马上会有一批新的干草，储料很快会充足起来。那头小牛长得未免也太大了，他也不知道什么时候才能把它和母牛分开，他们一直没有多余的干燥的地方来安置它。所以白克士忒一家越来越难以喝上牛奶，但他还是打算问过他爸爸以后再采取行动，如果需要的话，他还能再来。他挣扎着向屋内走去，他在整片雨帘里看不清这个世界，蓦地此刻像是一个心怀不善的陌路人。他很知足地回到屋子里，厨房似乎是可靠而友善的。他汇报了他完成的任务。

辨尼说："现在还是让小牛和它妈妈在一起吧。我们没有牛奶也可以，明天再说吧。天亮之前，天会晴起来的。"

而第二天一早的情形并没有好转，辨尼在厨房里踱着步子。

他说："我爸爸对我说过，在一八五〇年曾有一场恶劣的暴风雨。但我觉得佛罗里达的历史上没有出现过像目前这样的风雨。"

时间一天天地过去，天气一直面目狰狞着。一直很相信辨尼推测的白克士忒妈妈，也着急地哭了。她哭着将双手交叉在胸前，在摇椅上晃着。第五天的时候，辨尼和乔迪跑到豇豆地里拔了能吃一两顿的豇豆条，豇豆全倒在地里了。迎着风雨，他们弯腰将它们拔出。然后，他们去熏烟室，在波克住的最后一个晚上和他们打死的那头熊的熊肉上，弄了一块肉。辨尼想到白克士忒妈妈没有做饭用的油，又从那装着金黄色熊油的石罐里倒出一小罐熊油。它们把肉放在油上面护着熊油，然后往回冲。

豇豆表面已经发霉了，但里面的豆还是又脆又鲜。又是一次丰盛的晚餐，白克士忒妈妈用蜂蜜做了蜂蜜布丁，吃起来稍带着木头和熏烟的气味。

辨尼说："看情况明天早上也不会转晴了。但是就算还是这种天气，乔迪，我们还得去把豇豆弄回来。"

白克士忒妈妈说："可是我应该怎么存放呢？"

"煮着吃，亲爱的。需要的话加热一下。"

第六天一早，和之前相差无几。不管怎么样都会被淋透，辨尼和乔迪干脆只穿着裤子，提起袋子就往豇豆地里赶。他们淋着大雨一直拔到中午，双手不停地劳作着。他们回家吃过午饭，来不及换衣服又急忙去地里。地里的一大半豇豆都被收回家了。辨尼说虽然亏损了豆秆，但是他们已经尽最大的力量去补救了。有些豇豆已经熟透了，黏黏的还带腐味，他们不得不日夜不停地剥。白克士忒妈妈生火，把豇豆平铺在炉火前的地面烘着。半夜，乔迪有好几次都被去厨房的脚步声惊醒。

第七天的时候，和第一天早上的状况差不多。狂风依旧朝着屋里屋外怒吼，它似乎会永远这样暴躁下去，连同敲打屋顶的雨声和桶里的水声……他们已经习惯了这一切。天快亮的时候，院子里那棵楝树枝的折裂声将一家人从梦中惊醒，白克士忒一家静静地吃着早餐。

辨尼说："约伯所受的惩罚比这还严重，至少我们还没到全身腐烂的地步。"

白克士忒妈妈严厉地说："好好体会一下吧。"

"体会什么呢。也许是上帝在告诫人们，没有什么东西是完全属于你自己的。"

吃过早餐，辨尼带乔迪去玉米地。玉米秆在一开始就被折断了，胡乱倒地，但玉米棒还是好好的，他们便把它们带进干燥的厨房。

白克士忒妈妈说："我还没烘干豇豆，这些东西可怎么办？"

辨尼没有回答，他走到前屋，在炉里生火。乔迪去外面抱回足够的柴，柴都湿透了，幸好有树脂引燃。辨尼把玉米棒挨着铺在地上。

他告诉乔迪："此时你的任务就是随时让它们翻个身，这样才能烘好。"

白克士忒妈妈说："甘蔗呢？"

"都倒了。"

"甜薯呢？"

他摇头，天色渐暗的时候，他去甜薯地里挖了些甜薯回家当晚餐。

它们开始腐烂，但把烂的部位切掉后还能凑合着吃。多了甜薯，晚餐又显得丰盛起来。

辨尼说："假如明天之前还是老样子，我们就只好逆来顺受，躺着等死了。"

乔迪从未听他爸爸说过这么悲观的话。他惆怅了，从小旗儿身上就可以看出食物的缺乏，它的肋骨和脊背变得瘦削，它朝他咩咩地抱怨着。辨尼已经不打算挤奶了，为了小牛。

乔迪在半夜里惊醒，他似乎听到他爸爸的动静。他恍惚之间觉得雨小了一点，他想进一步证实的时候，又被蒙眬的睡意扯进了梦里。

第八天一早，当他醒来，一切都发生了变化。往日的嘈杂没有了，取而代之的是一片宁静。风和雨都平息了，一缕晨光透过繁茂的石榴花，昏暗又湿重的空气被照亮。辨尼打开了所有门窗。

"虽然屋外已经没有多少让我们期盼的东西了，但还是感激上苍，至少眼前这个世界还在。"他说。

狗儿们从辨尼身边跑过，争先恐后地冲出门。辨尼笑着。

"这难道不是方舟外面的世界吗？"他说，"它们都成群结队了……奥拉，来和我一起出去吧。"

乔迪和小鹿一同跳着跑下台阶。

他大喊："我们是一对小鹿。"

眼前的田野让白克士忒妈妈又哭了起来，但乔迪觉得此时的空气清爽、温和，又充满香味。小鹿和他一并沉醉着，只见它的小蹄飞一般地跳过院前的栅栏。天地之间在洪水泛滥后面目全非，但这至少是他们现在所能拥有的世界，就如辨尼一直对他妻子所强调的那样。

第二十章 生灵涂炭

The Yearling

　　暴风雨过后的第二天，波克和密尔惠尔骑着马来看望白克士忒一家。他们不顾仍旧搁浅在大水中的牲畜，直接赶过来了。他们说沿路走来所看到的情形，是他们这一辈子第一次所见。这次的大水是小动物们的浩劫。波克、密尔惠尔、辨尼和乔迪四个一致同意应该在数英里内进行一次勘测，以得知此时小动物们和掠食兽类的动向。和两个福列斯特一起的，还有两条猎犬和额外的一匹马，老裘利亚和利普也加入了队伍中。乔迪为自己也能一起去而开心不已。

　　他问："可以把小旗儿也带去吗？"

　　辨尼转身严肃地说："这次打猎不是闹着玩的。让你和我们去，目的是教你打猎。如果你想嬉闹，可以待在家里。"

　　乔迪垂下头，把小旗儿关进了畜棚。棚屋里的地面是湿的，带着浓浓的霉烂味，他用粗袋做了一个窝，好让小鹿睡在干燥的地方。然后，他给它备齐了食物，以防他们出去的时间太久。

　　他说："你静静地在这里待着，当我回来的时候，会告诉你我看见的所有事情的。"

　　福列斯特两个兄弟还是有足够的弹药储备，和以前一样。辨尼在前几日暴风雨的时候，用了两个傍晚也已经备好了一切，他的装备够他用一个月了。他填满了弹药袋子，将那支双筒枪擦亮，对福列斯特兄弟说："我用那只糟糕的狗换来这支枪，看来是我骗了你们。你们如果需要这支枪的话，尽管开口。"

波克说："我们没有一个人会卑劣到来要回这支枪，除了雷姆。辨尼，他卑劣到暴风雨期间一直待在家里，我不得不给他点颜色瞧瞧。"

"他此时在哪儿呢？"

"去河边了，他觉得烦。怕是那个讨厌的吐温会有什么麻烦了。我猜他想与吐温重修旧好，然后再去找奥利弗。接着，他们会单对单挑战。"

他们打算在福列斯特岛、白克士忒岛、酋尼泊溪、霍布金斯草原和槲树岛搜寻。槲树岛，那个鹿喜欢的地方，是从长着锯齿草的沼泽中央升起的，现在成了动物们的庇护所。白克士忒岛是丛林里最高的地方，除了通往瓦克拉瓦哈河的山脉之外。而在白克士忒岛的周边，遍布着低地，从他们安排的线路可以看出。他们打算去福列斯特岛过夜，如果赶不到的话，晚上就在中途扎营。辨尼提前备好背包，里面有铁锅、盐、熏肉、鲜肉和烟草。另一只粗布袋里装着生火的木片、一罐油和一瓶治风湿的豹油。由于前几天光着身子在暴雨中干活，他的风湿病又犯了。但是他还是忘记给狗带肉了。

波克说："我们可以给狗弄些小动物。"

最后，一切就绪。他们骑上马，沿着大路，向银幽谷和乔治湖出发。

辨尼说："既然去那里，我们最好去看望一下威尔逊大夫吧。他那个地方可能被水淹了一半了。"

波克说："他可能依旧醉得不省人事。"

白克士忒岛和银幽谷之间的路下陷了很多，凶猛的洪水将原本平坦的地面冲成了狭窄的沟壑。丛林低矮的松树枝干之间被塞满了污秽和垃圾。再往下走，小动物们尸横遍野，尤其是负鼠和臭鼬。洪水退后，那些尸体有一些则和那些垃圾一起挂在了树枝上。南边和东边静无声息，丛林也是一片死寂。乔迪这才意识到，丛林里之前总是充满各种动物的叫声或细微的动静，它们和微风一样都不容易被识别。但是在北边高处，却有一种怪异的声音和模糊的啃咬树木的咯咯声从那高瘦的松树林里传来，看来松鼠们已经搬到这里来了。其实就算它们不是被洪水逼到这里来的，它们所处的湿地和阔叶林里面的饥饿和恐慌也会让它们逃走。

辨尼说："我敢说，那边的丛林现在一定有很多生物。"

他们踌躇着想去密林里打猎，但还是决定去低处看一看，按照之前的计划，这样才能知道动物们此时的受灾状况，还可以在回来的时候确定幸存者的数目。他们在去银幽谷的路上勒马。

"你们看见了吗？"辨尼说。

"如果不是你也看到了，我还真不敢相信自己的眼睛。"

山谷的水涨满了，正往回流淌，往下冲的洪水和山谷里的水汇集在一起，形成了一场浩劫。动物们的尸体漂在山谷的水和洪水往回流的地方。

辨尼说："我从来都不知道这个世界上有这么多的蛇！"

爬行动物们的尸体从高处被冲了下来，和甘蔗地里的甘蔗秆一样稠密。有响尾蛇、王蛇、黑蛇、马尾蛇、鸡蛇、吊带蛇和珊瑚蛇，退去的洪水浅水边，还有一些幸存的棉口毒蛇和水蛇。

波克说："我不懂，只要是蛇，都熟悉水性，为什么它们都被淹死了？我以前见过一条响尾蛇在河里游得很棒。"

辨尼说："是的，但是这些在地上穿行的蛇可能是在它们的洞里被闷死的。"

洪水无孔不入，如同浣熊的爪子捕食猎物一样，洪水会把所有以土地为依附的动物都揪出来。地上躺着一只小鹿，它的肚子膨胀了起来。乔迪心里一阵紧张，如果小旗儿没有早早地加入白克士忒一家的话，恐怕此时也和这只小鹿一样的下场。当他们正惊讶地目睹这一切的时候，两条响尾蛇在他们面前滑过，它们对旁边的人类视若不见。或许在这么一场天灾之下，人类已经显得微乎其微了。

辨尼说："所有生命都是弥足珍贵的，如果从高处看一看的话。"

波克说："这也是我的想法。"

他们停止了往东走的步伐，沿着低处浅水边往北行进。现在是水塘的地方，以前是湿地；现在是湿地的地方，以前是一片阔叶林。侥幸逃脱的，只有高处贫瘠的丛林。而就算是那里，也有被掀倒在地的松树，剩下的便是被一周的暴风雨掀弯的、向西倾斜的残树。

辨尼说："得需要很久的时间，这些树才能再站直。"

快到达白朗池的时候，他们觉得心神不定。这里的水面还是很高，比乔治湖的还高。料想几天前，这里的水位一定更高。他们停下来，盯着那向湖面倾斜的老大夫的房子。那片密集的阔叶林，应该是之前湿地上的柏树林。高大的槲树、山核桃树、香枫、木兰和橘树全都陷入深深的泥地。

辨尼说："我们试试这条路。"

那条路和从白克士忒岛通往东南方的那条路一样，本来是一条水闸路，而现在已经干成一道沟了。他们从沟里跑下去，威尔逊大夫的房子出现在眼前，在四周大树的阴影下显得更加灰暗。

波克说："真奇怪，竟然会有人选中这么一块阴森的地方住，就算是醉其中也不好吧。"

辨尼说："要是人人都向往一样的地方，那么这个世界就会拥挤起来。"

屋内是齐踝的水，顶石上能看出来洪水来过的痕迹。走廊上的木板已经弯曲，他们一边涉水走到门口，一边谨慎地瞪大眼睛，以防盘绕在一起的毒蛇。一个白色的枕头被钉在前门口，上面用墨汁留下了一段话。墨汁已经晕染在上面，但是字迹还能看得很清楚。

波克说："我们福列斯特不擅长读字，辨尼，你来吧。"

辨尼读着那一个个被浸湿的字：

"我去海边了，这儿的水同那里相比根本不值一提。我要大醉一场来面对这场暴风雨。我会在这里通往大海的某处，别来找我，除非接生或者断头的事情——大夫留。

"还有，要是头真的断了，那无论怎么样也没用了。"

波克、密尔惠尔和辨尼叫了起来，乔迪也跟着他们笑了。

波克说："这个大夫真是的，哪怕在上帝的眼皮下也会开玩笑。"

辨尼说："所以他是一个好大夫。"

"此话怎讲？"

"为什么不是呢？因为他总是捉弄上帝。"

他们笑到没了力气。这让每个人抛下长久以来的昏暗和沉重，好好地放松了一下。他们去屋里的桌子上找了一罐咸饼干和一瓶威士忌，放进他们随身携带的包袱里。接着，他们返回路上，往北边走了一英里，又折向西。

辨尼说："我们不必去霍布金斯草原了，不用去就能猜到那里肯定变成一片湖了。"波克和密尔惠尔也这么认为。

他们到达霍布金斯草原的南边时，眼前的情形和之前一模一样，那些小动物和地面生物被洪水夺走了生命。一头熊在水边慢慢走过。

辨尼说："现在打它也没用，从现在开始一个月之内我们都不需要它。而且从这里到家太远了，天黑前我们还要用很多次枪。"

福列斯特兄弟们不情愿地答应了。在他们看来，开枪是随心所欲的，他们才不管猎物是否有用。而辨尼从来不对他不需要的猎物开枪。

哪怕是可恶的熊，他也要在它长足了肉的时候，才去进行捕杀。他们继续向西边前行，此处是一片长着冬青的平原。天朗气清时，这里是熊、狼和豹最常来的地方。这儿湿地遍布，植被低矮，但东边和北边的河岸让这个地方利于动物觅食和藏匿。而现在，这里已经成为一片大沼泽。水遇到沙地的时候会迅速渗出，而遇到土质厚重的地方便像储存在了黏土里一样。槲树、棕榈、阔叶林像小岛一样坐落在这平原与广阔的丛林之间，它们围着那大片沼泽，成为它的一道风景线。

乔迪一开始并没看到什么，但经过辨尼挨个指点，他才看清了动物们的样子。他们骑着马靠近，它们看起来一点也不凶恶，一头好看的雄鹿正望着他们。波克无法克制自己了，他打倒了它。他们再近一步，野猫和猞猁藏在树叶后面偷偷地看他们。福列斯特兄弟们要向它们开枪。

辨尼说："真抱歉我们还要让它们雪上加霜，其实这个世上有很多的空间可以让人和动物并存。"

密尔惠尔说："和你待着真没劲，辨尼。你是被牧师养大的，你总是在找机会和狮子们、羔羊们睡在一起。"

辨尼指指前面的高地。

他说："瞧，鹿和小野猫。"

辨尼不得不承认的是，往往所有的野猫、熊、猞猁、狼和豹，它们捕杀的不仅仅是鸡和猪等家禽和牲畜，还会侵犯更好欺负的鹿、浣熊、松鼠和负鼠之类的动物。这真是一个"吃和被吃、杀戮和挨饿"的永无止境的循环。

辨尼也和他们一起对付那些野猫。六只野猫被打下来，死伤一片，乔迪打了一只猞猁。那把旧枪的反冲力使他在老凯撒的屁股上晃了一下。他下马准备弹药，福列斯特兄弟们拍他的背以示鼓励。鹿皮被剥下来了，肉很瘦，可想而知近期食物的缺乏。鹿肉被吊在了波克的马后，一群人走路去前面的橡岛。远处数不清的黑影四处闪躲，发出阵阵奇异的声响。此番情景，让人又惊又怕。

野猫的皮不值得费力气保存。

辨尼说："给狗分一些肉作为午餐吧，这样还能减轻点负担。"

而狗儿们已经在吃野猫的腿了。这场灾难同样剥夺了它们可以吃的食物。他们将剥好皮的野猫肉放上马，天黑前到达福列斯特岛以北偏西的地方。他们打算前行片刻再扎营，因为还有一个时辰左右的太阳照射。一阵阵腐烂的气味从那湿湿的地面和水沟里发出，让乔迪感到很难受。

波克说："小翅膀的离开也是幸运的，不然他如果看到这么多动物的尸体，会很痛苦的。"

他们又看到熊了，只是没有狼和豹。他们骑马穿过丛林，行进了好几英里。鹿和松鼠都在这里，可能这个地方能给它们慰藉，所以它们不忍离开。而且它们看起来一点也不害怕人类，显然是因为饿坏了。福列斯特兄弟为了充足的肉餐，又贪婪地把一头雄鹿打倒了，它被放上密尔惠尔的马背。

日落时分，他们早已把丛林甩到身后，到达了一个槲树岛。远远的南边是酋尼泊草原，此时，那里的洪水一定在横行着。往东一点，则是一片类似于垦地的地方，因为它不像丛林和草原，也不像岛地、湿地和丘陵。他们一致决定，哪怕还有一个时辰的日头，他们也得赶到那里去扎营，毕竟谁也不情愿在阵阵腐臭和处处爬虫的低处过夜。

他们在两棵高大的长叶松下扎营。虽然没有什么东西遮挡，但是头顶的夜空很干净。在这样的特殊情况下，这种平地已经算是不错的落脚之处了。

密尔惠尔说："如果非要我和一头豹睡在一起的话，那我只好祈求那是一头死尸。"

他们把马松开，让它们在天黑之前自由吃草。密尔惠尔在棚帐南边的灌木丛里消失了，直到其他人听到了他的叫声。那些狗已经被当天数不胜数的各种动物的足迹折腾得疲惫不堪，此时只好拖着麻木的身躯，无精打采地跟了过去，老裘利亚在那里尖叫起来。

辨尼说："是野猫。"

他们对野猫已经没有了热情。而后那边传来了四条狗的吠声，尖叫掺杂着低音，还能听到利普那沉闷的声音。密尔惠尔又叫了一声。

辨尼说："你们难不成没猎过野猫？"

波克说："如果是野猫的话，他的反应肯定没这么大。"

狗儿们开始歇斯底里地叫。辨尼、波克和乔迪受那声音的刺激全都冲进了那深深的橡林。一棵橡树长得又矮又壮，在那灰色而扭曲的树干上，他们看到了一头母豹和两只小豹。母豹的身躯瘦而长，看起来很疲惫。小豹们的身上有着蓝色和白色的花纹，乔迪从来没见过这么好看的小动物，它们小到只有长大了的家猫那么大。它们随着它们的妈妈向他们怒吼，那漂亮的胡须往后倾着。母豹看起来很可怕，它的牙齿全部露了出来，尾巴在身后示威般地摇晃，锋利的爪子在橡树枝上等候时机。看起来，它会随时进攻靠得最近的人或者狗。狗儿们都疯狂地叫了起来。

乔迪叫道："我要小豹！我要小豹！"

密尔惠尔说："我们把它摇下来，然后命令狗扑上去。"

辨尼说："这样的话，四条狗会被咬碎的。"

波克说："我也认为。我们还是用枪打下它，杀了它。"他对它开枪。

母豹一跌倒在地，狗儿们便马上扑了上去。就算它还活着，此时也没气了。波克爬到橡树低处，猛摇那枝干。

乔迪又叫道："我要小豹！"

他打算在它们摔到地上的时候，便去抱它们，他认为它们是温驯的。它们终于被波克摇下来了，乔迪冲过去，但狗早已上前撕咬它们了，它们死了。乔迪看到它们挣扎着反击狗的情形，便意识到如果他去碰它们的话，肯定会被咬得很惨。但是他还是希望它们能活着。

辨尼说："儿子，很遗憾，但你并不是没有自己的小东西的，这两只东西已经会伤人了。"

乔迪忍不住看了一眼它们那龇牙咧嘴的凶恶模样："能再用它们的皮给我做一个背包吗？"

"没问题。波克，过来和我一起赶走狗，别把皮撕破了。"

乔迪揽起柔软的小豹尸体，轻轻地摇着它们："我不喜欢死亡。"

所有人沉默了。

辨尼缓缓地说："孩子，死亡是任何生灵都难以幸免的，如果这样说你心里能好受一点的话。"

"没用的，爸爸。"

"对，它像一堵无人能翻越的墙，就算你再怎么努力或者抱怨，墙都不会给你一个满意的答复。"

波克说："唉，如果我的时日不多，我一定要挥霍掉所有的金钱，以免后悔。"

他们从豹的尸体旁引开狗。那头母豹从头到尾有九英尺长，但是瘦弱的它油很少。

辨尼说："如果能抓到一头胖豹该多好，就算有风湿也行。"

豹皮也很糟糕。

他们准备烤母豹的心和肝喂狗吃。

辨尼说："别老是这样抱着小豹摇了，乔迪，把它们扔在这里，去捡柴吧。我来为你剥它们的皮。"

傍晚的天空很晴朗，带着蔷薇色。空气里的湿气被太阳蒸发着，朦胧的光线从亮亮的空中落到了湿透的地面。被刷洗过的橡树叶和松叶正发着亮光。他将那不快抛之脑后，要扎营有太多事情等着去做。全部的树木都被水浸湿了，在他不断寻找之后，终于发现了一棵倒在地上的松树，树心藏了不少松脂。他兴奋地叫着，波克和密尔惠尔闻声赶到，他们把那松树拉到了扎营的地方。这样一来，便有足够的火底去弄干其他木头。松树被他们劈成两半，挨个放在那里。乔迪使劲用打火石擦火，却没有一点火星。最终，辨尼生好了一堆火，他又用一个小枝杈撑在上面，火很快旺了。然后，几个枝杈和木块又被填了进去。终于，最开始的冒烟小火逐渐变成熊熊火苗。于是，他们用灼热的篝火，去烘干湿透的木头。乔迪把他能挪动的所有木柴都搬了过去，堆积了一个高高的柴堆，如此一来，这个晚上就不担心没柴烧了。波克和密尔惠尔也弄来了和他们自己一样魁梧的木头。

辨尼从最胖的那头雄鹿的背上割下几块肉，切成片，准备做晚餐。密尔惠尔在四处探察一番后回来了，他还带来很多棕榈叶，可以盛食物和作为清洁容器。他还拿来了两颗棕榈果心，他剥去那层层的白皮，里面是两条鲜嫩又美味的果心。

他说："我现在需要那个煎锅，辨尼先生，为了我的沼泽甘蓝菜。等我弄好了，你再炸鹿肉片也不迟。"

他把棕榈果心切成片："辨尼，猪油在哪里呢？"

"麻布袋的瓶子里。"

乔迪走来走去，看他们忙活，他干的活只有添火。火很旺，已经有足够的余烬用来烤肉了。波克削好了很多带着树杈的树枝以备大家烤肉用。密尔惠尔从不远处的池塘里取来了干净水，倒进锅里，再用棕榈叶盖住，在木炭上烧着。

辨尼说："我现在才记起没拿咖啡。"

波克说："有了威尔逊大夫的威士忌，咖啡不值一提。"

他开始传递酒瓶。辨尼打算煎鹿肉了，但棕榈果心还没煮好。他即兴之下做了一个木钩，把野猫肉吊在了上面，又把野猫和豹的心和肝切片，用细枝一穿，放到了木炭上烤。那气味真诱人，乔迪不停地凑着闻，摸着他空空的肚子。辨尼又备好了鹿肝，轻轻地把它们穿上了波克做的树枝，再把它们分给了每一个人，让每个人按自己的喜好去烤。喂狗的野猫肉烤出的香味引诱了几条狗，它们上前蹲在地上，不耐烦地甩着尾巴督促着。它们自然不习惯吃生野猫肉，虽然它们咬过它，但那毕竟只是为了炫耀它们的战功罢了。而那烤熟的野猫肉让它们口水直流。

乔迪说："我敢保证，野猫肉烤熟后一定很好吃。"

"行，那你就来尝尝野猫的肝。"辨尼拿来一块猫肝给乔迪，"小心了，这可比炖苹果还烫。"

这奇怪的气味让乔迪犹豫了一下，然后他捏起那散着香味的猫肝，连着手指一起放进了嘴里。

"好香啊。"他说。

所有人都哈哈大笑。乔迪又吃了两块。

辨尼说："据说吃了野猫的肝的人，可是天不怕地不怕呢，以后我们走着瞧。"

波克说："真讨厌，好香的味道。我也来一块。"

波克也承认野猫的肝和所有的肝一样好吃，密尔惠尔也尝了一块，只有辨尼不吃。

"如果我变得更勇敢，我会和你们大干一场，然后我可能又要被揍得面目全非了。"

酒瓶子又被递过一圈，火越烧越大，肉油一滴滴地落下去，火焰卷着香味往上飘，夕阳悄悄地挂在丛林后。密尔惠尔的棕榈果心已经煮好了，辨尼把它放在一卷备好的棕榈叶上，又置在一个引燃的木柴上以保持热度。他用苔藓擦净了煎锅，又把它放回了木炭上，把切好的肉片放了进去。当肉片变成黄色，油滚沸的时候，他又把鹿肉片放了进去。煎肉片的味道酥脆爽口。波克把棕榈秆削成几个勺子，以便大家用来舀棕榈果心吃。辨尼用煎过肉片的剩油煎饼，里面添了肉、盐和水。

波克说："如果天堂里也有这么美味的东西，那我死的时候就不会痛苦了。"

密尔惠尔说："在这里吃东西自然别有一番滋味。我宁可在野外吃冷面包，也不愿在家里吃热布丁。"

"现在你知道了。"辨尼说，"我的感觉也一样。"

野猫肉已经烤好了。他们把肉凉了一会儿，丢给狗吃。几条狗急不可耐地扑向野猫肉，吃完又跑去水塘边喝水。各种复杂的气味充斥着这儿，它们嗅了很久才回来蹲在篝火旁，傍晚的寒意渐渐逼近。波克、密尔惠尔和乔迪全都吃得饱饱的。他们伸展开身体躺在地上，望着天。

辨尼说："管它什么狂风什么暴雨，能有这一刻是一件多么幸福的事。你们要答应我，等我变老了，你们要让我坐在树桩上听你们打猎的声音。但是可不能丢下我。"

星星在夜空中眨着眼睛，九天以来还是第一次有这般情景。辨尼清理着残羹剩汁，狗分到了剩余的玉米面饼。然后，他把油瓶的塞子塞好，把它拿到篝火前摇着。

他说："我一定会受到咒骂的，每个人都吃了我的药。"

他急忙在袋子里翻找，第二个瓶子被他找了出来，他一看，里面是猪油。

"密尔惠尔，你这只松鸟，你竟拿豹油煮了棕榈果心。"

接着，大家都沉默了。乔迪感觉他的胃在翻滚。

密尔惠尔说："我怎么知道这是豹油啊。"

波克咒骂了一句，随即发出一声铿锵有力的笑声。

"我不能让我的幻想和我吃进肚子的东西南辕北辙，我可是第一次吃到这么可口的棕榈果心啊。"他说。

"我也是。"辨尼说，"但是等我犯风湿病的时候，我还是希望那油各归各位。"

波克说："不管怎么说，我们现在总算知道了，以后晚上在树林里睡觉的话，还可以用豹油做好吃的。"

乔迪的胃好起来了。虽然在吃过两片野猫肝之后过于拘谨是会遭到耻笑的，但他觉得豹油跟猪油终究是不一样的，因为他见过辨尼在冬夜用它来擦膝盖。

密尔惠尔说："这样吧，既然是我一手造成的，我就负责所有人睡觉用的大树枝。"

辨尼说："我和你一起去。如果我这就去睡的话，肯定会把在树丛里的你当成是一头大熊。我真想不通，你们几个看起来怎么这么壮实。"

密尔惠尔说："谁晓得啊，或许我们小时候豹油吃得太多了。"

所有人都神采奕奕地忙活着给自己备睡铺。乔迪弄来带着松针的松树枝和苔藓做床垫。大家在篝火旁铺好了睡铺。两个福列斯特躺下把身下的树枝压得吱吱响。

辨尼说："我敢说，就算这上面躺着残脚熊，也不至于有这么大的动静。"

波克说："我也敢说，你们两个白克士式一起躺到床上的动静还不及六月的小鸟回巢的声音。"

密尔惠尔说："此刻我想躺在玉米壳做成的床垫上。"

辨尼说："我睡过的最舒适的床垫，是香蒲的绒毛做的，那种滋味如同睡在温柔的云彩里一样。只可惜香蒲绒得花很长时间去收集。"

波克说："其实最让人享受的床垫是羽毛床垫。"

辨尼说："难道没人跟你们提过你们老爸因为羽毛床垫把家里弄得天翻地覆的事情吗？"

"快说。"

"那个时候你们还没出生，或许你们兄弟里的两三个正在摇篮里。我还是个孩子，跟着我爸爸到你家。我猜我爸可能是来给你们老爸传道的。想当初，你们老爸比你们还狂野，一瓶烈酒能和水一样一下子被他灌下去，他嗜酒。当我们骑着马走近你家门口，便看到走廊上到处是盆碟的碎片和被扔掉的食物，门被椅凳堵得死死的。羽毛落满了院子内外，好像是鸡的王国发生大爆炸了一般。一个被划开一道大口子的床垫被抛在台阶前。

"然后，我们便看到了你们老爸。我不想说他醉了，但他的确早已烂醉如泥。醉酒的他对任何东西都看不顺眼，最后那个羽毛床垫便是他的目标了。当时的他已经不再吵闹了，显然是已经疯够了，他明白过来了，变得温和而高兴。他在醉酒的时候，你们老妈所说所做的，你们应该更了解吧。你们老妈当时冷冰冰地坐在摇椅上，两手交叉放在胸前，嘴巴紧闭。作为一位牧师，我估计他一定决定另找一个时间再来，不管他本来要说些什么。所以他只待到下午便准备回去。

"但是呢，你们老妈似乎觉得这样不太礼貌，便留我们一起吃饭。她说：'白克士忒先生，和我们共进晚餐吧。我们只有玉米饼和蜂蜜可以招待你，只差一个完好无损的碟子供你使用。'

"你们老爸转身惊讶地看着她。他说：'蜜，我的蜜，蜜壶里还有蜜吗？'"

两个福列斯特哈哈大笑，互相拍着。

波克说："我回去一定会问我妈妈：'蜜，我的蜜，蜜壶里还有蜜吗？'哈哈，走着瞧。"

两个福列斯特已经笑过了，但乔迪还在偷着乐。他爸爸给他们讲了这么一个精彩又真实的故事，他现在好像已经看到羽毛在空中胡乱飘舞的场景了。狗被他们的笑声吵醒，挪动了一下睡姿，和温暖的人体和篝火贴得更近了。老裘利亚睡在辨尼的脚后跟下面，乔迪也希望小旗儿也躺在他身边，用它那光滑又温柔的毛依偎着他。波克站起身，往火里添了一块木头。接着，他们开始讨论那些丛林和湿地里的动物踪迹，狼应该去了和其他动物不一样的地方，它们比野猫更加憎恶湿处，它们肯定在丛林的高处。熊没有他们预计的那么多。

波克说："你们知道熊去哪儿了？它们必定去了南边丛林附近被叫作赛勒士和女人池的地方。"

密尔惠尔说："我断定是去了河流的那片叫作牛犊的阔叶林。"

辨尼说："南边是不可能的，前几天的暴风雨都是从东南边过来的，它们对那里避之不及。"

乔迪头枕胳膊，望着夜空。天上的星星多得像池里的鲤鱼。在他上面的那两棵高大的松树之间，是乳白的夜空，就像一桶被去列克赛踢翻的牛奶奶沫洒在了天上。凉凉的夜风把松树吹得不停地摇晃着，松针和星光一起发出银光，连篝火的烟也不停地往上飘着，想要去触摸那星光，顺着上面的松树树尖升了上去。这一切令他的眼皮不自觉地打战，但是他不想睡着，他还想继续听他们讲话。男人们口中的捕猎，可是天底下最诱人的声音了。他越听越觉得冷，那飞向星光的烟在他眼前轻柔地飘着，就像一张朦胧的纱巾，他闭上了眼。男人们的声音很快变得沉闷起来，潮湿的木块在篝火里发出阵阵脆裂声。后来，似乎树林里的夜风带走了一切声音，只剩他的梦呓。

他被他爸爸惊醒，波克和密尔惠尔依旧鼾声如雷。篝火即将熄灭，里面有湿木的声响。他跟随辨尼坐了起来。

辨尼低语："听！"

漆黑的远处传来一只猫头鹰的啼鸣和一头豹的吼叫，而附近也有一阵动静，像是风箱里挤出来的气流声。

"呼……呼……"

声音好像就在他们身边，乔迪一惊，难道是小翅膀口中的西班牙骑士？难道他们也像他们这些普通人一样，被暴风雨折磨着？难道他们也想在篝火上暖和他们那无形的小手？辨尼镇定地站起身，点燃了一根带叉的树枝，蹑手蹑脚地走上前。前面那一阵呼吸一样的声音被一阵沙沙声所替代，乔迪紧跟在后面。辨尼晃了一下手中的火，只见一双眼睛直勾勾地盯着亮光，像夜鹰的眼睛一样红。辨尼又晃了一下，才忍不住笑了，原来是一条从池里爬出来的短吻鳄。

他说："我们的鲜肉被它闻到了，我真想把它扔到那两个福列斯特身上去。"

乔迪问："那呼气的声音是它发出的吗？"

"是的。它不停地呼吸，还不停地变换着姿势。"

"我们用它来逗波克和密尔惠尔吧。"

辨尼犹豫了："恐怕不行，它这么大，估计有六英尺呢。如果他们被它咬上一口，那就没那么好玩了。"

"我们把它杀了吗？"

"没什么价值了，我们已经有了给狗吃的肉，就放过它好了，它不会害人。"

"难道让它整晚都在这里深呼吸吗？"

"不，它不会的，它会去猎取它闻到的肉。"

辨尼冲向那短吻鳄，只见它的短腿飞快地往池里逃。辨尼一边追它，一边弯腰抓一把沙或者其他能抓到手的东西去扔它。它逃命的速度很快，辨尼一直在后面追着，乔迪也紧随其后，直到他们都听到了前面的一阵水声。

"结束了，它已经回家了。它只要肯乖乖待在家里，我们便不会为难它。"

他们回到了营火旁，黑夜中的火光给人温暖和安慰。夜很静，星群却很热闹，他们透过火光可以看到池面的星光。夜里的空气很凉。乔迪祈祷着他可以永远像现在这样，和他爸爸待在这里，如果小旗儿也在一旁就好了。辨尼用火光照着两个福列斯特，波克用胳膊遮了遮脸，继续熟睡。密尔惠尔平躺在那里，他的黑胡子随着他厚重的呼吸起伏。

辨尼说："他的声音像极了短吻鳄。"

他们又往火里添了很多木柴，继续躺在睡铺上，但是身下的床垫却没有之前那么舒服了。他们把苔藓弄松一些，把树枝调整了一下，乔迪在最中间挖了一个窝，就像一只小猫蜷缩着身子。他看着又旺起来的篝火，舒服地躺着，终于和之前一样睡着了。

狗在黎明时分醒了，它们身旁有只狐狸经过，还留着味道。辨尼跳起来把它们捉住系好。"今天我们会有比猎狐狸更要紧的任务。"辨尼告诉它们。

乔迪从他躺着的地方直直地望去，看到了日出。他看到的太阳此时和他的脸在同一水平线上，这令他感到惊奇。在家的时候，屋外远处的树丛往往让他看不清这般景象。而此刻，挡住他视线的只有中间的一片雾。看起来那好像不是日出，而是太阳要从那片雾帘里钻出来，那片雾帘被掀开了。那抹像他妈妈的结婚戒指一样的浅金色弥漫了开来，然后越来越刺眼，刺眼到他不得不半眯着双眼才能将太阳一览眼底。九月淡淡的雾在树尖上倔强地停留了片刻，像是在和残酷的太阳做斗争，终于到了抵不过的时候，它便消失殆尽了。东边是熟透的番石榴色。

辨尼说："我需要有人帮我找回豹油，那样才能做早餐。"

波克和密尔惠尔坐起身子，他们刚刚苏醒，看起来很呆板。

辨尼说："你们身旁曾溜过一条短吻鳄和一只狐狸。"

他告诉了他们夜晚发生的事情。

波克说："你能保证，你不是喝了威尔逊大夫的酒才把沼泽里的蚊子当作了鳄鱼？"

"如果蚊子只比它小一英尺，那还有可能，但是毕竟六英尺呢，那是不可能的。"

"哦，我想起来了，我有一次也是在这种状况下睡着，然后梦里有蚊子在耳旁叫。我醒来之后，才发现自己和床垫一同在沼泽上凸出的柏树枝上挂着。"

辨尼让乔迪去池边洗脸洗手。他们来到水边，却被一阵腥臭呛得退了回去。

辨尼乐观地说："也行，我们不是很脏，身上只粘了些柴灰什么的。连你妈妈都不同意你用这水洗手。"

早餐和昨晚的一样，除了那用豹油煮的棕榈果心。两个福列斯特继续用威士忌替代忘拿的咖啡，辨尼却没喝。池水喝不了，乔迪很渴。在这么一个到处是水的世界里，当初根本没人想到带水。

辨尼说："你找一棵空心树，里面有雨水。"

现在吃着那煎鹿肉片和烤肉已经没有那种特别的感觉了。辨尼在饭后将一切整理好。喂马的草被暴风雨弄糟了，乔迪找来一把把的苔藓喂马，它们吃得很香。他们离开营地，上马往南边出发。乔迪转身望去，营地此时变冷清了，烧过的木柴和灰烬被他们抛在了身后，它们和那堆篝火一样的魅力也消失了。一大早的天气本来很清爽，但是随着温度的骤增，地面开始闷热了，那污水的臭气让人窒息。

辨尼走在最前面，他回头对其他人说："我难以相信那些动物的肚子能忍受这种污水。"

波克和密尔惠尔摇摇头，丛林中还是首次遇到这样的洪水，它的后果无法预测。他们继续向南挺进。

辨尼对乔迪说："还能记起我们在哪儿看到过群鹤跳舞吗？"

乔迪已经无法辨认眼前的草原。这一片洪洋，如果一只鹤在这里的话，它也不会贸然涉水的。继续往南又是一片丛林，然后是冬青平原和水边低地，而原本湿地的地方现在被湖泊所占领。他们勒马，眼前的景象让他们感觉一瞬间从昨晚的一个陌生领域的营地来到了另一个国度。他们奔波了好久，眼前才出现了很多熊。它们都在认真地捕鱼，对他们没有一丝顾忌。那齐肚的水里，竟有两三打黑黑的身影在移动，鱼群在那些身影前高高地跃起。

辨尼叫道："是胭脂鱼！"

但是胭脂鱼是生存在海里的，乔迪想。只有在咸水和有潮汐的乔治湖里，才有它们的身影，它们也会选择有潮汐的河水或者少数的淡水，因为那湍急的水流像海浪一样让它们自在。它们喜欢逆着湍流跳跃，像现在一样，划出道道银色的弧线。

辨尼说："事实摆在眼前了，乔治湖水在往酋尼泊溪倒流，一直冲进了草原，所以胭脂鱼在这里出现了。"

波克说："一个新草原诞生了——胭脂鱼草原。瞧那些熊……"

密尔惠尔说："这里真是熊的天堂，来吧，伙计们！我们弄几只？"

他试着举起步枪，乔迪眨着眼睛，他从未见过这么多的熊。

辨尼说："我们不能贪得无厌，哪怕是熊。"

波克说："仅四头熊我们就可以吃很长一段时间。"

"我们白克士忒一家只需要一头。乔迪，你想打吗？"

"嗯，爸爸。"

"好的，如果都没有意见的话，我们现在就开始了。大家退后些，可能会有补枪。乔迪要是打不中的话，还得继续补。"

他让乔迪打最近的那头大的，应该是头公熊。

辨尼说："乔迪，你把马稍稍往左调一下，直到你认为能打中它的脸。当我手挥下来时，所有人一起开枪。如果它到时候移动了位置，就要争取打到它的头。如果它把头低下去了，那就瞄准它的身体正中间打，我们会有人在后面帮你的。"

波克和密尔惠尔指出他们的猎物，然后大家便谨慎地各自散开。辨尼举起手，所有人准备就绪。乔迪的手剧烈地颤抖，所以在他举起枪的时候眼前只有一团模糊的水，他努力让自己瞄准他的猎物。那头熊移动了大约四分之一的角度，但他依旧紧盯住它的左脸。辨尼手挥下来，枪声震耳欲聋，然后是波克和密尔惠尔的补击声。马向后跳了一下，乔迪记不清自己有没有按动扳机，但是在他面前五十码的地方，那黑色的身躯已经半沉在了水里。

辨尼叫道："好样的，孩子！"然后他骑马前去。

其他受惊的熊此时像船桨一样疯狂地搅动着水，往远处逃。若是再想打一头，就得远射了。它们笨重的身躯能跑这么快让乔迪又一次感到惊讶。所有人的头枪都很准确，足以致命，波克和密尔惠尔的补击也只是打伤它们。后面的狗一边疯狂地叫一边跳进水里。但对于它们来说，水太深，水里还有磕磕绊绊的水生植物，于是它们不得不放弃，个个都垂头丧气地叫着。他们朝两头受伤的熊身上又开了一枪，它们便不动弹了。其他的熊瞬间消失在他们眼前，熊可真算是最敏捷的动物了。

波克说："我真没想到这些东西会去水里。"

乔迪呆呆地瞪着自己的猎物，他难以置信自己打死了它。它足够他们白克士忒一家整整吃上两个星期，他竟然做到了！

密尔惠尔说："我们必须得回去弄个车来装。"

辨尼说："听着，你们得装五头，我们只装一头。但我已经很满意了，我更开心的是我们已经知道了捕猎的地方。你们愿意帮我们两个把那头熊载回去吗？还得麻烦你们把那马借给我们一两天，我们各自上路。"

"我们愿意。"

"你们肯定在想我们这样的人早该料到要带上绳索的。"辨尼说。

"谁知道所有的丛林都被洪水吞没了呀。"

波克叫道："我们比你们两个高，你们还是待在马上吧。"

但辨尼已经跳下去了，水齐他的膝盖。乔迪为自己像孩子一样赖在马上而不好意思，他也跳了下去，脚下的土地是硬实的。他帮他爸爸将那头熊抬到了高处。他第一次打了这么大一头熊，而两个福列斯特对此一点也不当回事。但辨尼拍着他的肩膀夸赞他，他觉得自己已经满足了。

那熊起码有三百英镑的重量。大家达成一致，首先把它割开，然后再分块放在两匹马上。他们剥完了皮，和干瘦的鹿和豹比起来，熊的肥胖让他们震惊了。显然是由于最近暴风雨过后，熊把自己喂胖了。

那半个熊被放在老凯撒的背上，老凯撒惊跳起来。它很反感那股熊皮的味道，它时常会在垦地的深夜嗅到这种难闻的气味。有一晚，一头熊爬了进去，辨尼还未被凯撒的哀叫唤醒的时候，熊已经在凯撒旁边了。但是，福列斯特家的那匹马可以安然地背负这额外的重负，所以他们将熊皮放到了辨尼身后。波克和密尔惠尔掉过马头，往家里赶。

辨尼向他们喊道："把牛轭往后移，所有的熊就能全部运走。记得来看望我们。"

"你们也要来我们家。"

他们挥了挥手就走了。辨尼和乔迪慢慢地在他们后面跟着，他们最开始在同一条小路，后来，没有重负的两个福列斯特加快速度，他们很快就拉开了距离。走到东边的时候，两个福列斯特脱离了那条小路，上了回家的路。辨尼和乔迪的前进则是迟缓的。老凯撒不想让熊皮在它前面，辨尼于是让乔迪骑着老凯撒去领头，而这时那匹福列斯特家的马又抢着要跑到最前面去……就这样僵持了很久。终于在穿过酉尼泊草原的时候，辨尼快马加鞭了很长一段路，老凯撒不见了熊皮，也闻不到那股味道了，这才满意地慢跑起来。一个人被茫茫的一片汪洋包围着，乔迪觉得心神不宁，但身后的熊肉又让他浑身充满了力量，他觉得他已经是一个大人了。

他本来希望自己可以像此时一样一直打猎和扎营。而当白克士忒岛的红松在望时，他已经穿过了通往凹洞的小路来到了垦地的栅栏边，然后很开心地回到了家里。洪水过后的垦地一片荒芜，院子里也冷冷清清。但是，毕竟他带着他为家人猎捕的熊肉回来了，小鹿肯定也在盼着他呢。

第二十一章 我们都得等，才能知道答案

The Yearling

　　辨尼花了两周时间挽救被暴风雨侵蚀过的庄稼。甜薯原本还需要两个月的生长期，但是由于它们已经开始腐烂了，所以不得不提前把它们挖出来。乔迪一直担任着这项工作。他既要把叉子插进足够的深度，又不能让它太接近苗床的中心，然后谨慎地挖起一叉甜薯。当乔迪把它们挖出来后，白克士忒妈妈把它们在后门外铺开进行晾晒和补救。它们必须被检查一遍，里面多半是要被扔掉的。烂掉的地方会被切掉，然后加在猪的食料里。

　　甘蔗倒了一片。对此，他们什么也做不了，因为它们都还是生的，所能做的只有将已经长出的根切掉。本来快要成熟的豇豆被泡在水中一个星期后成了一团霉物，之前被白克士忒一家剥掉的那部分是唯一留下来的。洪水过后的第三周，大地被太阳烘烤了很多天。辨尼带刀去胭脂鱼草原割草。

　　"在糟糕的天气里，这可是好东西。"他说。

　　草原上的洪水退去，早已没了鱼的踪迹，只能闻到一股恶心的臭水味。到处都是尸臭味，连对臭味不太敏感的乔迪也很不舒服。

　　辨尼心神不安："肯定是有什么不好的事发生了，那臭味早该消失的，

怎么还有新增的死亡呢？"

洪水过了一个月了，此时是十月。辨尼和乔迪赶着马车又来到胭脂鱼草原，收集之前砍下的草。利普和老裘利亚在马车后面快跑着。小旗儿被允许跟着他们，因为留它在畜棚里，它就会又吵又闹。它时而跑到老凯撒前面去，时而和它并肩跑在路上，时而跑到后面去逗两条狗玩。它已经开始吃绿东西，它不时地停下来咬嫩叶和新枝。

乔迪说："看后面，它吃嫩叶的模样是不是说明它已经长大了，爸爸。"

辨尼笑了："知道吗，我从没见过这样的小鹿。"

老裘利亚忽然吠着钻进右边的灌木丛，利普也跟进去了。

辨尼停下马车："去看这两个家伙要追什么，乔迪。"

乔迪下车，跟过去，只几码的距离，他便知道那是什么东西的足印了。

他回头喊着："一只野猫而已。"

此时，传来老裘利亚尖锐的犬吠，辨尼一边吹起了号角命令它们进攻，一边下车钻进密密的灌木丛。野猫已经被狗逼得无路可走，但是一场恶斗还没开始。他走过去，只见乔迪困惑地站着，野猫侧躺着，并没一丝伤痕。老裘利亚和利普不停地围着它转圈，抓它，它却没有一点反击。野猫龇着牙，它长长的尾巴在地上拍打着，看起来干瘦又虚弱。

辨尼说："它的时间不多了，放掉它吧。"

他把狗唤开，他们一同回去。

"它是怎么死的，爸爸？"乔迪问。

"动物们的死和人一样。被敌人杀死，或者老死，或者找不到东西吃就饿死了。"

"但它的牙还好好的，它没有很老。"

辨尼看着乔迪："孩子，你对事情的观察很认真，我很欣慰。"

还是没有找到野猫虚弱的理由。他们到草原上载满了一车的干草。辨尼估计再来三到四次便可以把所有的干草载完。这里的干草很粗，还布满纤维，但是等到霜冻之时，和又干又粗的狗根草比起来，老凯撒、去列克赛和小牛就不会嫌弃它了。他们懒散地赶车回家，老凯撒跑得更快了，老裘利亚也着急地跑上前去，它们就像所有迫切想回家的家畜一样。当他们穿过去往凹洞的那条小路，拐到第一行栅栏旁边时，老裘利亚的鼻子抬起来，狂吠着。

辨尼说："白天大路上不会有什么东西。"

而老裘利亚叫着越过了栅栏，它的叫声已经变成了角逐的狂吠，利普笨拙地跟着它跃了过去。

辨尼说："好吧，与其质疑狗的判断力，不如我自己来推测。"

他停车，拿起枪，同乔迪一起翻过栅栏，靠近两条狗。栅栏的一个角落里，有一头雄鹿趴在那里，它拼命摇着脑袋上的角，摆出一副威胁的架势。辨尼把举起的枪放下了。

"这头雄鹿也病了。"

他靠近它，它一动不动，它的舌头耷拉着。老裘利亚和利普抓狂了，它们不明白一个活物为什么不逃也不斗。

"不必要浪费子弹。"

他抽出猎刀靠近它，刺进它的喉咙，它死得很安静。上一刻它那糟糕的状况，距离死亡只有一步之遥。辨尼把狗引开，细细地看。它的舌头黑而肿，两只眼睛是红色的。它干瘦的程度和那只快要死的野猫一样。

他说："事情远远超出我的预料，瘟疫在野生动物圈里肆虐了，所以它的舌头是黑的。"

乔迪听说过人的瘟疫，他本以为动物们是凌驾于人的病痛之上的生物，就像被施过魔法一样。兽类会在角逐中死掉，弱肉强食，死亡在丛林里是痛快又暴力的，他没有见过缓慢的死亡。乔迪弯腰看着那鹿。

"我们应该不吃它吧。"

辨尼摇头："这可吃不得。"

两条狗顺着栅栏嗅着，老裘利亚又叫了，辨尼在它后面看到动物们尸体成堆。两头雄鹿和一只一岁的小鹿死在一块儿。乔迪很少见过他爸爸的脸色这么严肃。辨尼看过病死的鹿后，沉默着往回走。死亡数量很明显地陡增着。

"为什么会这样，它们怎么都死了，爸爸？"

辨尼还是摇头："我不清楚那让舌头变黑的东西，或许是洪水中尸体的尸毒。"

乔迪感到恐惧像一把烫刀一样猛插他的身体。

"爸爸……小旗儿，它不会被感染吧？"

"儿子，我把我知道的都跟你说了。"

他们回到马车上，在畜棚外停下来，把干草抱下车。乔迪心里堵得难受，小旗儿咩咩地叫唤，他把它的脖子紧紧地抱着，直到它厌倦地挣开他。

乔迪对它说："千万不要染病呀，千万不要呀！"

屋内，白克士忒妈妈得知这件事之后很冷淡。她已经为田地被毁而痛哭流涕，她的感情也已被几个孩子的夭折耗费掉，所以对她而言，动物的死亡仅仅是另一个无法抗拒的灾难罢了。她只是说："最好的水在高处的饮水槽，可别让牲畜们喝了凹洞下面的水。"

乔迪对小旗儿充满希望。他将会用他吃剩的食物来喂它，绝不许它碰腐臭的草叶，他还让它喝他们喝的水。他带着一种悲壮的满足感，若是小旗儿死掉，那么他就会一起死去。

他问："人会有黑色的舌头吗？"

辨尼说："只有动物才会有。"

乔迪把小旗儿牢牢地拴在了畜棚,在他们又一次赶车去拉草的时候,辨尼也拴好了狗。乔迪的问题很多:干草会不会带来瘟疫?瘟疫会一直传染下去吗?有什么动物能够幸免?乔迪本以为他爸是无所不知的,但辨尼对于所有的问题,也只是不解地摇头。

"别问了,孩子,看在上帝的份上。发生了未曾发生过的事情,谁都无法说出其中真正的答案。"

辨尼让乔迪一个人在那里把干草装上马车,然后他骑着老凯撒去福列斯特家里问情况。乔迪独自留在湿地边,觉得难受又荒凉,天地间一片空洞,只能看到丛林之上的秃鹰在来回窥探着。他的手脚利索了起来,在他爸爸赶回之前就完成了任务。于是,他躺到马车上的干草上看着天。他认为这个世界是一个特别的生存环境,所有事情的发生是没有理由又毫无意义的,就像有熊和豹这样的灾害。而现在熊和豹没有饥饿做借口了,他无法认同这样一个世界。

对于那已经发生的不如意,他用小旗儿的安慰去抵消,当然连同他爸爸也是他心里的支柱,只是小旗儿藏在自己那承受长久的疼痛和空虚的内心的秘密角落里。这个世界还是充满温情的,只要小旗儿没有染病,没有被洪水冲走。如果他长到爸爸那么大,或者到了像福列斯特老妈妈和赫托奶奶一样老的时候,他也忘不了那接连不断的狂风骤雨的威力。他还不清楚鹌鹑是不是也黑着舌头死去了。他想起了之前的某月,他爸爸跟他说用树杈做个陷阱可以抓到几只鹌鹑,鹌鹑这种小东西不必要浪费他们的子弹。但是辨尼不允许用这种方法,除非它们成群结队地全部长大,他还主张留那么两三对,好让它们繁衍下去。火鸡会不会染病而死?还有松鼠、狼、豹和熊……他想得入了迷。

远处细微的声音渐渐靠近,他听出是老凯撒的马蹄声,才定下了心神。辨尼的脸色还是很严肃,但是在和福列斯特们交谈之后,他放松了很多。福列斯特兄弟们在两天前追捕猎物的时候早已发现了这件事情。据他们说，这场瘟疫祸及了所有动物。他们目睹了猎物在他们旁边死掉或者奄奄一息。弱者和强者、尖牙利爪的和温驯柔弱的，全都没能逃掉。

乔迪问："每一个都会死吗？"

辨尼严肃地说："我都说过了，别问了。我们都得等，才能知道答案。"

第二十二章 天灾过后的生计

The Yearling

十月快结束的时候，白克士忒和福列斯特两家已经摸清了瘟疫的状况以及猎物们在冬天的情形。鹿只剩下一小部分了：有一打左右的鹿去垦地周边觅食，还有一头孤独的雄鹿或母鹿跳过栅栏，去荒无一物的豇豆地里。鹿们胆大地在甜薯地里嗅着，搜寻着被人落下的甜薯根。鹌鹑的数量没有变，只是火鸡死了多半。所以，辨尼推测瘟疫是污水引起的，火鸡常在那里觅食，但鹌鹑不会。

能吃的野味，像鹿、火鸡、松鼠和负鼠都寥寥无几，每天的打猎几乎都是徒劳无功。那些害人的野兽也一样少，所以辨尼一开始还觉得这对自家的牲畜有利。但是事与愿违，饥饿的野兽们由于没有食物来源而变得更具捕杀性。于是，猪的问题成了辨尼的心头大患，他在畜棚里为猪做了一个猪圈，他们一家人去林子里给猪采集棕榈果和橡实。辨尼又给猪置办了一批新玉米。

几天后的半夜里，畜棚里传出一声哀叫，紧接着是一阵嘈杂声。狗狂吠着冲进去，辨尼和乔迪拉起裤子，拿上火把就往外跑。一头最胖的猪没有了，残杀者很熟练，没有留下任何挣扎的痕迹，只有地上的血迹一直延伸到栅栏之外。可以把这么一头肥重的猪一下子咬死又拖走的东西，明显是一头巨兽。辨尼着急地观察那足印："是熊，很大的熊。"

老裘利亚乞求追上去，辨尼也想去，因为此时那个大家伙肯定在享受美餐，他们很容易追上。但辨尼又想到，在晚上对付它若是不能让它送命，那就太危险了。而且第二天早上足迹不会消失，他们还可以追上去。于是，他们便回去睡了一会儿，天还没亮，他就唤来狗儿们去追捕。这才发现那是残脚熊的脚印。

辨尼说："我早该想到是这老家伙，它不同于湿地里别的熊，它可以逃过这场灾祸。"

残脚熊吃那头猪是在离垦地很近的一条路上，它大吃一顿后便用路上的垃圾把尸体掩盖，接着便朝南穿过酋尼泊溪。

辨尼说："它会惦记着这头猪的。熊杀掉一个东西后，往往会逗留一个星期。我见过熊驱赶秃鹰，但并不是因为想吃它。如果是其他的熊而非残脚熊的话，我们能设套捕捉。但是，失去一个脚趾的残脚熊不会轻易被任何陷阱捉住的。"

"我们可以在这里藏着，等它来了就逮住它，不行吗？"

"可以试试。"

"明天？"

"明天。"

他们回家了。忽然传来一阵轻快的啼声，原来是小旗儿挣开了绳索来找他们了。它飞快地扬着后蹄，向上翘着短尾巴。

"它不好看吗，爸爸？"

"好看，太好看了。"

辨尼在第二天感染风寒，生病卧床了三天，去猎熊是不可能的了。乔迪请求让他自己一个人去，但没有得到辨尼的允许。他说残脚熊过于奸诈和危险，况且乔迪和响尾蛇的头一样不可靠。

白克士忒妈妈说："现在我可不想猪再被熊吃了，就算它们还没长肥。"

当辨尼能下床的时候，他们便决定了不等到满月或者猪都长肥的时候就杀猪。乔迪把附着树脂的木头劈完，给糖浆壶加热，又从凹洞挑来水烧。他把桶侧着，在沙土上固定好，白克士忒妈妈把烧开的水舀到桶里。辨尼把杀掉的猪挨个放进桶里面烫，他的双手飞快又熟练地拽着猪腿。但他力气不足，白克士忒妈妈和乔迪不得不帮忙把猪抬到备好的树杈上，三个人忙着刮猪毛，这是首要任务。

乔迪对此感到惊奇，他原来怜惜又喜欢的活物突然就变成了冰冷的备餐肉，同时他又很开心，他看着那平顺又坚实的皮已经鲜亮光净，满心期待着煎肉的香味和爆裂声。所有东西都是有用的，包括五脏。他们可以用臀肉、肩肉和肋骨肉做成熏肉，先把各种调料和自制的蔗糖汁腌好，再放到熏烟室慢熏。余下的肘子和猪蹄则腌在盐水里。他们将肋骨和脊骨煎好放进罐子，上面盖着一层猪油做保护层，猪头、猪肝、肾脏和猪心都用同样的办法保存着。瘦肉用来做腊肠，肥肉用洗衣盆熬过后，把猪油存入罐子里，猪油渣留着做玉米面包用。猪肚和猪肠子首先被清理干净，再把里面翻出来泡进水里，用来制成香肠，它们会像花彩一样同火腿和熏肉在熏烟屋挂成一排。剩下的一点杂碎和着玉米粉做成狗和鸡的食物，猪尾巴也被充分利用了。只有一样东西——气管，看起来没用，被扔掉了。

"妈妈，这是什么？"乔迪说。

"问这干什么，是气管。气管呢，气管就是一个能让它尖叫的东西。"

他们杀了八头猪，留下了那头公猪和那头母猪——福列斯特家讲和的礼物，用来继续新的饲养工作。此时他们不得不让它们去林子里，到了傍晚喂它们泔水和一点玉米。但夜晚来临时，他们就得把它们稳妥地关在猪圈里。他们能做的只有这些了，是生是死那就是它们的命了。

当晚的晚餐就像庆祝佳节一般，以至于很久之后回想起来还是那样意犹未尽。羽衣甘蓝很快就会出现在菜园里，芥菜也会长满垦地，它们可以放入熏肉和干豇豆里。而做玉米面包的猪油渣也能维持很久，一家人冬天的食物不用愁了，这真是一年里食物最丰盛的一个季节。他们的熏烟室已经挂满了肉，所以猎物的稀少也不是大问题了。

倒在地上的甘蔗已经顺着茎秆长出了须根，他们不得不把它们扯出来，甘蔗秆就像粗糙的拖把一样。在做甘蔗汁之前，他们必须把这些须根除掉。乔迪引着老凯撒围着那小甘蔗磨坊转着圈，辨尼把甘蔗秆塞进转动的齿轮。甘蔗产汁量很少，甘蔗汁稀而酸，但是仍有一种香甜味，因为白克士忒妈妈做糖浆时放了橘子，香味被保留在了里面。

玉米的损失量比较小，即使经过了一场暴风雨的打击。乔迪每天在磨石旁待好久，下面的磨石的小细槽向四周旋转着散开，就像蜗牛的壳。上面还有一块磨石，两块磨石一同被放在一个四脚的木架上。他把玉米粒慢慢地丢进上面磨石中央的洞里，当磨好的时候，玉米粉就会落进事先备好的桶里面。几小时重复推磨的工作单调乏味，但也不是特别糟糕。乔迪弄来一个高树桩，以备他休息时用。

他对辨尼说："我待在这里会想很多事。"

辨尼说："我也希望如此。因为洪水教会了你很多东西。福列斯特们和我本来打算给你和小翅膀在今年冬天请一位老师。小翅膀死后，我决定多用些野味换钱给你请老师，但是现在动物太缺乏了，皮也很糟。"

乔迪宽慰辨尼说："我已经很满足了，我现在懂很多东西。"

"这正证实了你的愚昧，小东西，我可不想你以后成为大人了还是这样。今年就让你先学会一些我能指导你的东西吧。"

乔迪自然很喜欢这样，辨尼会教他读书写字，更重要的是在那之前，他或许还会给他讲故事，乔迪开心地继续推磨。小旗儿过来，他便停下，允许它去舔那缝隙里漏下的玉米粉，他也喜欢这样品尝。摩擦和转动会让磨石发热，所以玉米粉的味道特别像爆米花和玉米饼的味道。当他饥饿时舔上一口觉得很香，但闻起来味道更香。小旗儿待在这里无所事事，干脆撅起屁股跑开了。它的胆子变大了，一钻进丛林里便是一个时辰，畜棚里的任何东西都束缚不了它，它能轻而易举地踢开挡着它的木板。白克士忒妈妈认为并希望小旗儿狂野到跑掉。乔迪完全没有在意过她的这个愿望，虽然他清楚小旗儿已经和他一样爱玩爱跑了，但它仅仅是想要一片可以完全放松的自由天地而已。他们彼此了解，它的出游不会很远，它从来没有让他找不到它。

有一天傍晚，小旗儿干了一件很丢脸的事。后门口放着一堆削好的甜薯，当所有人都在忙的时候，小旗儿试着去撞那堆甜薯，甜薯便滚了下来。它似乎喜欢上了这项小游戏，于是不停地用头去撞甜薯，甜薯堆便全散开来，整个院子几乎都滚满了甜薯。然后，它用它的小蹄子去踩踏它们，它还被甜薯的香味诱惑，试着咬了一口。它很喜欢那个味道，便挨个去咬。等白克士忒妈妈发现的时候，已经晚了，甜薯损失了很多。她抄起一把棕榈扫帚追赶它。它的样子看着就和乔迪逗它玩的时候一样，它在她转身的时候靠近她，去顶撞她胖胖的屁股。碰巧，乔迪推磨之后回家看到了此番情景，因为后果很严重，所以辨尼也站在白克士忒妈妈的立场。乔迪看着他爸爸的脸色，忍不住落泪：

"它不知道它在干什么呀！"

"我知道，乔迪。但是甜薯遭到了这么大的破坏，等同于它有意去糟蹋它们，而我们今年的食物已经很少了。"

"我不吃甜薯来做补偿。"

"没人这么说，你要做的只是把它看好。既然它是你养的，你就得承担起这个责任。"

"推磨和看着它，不可能两件事都做呀。"

"看不住它，就把它好好地关着。"

"它不喜欢畜棚,很黑。"

"那就圈起来。"

第二天一早,乔迪起身在院子里造围栏。角落里原本的栅栏能当作围栏的两边。关于地点的问题,他想在他干活的地点,像石磨、柴堆或者畜棚能一眼望到的地方便是最佳选择。只要他离小旗儿很近,小旗儿便会乐意。到了傍晚,所有工作干完之后,围栏也造好了。第二天,他去畜棚解开小旗儿,把它放进围栏,它踢着腿挣扎。但是他刚走,小旗儿就跳了出去,跟在他身后。辨尼发现他又哭了。

"别担心,儿子,会解决的。就这样把它关在外面的话,目前甜薯是它唯一要动的东西。但我们可以把甜薯藏起来,你去把那快倒的栅栏拆下来,用它做笼子保护甜薯,就和关鸡一样,两边靠在一起成一个尖顶。我立马着手做。"

乔迪擦着眼泪:"你太伟大了,爸爸!"

甜薯被保护起来后,便没有祸事了。小旗儿被挡在熏烟室外面,也不许进屋子,因为它已经长得很大了,它的后腿一撑,便可以碰到挂在那里的熏肉。

白克士忒妈妈说:"我不允许任何人舔我要吃的肉,除了我自己,更别说一只脏脏的小东西了。"

小旗儿的好奇心让人厌恶,它会在熏烟室撞猪油罐,听盖子摔在地上的声音,还去看罐子里的东西。幸好天气转冷,所以稀薄的猪油在流出来之前就被发现了。这样的事故是能避免的,只需要他们把门关牢,乔迪为此已经养成良好的习惯。

辨尼说:"万事小心总没坏处,你在弄到食物之后,首先要学会的就是谨慎地守住它们。"

第二十三章 狼群来袭

The Yearling

十一月底迎来了第一次霜冻。垦地北边的山核桃树叶成了黄油色，香枫叶红中带黄。屋外大路边的树叶红艳得像火一样，葡萄藤一片金黄色，漆树叶像橡树的灰烬。十月里狗茴香和桃金娘的花簇变成了绒毛。每一天的开始是凉爽的，继而转暖，最后以寒冷结束。傍晚时分，白克士忒一家首次坐在了屋子里的炉火旁。

白克士忒妈妈说："好像还没到烤火的时候呢。"

乔迪盯着炉火，在炉火中，他总是能看到小翅膀所说的西班牙骑士。当他眯起眼，等到那火烧到一个木叉上去，他便仿佛看到一个骑士披一身红披风，头戴一顶闪闪发亮的头盔。但那番情景只是一小会儿，等到那木叉松动或者落下去，那个骑士就转眼消失了。

他问："西班牙人会披红披风吗？"

辨尼说："儿子，这我不晓得。假使现在你有老师该多好。"

白克士忒妈妈很奇怪："这孩子怎么会有这样的疑问？"

乔迪转身摸着小旗儿，它已经睡着了，那两只蹄子藏在它的身下，它像小牛一样睡着。即使在睡觉的时候，它的小白尾巴也没忘记摇摆。白克士忒妈妈已经习惯了它在晚餐后待在屋里，甚至对它和乔迪睡在一起她也视而不见，至少它没有做错事，所以她便用对待狗的那种毫不关心的态度来对待小鹿。狗在外面睡觉，只有在寒冷的晚上才会被辨尼带进屋，不是因为必须那样做，而是他想它们也和他一样能舒适一点。

白克士忒妈妈说："添一下火，我瞅不清缝合线了。"她裁剪辨尼冬天的裤子给乔迪穿。

她说："换个思维想，如果你长得过快，那就得换作你爸爸穿你裁剪后的裤子了。"

乔迪哈哈大笑，辨尼假装生气，但他那双亮亮的眼睛在火光里闪耀，他瘦削的肩膀也忍不住抖动，白克士忒妈妈沾沾自喜。不论什么时候她的玩笑总会让每个人开心，她的好性情会像炉火一样在寒冷中带给一家人温暖。

辨尼说："你和我，现在得把拼字本拿出来了。"

乔迪顿了顿说："它可能已经在过去被蟑螂咬坏了。"

白克士忒妈妈停下手里的针线，用针指着乔迪："你最好也把语法学好，你应该这么说：'它可能已经正在被蟑螂咬坏了。'"她又得意地在椅子上摇了起来。

辨尼说："听我说，我认为这个冬天不会很冷。"

乔迪说："我喜欢冬天，如果不需要去弄木柴的话。"

"是的，看着是个友好的冬季，食物和肉的数量超出了我们的料想，现在恐怕该某人松口气了。"

白克士忒妈妈说："是时候了。"

"是的，但是别的地方都充满了饥饿。"

大家在傍晚都不再多说话，除了火炉里的柴火的爆裂声、辨尼的烟斗声和白克士忒妈妈的摇椅压着地板的咯吱声，屋子里静悄悄的。屋顶传来一声狂风般的呼啸，鸭子们正往南边飞。乔迪望着辨尼，他点了烟斗，开始打盹了。假使他没有如此享受的话，乔迪肯定会问他这些鸭子的品种和它们要去的地方。乔迪想自己要是和辨尼一样什么都知道的话，即使不懂算术和拼字，那也是很不错的。但乔迪还是很喜欢读拼字本，里面有很多故事，虽然它们没有一个能像辨尼的故事那么精彩，但终究也是故事。

辨尼说："好了，要么在这里睡，要么在床上睡。"他起身在火炉旁敲烟斗，他刚俯下身，狗们就叫着冲了出去，似乎辨尼把它们从睡梦中惊醒了，它们正冲向一个并不存在的猎物。辨尼开门，把手合在耳根："我只能听见狗叫声，其他的什么也听不到。"

此时，传来小牛的哀叫，恐惧又惨痛的叫声。然后，是一阵更凄惨的尖叫，之后便听不清了。辨尼冲向厨房取枪："取火来！"

乔迪觉得这命令是向他妈妈发出的，于是跟在他爸爸身后去取他的枪，在残脚熊来侵犯之后，他爸爸就允许他给那把老枪装满子弹。白克士忒妈妈不情愿地点着一块碎片，摸索着跟来。乔迪爬上畜棚的围栏，立马后悔自己没拿火，眼前一片漆黑。利普和老裘利亚的叫声没有了，只有一片撕咬声和怒吼声。然后，他听见他爸爸在拼命地喊："咬死它们，裘利亚！别让它们逃了，利普！天哪，火在哪儿？"

乔迪又回身翻过围栏，跑到他妈妈那里拿了火把，现在只有辨尼在操控着。他举着火把跑过去，才发现是一群狼，小牛被咬死了。至少有三打的狼在周围虎视眈眈，那些发亮的眼睛就像污水一样在火光下闪着，它们一个个瘦骨嶙峋，那些尖牙像雀鳝目的骨头一样又白又利。当他听到他妈妈在围栏后的尖叫声，才意识到自己也在尖叫。

辨尼命令道："把火把拿好！"

乔迪奋力稳好火把，辨尼已经开枪了。一阵轰响过后，狼群像黑色的波浪一样越过栅栏。利普猛咬它们的脚跟，辨尼在后面大叫，乔迪在他爸爸身后用火光照亮那些飞速逃命的影子。他突然意识到自己的枪还在另一只手上，便递给了他爸爸，辨尼又开了一枪。狼群像阵雨一样匆匆消失了。利普徘徊不定，它那一身浅色的毛在黑夜里很显眼，最终它转身一拐一拐地走过来。辨尼弯腰安慰它，又转身走进畜棚，母牛正在哀叫。

辨尼平静地说："火把给我。"他用火把把四周照了个遍，中间是那只被撕裂的小牛。老裘利亚在它旁边躺着，它还死死咬着一只干瘦的狼的喉咙。那条狼快死了，眼神呆滞，身上肮脏不堪，满是扁虱。

辨尼说："干得好，裘利亚，别管它了。"

于是，老裘利亚退后。它太老了，以至于牙齿磨损得像玉米颗粒一样，它咬死了狼。辨尼看着被咬碎的小牛和死去的狼，又盯着外面的黑暗，就像盯着一个隐形敌人的绿眼睛一样。他此时看起来是那么瘦小。

他叹了口气，去拿回了他的枪。然后，他俯身抓起小牛的一只脚，把它往屋里拖。乔迪害怕得战栗，他这才明白爸爸是想把它放近一点，以防那些侵入者再次来犯。他内心的恐惧还是没有减轻，熊或豹的反击也会令他胆寒，但总是有枪和狗等着它们，而刚刚畜棚里的那一幕，他永远都不想再看到了。他祈祷爸爸能把小牛的尸体拖到林子里去。白克士忒妈妈在门口，她说话的声音颤抖着："我不得不在一片漆黑里摸了回来，我从没这么怕过。又是熊来了吗？"

他们进屋，辨尼走过她身边，去炉灶上拿起热水壶，用热水给狗洗伤口。

"是狼群。"

"啊，天哪！小牛被咬死了吗？"

"咬死了。"

"啊，天哪！这可是头母牛啊！"

她跟着他走过来，他把热水倒进盆里给狗洗伤口，伤口不是很严重。

"这些混账，只盼它们被狗全部咬死。"他生气地说。

屋内舒适又安全。看到妈妈害怕，乔迪的胆子大了起来，他终于开口了："它们今天还会再来吗，我们去猎捕它们吗，爸爸？"

辨尼把煮熟的松沫在利普身侧最深的那道锯齿状的伤口上擦着，他没有心思回答问题。当他把狗的伤口包好，在他卧室窗户下面的走廊地板上铺好柔软的狗窝后，他才说话。他并没打算猎取狼群，他回屋洗手，在炉火前取暖。

"此时正是来一小杯酒的最佳时机，我明天要去福列斯特家弄一夸脱。"

"你明天去那里吗？"

"必须去让他们帮忙。我的狗是厉害，但是一个笨重的女人、一个瘦弱的男人和一个一岁小鹿般的小孩，怎么能抵抗得了那么多饿狼？"

辨尼的话让乔迪感到疑惑，他爸爸竟然会承认他拿不下一件事情。但是狼从未成群结队地侵犯过垦地，因为总是有很多小动物成为它们的美餐。哪怕有，数量也很少，一只或者两只。它们偷偷地前来，只要一有风吹草动，它们就逃之夭夭了。它们从来没让他们头疼过。辨尼脱下裤子，把背朝着炉火。

他说："现在我很害怕，我的屁股也冷飕飕的。"

白克士忒一家人上床睡觉。乔迪确认窗户关牢了之后才上床。他想让小旗儿和他一起盖着被子睡觉，但它总是会把被子踢开，不管他盖好了多少次。它满足于睡在床尾。乔迪在深夜醒了两回，每回都要查看小旗儿是不是还在那里。小旗儿还没有快成年的小牛那么大，他的心在黑暗中剧烈跳动。他用被子盖住头，吓得难以入睡，如同堡垒一样的垦地也是很容易被攻破的。但是这张舒适又温暖的床在这个寒冷的秋夜还是一个安睡的宝地。

第二天，辨尼早起去福列斯特家。狼群在夜里没有再来，他祈祷着它们中间已经有一两只身负重伤。乔迪要跟着他爸爸，但他妈妈不愿意一个人在家。

"你们在闹着玩吗？"她抱怨道，"我一个人在家？一个人怎么在家？也不想想自己是个男子汉，不为妈妈着想一下。"

他那股男子汉的荣耀感爆发了，他拍了拍她："别怕，妈妈。我待在家，看那些狼还敢不敢来！"

"这还差不多，我一想起它们就直哆嗦。"

他得到了他爸爸的确认——狼群不会出现在白天，所以他感觉自己更勇敢了。但辨尼和老凯撒一走，他便心慌了起来。他把小旗儿系在他卧室的床边，再去凹洞挑水。在回来的途中，他确信自己听到了很多以前没听到的声音。他一边回头望，一边加快步伐，然后就这样一直拐过栅栏。他不停地对自己说自己天不怕地不怕，但或许他妈妈正在恐慌着。他以最快的速度劈柴，柴箱都被他填满了，他又在火炉旁堆了一堆柴，以防妈妈再让他去外面拿柴。他问过了她是否要熏烟室的肉，她没要肉，只让他去拿一罐猪油渣和一碗猪油。

她说："现在你爸爸不在，他也没说过怎么处理小牛的尸体，是埋了，煮给狗吃，还是放在那里引诱野兽？还是等你爸爸回来再说。"

已经没有别的事情需要出去了，他把身后厨房门的横木拉好。

她说："把小鹿放在外面。"

"妈妈，别把它留在外面，为什么要这样呢？它的气味可会把所有的饿狼都招惹过来的！"

"对。但要是它不懂礼貌，你就得跟在它后面给我清扫。"

"我会的。"

他决心读那本拼字本。他妈妈从那个装着多余的棉被、冬衣和白克士忒岛契的箱子里抽出了那本拼字本。上午他都在专心致志地读着。

"我还是首次看到你对这本书这么爱不释手。"她诧异地说。

实际上，他对书上的字一个都没瞧见。他一边不停地告诉自己无所畏惧，一边精神紧绷起来听着外面的响动，听是否会有狼群突然冲进来，听是否会响起老凯撒的蹄声和他爸爸的说话声……辨尼回来的时候正是午饭时间，由于早上只吃了一点，他现在饿极了。他低头大吃，然后把烟斗点好，躺在椅子上。白克士忒妈妈把碟盘洗过，把地板打扫干净。

辨尼说："现在来听我说说是怎么一回事吧。正如我所料，狼是受瘟疫损害最严重的动物，昨晚的那一群，是幸存的最后一批。波克和雷姆刚去过巴特勒堡和福留西娅镇。瘟疫之后，没有其余的狼被发现过，除了这一群。这群狼凑在一块儿，它们从盖茨堡附近来到这里，沿途每家的牲畜都被袭击过。它们总是吃不饱，因为它们总是还没来得及吃就被人发现了，再被赶跑。它们饿极了，两天前的晚上，福列斯特家的一头小母牛和一头一岁的小公牛让它们咬死了。今天天还没亮，他们还听见了它们的嚎叫，当时它们已经被我们赶走了。"

乔迪迫切地问："我们会和福列斯特们一同打猎吗？"

"是的。我已经想出了一个对付它们的好办法，但我们的意见没有达成一致。我想进行两次狩猎，陷阱设在我们的畜棚和他们的围栏附近。福列斯特兄弟们想毒死它们，但我从没这样做过，我也不想这样。"

白克士忒妈妈把她手中的抹布摔向墙："艾史拉·白克士忒，要是你的心被掏出来，肯定是奶油做的而不是肉。你就是这么一个愚笨的讨厌鬼，让那些野东西来糟蹋我们的家畜，让我们活活饿死。不，是你太幼稚了，幼稚到不忍心看它们肚子疼。"

辨尼叹气："难道我很愚笨？我不愿意这样做，因为别的动物都会跟着倒霉的，不管怎样，它们是无辜的。"

"总比我们被狼逼走好。"

"唉，奥拉，不会。它们应该不会去侵扰去列克赛或者老凯撒，我觉得它们不可能啃它们的老皮。它们也不会和勇猛的狗撕咬，上树去咬上面的鸡也是不可能的。小牛已经死了，没有什么能把它们引诱过来了。"

"爸爸，还有小旗儿。"乔迪觉得他爸爸第一次说错话了，"它们把小牛咬碎了，这比下毒好不到哪里去，爸爸。"

"那是它们的天性使然，它们的饥饿使然。下毒却是不公平的较量。"

"你想和狼公平地较量，你……"

"接着说，奥拉，不要拘束，说吧。"

"要是我继续说，我的话可是不长眼的，你还是一个人接着说吧。"

"那我就不客气了，太太，下毒我是不会参与的。"他一口一口地抽着烟斗。

他说："我知道如果我坚持己见，他们肯定会笑我，结果真是那样。他们已经安排好了。"

"我真庆幸周围有这种男人。"

乔迪怒视着他们。他想他爸爸是错了，但他妈妈也很不讲理。他爸爸拥有一种比福列斯特兄弟们更高尚的东西。事实上，福列斯特兄弟们没有听取他爸爸的意见，不是因为他不是个好男人，而是因为他爸爸观点的错误，但也许，他没错。

"你就别管我爸爸了，我认为他比福列斯特兄弟们理智。"

白克士忒妈妈怒气冲冲地说："冒失的大嘴巴，揍你一顿你才觉得舒服吗？"

辨尼用烟斗轻敲着桌子："安静点！兽群的入侵已经很恼人了，还要来一场家庭战争吗？是不是只有人死了才能清静一下？"

白克士忒妈妈去干活，乔迪也悄悄去卧室解开小旗儿，把它带到屋外。他在林子里忐忑不安，不敢走远，于是把小鹿叫过来，一起坐到一棵山核桃树下看上面的松鼠。他打算赶在松鼠之前就把果实采摘下来，山核桃的产量很可观，而松鼠受瘟疫的影响不太大。在白克士试垦地上，他可不愿意松鼠吃掉自己家的果实。他上树摇晃着树枝，山核桃落了一地，他爬下去捡，用脱掉的衬衣做成袋子装满了山核桃，并带回了家。他把果实平铺在畜棚的地上晾着。在穿衬衣的时候，他才看到衣服已经被果壳上的汁弄脏了。这件衬衣很不错，仅有一个小小的补丁在袖子上，是他从玉米仓下来时被挂破的。他恨自己的粗心，他无法预料到自己会碰到什么麻烦，又如何能解决掉。但是不管怎样，当他妈妈对他爸爸很生气的时候，她几乎不会留意他干了些什么。

中午过后，她的心情缓和下来了，毕竟福列斯特兄弟们能把这个问题解决掉。三个福列斯特在傍晚前赶了过来，告诉辨尼下毒的准确位置，好让他们的狗不去靠近。他们下毒的方法很巧妙，完全是在马背上做的，因此狼根本嗅不到它们所痛恨的人类的味道。他们准备了已经被狼咬死的小母牛和小公牛的肉，把毒药藏进鹿皮，再放进一块一块的肉里。三个人分头行动，骑着马在狼群可能经过的路上跑。他们在马鞍上用削尖了的棕榈秆在地上挖好小洞，再放入有毒的诱饵，最后用棕榈秆把地上的落叶聚拢到上面。他们从狼群可能去饮水或袭击别的小动物的凹洞到辨尼的畜棚外面，设下一路有毒的诱饵。辨尼不得不接受这个事实。

"那我就得把我的狗关一周了。"

他们喝了些水，抽了几口辨尼的烟，然后谢绝了晚餐，他们必须在天黑前赶回家，狼群很可能重返他们的围栏。他们很快回去了。傍晚很平静，辨尼给自己的枪装满了弹药，连同乔迪的前膛枪。乔迪谨慎地把自己的枪放在枕旁，他很感激爸爸也考虑到了他的装备。在一家人都上床睡觉的时候，他还在那里胡思乱想，他能听到爸妈的谈话。

他听他爸爸说："跟你说个好消息。波克跟我说的。奥利弗·赫托上了从杰克逊维尔去波士顿的船，他再次出发之前会待在那里。他给过吐温·维萨贝钱，她也去了杰克逊维尔，准备去找他。雷姆暴怒，他说要是再让他碰到他们，会把他们全杀死。"

他又听到他妈妈胖胖的身体翻了个身，把床压得嘎吱嘎吱响。

她说："如果那女孩对他忠实，奥利弗为什么不和她结婚？如果她是个爱玩弄感情的人，他为什么要和她纠缠不清？"

"我也不是很了解。那已经是很久以前的事了，当我是个年轻小伙子的时候，我也想过如何去追求女孩。奥利弗是怎么想的，我也想不起来了。"

"无论如何，他不能以这种方式让她跟随他。"

乔迪同意妈妈的话，他的腿在被子下面气愤地踢床。他和奥利弗算是完了，要是再碰到奥利弗，他决定告诉奥利弗自己对他的意见。他最想碰到吐温·维萨贝，抓住她的黄头发，或者用东西扔她。都是因为她，奥利弗连见都不见他们便走了，乔迪失去了他。所以，乔迪怨恨他，以至于现在已经不在乎他了。他沉沉地睡着了，梦里自己如愿以偿了：吐温在野外闲逛，吃下了有毒的诱饵，然后痛苦地死去，真是罪有应得。

第二十四章 一箭双雕

The Yearling

　　仅一周时间，福列斯特们的毒药就杀死了三十条狼，还有一两打谨慎地躲开了毒肉。辨尼同意用枪和陷阱一起消灭剩下的狼。这群狼入侵的范围很广，从没在相同的地方进行第二次杀戮。一天晚上，它们侵犯福列斯特家的围栏，听到小牛们的尖叫，福列斯特兄弟们立马跑出去。他们看到狼群陷入了困境，母牛们围成圈用角抵抗，把小牛们护在圈中间。一只小牛的喉咙被撕破而死，还有两只被咬掉了尾巴。福列斯特兄弟们把其中的六条狼枪毙了。第二天，他们又下了毒药，但狼群没来，他们的两条猎犬却误食而死。于是，他们也愿意用缓和的态度去猎捕剩下的狼了。

　　某天傍晚，波克来请辨尼加入他们第二天拂晓的猎捕行动。他们听见福列斯特岛西边的一个水塘附近有狼嚎。之前的洪水过后一直是无休止的干旱，高地的水都枯竭了，湿地、沼泽、池塘和小溪基本都恢复了正常。幸存的动物们都去各处的水边饮水，狼群自然也在那里频繁出入。这次捕猎可能会有一箭双雕的效果，如果幸运的话，他们可以把那些狼和其他动物一网打尽。瘟疫看起来好像已经结束了，鹿和熊又有了价值。福列斯特一家人那么多，任何捕猎计划都不需要帮忙的，他们慷慨大方让波克来邀请辨尼。辨尼很感激地同意了，乔迪也知道这些，但他更清楚的是，爸爸对于猎物的洞悉总是受欢迎的。

辨尼说："波克，晚上睡在这里吧。我们拂晓时分出发。"

"不，要是我睡觉的时候不回去，他们会误以为不打猎了而不去准备。"

然后，他们约好在拂晓前一小时，在那条主干路和通往他们家小道的交叉处碰头。乔迪拽他爸爸的袖子。

辨尼说："我能把孩子和狗带去吗？"

"狗当然欢迎了，乃奥和贝昂已经被毒死了。孩子我们倒是没想过，但只要他不会妨碍我们的行动……"

"我会跟他讲。"

波克上马回去了。辨尼备好弹药，给枪上油。白克士式一家早早就睡在了床上。

乔迪睡得正香，感觉辨尼俯身在叫他，天还是黑的。他们往常的行动也很早，但东边总是微亮着，而这次四周却黑得像焦油一样。四处静悄悄的，只有树上的叶子被风吹得哗啦啦响。一开始他有点懊悔昨晚的迫切，但是他一想到接下来的捕猎，便浑身充满了激动的热流，在寒冷的空气里从床上跳了起来。他穿好衣服，光脚在那温暖又软和的鹿皮毯上溜过，他赶紧进了厨房。

炉火在爆响，妈妈正把一锅饼干放进荷兰灶里。她的法兰绒睡衣上面披着辨尼那件旧猎装，她的灰色辫子搭在肩膀上。乔迪靠近她闻着，把鼻子伸到了她裹着法兰绒睡衣的怀里，感受着她的宽大、柔和和温暖。他的双手伸进她身后的猎装和睡衣中间取暖，她只容忍了他一小会儿就推开了他。

她说："我可没见过像你这样婴儿般的猎人。如果吃晚了，你们的时间会被耽搁的。"眉宇之间充满温柔。

乔迪替她切熏肉。她将熏肉用水煮一下，搅入面糊里，再放到煎锅的油里面煎脆。乔迪本来不饿，但那炸坚果般的香味着实诱惑了他。小旗儿从卧室里出来眼巴巴地嗅着。

白克士忒妈妈说："你赶紧去把小鹿喂了再系好，在你忘掉之前。我可不想在你们都走了之后还要去伺候它。"

他把小鹿一带到外面，小鹿便轻快地闪躲着，他好不容易在一片漆黑中抓住了它。他把它系好之后，给它吃喝。"你在这里好好待着，等我回来给你讲打狼的故事。"

小旗儿在乔迪后面咩咩地叫，要是这次打猎和往常一样，他更想和它留在家里。但辨尼说那是丛林里的最后一群狼，乔迪想这种机会或许以后就没有了。他回到屋子，辨尼也挤好了奶，时辰过早，挤出的奶很少。他们很快吃完了早饭，由于着急给他们备餐，白克士忒妈妈却没顾得上吃东西。辨尼确信他们会赶在午餐时回家。

她说："你以前不也是这么说的？但每次总是要饿到天黑，肚子发慌了才回来。"

乔迪说："你太好了，妈妈。"

"哼，那是，有好吃的时候当然这么说了。"

"嗯，你给我们做好吃的真是太好了，就算其他方面不是那么仁慈。"

"噢？我不仁慈，是吗？"

"只是屈指可数的一些小事儿。"他平抚着她。

畜棚里，辨尼备好马，老凯撒在门口顿足，它和狗一样懂打猎。那些狗摇着尾巴过来，吃光了一大盘肉汁，然后紧跟着他们。辨尼挂了一圈绳子和一些袋子在马背上，又上马把乔迪拉了上去。白克士忒妈妈递给他们枪。

辨尼对乔迪说："要小心，不能把这种东西乱晃。要是我被你打死了，你以后就不得不靠打猎生活了。"

天色看起来快要亮了。马蹄重击路面，路面快速移向他们身后，同时在他们眼前延伸着。乔迪想，许多动物都很奇怪，喜欢在晚上出来，大白天却睡大觉，但夜晚比白天安静。一只猫头鹰的悲啼过后，他们似乎走进了一片空地，谈话此时自然而然成了私语。空气很冷，他刚刚激动得忘了穿他那件旧外套，现在只得紧挨着爸爸的背。

"孩子，你没穿外套，来穿我的吧？"

他想穿，但拒绝了："我不冷。"

辨尼的背比他的瘦很多，忘穿外套他得自己承担。

"爸爸，我们会不会去晚了？"

"应该不会，或许我们到达的时候，天还没亮呢。"

他们比福列斯特兄弟们早到。乔迪下马去和利普玩耍，这样自己不仅可以暖和一点，还能在漫长的等人过程中轻松一下。他渐渐怕福列斯特兄弟们会错过他们，不久，远处传来了马蹄声，福列斯特兄弟们已经到了，六个兄弟都到齐了。他们简洁地问候了一下白克士式。风从西南边轻轻吹来。要是那条放哨的狼没有牵绊住他们，他们就可以出其不意地进行袭击。波克和辨尼在最前面带队，其他人单个跟着。

一团模糊的灰白从树林匍匐爬行。拂晓和日出之间的那段间隔像一片魔域幻境。乔迪感觉自己置身于白与黑的梦里，只有阳光才将他唤醒。这个清晨注定雾霭重重，而那片灰白在雾里倔强地不肯消散，一起抵抗着将要撕裂它们的阳光。他们从丛林来到了一片广阔的草原上，这里有很多槲树。前面有一个水坑，又清又深，里面似乎有某种让动物们着迷的东西。水坑两侧是沼泽，给动物们提供了一个安全的根据地。

狼群还没到，如果狼群正往这里赶的话。波克、雷姆和辨尼下马把狗系在树上。一缕稀薄的晨光像丝带一样飘在东边的低空，最上面是雾。而大地上的一切都看不清楚，除了几英尺内的东西。一开始，水坑附近荒无一物，但渐渐地，所有东西的形状一个个纤柔地呈现了出来，全是灰白色的。远处，出现了一头雄鹿，雷姆不假思索地举起枪，又放下。在这个关头，狼最重要。

密尔惠尔低语："我记得水周围是不会有树桩的。"

他还没说完，那些树桩却动了起来。乔迪睁大了眼睛——那些树桩是些小熊啊。大概有一打的样子，最前面走着两头大点的熊。但雄鹿的味道并没被它们嗅到，或许是它们对它视而不见。雾的帷幕升高了，东边的丝带变宽了。辨尼指向西北边，有东西在移动。基本能看出是狼的轮廓，它们的队列和人一样，正往这边跑。老裘利亚已经嗅到了一股淡淡的味道，它仰头吠叫。辨尼拍打着让它安静下来，它便乖乖地趴在地上。

辨尼小声说："这是我们开天辟地头一糟遇到这么好的涉猎机会，我们不能靠太近。"

波克的低语很沉闷："要不我们去捕那头雄鹿或者那两头大熊？"

"我的意见是我们其中一个潜到东边和南边，穿过南边沼泽去追，狼群再往回跑太远，它们不会去沼泽，只会被逼进我们藏身的这片树丛。"

大家很快同意了。

"现在开始行动。"

"乔迪一定能像大人一样做好的。他不开枪，我们在这里同时开枪。"

"好的。"

"乔迪，你沿着林子边骑马过去，在那棵大松树对面往右拐过沼泽再跑回来。你一回身就得用那前膛枪向狼群打一枪，不需要瞄准。快一点，但务必要冷静。"

乔迪骑着老凯撒出发。他的心不停地跳着，几乎快要蹦出来了。他感觉眼前模糊起来，担心自己会错过那棵大松树，在拐弯的时候有差错，然后功亏一篑。他的视觉有些混乱，但当他直起了背，一只手触到那支枪的时候，一瞬间全身充满了力量，他清醒多了。他很早就发现了那棵松树，他把马往右一转，用脚踢着它的侧腹，用绳抽它的脖子，冲进了平地。沼泽的水被马蹄溅开，小熊们已经受惊跑散了。他仍然担心他离狼群的距离不够，他前面的狼群此时踌躇着，它们正在盘算是否要往回走。乔迪用前膛枪给了它们一枪，顷刻它们便惊成乱七八糟的一团，他紧张地屏息。它们像急流一样纷纷冲向树林。接下来便是很多枪同时发出的射击声，那声音就像一场演奏。他终于做到了他该做的，而且是他亲自做的。他赶紧骑着老凯撒向他们奔去，他们的几条狗正叫个不停，不时还有零星的枪响。他感到前所未有的放松，他几乎还想再打一枪，他认为自己一定能打得既平稳又精准。

辨尼的主意被履行成功了，地上是一打灰色的尸体。一场争论正在进行，雷姆要让狗去追狼群的余孽，波克和辨尼却不同意。

辨尼说："雷姆，我们任何一条狗都追不上任何一条霹雳一样的狼的，它们不是会爬树的野猫，也不是顽强抵抗的熊，它们是能跑到永远的狼。"

波克说："他说得对，雷姆。"

辨尼高兴地回头："瞧瞧小熊们，它们都跑上了树。活捉它们如何？这些活物去东岸难道不会卖个好价钱？"

"据说会的。"

辨尼上马，乔迪坐在他后面。

"大家不要急，越慢，干得才越好。"

三只春天的幼崽没有在树上，也许是没妈妈，也许是忘了该怎么爬。它们像婴儿一样赖在地上，并不想逃跑。辨尼把它们三个用绳子系到了一棵大松树上。还有一些在小树上，只需要轻轻一摇即可。还有两只爬上了一棵大树，乔迪身体灵巧又迅捷，负责去捉它们，但它们越爬越高，还爬到往外伸展的树枝上去了。乔迪也跟着爬到那树枝上，但摇落它们并不容易，他得特别小心，否则他自己也会掉下去。那树枝发出了微微的断裂声，辨尼让乔迪先停一停。然后，他们给了他一根削平了的橡木枝，乔迪爬下去拿橡木枝，又爬上去用它戳小熊。它们倔强地紧抱着树枝，似乎要和树枝融为一体。终于，它们掉到了地上，乔迪这才下去。

那两头大熊和雄鹿一听见枪响就没了踪影。两只一岁的小熊拼命抵抗，不让他们捉到。小熊们肉嘟嘟的，毛色很有光泽。两家都需要鲜肉，所以它们可以作为美食。他们得到了十只小熊。

波克说："小翅膀如果看到它们，肯定会很开心，我好想他能活过来看它们。"

乔迪说："如果不是有了小旗儿，我肯定会带一只和我一起回去。"

辨尼说："那结果只有你和它一起被拒之门外。"

乔迪靠近它们，对它们说话。它们仰起那尖尖的小鼻子嗅他。

他说："你们难道不骄傲吗？你们活到了现在。"

他更近一些去摸其中一只，它尖利的爪子划过他的袖子，他往后一跳。

他说："它们竟然不感激我们，爸爸。它们一点也不感激我们把它们从狼群里救了出来。"

辨尼说："你没有好好观察它们的眼睛，你逗了一只最凶的。我跟你说过，两只孪生小熊，一只温驯，一只卑贱。现在你能从它们里面认出温驯的那只吗？"

"我还是不选了，不管它们了。"

福列斯特兄弟们笑了。雷姆拿着一根木棒去招惹一只小熊。他戳它的肋骨，它便咬那木棒，于是他将它一下子打倒，它疼得叫起来。

辨尼说："雷姆，与其这样折磨它，不如干脆杀了它。"

雷姆气愤地回头看着他："我爱怎样就怎样，你还是管你的孩子去。"

"只要我活着，你就休想作践任何东西。"

"你想断气了吗，啊？"

波克说："雷姆，你的脾气也该改改了。"

"你也想试试吗？"

福列斯特兄弟们对争吵和矛盾的立场每次都是不分青红皂白的，但这次他们的立场都站在波克和辨尼这一边，捕狼和抓熊让他们变得通情达理了。雷姆暴躁地望望每个人，然后放下了拳头。他们打算让盖贝和密尔惠尔看着那些小熊，以防它们咬掉捆好的绳子和波克的鹿皮靴然后逃跑。剩下的人去福列斯特岛赶车来装熊。

"我们现在直接来讨论一下把它们卖到哪里去。我和乔迪回去算了，顺便再捎一些自己的家伙。"辨尼说。

雷姆不相信地说："你是不是要一个人去猎那头雄鹿？"

"如果你想弄清楚我要干什么，好吧，我会去酉尼泊溪弄一条短吻鳄。然后用它的油擦靴子，它的尾巴我会熏好喂狗，满意了吗？"

雷姆不说话，辨尼接着对波克说："圣奥古斯丁是不是卖它们的最佳场所？"

"对，如果价格不行，就去杰克逊维尔。"

"杰克逊维尔，"雷姆说，"我得去那里办点事。"

"我在杰克逊维尔有个姑娘，"密尔惠尔说，"但我去那里并没有事干。"

波克说："若是那个已婚的，那你去肯定是无事可干。"

辨尼温和地问："去杰克逊维尔，谁去？"

福列斯特兄弟们你看着我，我看着你。

辨尼说："你们一群人里面能和别人不动干戈地成交的人只有波克。"

雷姆说："这车不许走，若是没我。"

"那就雷姆和波克，你们要我去吗？车上刚好有三个人的位子。"

他们没说话。密尔惠尔说："你会有不错的回报的，辨尼，但是我得去，我有一大堆别的东西要去卖呢。"

辨尼说："那就这样，我就不去了。波克，帮我关照一下我的那份，再帮我带些东西。何时出发呢？明天？要是明天你们的车能停在我家一会儿，我和孩子他妈会交代我们要的东西。"

"你知道，我从来不会令人失望的。"

"我知道。"

于是，福列斯特兄弟们往北走，两个白克士式往南走。

辨尼说："即使有再多的诱惑和钱，我也不会和他们这些松鸡去东岸，他们一路走去势必会有破碎的罐子和流血的脑袋。"

乔迪说："波克会站在我们这边吗？"

"会的，波克是那堆垃圾里面最有情有义的，波克和小翅膀。"

乔迪说："爸爸，我感觉怪怪的。"

辨尼停下马，回头看到乔迪脸色发白："孩子，怎么了？你是不是激动过头了，然后提不起精神来？"

辨尼下马，把乔迪也抱了下来。乔迪浑身松软，辨尼找了棵小树让他靠着。

"这次的猎捕果然是一箭双雕，而我最欣慰的是你不负众望，完成了一件大人们的任务。你在这里歇着，我来给你弄些吃的。"

他从袋子里摸出一个冷掉的烤甜薯，剥去皮："这个能让你神清气爽。到溪边时，你再多喝点水。"

乔迪刚开始吃不下去，但甜薯勾起了他的胃口。他坐在那里慢慢地嚼着，觉得舒服多了。

辨尼说："你和我小时候一样，所有事情都要拼到最好，所以你会有些晕眩。"

乔迪笑了，他想若是别人这么说，他一定难为情死了。他起身，辨尼拍拍他的肩膀："我没在他们面前夸你，但是你今天真的很棒。"

爸爸的话就和甜薯一样让他热血澎湃："爸爸，我现在感觉很舒服。"

他们继续往前走。雾渐渐散开，十一月的空气很清爽，温暖的阳光轻抚着他们。橡树在光照下发亮，鹿舌草的香味四溢。从林子里飞出了几只松鸟，乔迪觉得它们浅蓝色的翅膀比蓝知更鸟的深蓝翅膀还要好看。老凯撒屁股上小熊的气味、马的汗味、马鞍的气味、鹿舌草的香味和挥之不去的甜薯味令人愉悦。他决定回家后向小旗儿倾诉，和它谈话的时候，他能轻松地说出任何他想要表达或者心里所想的东西，这是他喜欢的谈话方式。虽然他偏爱与爸爸的谈话，但在爸爸面前他总是表达不清楚自己的意思。每当他尝试着说出他要表达的东西时，他的意思早在他的前言不搭后语中找不到了。就如同打树上的白鸽，他看见它们，拿着枪靠近，但是它们却在他开枪之前飞走了。

和小旗儿的交谈，往往只是："狼群来啦，在水坑那边。"他还可以坐在那里想象和重温一遍他的故事。每当这个时候，小旗儿便会用鼻子嗅他，用那温柔又清澈的眼睛望着他，所以他感觉它是懂他的。

他们穿过了阔叶林，走上了那条西班牙人的旧道，往酋尼泊溪出发。溪水恢复了以前，但溪岸边堆着洪水后的污物。一股又亮又蓝的泉水从一个无底洞里涌出，一棵树横倒在溪中。老凯撒被系在一棵木兰树上。接着，他们去溪边找短吻鳄，但没找到。有一条很老的短吻鳄在这里生活很久了，它几乎每两年都会生一大群小鳄鱼，它会游到岸边去吃被扔下来的食物。此时它可能和它一岁的小鳄鱼一起在洞里待着，因为它很温驯，所以在此住了这么久，也没人打扰过它。辨尼担心有一天会来一个陌生人把它杀死，因为它是那么容易得手。

他们沿岸走，眼前闪过一只鸟。辨尼伸出一只手让乔迪站住，只见对岸有一个新的鳄鱼坑，可以看得出那里的泥土很平滑，那是由于鳄鱼身躯的摩擦和压力。辨尼在一棵悬铃树后低下身子，乔迪藏在他身后。辨尼把枪重新装载了一回。突然，一阵动荡出现在湍急的溪流里。那东西像一块长长的看不清表面的原木，一边出现了两个隆起物。原来是一条八英尺长的短吻鳄，隆起物是它有眼睑的眼睛。那短吻鳄游进水里，又升了起来，在岸边抬起了它的身躯。接着，它慢慢地往那鳄鱼坑里爬，笨重地用短腿托着自己的身体。它一边摇着尾巴，一边缓缓卧下去。辨尼用比乔迪打熊和打鹿还要谨慎的姿态向它开枪，它的尾巴还在狂暴地摔打着，身体却早已沉了下去。辨尼和乔迪绕过溪头，到了下游对岸的坑边。它宽平的嘴无意识地开开合合，辨尼用一只手攥住它的嘴，用另一只手紧握它的前腿。狗儿们兴奋地叫着，乔迪帮忙把鳄鱼拖到硬地上。

辨尼擦擦额头："就这一小会儿，还比较轻松。"然后，他们歇息了片刻，再弯下身子把尾巴上的肉切下来，用作打猎时喂狗吃的熏肉。辨尼把皮翻过来，里面的肥肉被切了下来。

他说："短吻鳄是洪水后喂肥的动物里的其中一种。"

乔迪手拿刀坐在他后面。

"可能噬鱼蛇和乌龟也是。"辨尼说，"还有鸟，除了火鸡以外，其他鸟都吃胖了。"

乔迪思索着，感觉这一切很神奇。水里游的和空中飞的都幸存了下来，唯独在地上走的动物们伤亡惨重，陷入了水和风布下的陷阱里。这是众多让他纠结的事情之一，但他好像永远都无法表达出来和他爸爸分享。他的想法像残雾一样在脑子里闪过，他的思想转眼又集中在了那条鳄鱼的肥肉上。

狗并没有垂涎于鳄鱼肉，因为鳄鱼肉在它们眼里就和青蛙一样没味道，或者就像吃鱼的黑鸦和水鸭一样让它们没胃口。但当那尾巴上的肉被熏过，像粉色小牛肉一般时，狗没有其他选择的话，只能吃了。辨尼拿出袋子里的食物，把鳄鱼肉块和肥肉放进了袋子。

他看着那些吃的："孩子，你现在要吃吗？"

"我不管什么时候都想吃。"

"我们来吃掉它。"

他们去溪水边洗手，去溪头喝水。他们在那里俯下身去美美地喝了一顿。接着，食物被分成两份，辨尼拿了一块山楂汁饼和一块甜薯布丁，乔迪感激地吃着留给自己的那一份。

辨尼看着乔迪的肚子慢慢地鼓了起来："你都吃到哪去了，我真瞧不见。但是我很高兴能给你吃这么多，我小时候有一大群兄弟，肚子老是填不饱。"

他们懒散地躺着。乔迪盯着上面的木兰树，那厚厚的叶子下侧，就像外太祖母的那个铜盆的颜色。那树上的红果裂开着，地上是掉下来的种子，乔迪抓起一把，然后一颗颗地撒在自己身上。辨尼懒散地起身把他们吃剩下的食物给狗吃，又把老凯撒领到溪边喝水。最后，他们上马往北向白克士忒岛走去。

老裘利亚在甜水泉的西边开始了它的追踪工作，辨尼低头看着。

他说："它嗅到一头雄鹿，消失不久的，让它去追吧。"

老裘利亚不断地摆着尾巴，鼻子紧挨地面，它跑得很快。接着，迎着风吹来的味道，它一边把鼻子抬起来，一边飞速前进。

辨尼说："那头雄鹿必然先于我们在此处右拐。"

那足迹延伸到几百码的时候向右转了，老裘利亚低沉地哼叫。

辨尼说："它现在不远了，我敢说它正卧在密林里。"

他跟着狗骑马进了密林，老裘利亚对一头雄鹿狂吠着。鹿跳了起来，它的角很丰满。但它并没有逃跑，它用它的角向狗进攻，因为它后面有一只没有角的母鹿。洪水的到来让鹿的交配延期了。那雄鹿正在求偶，还作好了斗争的准备。就如往常发现了神奇的事情一样，辨尼放下了枪。老裘利亚和利普也跟着诧异起来——它们没有畏惧过熊、豹和野猫，此时它们认定眼前的雄鹿要逃掉，雄鹿却开始了反击。狗儿们犹豫着……雄鹿像公牛一样扒土，还晃着鹿角。老裘利亚急中生智去咬它的喉咙，却被它的角狠狠地抵进了草丛里。母鹿逗留了一会儿便像霹雳一样一闪而过。老裘利亚没被伤到，它跑回来又开始进攻。利普在那鹿蹄边抓咬着，那鹿低头用鹿角对着它们。

辨尼说："真的很抱歉，你这个家伙。"然后他开了枪。

雄鹿摔倒在地，挣扎了一下就不动了。老裘利亚发出了胜利的吠叫。

辨尼说："我真恨自己这么做。"

雄鹿很大，橡果和棕榈果把它喂得很胖，但它那褪去的夏天的红皮毛，已经变成了冬天的灰皮毛，就像西班牙苔藓和松树以北的地衣一样。

辨尼说："从现在起一个月后，它们的肉会又粗又瘦，因为要在丛林里到处求偶。"

他看起来喜气洋洋："孩子，难道我们还不够幸运吗？今天可真是一个好日子。"

他们开始剥鹿皮。辨尼说："我在想我们这些东西老凯撒能不能承受得了。"

"爸爸，我走路。那鹿比我还重吗？"

"特别重，我们还是一起走路吧。"

老凯撒有毅力地扛起了重负，背过大熊的它已经毫不畏惧。辨尼牵着马在前面走。乔迪感到神清气爽，此时像是一天的开始，他在前面跑着，两条狗紧跟在后面。他们到家的时候刚刚中午，比白克士忒妈妈预料的早。白克士忒妈妈听到马蹄声才出来，只见她一手遮光远眺着，她那严肃的脸色一见到这么多猎物便立马舒缓了起来。

她说："我不介意一个人在家，要是你们每次出去都能带回这么多东西的话。"

乔迪开始喋喋不休了，妈妈却一门心思在熊肉和鹿肉上，没怎么听。他便跑到畜棚里看小旗儿，他还没来得及坐下就让小旗儿嗅他。

他对它说："这便是熊的味道，你以后一闻到这个味道就要赶紧逃跑。这里是狼味，它们在洪水之后比熊都嚣张，不过今天早上它们全都被我们消灭了，但剩下的那几只你要千万小心。那个气味是你的同类。"他的语气加入了一种极其恐怖的气息，"也许是你的老爸呢，你不需要提防它。不对，也得防着点。雄鹿在发情期会杀死一只小鹿或者一岁的鹿，我爸爸说的。你要对所有东西都躲得远远的。"小旗儿的尾巴摆着，小蹄顿了顿，小脑袋晃着。

"不准不同意，你必须按我说的做。"

乔迪把它解开带到了院子里，辨尼叫他帮忙抬猎物。小旗儿一觉察到熊味便狂奔了出去，又回身远远地闻着，谨慎地仰起细细的脖子。下午剩下的时间便是剥皮，他们没吃午饭，也不觉得饿。离往常晚餐时间还有一小时的时候，白克士忒妈妈做了一桌丰盛的晚餐。辨尼和乔迪起初大嚼着，后来却突然感到特别累，没了食欲。乔迪去找小旗儿。太阳刚刚落山，他就感到背疼，眼皮也很重，他把小旗儿叫来。他本想听听他爸妈对这次买东西的打算，好考虑一下自己要买的东西，但他的眼睛不争气地闭上了。他倒床就睡。

辨尼和白克士忒妈妈在这个傍晚商量着他们过冬的急需品。白克士忒妈妈好不容易做了个清单，上面用铅笔写成行：用来做白克士忒先生和乔迪的猎裤的布料、给白克士忒太太的蓝白格子棉布、家用布、一袋咖啡豆、一箱面粉、一把斧子、一袋盐、两袋苏打、射击用的铅两条、打鹿用的子弹、一些弹壳给白克士忒先生的枪用、火药、粗花呢六码、山核桃布四码、粗口袋布六码、短靴、乔迪穿、半刀纸、一盒裤子上的纽扣、衣服纽扣、一瓶调味油、一盒糖、一盒肝丸、一瓶止痛药、一瓶鸦片酒、一瓶指甲花、一瓶止痛剂、一瓶柠檬油、一瓶薄荷油，如果还有余款，就买两码黑色羊驼呢。

第二天一早，福列斯特们来了。乔迪出去招呼他们，辨尼和白克士忒妈妈跟在后面。波克、雷姆和密尔惠尔挤在货车上。他们后面传来了争吵、打闹和嘶叫的声音，一只只又滑又黑的毛球纠缠在一起，尖牙利齿，张牙舞爪，小熊们一个个闪烁着黑黑的眼睛。每只小熊的绳子和锁链都缠在一起成了死结。其中一只小熊的绳索很长，它爬上了最高处傲慢地望着下面的动乱。乔迪跳上车轮偷看，一只锋利的爪子划过他的脸，他急忙跳回地面。它们简直像是从精神病院出来的。

辨尼说："不要大惊小怪，所有杰克逊维尔的人都会出来跟在这车后面。"

密尔惠尔说："或许这样它们就升值了。"

波克对乔迪说："我无法想象小翅膀见了它们会有多开心。"

乔迪满心希望地认为，要是小翅膀还活着，他们两个便可以一同被带到杰克逊维尔。他无比憧憬地望着他们三个膝下那一点空隙，他和小翅膀是能够并肩坐在那里看这个世界的。

波克接过白克士忒一家的货物清单："看起来这里有很多东西。万一价格不好，或者钱不够用，那应该去掉哪个呢？"

白克士忒妈妈说："把蓝白格子布和家用布去掉。"

"不行，波克，你得把乔迪他妈妈的蓝白格子布买来。蓝白格子布、斧子、弹壳和铅很重要。还有山核桃布，是为乔迪买的。"辨尼说。

乔迪叫起来："蓝白相间，波克，如同两色的花纹蛇那样。"

波克说："好的，万一买不下来，我们会去再抓几只熊。"他的缰绳抽打着马背。

白克士忒妈妈在他们身后喊道："毛料到不得已的时候就不要了。"

雷姆说："停车，知道我看到什么了吗？"

　　他用拇指指着熏烟室外面挂的鹿皮，又从车上跳下来。他推开木栅门，大步走向熏烟室。接着，他转到另一边，那钉子上的鹿角被他看见了。他故意来到辨尼旁边，挥手一拳，辨尼撞到了熏烟室的墙上，脸色发白。波克和密尔惠尔赶紧跑向前，白克士忒妈妈冲进屋去拿辨尼的枪。

　　雷姆说："我就得让你知道对我撒谎的后果，你当时难道不是为了那鹿而走掉的吗，啊？"

　　辨尼说："对此我完全可以杀了你，雷姆。但是你太卑劣了，会弄脏我的手。那纯属偶然事件。"

　　"你骗人。"

　　辨尼没回答雷姆，对波克说："波克，没有一个人会认为我是个骗子。如果你们都记得，就不会在狗的交易上失手了。"

　　波克说："辨尼，是的，别跟他计较。"

　　雷姆转身抬头挺胸地上了车。

　　波克小声说："辨尼，真是太抱歉了，他真是太糟糕了。自从他的心上人跟奥利弗走了之后，他就成这德行了，他简直和一头找不到母鹿的雄鹿一样恶心。"

　　辨尼说："我本打算分给你们四分之一的鹿肉。我发誓，波克，我永远不会原谅这件事。"

　　"我不怪你，不要担心这次买卖和你们一家要买的东西。我和密尔惠尔在任何必要的时候都会把雷姆绑起来。"

　　他们都上了车。波克调转马头，打算走凹洞北边的那条路。他们可以从那里去霍布金斯草原和咸水溪，再往北到帕拉特卡过河，可能会在那里过夜。乔迪和辨尼目送远去的货车，白克士忒妈妈一直在门后偷窥，直到现在才放下了枪。辨尼进屋坐在那里。

　　白克士忒妈妈说："为什么你要受他的气？"

　　辨尼说："一个人失去理智的时候，另一个人就得保持清醒。我的个头还不足以和他干架，我只能用枪。但是杀人是一件比一个人的卑鄙行径严重得多的事。"他看起来很不高兴，"我要的只是平静的生活。"

乔迪没想到，白克士忒妈妈会说："我支持你，别胡思乱想了。"

他对他们两个很不理解。他对雷姆怀着满腔愤恨，爸爸竟然就这么轻易放过了雷姆，他对此不满。他的心很乱，他已经从奥利弗这边站到了福列斯特兄弟们那边，但雷姆却这样对爸爸。终于，他想出了一个办法，他只把雷姆当敌人，对其余的人依旧友好，尤其是波克。这样，仇恨和友好便可以兼顾了。

没有什么特别的活要干，他一上午都在帮他妈妈剥石榴，再把皮串好晒干。她说它们治痢疾最管用。其实是因为他吃掉了太多的石榴，她怕他会在石榴皮备好之前就吃光它们。他实在很喜欢吃那透亮的石榴粒。

第二十五章 圣诞节前的准备

The Yearling

　　十一月不知不觉地走远，十二月悄然而至，除了林鸭们的悲鸣声，没有任何迹象。它们离开了阔叶林的巢穴，在湖水和池塘之间来回飞。乔迪想，有的鸟一边飞一边叫，而有的鸟飞的时候为什么很安静呢？鹤会在展翅高飞时嘶哑地叫，鹰在空中的时候也会高鸣，但一旦停在树上，它们便安静下来了。吸汁啄木鸟在振翅的时候也很吵，但它们的吵闹一到树上就没有了，只有啄树的声音。在地上的鹌鹑会喋喋不休，但像士兵一样的画眉却躲在草丛里发出刺耳尖叫。而仿声鸟的吵闹往往不分场合，不论在空中、围栏外或是林子里。

　　麻鹬正向南飞，每个冬天它们都会从乔治亚飞来。白色的老鸟长着弯曲的长嘴，春天里孵出的小鸟是灰棕色。小麻鹬的肉很好吃，当食物稀缺或松鼠肉吃腻的时候，辨尼和乔迪便去胭脂鱼草原打上一猎。白克士忒妈妈会像烤火鸡一样把它们烤熟，辨尼信誓旦旦地说那味道美过了火鸡味。

　　波克去杰克逊维尔将小熊卖了个好价钱，还把白克士忒妈妈给的清单上的东西全带了回来，另外还给他们找好了零钱。自从雷姆打了辨尼后，福列斯特和白克士忒两家的关系紧张了起来。在结清钱物以后，波克没有停留便走了。

辨尼说："或许其他人已经被雷姆说服，他们都觉得我一个人跑开去打那头鹿了，但这一切总会好起来的。"

白克士忒妈妈说："真好，不用和他们打交道了。"

"但是我们可不能忘了波克在我被蛇咬的时候是怎么做的。"

"对，但那雷姆本身就是一条响尾蛇，只要一点风吹草动，就会把你咬一口。"

然而，波克有一天还是在他们家停下来了，他通知他们狼群已经灭绝。一头被打死在他们的围栏里，还有三四头被他们设陷阱捉住，之后便没有了。但他们一家又被熊光顾了，尤其是那只残脚熊。波克说残脚熊的劣迹从东边的那条河到西边的朱尼泊湖，但它最喜欢的地方还是福列斯特家的围栏。它巧妙地把握风向，避开陷阱和猎犬，随心所欲地杀死小牛。而当福列斯特兄弟们几夜不眠地等它来的时候，它却迟迟不现。

波克说："你要是去猎它，肯定是无济于事的，但我想给你们提个醒。"

辨尼说："我的畜棚和房屋不远，我不怕它的诡计。波克，多谢，我一直想跟你说几句，我想你不要误会雷姆对那头雄鹿的片面之言。"

波克搪塞着："对，一头雄鹿不值一提。就这样吧，再会。"

辨尼摇头，继续去干活。他很苦恼，在这么小的丛林世界里，他与他唯一的邻居有了隔阂。

工作任务少，所以乔迪和小旗儿老是腻在一块儿。小旗儿的成长很迅速，它的小腿已经又细又长。乔迪在某天发现了它那浅色斑点——幼鹿的标志，全都不见了。然后，他便观察它那光滑的脑袋上是否有鹿角。

辨尼笑他："孩子，你想探索奇迹吗？它一直到夏天都会用头蹭东西的，角只有到一岁时才有。"

乔迪对小旗儿很满意，它既带给他温暖，又给他惊喜。其至对于奥
利弗的遗弃和福列斯特家的疏离，他也觉得无所谓了。他几乎每天都要
带着枪、子弹袋和小旗儿去林子里，橡木的树叶已成深棕色。每个清晨
都有霜，因而丛林晶莹透亮，就像无数棵圣诞树组成的林子一样。他忽
然想起圣诞节很快要到了。

辨尼说："圣诞节前我们就没什么要紧事了，我们会去福留西娅镇
过圣诞，圣诞节后我们再开始干正事。"

乔迪在松林里发现许多花冠豆，他把那些亮亮的红色珠子摘下来
装满口袋。那些豆子硬得就像燧石一样。他从妈妈那里偷拿了一大捆
针线和一些棉线，他带着它们出去玩。阳光轻抚着他，他坐在树下，
辛辛苦苦地把豆子用线穿起来。他想每天穿一点，等穿成项链的时候
送给妈妈。豆子不规则，但是他很开心。他把制作成功的项链放进口袋，
这样就可以时常拿出来观摩。项链很快被口袋里的碎饼干、松鼠尾巴
和别的东西粘上而变样了，于是他去凹洞把它清洗干净，然后偷偷地
放到他卧室里的一根木橡上。

上一个圣诞节他们只有一只火鸡用来过节，因为没钱。但今年小熊
的买卖带给了他们结余的钱。辨尼花掉了一部分买棉籽，剩下的都用来
过节。

白克士忒妈妈说："如果是这么打算的话，我想提前去福留西娅镇
买些东西。我得给自己买四码羊驼呢，在圣诞节穿比较得体。"

辨尼说："太太，你没有什么秘密吧？我可不想跟你争论，我乐意
你花掉所有钱，但四码羊驼呢好像只够做一条内裤。"

"你一定要知道的话，我告诉你那是用来给我的婚纱礼服做搭配的，
这么多年来我的个子没变化，但我的身体在横向发展。我想在那衣服前
面搭配一小片，只有这样我穿着才好看。"

辨尼摸摸她宽厚的背："像你这样一位好妻子当然要有一块东西搭配你的礼服。"

她的心软了，却嘴硬着说："你尽拿好听的话来哄我。我没问你要过东西，所以你没料到当我问你要的时候只有这一点东西。"

"是的，我很诧异只有这些，我想给你弄些绸缎回来。乞求上帝的宽恕，会有那么一天你能在家用井水，而不是跑到凹洞那边。"

"我想去福留西娅镇。"她说。

他说："我和乔迪去打两天猎，好带些猎物去店里，给你买喜欢的东西。"

第一天没打到什么东西。

辨尼说："没打算猎鹿的时候，总能看见它们。当你准备好的时候，却如同身处闹市一样见不到它们。"

一件匪夷所思的事情发生了。辨尼命令狗儿们去追踪白克士忒岛南边被他发现的一只一岁小鹿的足迹，但它们就是不听命令。辨尼几年来从没打过老裘利亚，这次他用鞭子抽打它。它痛得嗷嗷叫了几声，但依旧不上路。疑团在那晚被解开了，小旗儿出现了，似乎它依旧惯于在打猎中出现。辨尼叫了一声，俯身观察它的足迹和狗拒绝追踪的那足迹，才发现两者完全一样。老裘利亚比辨尼灵敏，它能分辨出那个新白克士忒的足迹的味道。

辨尼说："我现在懂了，人应该谦逊些，连狗都能记住你的亲人。"

乔迪很满意，他觉得他应当感激老裘利亚。要是小旗儿因为它们的追捕而受惊，他肯定会发火。

第二天的捕猎进行得不错。他们在沼泽发现了鹿，辨尼打中了一头很大的雄鹿，又把一只小鹿追进了一个河湾。他让乔迪打它，但没打中，于是他自己开枪打死了它。他们一路徒步，因为这个时节的猎物需要慢慢地跟踪。乔迪尝试去背那只小鹿，但它很重，差点把他压住。

他只得在那里看着鹿的尸体，辨尼回去备车和马。没想到小旗儿也和他爸爸一路来了。

辨尼老远就喊道："你的宝贝怎么跟狗一样喜欢打猎。"

回去的路上，辨尼指着一块熊吃东西的地方，熊总是在那里吃塞润桐果子。

"它们吃那个东西可以排出体内的毒素，而不仅仅是为了填饱肚子。熊在冬眠时会吃成大胖子，今年我们的肉食就要靠它了。"

"爸爸，还有什么东西会吃这个果子？"

"鹿会吃。你知道吗，你要是把这些果子放入瓶子里，再往里倒进朗姆酒，存放五个月之后尝上一口，就算是你妈妈，也会惊喜万分的。"

在长满棕榈和橡树的高地上，辨尼指着通往囊地鼠洞的几条窄路，那里是响尾蛇冬眠的地方，但在太阳暖和的时候它们会在洞边待着。对于乔迪来说，辨尼能一眼看穿所有藏在丛林里的动物。

回到家，乔迪帮爸爸剥鹿皮，处理受欢迎的鹿后腿。白克士忒妈妈煎好鹿的胸脯肉，把它们和鹿油一起储存起来，骨头和碎片被放到盆里给狗吃。一家人的晚餐便是鹿心和鹿肝。在白克士忒岛，没有什么东西能被浪费掉。

早上，辨尼说："我们必须意见一致，今晚我们是留在赫托奶奶家还是回来？如果不回来的话，乔迪可要在家挤奶，还有喂狗和鸡。"

乔迪说："爸爸，去列克赛快没奶了。可以把吃的留下，带我去吧，我们还是一起住在赫托奶奶家里吧。"

辨尼对他的太太说："你想在那里过夜吗？"

"不，她和我可不会腻在一起。"

"那我们就不住在那里了。乔迪能去，但到时候可别为难我们在那里过夜呀。"

"小旗儿怎么办，我能把它带去让奶奶瞧一眼吗？"

白克士忒妈妈叫道："那该死的鹿！那讨厌鬼是不会受欢迎的，即使看在你的情面上。"

乔迪觉得很受伤，说："我还是和它一起守在家里吧。"

辨尼说："孩子，现在把它关好，别管它了。它不是狗，也非小孩，虽然在你眼里它是个小孩。你不能走到哪里都带着它，就像小女孩抱着一个布娃娃一样。"

他很不情愿地把小旗儿关进畜棚，去换衣服准备出发。辨尼穿着他那身袖子缩短的黑呢外套，戴着黑毡帽，蟑螂在那帽边咬了一个洞，但总算还是个帽子。他再也没别的帽子了，除了他打猎时戴的羊毛帽以及棕榈帽。乔迪穿上他最好看的一套：短靴、土布裤子、大草帽和一件崭新的系着红腰带的羊驼呢外套。白克士忒妈妈则穿着那身从杰克逊维尔带回的蓝白布做成的新衣裳，那蓝色比她想要的颜色深了点，不过那格子很好看。她的帽子是蓝色太阳帽，那顶褶皱黑帽也被她带着，准备在快回家的时候戴上。

他们的车在沙地上慢跑着。乔迪背对着车坐在车板上，他觉得就这样看着丛林往后退很有意思，这比往前看的感觉刺激多了。一路的颠簸让他瘦小的屁股酸痛无比。不知不觉，他想到了赫托奶奶。她肯定会惊异于他恨奥利弗这件事，他痛快地想象着她的表情，又觉得不舒服。他对她的爱还是没有改变，除了在夏天他将她抛之脑后外。他想他或许不会跟她说他要忘记奥利弗，他想象着自己绅士地沉默着，对她还和以前一样好。他想到这里很开心，于是他便打算礼貌地问候奥利弗。

辨尼在两个小袋子里放鹿肉，一个麻袋里放鹿皮。白克士忒妈妈准备了一篮鸡蛋和一些奶油去卖。还有一个袋子里的一夸脱糖浆、一些甜薯和一只火腿是给赫托奶奶的礼物。她不想两手空空，即便是到她的敌人那里。

辨尼在河西边叫渡船，声音沿河传下。一个男孩出现在对岸，他悠闲地靠近他们。那一瞬间，乔迪觉得他的生活是那样地令人羡慕，可以来回在河上划船。但他又觉得这样不自由，他毕竟不能在丛林里打猎，他也没有小旗儿。然后他又为他不是船夫的儿子而高兴，他谦恭地招呼他。那男孩长得不好看，还很害羞，他低下头帮他们把马和车都引上船。乔迪对他的生活充满了好奇心。

乔迪问："你有枪吗？"

男孩带着否定的神情转头，然后盯着东岸看。乔迪想念小翅膀，在乔迪面前，小翅膀的话总是讲个没完。他不再去管这个男孩。在做客之前，白克士忒妈妈要把她的买卖先做完。他们很快来到店铺门前，把东西放在柜台上。店主保尔西对买卖并不热心，他想打听关于丛林的情形。福列斯特兄弟们已经给他讲述了洪水后震撼人心的场景，几个福留西娅镇的猎人也告诉过他丛林里已经没有猎物了。河岸边的人畜被熊侵犯着，这可是多年来从没发生过的事。他想向辨尼证实这些。

辨尼说："他们说的是实话。"

他依在柜台上，准备一场谈论。

白克士忒妈妈说："你知道我不能待太久，如果你们能早早把这些东西作个了结，让我先去赫托奶奶家，你们在这里畅聊一天也行。"

保尔西迅速称好肉。鹿肉缺乏，他可以找到一个好价。来往的轮船会买一两挂腰肉，供喜欢珍奇野味的英国人和北方的游客享用。他认真地看着鹿皮，表示很满意。有人预订，所以他给每块鹿皮付了五元，这超过了白克士忒们期望的价格。白克士忒妈妈满意地去看干货柜台，她一再强调只要最好的。棕色的羊驼呢已经售空了，他说它会随下一艘船一起来。她摇头，从白克士忒岛到这里太远了。

保尔西说："用黑羊驼呢做怎么样？"

她抚弄着它。

"这个挺好的。什么价格？"

她骄傲地退却了，冷冰冰地说："我说了是棕色，我就要棕色。"

她买了做圣诞蛋糕的香料："乔迪，你去看看老凯撒是不是还在那里。"

乔迪张着大大的嘴望着她，她的要求真可笑。辨尼对乔迪眨眼，又转头，这样她就看不到他在笑。她无非是想给乔迪一个圣诞节的惊喜礼物，但若是辨尼，支开孩子的借口肯定会更合理。乔迪去外面观察那个渡船的男孩，那男孩坐在那里看着自己的膝盖。乔迪抓起几粒石子，扔到路边的一棵橡树上。那男孩瞄了他几眼，便一言不发地来到他身后，也向那树扔石子。斗争继续无声地进行着。不久，乔迪猜他妈妈应该已经办完事了，于是便回到了店里。

他妈妈问："你是跟我走还是和你爸爸待在这里？"

他矛盾了。他去赫托奶奶家，会有点心和饼干，但他又放不下他爸爸和别人的谈论。但保尔西给了他一颗甘草糖，于是他的身体和精神双方都得到了满足。

他叫道："我和爸爸很快就来。"

白克士忒妈妈离开了。辨尼目送她的背影，愁眉不展。保尔西欣赏着那鹿皮。

辨尼说："我本打算卖掉它，但要是你能换给我黑羊驼呢，我也愿意。"

保尔西勉强地说："要是别人，我可不愿意。但是你和我打交道这么久了，就这样吧。"

"还是尽快裁剪好，不然我就改变主意了。"

保尔西挖苦地说："你是指不等我改变主意吧。"

剪刀飞快地剪过。

"帮我配好它的线和纽扣。"

"这不是买卖范围内的。"

"我会另付的，请用盒子装衣料，晚上会下雨的。"

保尔西温和地说："现在你已经榨取这么多了，告诉我去哪里可以弄到圣诞节用的野火鸡？"

"只有那个我也打算给自己猎一只的地方了。瘟疫过后，野鸡稀缺极了。你过河，在七英里支流汇进河流的那里。在七英里支流的西南边，你知道长着两三棵香柏的那片柏树沼泽吗？你到那里……"

男人之间的对话开始了，乔迪坐在一个饼干盒上听着。店里没其他人，保尔西从柜台后走出来，拖出一把直椅和一把牛皮摇椅放在火炉边。辨尼靠在椅子上，两人都拿出了烟斗，辨尼和保尔西分享自己的烟片。

保尔西说："不像是自制的，我很喜欢这个烟味。春天的时候，你给我种一小块地的烟叶，我出得起任何价格。继续说，西南边，然后呢？"

乔迪吃着甘草糖，他的嘴里填满了汁水。除此外，他的另一种欲望便是听他们的谈话，但这和他的饥饿不一样，它是永不知足的。辨尼谈及那场洪水时，保尔西插话说河流两岸的一切都被毁了，在下雨的时候，河边被洪水侵袭过，伊淬·奥赛儿的小屋晃呀晃，终于被吹倒了。

保尔西说："他现在只能住在赫托奶奶的小棚屋里，就跟嫩芽上的三化螟一样开心。"

辨尼又给保尔西讲述了猎狼和熊的经过，还描述了福列斯特兄弟们没有说过的响尾蛇事件。乔迪在一边听着，回顾了自己这个夏天的生活，甚至有了一种身临其境的感觉。保尔西也听得入迷了，他向前倾着身子，连烟斗都忘记了。当有顾客来时，他便不情愿地走开。

辨尼说："你妈妈已经走了一两个小时了，孩子。你还是先去奶奶家告知她们，我马上赶到。"

乔迪已经吃完了甘草糖，现在快到中午了，他正饿得不行。

"我们准备在奶奶那儿吃午餐吗？"

"问这个干什么，那是自然的。如果那里没有我们的午餐，你妈妈不会到现在还没回来。你快去，把那块胸脯肉亲自拿给奶奶。"

他走了，但仍沉醉在辨尼的故事里。

赫托奶奶家的院子在暴风雨过后渐渐恢复原状。洪水冲上岸边，致使赫托家的花园被毁，洪水带来与这里格格不入的残渣碎片。第二次的种植已经收获累累了，但是花儿很少，只有屋子周围的一点灌木丛。靛青的花朵被小黑豆荚所取代。他走上门廊时便听到赫托奶奶和他妈妈的声音，她们在屋子里坐着。他从窗子里看进去，壁炉里正燃着火。赫托奶奶一见到乔迪便出来迎接他。

她的怀抱是友好的，但不够热情。如果没有白克士忒妈妈，这两个白克士忒男人会更受欢迎。他在屋里没发现装满点心的盒子，但闻到了厨房里的饭香味。否则，他的不满肯定会暴露出来。赫托奶奶又坐着和他妈妈讲话，但她的嘴巴同时又紧闭。妈妈表现得不算好，她用批评的眼光看着奶奶的褶边白围裙。

她说："不管在任何地方，在清晨我总是会保持衣着朴素。"

赫托奶奶辛辣地说："我可不喜欢那么呆板，男人们都喜欢女人衣着光鲜。"

"可惜我从来都认为去迎合男人很下流。也是，像我这么朴实的女人总是贫穷的，想要花饰的话那只能去天堂找了。"

赫托奶奶晃动摇椅的速度很快。"我还不想去天堂。"她大声说。

"天堂应该不可怕。"白克士忒妈妈说。

赫托奶奶黑黑的眼睛眨了一下。

乔迪问："奶奶，你为什么不想去天堂呢？"

"我还得照料我的伙伴们，这是其中之一。"

白克士忒妈妈置若罔闻。

"再有呢，就是音乐。据说天堂里只有竖琴。但长笛、低音鼓瑟和高音竖琴却是我最爱的乐器。除非某位牧师能保证天堂里有它们，否则，我会谢绝去天堂旅行。"

白克士忒妈妈的脸色很难看。

"还有就是吃的。哪怕是上帝也会禁不住烤肉香味的诱惑的。但牧师说天堂里的人都靠牛奶和蜂蜜为生，我厌恶牛奶和蜂蜜，我看到它们就恶心。"赫托奶奶满足地说，"我觉得天堂只属于那些追求不到自己想要的东西的人。幸好，我已经拥有了每个女人都想得到的一切，所以天堂对我而言不值一提。"

白克士忒妈妈说："对你来说不值一提的，我想，还有奥利弗和那黄毛丫头跑掉的事情吧。"

赫托奶奶的摇椅拼命地在地板上晃动。"奥利弗是如此的出众，总是有女孩子乐意围着他转。至于吐温，她也没什么错，她这一生从没有过好东西，奥利弗喜欢她，她自然要跟着他了。这可怜的孩子无父无母。"赫托奶奶甩了甩她的围裙，"还是给这个孤儿一点怜悯吧。"

乔迪坐立不安，他感到阵阵阴风，似乎门窗都敞开着一样。他知道这是女人之间的事，女人们除了搬弄是非什么也不会，但她们煮饭的时候是好的。他听到了辨尼的脚步声，立马轻松了。也许辨尼可以让她们正常一点。辨尼走进屋，在火前搓着手。

他说："还有比这更好的事吗？在这世上我最爱的两个女人一起在壁炉旁等我。"

赫托奶奶说："若是这两个女人能彼此喜爱，那就好了，艾史拉。"

他说："我知道你们还是不够亲切，知道为什么吗？奶奶，因为你妒忌我和奥拉住在一起。奥拉，你妒忌奶奶比你好看。一个女人的美貌，并非可爱，是需要减些岁数的。如果给奥拉减些岁数，她可能也是貌美的。"

他的幽默让两个女人不再较劲，她们都笑了。

辨尼说："我想知道的是，白克士忒们是要被邀请到此享用美餐，还是不得不回家啃冷玉米饼？"

"不论何时，你们都是受欢迎的。我感激你们的鹿肉，要是奥利弗也能和我们一起享用该多好。"

"他现在怎么样？我们很难过，他走之前竟不来见我们。"

"自从上次挨打后，他修养了好长时间。后来他说波士顿的一只船要让他去当助手。"

"我猜佛罗里达有一位姑娘也为了同一件事找他吧，啊？"

他们心照不宣地笑着，而乔迪的笑是因为屋子里的气氛融洽起来了。赫托奶奶的屋子又变暖和了。

赫托奶奶说："晚餐已经备好，要是你们这些丛林里来的人不给我好好地吃，那我可就要伤心了。"

晚餐没有辨尼和乔迪一起来时那么丰盛，但是被点缀得很好看，以至于白克士忒妈妈也觉得它们很可口。这顿饭吃得很舒心。

白克士忒妈妈说："我们决定来过圣诞节了，去年没来是不想空着手过来。你觉得一个水果蛋糕和一些糖果是受欢迎的节日礼物吗？"

"没有比这更好的了。你们一家都在我这儿过夜，我们一起过圣诞节吧！"

辨尼说："不错，你可以指望我弄肉给你吃，要是必须得要一只火鸡，那我肯定能弄到。"

白克士忒妈妈说："那母牛、狗和鸡呢？不管是不是圣诞节，我们都不能丢下它们，一个都不在家。"

"我们可以给狗和鸡留够食物，它们在一天内就够吃了。我的主意是让小牛去吃奶，去列克赛快生产了。"

"把小牛丢给那该死的熊或者豹吗？"

"我在畜棚里再做一个围栏，把它们保护起来。如果你还是想在家提防着，那你就留在家，我打算过圣诞节。"

"还有我。"乔迪接着说。

白克士氏妈妈对赫托奶奶说："我是拿他们一点法子也没有，就像一只兔子遇到两只野猫。"

辨尼说："我反倒觉得我和乔迪是两只兔子，来对抗你这只野猫。"

"你们跑得未免也太快了吧。"她笑了。

事情就这样定下来了，他们和赫托奶奶前去过圣诞节，然后晚上和第二天都在她家度过。乔迪很开心，但一想到小旗儿，他又愁眉不展了。

他急着喊道："我不能来了，我得守在家。"

辨尼说："孩子，怎么这么说？"

白克士氏妈妈转头对赫托奶奶说："肯定是那只讨厌的小鹿，那小鹿一离开他的视线，他就觉得受不了。我还没见过哪个孩子会整天和一个野物混在一起，他情愿自己挨饿也要把它喂饱，他把它当人一样和它一起睡，对它讲话——我在畜棚外听见过。他的脑子里没有任何东西，除了那只惹事的小鹿。"

辨尼温柔地说："不要让孩子感觉他像患天花一样难受，奥拉。"

赫托奶奶说："为什么不能带它一起来？"

乔迪激动地抱着她："奶奶，你肯定会喜欢小旗儿的。它那么灵巧，就跟狗一样。"

"我会喜欢它的，但是它能和拉毛和平相处吗？"

"它喜欢和狗玩。我们带狗去打猎的时候，它会在途中偷偷跑掉，再在不经意间重返狗儿们的队伍。它喜欢猎熊，和狗一样。"

乔迪对小鹿的夸奖绵延不绝，辨尼笑着中断他的话："你只顾着夸它，这样奶奶就发现不了它的好处，那么她的眼里岂不是只有它的缺点了。"

乔迪急了："它可没有一点儿缺乏。"

白克士忒妈妈说："就仅以跳上桌子弄翻猪油罐盖子，再光顾甜薯的罪行来说，它比十个无知小孩还要糟糕。"她说完便去花园里看花了。

辨尼让赫托奶奶到一旁，说："我真担心奥利弗，那些痞子没有在他走前来赶他吗？"

"是我让他走的，我厌倦了他狡猾地溜去看那女孩。我说：'奥利弗，你还是回到你的海洋生活吧，你的存在对我没有任何好处。'他说：'我觉得我也没得到一点好处，海洋才是属于我的地方。'而我没料到那女孩会跟他走。"

"你知道的，雷姆·福列斯特火冒三丈，不是吗？万一他醉着来闹事，尽量打发他走，他发怒时的暴行毫无人性。"

"我觉得现在即使是撒旦也不会理他的，你懂我的，我可是鲸骨和地狱火制成的。"

"难道鲸骨还没有柔软吗？"

"是柔软了，但是地狱火还是那么炙热。"

"很多男人依赖你，但是雷姆不一样。"

乔迪竖着耳朵听着。现在他又支持赫托奶奶了。奥利弗似乎更真实了。他很满意地发现赫托奶奶也对奥利弗失望了。他会在下次和奥利弗见面的时候表达他内心的不满，但他可以原谅他。而吐温是永远不会被原谅的。

白克士忒们整理好他们的袋子、篮子和买下的东西。乔迪绞尽脑汁地猜测带给他惊喜的圣诞节礼物会装在哪个袋子里，但是那些袋子都一个样。可能他妈妈真的只是让他去看看老凯撒而已，并没有给他准备什么。他在回去的路上一直想听她说出那个礼物。

她说："你还是去向车轮要一个满意的答复吧。"

他见她如此回避，便推断她已经给他买好了礼物。

第二十六章 残脚熊之死

The Yearling

　　母牛在圣诞节的前一周生下了小牛，而且是小母牛。这是白克士忒一家的喜讯，新生的小母牛取代了那只被狼咬死的小牛的地位。去列克赛已经老了，他们得赶紧养大这头小母牛。

　　一屋人的话题全是快要到来的圣诞节。由于新生的小牛有母牛用奶水照料着，一家人的圣诞节前夜便可以在外面度过了。

　　白克士忒妈妈在最大的荷兰灶上烤了一个水果蛋糕，乔迪帮忙做山核桃馅儿，他们把一整天的时间用在了烘蛋糕上。这蛋糕的烘制用了三天时间：第一天制作它，第二天烘烤它，第三天称赞它。乔迪还是第一次看到这么大的水果蛋糕，他妈妈也得意地挺起了胸膛。

　　她说："我很少去那样的场合，但是一旦去的话，我绝不会只带一点东西。"

　　蛋糕完成的那一晚，辨尼拿出了那块黑羊驼呢。她望望他，又望望那块衣料，最后哭了。她坐在摇椅上用围裙遮住脸颤抖着，椅子跟着她一起晃动，她看起来很伤心。乔迪惊讶极了，不明白她为什么会这么失望。辨尼走到她身边，轻抚着她的头："一直以来我都没为你做过这样的事情。"

　　乔迪这才知道她是喜极而泣。她擦干泪水，把衣料摆在自己的腿上，很长一段时间，她都在轻轻地抚摸它。她说："从现在起，我的行动必须和黑蛇一样迅捷，才能把它赶制出来。"

　　她不分昼夜地忙了三天三夜，她的双眼闪闪发亮，满意和喜悦之情不言而喻。她不得不让辨尼帮她试穿，辨尼听话地半跪着，嘴里噙满针，按照她的要求行事。乔迪和小旗儿在一旁看着。衣服完成后，她把它挂在那里，又用一张床单把它遮住，以免落灰。

　　圣诞节前四天，波克·福列斯特来了，他的好性情让辨尼觉得自己之前想多了。残脚熊又去了福列斯特岛，还在一片阔叶林里杀死了一头两百五十英镑的公猪，而这场激烈的厮杀并不是捕食引起的。波克还说附近几码远的地方也有打斗的痕迹，公猪的一根尖牙断了，还有一根牙上布满了残脚熊的黑毛。

　　波克说："真是个好时机，残脚熊也受伤了。"

　　福列斯特兄弟们直到第二天才发现这场杀戮，所以追捕残脚熊为时已晚。辨尼感谢波克带来了消息。

　　辨尼说："我要提前设一个圈套来会会它，然后我们将去参加聚会。"他犹豫了一下，接着说，"你们也要去吗？"

　　波克也犹豫了："应该不会吧，我们可没蠢到去找福留西娅镇的那些人。不醉肯定没什么乐趣，况且雷姆肯定会和奥利弗那些朋友打架。所以或许我们会在自己家过圣诞，或许也会去盖茨堡。"

　　辨尼心里的石头落地了，他难以想象要是福列斯特兄弟们闯进那庄严的聚会中，事情会是什么样子。

　　那个最大的捉熊器被他涂好了油。那东西有六尺宽，足有六块大石那么重，单单枷锁已经占了三分之一的重量。辨尼决定把母牛和小牛一起关在畜棚里，再把门堵死，把捉熊器放在门外。他们不在家的时候，如果残脚熊想要这头小牛当圣诞美餐，就得先尝尝捉熊器的厉害。一天的忙碌之后，乔迪把那花冠豆串成的项链洗得闪闪发亮，他想象着妈妈身穿那黑羊驼呢衣服戴着这串项链的样子。但他没有准备辨尼的礼物，心里很着急。下午的时候，他去一片低地里弄回一些可做烟斗的木杆，再加上玉米穗轴，终于做成了一个烟斗。他听辨尼说过，来过这里的印第安人曾用芦苇做烟斗，辨尼也想给自己做一个那样的烟斗。乔迪不知道要给小旗儿送什么东西，但他知道多给它一块玉米面包就能让它很满足了。最后，他决定用冬青和藤叶给它做一个花环。

晚上，乔迪去睡觉了，辨尼还没上床。他认真又神秘地敲击着、走动着，在研究着什么东西，不用怀疑，是与圣诞节有关的。剩下的三天很漫长，似乎是一个月。

那天夜里谁都没有听到什么动静，甚至是狗。但第二天一早辨尼在畜棚挤完牛奶，去小牛的畜栏里让小牛吃奶的时候，小牛却找不到了。畜栏还是好好的，他还以为是小牛自己弄开了木门。而他却在那些重叠错乱的牲畜蹄印和人的足印上面，发现了一条呈直线的残脚熊的足迹。辨尼进屋告知了这个消息，由于气愤和挫败，他的脸色苍白。

他说："我再也忍受不了这个浑蛋了，我一定要置它于死地。就算追到杰克逊维尔去，不是它死，就是我亡！"

他立马开始准备枪和弹药，他的心情很糟糕："奥拉，给我装一袋面包和点心。"

乔迪小心地问："我可以去吗，爸爸？"

"如果你不拖我的后腿就可以去，但要是你走不动了，放弃了，那就只能躺在那里或者一个人再走回来。天黑之前我是不会停下来的。"

"小旗儿可以去吗？或者必须把它关着？"

"我不会干涉谁去的，但要是出事的话，我可帮不了什么忙。"

辨尼去熏烟室切了一些狗吃的短吻鳄的尾巴肉，迈着沉重的步伐走向畜棚。然后，他吹口哨唤来了狗儿们，让老裘利亚去嗅那足迹，它立即叫着冲了出去。乔迪在他爸爸身后看着，着急了起来，枪还没装好，他还没穿鞋，他的短上衣也不知道扔哪儿去了。而他从爸爸背上的东西看得出让爸爸等他是不可能的了，他只有手忙脚乱地收拾他的东西，并喊妈妈也往他的袋子里放进吃的。

她说："你可能也得去了，你爸爸是一定要抓到那头熊的，我知道。"

乔迪唤来小旗儿，拼命去追他爸爸。他爸爸的行动很快，以至于他赶上时已经气喘吁吁了。老裘利亚兴奋地叫着，积极地摇着它的尾巴，很显然这是它最爱干的事情。小旗儿在它旁边踢着后蹄雀跃地跑着。

辨尼说："如果残脚熊朝它扑来，它就不会这么高兴了。"

往西边一英里，小牛的尸体被他们发现了。那老熊由于和福列斯特家的公猪拼杀过，已经美美地吃了一餐，那尸体被垃圾遮盖着。

辨尼说："它可能就在附近，看来它还会过来。"

但残脚熊的行迹总是不按套路来，那足迹还在向前延伸。在快到福列斯特岛的时候往北转又拐向西边，再从霍布金斯草原的边缘向北而去。风猛烈地从西南方吹来，辨尼说他基本能推断出残脚熊就在附近，但风向对他们不利。

他们的行动很仓促，路还很遥远，快到中午时，辨尼也只好停下来休息。狗还是那么积极，只是那拖长的舌头足以证明它们也疲惫了。辨尼去草原上一个水塘边的槲树岛上歇着，让狗去水塘边喝水。阳光下，他闭眼躺在地上，乔迪也在他身旁躺下。狗也安分地伏在那里，而小旗儿依旧活泼地东跳西蹿。乔迪望着他爸爸，这是他们第一次进行这样急速又艰辛的猎捕，他觉得这样没有一点儿用人的智慧去打击猎物的逃跑和奸诈的意义，其中没有欢乐，只有愤恨和仇恨。

辨尼张开眼睛，侧着身子从袋子里拿出了他的食物，乔迪也拿出了自己的。两人各自吃着东西，一句话也不说，面包和烤甜薯吃着很没味道。辨尼将一些短吻鳄的肉喂狗，它们吃得很满足。对它们而言，辨尼偶尔狩猎也好，与猎物决一死战也好，两者并没什么不同。因为猎物没有变，足迹没有变，最终的决斗也都是相同的。辨尼直直地坐起身。

"是时间继续上路了。"

午休是短暂的，乔迪的脚步很沉重。残脚熊的足迹从丛林里出来，又返回了霍布金斯草原，它拼命地想甩掉猎狗，它的鼻子能嗅到它们。下午，辨尼只得又停下来一次，他怒气冲冲地说："活见鬼，我可不想在这个时候停下来。"

他在休息过后，速度快得让乔迪精疲力竭，但又不敢说。小旗儿还是嬉闹着，这场长途跋涉对它的长腿而言只是一次短途旅行而已。他们追着足迹到了乔治湖，再往南拐，再往东转……夕阳的余晖让人的视线变得模糊。

辨尼说："它谋划着回去吃小牛，我们回去等着它。"

回家的路不远，乔迪却觉得很漫长。要是在往常的行动中，他会告诉辨尼，然后辨尼会停下来等他。但辨尼此时和出发时一样，依旧冷酷地往回赶。他们回去的时候天都黑了，辨尼一到家就把那个捉熊器置于滑板上，让老凯撒拉到小牛尸体那里。乔迪被允许坐在了滑板上，他在上面舒展了自己酸困的腿，辨尼牵着老凯撒。

乔迪说："爸爸，你累不累？"

"当我认真起来的时候，从来不会累。"

乔迪用一块松脂做的火把为辨尼照亮。辨尼用树枝把小牛的尸体放到捉熊器上以防被嗅到人味，又将残枝碎叶盖在上面，在最上面放了一块大松树枝。往回走的时候，辨尼给老凯撒松开缰绳，让它自己回去。到家时，白克士忒妈妈已经挤好了牛奶，辨尼很是感激。晚饭已经准备好了，辨尼吃了一点便去睡了。

"奥拉，你能用豹油帮我擦擦背吗？"

她走过来用她结实的手为他擦着，他舒服地呻吟，乔迪在一旁看。

辨尼翻了翻身子，一边叹息一边把脑袋放在枕头上。

"怎么样，孩子？不想去了吧？"

"吃完饭觉得好了些。"

"是的，孩子的气力完全取决于他的肚子，奥拉。"

"怎么了？"

"我会在拂晓之前吃早餐。"

他闭上眼睡着了。乔迪躺在床上后感觉全身酸困，不久也入睡了。

厨房里传来白克士忒妈妈早早准备早餐的盘碟声。

那声音并没有吵醒熟睡的乔迪，他在醒来后还是昏昏欲睡。然后，他试着拉伸了一下身体，发现全身还是很僵硬。爸爸说话的声音从厨房里传来，他还是那样冷酷，他都没有来唤乔迪。乔迪下床穿衣，提着他的鞋困乏地走进厨房，他眼前的头发蓬乱无比。

辨尼说："早上好，小子，你还要去吗？"

乔迪点头。

"精神可嘉！"

乔迪太困乏了，并没有吃多少食物。他揉揉眼，搅弄着食物。"现在是不是太早了？"

"刚刚好，当我们到那里时。我要给它一个偷袭，哪怕它只是狡猾地在那里嗅一嗅也无妨。"

辨尼站起身，倚着桌子，挤出了一丝笑："如果我的背没有像碎成两块一般，我肯定会舒服一些。"

清晨又黑又冷。白克士忒妈妈把从杰克逊维尔带回的料子为他们做成了猎衣猎裤，它们看起来简直太棒了，他们都舍不得穿。而此时走在松林里时，他们又希望自己把它们穿在了身上。疲惫的狗一声不吭地跟着他们。辨尼的手伸进嘴里又举高，去探察轻微的空气流动，结果是没有一丝风，于是他直直地走向那个设有圈套的捉熊器。捉熊器被放在一片旷地上，他只得在距它几百码之处止步。在他们身后，东边开始出现亮光。他用手轻拍着狗，它们听话地伏在了地上。乔迪简直冻僵了，身穿薄衣的辨尼也直打哆嗦。乔迪仿佛看到残脚熊的影子躲在每个树桩和每棵树后，太阳慢吞吞地升了起来。

辨尼悄悄地说："如果捉熊器已经逮住了它，它早就没命了，可到现在还没有动静。"

他们举着枪慢慢前移，那机器从他们离开后一直还是那个样子。天色昏暗，根本看不清足迹，所以他们无从得知残脚熊是来过还是疑心重重地逃掉了。他们把枪靠在树上，在原地活动四肢，好让身子尽快暖和起来。

辨尼说："如果它来过这里的话，肯定就在不远处，老裘利亚也早去追了。"

太阳没有让他们感到暖和，却带来了光亮。辨尼前去观察着地面，老裘利亚嗅了嗅，不吭声。

辨尼说："活见鬼，真是活见鬼！"

乔迪也发现了，这里只有之前的足迹。

辨尼说："它所处之地并不近，它是有意不循规蹈矩的，所以它才没死掉。"

他起身唤着狗，然后回去："无论如何，我们总算知道它昨天是从哪里溜走的。"

回去的路上，他一直沉默着。到家后，他去卧室里把那件新制的猎服套在他的薄衣上。他朝厨房喊着："孩子他妈，为我备好面粉、熏肉、盐、咖啡和一切能准备的吃的东西，再放进背包里。还有为我的火绒角准备些烤焦的烂布。"

乔迪跟在他身后："我也穿新猎衣吗？"

白克士忒妈妈手拿背包到了门口，辨尼边穿衣服边说："孩子，现在你要前往我很高兴。但是你想好了，这可一点儿也不好玩。由于天气的原因，打猎已经很艰难了，还得挨饿受冻。不打死那熊，我是不会回家的。你确定要去吗？"

"要去。"

"那就准备吧。"

白克士忒妈妈望了一眼那用床单遮盖的黑羊驼呢衣服："你们晚上可能不回来了吗？"

"确定不回来，那熊已经先我一步逃了一夜了。明晚应该也回不了了，说不定得一周。"

她绝望地说："艾史拉……明天是圣诞节前夕。"

"我别无选择，我要追寻新足迹，我一定要赶上它。"

他起身系背带，看着他妻子哀怨的眼神，不禁抿紧嘴巴："明天是圣诞节前夜吧？孩子他妈。你白天赶车去河边，这样就不会怕了，好吗？"

"不，我不去。"

"好吧，如果我们到时候赶不回来，你就一个人去。我们尽量赶回来参加聚会。你走之前可得挤好牛奶，我只能这样计划了。"

她眼中含泪，却还是顺从地把吃的装好。乔迪趁她去熏烟室给辨尼拿肉时，偷偷从桶里弄了一夸脱面粉装进自己的那个小豹皮背包里，为小旗儿准备着。那背包还是第一次派上用场，他摸着它，它并没有送给老大夫的那个浣熊皮背包柔滑，但上面的蓝白色泽令它与前一个背包不分上下。当肉被白克士忒妈妈拿来时，一切都准备妥当了。乔迪伫立在那里有些犹豫，他一直向往着河边的圣诞节聚会，而现在可能赶不上了。他要是留在家，妈妈会很开心的，他会被认为是可敬而无私的。而当辨尼已经背上了包，拿起了枪，乔迪忽然发现自己再也没有办法过任何节日了，等着他们的可是残脚熊。他把自己的背包扛上肩，拿着枪，穿着暖和的新外套，轻快地走在爸爸后面。

他们向北直走，循着足迹去找前一晚足迹消失的地方。小旗儿一下子钻入了树丛里，乔迪对它吹口哨。

"打猎是男人的义务，不是吗，爸爸？哪怕是圣诞节。"

"那是当然了。"

足迹还是很明显，老裘利亚轻快地追着。他们被带到离昨天足迹消失的地方的东边，然后又忽地朝北拐。

辨尼说："昨晚没有追它也无大碍，它是去别处了。"

他们沿着足迹到了霍布金斯草原，又跟进了沼泽，跋涉很艰难。老裘利亚跳进水里，用它的舌头舔着水，似乎发现了气味。它那长长的鼻子嗅着草丛，神情茫然地寻找熊毛擦过的地方。接着，它又开始追……它也有嗅不到的时候，辨尼就在沼泽边寻找那熊掌的出处，如果他先于老裘利亚发现了，他会吹号角唤来老裘利亚。

"在这儿，它经过不久，好家伙，去追它！"

利普的短腿在辨尼身后飞快移动着，小旗儿却依旧东跳西蹿。

乔迪着急地问："爸爸，小旗儿不会妨碍我们，是不是？"

"不会的，熊会完全忽视占它上风的猎物，绕那么远过来吃它是更不可能的。"

辨尼还是很严肃，但不知何故这次的打猎又像以前那样有感觉了。天朗气清，辨尼拍拍乔迪，说："这可比圣诞节的娃娃更有趣，难道不是吗？"

"我也这么想。"

午餐是冷冷的，但还是比所有热乎乎的饭还香。温暖的阳光抚摸着他们，他们吃完东西便歇着了，直到热得解开了外衣。继续前行的时候，他们感觉背上又被压得重重的，但很快就习惯了。有那么一会儿，残脚熊让他们感到它将要绕一圈去福列斯特岛或白克士忒岛，而穿过丛林到澳客哈尔重新寻食也有可能。

辨尼说："它被福列斯特家的公猪伤过，它还是会有所顾忌的。"

出乎意料，那足迹又荒唐地往回转向东，进了沼泽。

一路走下来相当艰难。

辨尼说："我还记得上一个春天的时候，我们两个曾追着它到了酋尼泊溪边的沼泽。"

黄昏将至，辨尼说他们到达的地方距咸水溪下游很近。老裘利亚尖叫了起来。

"它就在这里！"

老裘利亚冲过去，辨尼也跟着跑。

"快追上了！"

前面的树丛里传来阵阵爆裂声，好像一场狂风暴雨正在那里进行着。

"抓住它，好家伙！堵着它，干得好！咬它！"

残脚熊逃跑的速度真是不可思议，阻挡着狗的树丛被它一片片压倒，它像一艘船一样行驶在密集的荆棘、草藤和草丛的涌流上。辨尼和乔迪汗流浃背，湿黏的沼泽污泥吞噬着他们的靴子，连靴筒也粘上了厚厚的一层。他们不得不一英寸一英寸地跋涉，除了野蔷薇藤之外，根本没有扶手的地方。这里还有长着歪扭树根的柏树会让他们跌倒。乔迪忽然深陷了下去，只露出了臀部以上，辨尼赶紧过来拉他。小旗儿绕去左边寻找高地了。

辨尼不得不止步休息，他气喘吁吁地说："又要让它成为漏网之鱼了。"

他缓过来以后，又往前追，乔迪在最后面。终于在一片阔叶林之后，他们的跋涉轻松了些，乔迪才赶上他爸爸。月桂、槐树和棕榈遍布此地，隆起的地方更利于前进。

老裘利亚在前面狂吠。

"抓它，好家伙！咬它！"

往前走，林子成了草丛。残脚熊在一片旷地中现身了，它正像一股黑旋风一样移动着。老裘利亚在它身后一码的地方穷追不舍，咸水溪清澈的湍流正在前方闪烁着。残脚熊猛地跳进了溪里，向远处的溪岸逃。辨尼向它开了两次枪。老裘利亚蹲在溪边，高高地仰起鼻子无助地哀叫，残脚熊已经上了岸。辨尼和乔迪冲到溪岸，只看到了一个又圆又黑的屁股。辨尼拿着乔迪的前膛枪打了一下，残脚熊跳了起来。

辨尼叫道："我打中了！"

但是残脚熊依旧顽固地朝前逃，对岸传来丛林枝干的破裂声。然后，那破裂声也听不到了。辨尼绝望地赶狗去追，狗儿们却直截了当地拒绝跳入这宽宽的溪水。他无奈地抬起手，跌在潮湿的岸上，摇着头。老裘利亚去溪岸边嗅着足迹，然后在跟丢残脚熊的地方哀叫。乔迪浑身颤抖，他想这次打猎已经结束了，残脚熊又侥幸逃脱了。

令他震惊的是，辨尼起身擦去脸上的汗珠，给两把枪都填好了弹药，顺着溪岸往北走。他推测爸爸是要走另一条更容易往回走的路。而辨尼还是顺着溪岸走，对他们左侧开阔的松树林视而不见，他没敢多问。小旗儿消失了，他着急起来，但是不能为他自己或者小鹿哭是他们的约定之一。辨尼瘦骨嶙峋的背似乎由于沮丧和疲惫而变得驼了起来，但还是坚如磐石。乔迪只得跟着他，尽管自己的腿脚酸痛无比。那前膛枪此时也让乔迪感到分外沉重。辨尼开口说话了，却是在自言自语，而不是对他儿子说。

"现在我记起来了，她好像住在那里……"

溪水水位升高了。夕阳西下，橡树和松树高耸着。他们到一个断崖上俯视溪水，在断崖的最高处有一个小屋，屋前是一块地。辨尼弯腰爬上那歪曲的小径，上去后才发现门是关着的，也没有炊烟从烟囱里飘出来。小屋没有窗户，只有百叶窗似的方形格子。辨尼在小屋后面发现一扇遮板虚掩着，他向屋内看了一眼。

"她不在，但我们还是得进去。"

乔迪欣慰地说："今晚我们就从这里回家吗？"

辨尼回头看着他："回家？今晚？我已经说得很清楚了，我会去捉住那头熊，而你回去没关系……"

他从未见过爸爸如此冷酷而难以理解，他听话地跟在后面。狗躺在小屋外休息，喘着气。辨尼去木柴堆劈柴，乔迪将劈好的柴从那遮板下扔进去。然后，他也从那里钻了进去，又在里面打开了厨房门。

乔迪又去柴堆那里劈了一把树脂片，放在屋里的地面上。一个荷兰灶和几个铁壶挂在一起。

辨尼把火生好，在上面放了一个浅罐。他从放在地上的背包里翻出一大块熏肉，切片后放进浅罐里，里面很快发出了刺刺声。他又出去在井边用绞盘打上来一桶水，从橱柜取下一个变色的咖啡壶去煮咖啡。接着，他用屋子主人的碟子准备做玉米饼，把两个冰冷的烤甜薯放在火边烤热。他在熏肉炸熟之后，把碟子里的玉米面糊倒进了浅罐，在玉米饼接近棕色的时候，才把炉火上的所有东西移开。食物刚刚备好，咖啡也煮沸了。他从橱柜里取出杯子和盘碟摆到光滑的木桌上。

他说："准备完毕，吃饭吧。"

他狼吞虎咽地吃着，用吃剩下的玉米饼和几块短吻鳄肉给狗吃。乔迪此时感到内心的寒意比傍晚的天气还要冷。爸爸的冷漠让他反感，他简直像是在和一个不认识的人一起吃饭。饭后，辨尼在用过的浅罐里盛上水，水烧热后，他把盘碟挨个洗净再放回橱柜，将剩余的咖啡连同咖啡壶一起搁在了炉火边。然后他去扫地，又从槲树上采集了很多苔藓，为狗在屋外一个隐蔽的角落里做了一个窝。夜晚带来了空寂和寒意，他弄来木柴，把其中最长的两根添进了火里，接下来依旧不时往里添火，像黑人那样。最后，他把烟斗填满又点好，头枕在背包上，躺在了炉火前的地板上。

他温和地说："孩子，你也躺着吧，我们明天出发的时间会很早。"

似乎现在他才恢复了往日的性情，于是乔迪便敢问他话了。

"爸爸，残脚熊会回过头来这里吗？"

"不会，我不想守在这里。它负伤了，这一点很确定。我要去咸水溪的源头，穿过溪水源头，到它今天逃进的那片丛林里。"

"这得走好多路，不是吗？"

"是好多路。"

"爸爸……"

"怎么了？"

"小旗儿会受到伤害吗？"

"你忘了我是怎么说的吗？如果它跟来的话。"

"我没忘，我……"

辨尼怜悯地说："它不会丢的，你不会在林子里把小鹿弄丢的。它会回家的，要是它还没打算变野的话。"

"它不会野的，爸爸，永远不会。"

"不管怎样，它已经长大了。或许它已经回去折腾你妈妈了。"

"爸爸，这个屋子的主人是谁？"

"是一个寡妇，我好久都没来过了。"

"她介意我们来吗？"

"不会的，如果她还住在这里。我在和你妈妈结婚前时常到这里来追求她。"

"爸爸……"

"现在你可以再问我一个问题，在我揍你之前。但如果你的问题毫无意义，那你还是得挨揍。"

乔迪犹豫了，他想问他们是否能赶上明晚的圣诞节聚会。但他断定这问题是毫无意义的,捕杀残脚熊可能将会成为他们一辈子的任务。他又想起了小旗儿,它可能现在迷失在了丛林里,又冻又饿,甚至被一头豹追赶。它不在他身边,他感到很孤单。他又猜想妈妈有没有关心过他,像他这样关心小旗儿一样。他胡乱猜测着,然后带着凄凉的心绪入睡了。

清晨,屋外传来了车轮声、自己家的狗吠声,还有另一只陌生的狗叫声,他被惊醒了。辨尼晃着脑袋,他们睡得太久了。屋里被玫红色的阳光晕染,炉火已经成了灰烬,炉外横着焦了的柴,屋子里冷得像冰窖。口中呼出的热气像云一样弥漫在半空,他们冷极了。辨尼去厨房开门,随着一阵脚步声,只见一个中年女人身后跟着一个年轻人。

她说:"我的上帝啊。"

辨尼说:"莱利,你好像甩不掉我了。"

"艾史拉·白克士忒,你怎么不等我来请你呢?"

他笑着说:"乔迪,我的儿子。"

她瞧了乔迪一眼,她是一位漂亮的女士,有丰满的身材和红润的脸庞。

"你们两个给人感觉有些像。这是我的侄儿阿萨·威尔。"

"不是麦特·威尔的儿子吗?天哪,孩子,我认识你的时候,你还是一个小不点儿。"

他们握手,那孩子看起来很羞怯。

她说:"看来你还真有礼貌,白克士忒先生,你能解释一下为什么擅自使用我的屋子?"

她的语气很调皮,乔迪喜欢她。他想,这种女人像狗一样充满野性,她和赫托奶奶一样受男人们欢迎。同一句话从不同的两个女人嘴里说出来,一个表示威胁,另一个则是友好。

辨尼说:"我要去弄点火来,我已经被冻僵了。"

他跪在炉前，阿萨去外面拿柴，乔迪也去了。老裘利亚和利普呆板地翘着尾巴围着那陌生狗。

阿萨说："你们那两条狗简直把我和莱利姑姑吓死了。"

乔迪不知道怎么答复，便急忙把柴抱进屋里。

辨尼说："莱利，要是你从来没做过天堂里的天使，那么昨晚你已经是了。我们耗尽了两天的时间去追捕一头大熊，我们家的牲畜快被它糟蹋完了。"

她打断他的话："是不是缺一个脚趾的熊？去年我家的公猪就是被它吃光的。"

"是它。我们一直从家里追到西南边，直到沼泽地。如果能少十几码的距离，它就必死无疑。由于距离远，我的三次射击只有最后一次才伤到了它。它穿过溪流，但狗不愿跳进去。唉，莱利，自从你说佛里德一心要和你厮守以后，我从来没有这么无奈过。"

她笑着说："哈，你继续啊，你可没有想过和我在一起。"

"现在说这些太晚了……但我知道如果你没有再婚或者离开，就还会在这里的某处。我还知道的是，对于你的地板和火炉，你会毫不吝啬地让我使用的。我昨晚睡觉之前曾自语：'希望上帝保佑小莱利。'"

她哈哈大笑："我不知道谁还会比你更受欢迎。下次要是一开始就知道，我就不会像这次一样了，一个寡妇对自家突然出现的陌生狗和火炉前的男人还是很不习惯的。你们是怎么打算的？"

"我们早饭后就动身，我要穿过溪水源头，从我们跟丢它的那里出发。"

她皱眉："听我说，艾史拉，大可不必。我在这里有一只小船，虽然有些破烂，但还是能送你们过溪。我想让你们用它，这样就能少走很多路。"

"真不错，乔迪，听到了吧。我现在再说一遍：'希望上帝保佑小莱利。'"

"我可不是以前那个小姑娘了。"

"不，你现在比以前还好看。你一直都很漂亮，只是过于瘦了，你的腿就像一棵小树苗。"

他们不约而同地笑了起来。她摘下帽子，去厨房忙活了。辨尼看起来没那么着急了，小船为他们省下了大把的赶路时间，够他们享用一顿悠哉的早餐了。他给了她那些剩余的熏肉，她为他们做燕麦粥、咖啡和饼干。饼干上涂的是果酱，而非黄油和牛奶。

她说："我在这儿养不了牲畜，就算熊和豹不来，鳄鱼也会来光顾。"

她又叹气说："寡妇的日子真难。"

"阿萨没和你一起住在这里吗？"

"没有，他这次只是从盖茨堡回来，我们今晚会在河边参加聚会。"

"我们本来也要去，但还是放弃了。"他忽然想起一件事，"但我太太会去，麻烦你告知她你在此见过我们，免得她担心。"

"你就是这样的人，艾史拉，从不让你的太太受惊吓。你从没请求过我嫁给你，但我总是觉得，我为曾经没有暗示过你那么做而遗憾。"

"相反，我知道我太太为曾经暗示过我而深表遗憾。"

"我们都不知道自己真正想要的是什么，直到失去了才发现已经来不及了。"

辨尼明智地缄默了。

早餐如同一场盛宴。莱利·丘雷特大方地喂好狗，又执意为两个白克士忒做午餐。她给他们关怀，他们不情愿地离开了她。

她在他们身后叫道："沿上游走不到四分之一处，就能看见那只小船。"

四处结冰，连草也被冻住了，草丛深处藏着那只小船，他们把它拖进了溪里。小船好久没用，漏水的速度太快了，他们不得不停止对排水的努力，决定争渡。辨尼把狗放进船里，它们对船很不放心，又蹦出去了。就在这被浪费掉的几分钟内，又漏进来几英尺的水，他们不得不再次往外排水。乔迪蹲在船里，辨尼抓住两条狗的脖子把它们扔给乔迪，乔迪用双臂紧紧缠着它们，让它们动弹不了。辨尼用一根橡树枝撑船，小船一脱离冰块，便飞速前行，向下游猛进。渗进的水淹到了乔迪的脚踝上，辨尼拼命划桨。水正从一个裂洞里进出。狗现在安静了下来，惧怕得浑身颤抖。乔迪弯腰用手划水。

夏天的溪水是友好的，要是他身穿薄衣，那钻进来的溪水会让他感到自己似乎在沁凉中飞速地游泳一样。但此刻裹在他身上的却是沉重的外套和裤子，它们是冰水的敌人。漏水的小船艰难地行驶着，当小船快要往水底沉的时候，辨尼刚好让它靠岸。冰水已经漫上了他们的靴筒，他们的双脚已经失去了知觉。但是他们终究到岸了，到了残脚熊所处的岸上了，而且只用了最短的时间。狗冻得浑身颤抖，眼巴巴地望着辨尼，等他的命令，但他只是顺岸往西南边走。路上遇到又低又湿的地方，他们只能回到沼泽或者高地。这片地方位于乔治湖的支流和圣约翰河的北支流之间，极其难走。

辨尼伫立在那里观察方位。老裘利亚会在那足迹出现在他们周围时帮他找到残脚熊，但他不敢把它逼得太急。他对距离有种离奇的直觉，对岸那枯萎的柏树正是他们追丢残脚熊后不久遇见的。他一边慢慢地走，一边探究那被冻硬的地面。

他佯装已经发现了足迹。

他朝老裘利亚叫："这里，去追它，在这里！"

死气沉沉的老裘利亚这才打起精神，摆动着长尾巴，在地上嗅了起来。它走了几码路便轻声尖叫起来。

"它找到了。"

淤泥里的那块硕大的足迹已经坚固地凝住了，他们只靠自己的眼睛就能轻而易举地发现。残脚熊所经过的树丛，遍布残枝碎叶。辨尼在狗后面紧跟着。残脚熊感觉没有了追捕便放松警惕睡起觉来。距岸边不到四百码之处，老裘利亚扑了过去。他们看不到那藏在树丛里的熊，只听到它笨重的跳跃声。辨尼不敢开枪，狗在残脚熊的旁边。乔迪盼望他爸爸能冲进那密密的湿地生物中。

辨尼说："我们无法亲自捉它，只有让狗去了。我觉得还是慢慢来比较好。"

他们沉稳地往前走。

辨尼说："这真是一件乐事，它的精力也该耗尽了吧。"

但他还是小瞧它了，追捕还在进行中。

辨尼说："它似乎把去杰克逊维尔的车票都拿到手了。"

熊和狗都不见了，也没了声音，而那足迹依旧显眼。他的眼前，一根断裂的树枝，一片压倒的草，像地图一样清晰地铺展开来，连同那坚硬的没有足迹的地面。正午之前，他们累极了，便休息了一会儿。寒冷的微风逐渐强劲了起来，辨尼把手掌放在耳后听着。

他说："老裘利亚正在逼它。"

于是，他们激动地继续上路。到正午时分，那熊终于被他们追到了。狗已经把熊逼得无路可走，那熊不得不停下来进行一场拼杀。残脚熊又壮又短的腿支撑着转过来的身体，咆哮着露出它的利齿，狂怒中的耳朵紧贴在脑袋上。它转身准备再次撤退，老裘利亚咬住了它的侧部，利普跳上去咬着它毛乎乎的喉咙。它用它庞大的钩爪猛抓它们，然后又转身退走。利普从它后面跳上去狠狠咬住它的后腿，残脚熊惨叫一声，然后以鹰击长空的速度迅猛转身，猛地拍掉了狗。利普被它的前掌钳制着，一边疼痛地惨叫，一边顽强抵抗，不让熊接近它的脊椎。两个脑袋纠缠在一起激烈地翻滚、挣扎和咆哮着，它们一边拼命地去咬对方的喉咙，一边竭力自卫。辨尼举枪，仔细地瞄好猎物……残脚熊倒了下去，利普被压在了它的胸膛下面。残脚熊作恶多端的日子，已经成为过去了。

现在看来，一切好像很容易。他们一路追捕它，辨尼开枪打过它好几次……而如今，它死了。

他们不可思议地对望一眼，然后靠近那尸体。乔迪的膝盖无力，感觉自己像只气球一样轻飘飘的。辨尼也晃晃悠悠地走向前。

辨尼说："不得不说，这次真是喜出望外。"

他拍拍乔迪，手舞足蹈起来。他尖叫道："好啊！"

他的叫声在沼泽里发出回响，一只松鸡嘶鸣着飞走了。乔迪也跟着辨尼一起叫起来："好啊！"老裘利亚蹲了下来，也学他们一样，朝天吠着。利普轻舔着它的伤口，那短粗的尾巴不停地摇摆着。

辨尼的歌声跑调了：

我的名字叫山姆，

我一点也没有负罪感。

我宁愿是一个黑人，

也不愿做可怜的白人。

他又拍拍乔迪。

"谁是可怜的白人？"

乔迪激动地叫道："我们一点也不可怜，我们捕了残脚熊。"

他们又唱又跳直到嗓子都哑了，树上的松鼠也随他们一起叫着。他们终于心安了，辨尼笑得上气不接下气。

"我从不曾这样疯狂过，我现在感觉好极了。"

乔迪意犹未尽，还在唱着。辨尼平静了下来去瞧那头熊，它竟有五百英镑重，皮毛很好看。辨尼把那巨大的少了一只脚趾的前掌抬了起来。

"老家伙呀，你虽说是一个无耻的敌人，但依然得到了我的尊敬。"

辨尼说。

他满意地坐在它结实的肋骨上，乔迪伸手摸它又粗又密的毛。

辨尼说："让我们来研究一下我们现在位于哪里。你、我和你妈妈，再加一头母牛，都没有这个老家伙重。"

他取出烟斗再填满，悠闲地点燃。

他说："得好好地研究一下。"

他兴奋极了，此时在乔迪看来难解的问题，在他眼里却成了一次不错的挑战，他喃喃地盘算着。

"看来，我们的位置在熊溪和河流之间。往西走通往盖茨堡，往东走通往河边。我们把这位黑先生带到马市，那里日夜有船只经过，我们去那里弄出它的内脏再筹划。"

让残脚熊翻身，就如将一马车的面粉翻过来一样难。熊皮下肥厚的脂肪很松弛，抓着很容易滑手。

辨尼说："老家伙死了也要给我们出难题。"

内脏被清理过后，残脚熊就像肉铺里的肉一样干净了。乔迪用力拽着沉甸甸的熊腿，好让辨尼更好收拾。他从没想过他的小手能像现在一样拽着大大的熊掌。这次行猎，他并没做什么，只是一直跟他爸爸跑着，而此时他却感觉自己很强壮。

辨尼说："我们现在来看看能不能挪动它。"

他们各自负责一个前掌，竭力地往前拉。这项工作太费劲了，他们费了好大的劲，每次却只能前进一英尺。

辨尼说："要是这样下去，就算春天到了，我们也到达不了目的地，还会饿死。"

想要把那光滑的熊掌紧紧地抓住真是一件难事，辨尼在想办法。

他说："我们走路去盖茨堡求救。这样会让我们的熊肉有所亏减，但我们自己能轻松点。或者我们就得做一个拉熊的装备，然后继续拼命地拉，但那样我们的心可能都会被拉扯出来。我们还可以回家赶车过来。"

"但是车不在家里，爸爸。妈妈赶车去河边参加聚会了。"

"孩子你还记得，但我差点忘记今天是圣诞节前夕了……好吧，我们走。"辨尼把帽子挪到脑后，挠了挠头。

"去哪儿？"

"盖茨堡。"

如辨尼所说，去河边的居住区域只须往西走不到两英里的路。他们从沼泽和丛林来到宽阔的沙路上，顿时感到舒服多了。寒风刺骨，但阳光是暖和的。辨尼在路边弄了一把化瘀草，把草茎折断，让里面的液体滴到利普的伤口上。他开始滔滔不绝地讲述他很久之前模糊的打熊经历。

辨尼说："在我和你一样大时，乔治亚的密斯叔叔到访，那天和今天一样冷。我跟着他经过我们今天走过的沼泽。我们对猎物的要求不高，我们就那么走着，忽然发现了一个树桩上歇着一只秃鹰一样的家伙，它正在啄什么东西。我们上前一看，你猜猜是什么？"

"不是秃鹰吗？"

"哪是秃鹰啊，是一只小熊，它正在调皮地打它下面的孪生兄弟的耳光。"

"我的密斯叔叔说：'我们可以捉一只回去。'它们看着真的很温驯，所以他去捉树桩上的那只。小熊到手之后，他才知道没袋子装它。要知道，不用袋子装着的话，它会咬你的。但是呢，内地的人在冬天都是穿内衣的。他把最外面的裤子和里面穿的裤子脱了，再用里面的裤子做了一个布兜来装小熊。正当他准备穿上最外面的裤子时，突然传来一阵树枝碎裂声、咆哮声和踩踏声，原来是母熊出现了，它直直地冲向他。他慌忙扔掉小熊，转身就逃，直到逃出沼泽。那小熊连同里面的裤子都被母熊拿去了。由于母熊离他很近，它脚下的藤蔓便把他绊倒了，他刚好摔倒在荆棘丛里。而摩尔阿姨这位稀里糊涂的女人，就是想不明白他怎么会在这么冷的天气里跑掉了里面的裤子，而且屁股也被刮伤了。但密斯叔叔却说那还不算稀里糊涂，因为熊妈妈对小熊里面穿的裤子也不一定清楚。"

乔迪笑得没力气了，他开始抱怨："爸爸，你怎么把所有故事都藏起来不跟我讲呢？"

"不是这样，总要等看到这片同样的沼泽，我才能记起来。对了，也是在这里，一个寒冷的三月，也是两只小熊。它们被冻得呜呜哭，刚刚出生的小熊，还没老鼠大，浑身光溜溜的。它们紧紧地挤在月桂丛里，哭得像婴儿一样。听！"

他们身后传来马蹄声。

"真凑巧，不用走路去盖茨堡了。"

那群人靠近了，竟是福列斯特兄弟们。

辨尼说："真不可思议，我宁愿相信自己忘记了自己的名字。"

最前面是波克。他们快马加鞭，所有人都喝醉了。

他们停了下来："快来看看，老辨尼·白克士忒和他的幼兽。辨尼，你跑这儿来作什么？"

辨尼回答："我在进行一次蓄谋已久的打猎，我和乔迪捕残脚熊。"

"哎哟！徒步吗？大家都来瞧瞧，这似乎比小鸡捉老鹰还要精彩呢。"

辨尼说："它已经被我们打死了。"

波克颤了一下，一群人这才冷静下来。

"不要再讲故事了，告诉我们它在哪儿？"

"从此处向东两英里左右，熊溪和河流间。"

"你说得倒好，它在这附近使过的诈还不多吗？"

"的确死了，我把它的内脏已经挖出来了。我和乔迪正打算去盖茨堡找人帮忙一起拉出去呢。"

波克醉醺醺的身子挺直了："最棒的人手近在眼前，而你非要跑到盖茨堡找人帮忙？"

雷姆喊道："我们把它弄出来，有什么好处？"

"我和你们平分。不管怎样，我都觉得应该这样做。残脚熊也侵犯过你们，波克还给我带过消息。"

波克说："我们是朋友，辨尼·白克士式。我给了你消息，你也给我消息。你来坐在我后面带路。"

密尔惠尔说："我不知道去了沼泽以后，我是否还有心思去白克士式岛，那聚会才是我最关心的。"

波克说："你不会没有兴趣的，辨尼·白克士式！"

"你要干什么？"

"你依然想去福留西娅镇吧？"

"如果那熊能尽快弄回去并安置妥当，我们会去，但去的时候肯定很晚了。"

"来坐在我后面带路吧。伙计们，我们得把熊弄出去再去福留西娅镇。如果他们不想我们参加，够胆的话，尽管把我们扔出门。"

辨尼踌躇着，圣诞节前夜去盖茨堡不容易得到援手，而福列斯特兄弟们在那神圣的聚会上是不可能受欢迎的。他打算和他们一起把那头老熊弄回去，再试着让他们继续走他们的路。他上马坐在波克身后，密尔惠尔伸手把乔迪拉上了他的马。

辨尼说："哪位发发慈悲把我的这条狗带着？它的伤不是很重，但毕竟刚刚恶斗过。"

盖贝将利普抱到他前面的马鞍上。

辨尼说："我们走过来的那条路很好走，马上就能到了。"

他们不久前走的那条长长的路，此时在福列斯特们的马背上似乎短了很多。两个白克士式在早餐后便没进食，此时他们拿出莱利给的肉和点心狼吞虎咽，辨尼此刻的轻松如同福列斯特们此刻的醉酒。

他朝后喊："昨晚我在一个女故友那里。"

他们高声喝彩。

"但她不在。"

又是一阵喝彩。

乔迪想起了在莱利家的开心时光。

他在密尔惠尔后面说："密尔惠尔，要是我妈妈是其他的人，那我还是我自己吗？或者我也跟着变成了另外的人？"

密尔惠尔朝前大喊："乔迪想要个新妈妈！"

他打密尔惠尔的背："我不要新妈妈，也不想变成另一个人，我只是好奇罢了。"

这问题难倒了密尔惠尔，他醉酒的时候言谈粗俗。

辨尼说："等穿过那片阔叶林，熊就在眼前了。"

他们都下马，雷姆厌恶地呸了一声："你这牧师的幸运儿……"

辨尼说："它没有那么厉害，只要能坚持着，或者像我一样发疯般地去追它。"

他们对割熊肉各有各的看法。波克提议保持熊的整体样貌，辨尼说那不实际。最终，波克被所有人说服，他们按通常的方法将熊分成四份，每一份剥去皮仍有一百英镑的重量。熊皮被剥得完好无损，大大的熊头和带爪的熊掌还连在上面。

波克说："我必须得那样，我觉得很有趣。"

他们又将酒传递了一圈，其中四匹马上各放了四分之一的肉，熊皮被放在第五匹马背上。幸好有福列斯特这么一大群人手，才把两个白克士式和残脚熊带上了路。所有人都神采飞扬。

他们到白克士忒岛时已经过了傍晚。门窗紧闭，屋子里漆黑一片，也没有炊烟从烟囱里飘出来。白克士忒妈妈已经去参加聚会了，小旗儿也不知在哪里。福列斯特兄弟们下马又开始喝酒，还要水喝。辨尼想准备晚餐，但他们却想去福留西娅镇。熊肉被放到了熏烟室，波克倔强地握紧那熊皮。

乔迪觉得在黑暗中靠近自己家的屋子很陌生，似乎这屋子是别人家的一样。他跑到屋后叫着："小旗儿，快过来！"没有动静，他紧张地大声唤着，又到了外面的路上。只见小旗儿从林子里飞奔而来，乔迪牢牢地抱住它，它急切地想挣脱他的束缚。福列斯特兄弟们正在叫他，他好想把小旗儿也带上，但他不想让它再逃掉一次。于是，他把它关进畜棚，再把门弄好以防野兽。他刚出去又回头把门打开，将自己背包里的吃的给它。福列斯特兄弟们不耐烦地朝他怒吼起来，他这才把门再次弄好，安心地上了密尔惠尔的马背。他对小旗儿总算放心了。

栅栏边，福列斯特一伙的歌声就像成群的乌鸦叫，他跟着他们一起唱。

波克唱着：

"我去找我的苏珊，

她在门口迎接我。

她说我不需要，

不需要再来看她。"

密尔惠尔喊道："喂！雷姆，这歌怎么样？"

波克继续开唱：

"她爱上了弗鲁斯，

那个像安德鲁·杰克逊一样的名人。

我呆呆地看着她，

然后同苏珊·珍妮告别。"

"哈哈！"

盖贝唱起了婚姻的哀歌，所有人随他重复着每一节的末尾。

"我和另一个女人结婚，

那个像撒旦的奶奶一样的女人。

我宁愿我还是个单身汉。"

他们的声音在丛林里回响着。

他们抵达河边时已经九点了，他们大声召唤渡船，在渡过河之后直接冲向教堂。教堂里是亮着的，院子里的树下面系满了马和牛，马车和牛车也放满了。

辨尼说："我们现在这个样子恐怕不适合去教堂的聚会，让乔迪去里面给我们拿点食物来如何？"

而此时，任何建议和阻挠对福列斯特兄弟们来说都无济于事。

波克说："现在你们所有人都来帮我，看我是如何把撒旦从教堂里吓出来的。"

雷姆和密尔惠尔把熊皮给他披上，他俯身趴在地上。他那个样子还不是很逼真，因为熊皮的肚子那里是被剖开的，那又大又重的熊头从前面滑了下去。辨尼急切地想进去让白克士忒妈妈安心，但福列斯特们一点儿也不急，他们弄来两三双鞋带把皮牢牢地绑在波克胸前，效果令他十分满意。他的背部和肩膀都又宽又厚，那熊皮被完美地呈现着，似乎找到了它本来的主人。他试着怒吼了一声，然后上了教堂的台阶。雷姆把门打开，让波克进去，再拉回门，只留下一条能让其他人看到里面的缝。

刚开始，教堂里的人们并没发现晃晃悠悠往前走的波克。波克像极了一头熊，这样逼真的画面让乔迪全身一阵冷汗。波克开始怒吼，人们都转过头来。波克伫立在那里，人群沸腾了，所有人翻过窗户，仓皇出逃，教堂里瞬间便空荡荡的了。

福列斯特兄弟们狂笑着走进去，辨尼和乔迪在后面。辨尼猛地冲向波克，把熊头扯走，下面的那张人脸便显现了出来。

"波克，还不快拿掉，你想挨枪子儿吗？"

他已经瞥到了一个窗户上的枪筒，波克这才起身，熊皮落在了地上。逃掉的人群又一拥而进。一个女人在外面不听劝阻地尖叫着，还有几个孩子在号啕大哭。人群一拥进来就表现出强烈的不满。

一个男人叫道："这个庆祝圣诞节的方法真特别啊，把小孩子都吓傻了。"

而节日的氛围依旧，福列斯特们醉酒后的狂笑感染了其他人，最终那熊皮将大家的兴趣吸引了过去。教堂里不时笑声阵阵，渐渐地所有人都笑了起来，波克还被公认为是一头比残脚熊还逼真的熊。毕竟残脚熊是家喻户晓的公害，它的骂名人尽皆知。

很多男人和小孩子围着辨尼转，白克士式太太夸奖了他，然后给他拿来一盘吃的。他坐在一个长凳边吃东西，背抵着光溜溜的墙壁。他还没吃几口，那些男人们就拥上来问他，他便绘声绘色地讲起那不久前的捕猎，可惜放在膝盖上的食物都来不及吃。

乔迪在那陌生的色彩和光亮中拘谨地张望着。这是一个小教堂，里面被冬青、槲寄生和室内植物、小葡萄干、天竺葵、叶兰和月沐尘装饰着。煤油灯闪烁着，一半的天花板被绿、红色和黄色的彩纸遮盖着。圣诞树放在教堂前的讲坛上，树上缀满了发光的金属片、穿成线的爆米花，纸剪的图形和玛丽·特来波尔的船长送来的闪亮圆球。礼物被交换完毕，树下面摆满了礼盒。小女孩们怀抱着新布娃娃，出神地走动着。那些过小的男孩子，不能集中自己的注意力去听辨尼的故事，便坐在地板上玩。

用餐是在圣诞树下的几张长桌子上进行的。赫托奶奶和妈妈围到乔迪身旁，带他去用餐。他感觉自己也特别光荣，一股甜甜的芬芳飘来，女人们围着他争先恐后地给他吃的,问他捕猎的情况。起初,他木讷得回答不出一句话来,他感到又热又冷。沙拉从手里的盘子里溅出来,三款不一样的蛋糕还握在另一只手中。

赫托奶奶说:"让他自己弄吧。"

一刹那,他又怕自己错过回答问题的机会,错过展示自己荣耀的机会。

他开始讲:"我们差不多追了三天,有两次差点得手。我们陷入了淤泥,我爸爸说那可真是倒霉……最后我们终于扭转了困境。"

她们讨好地听着,生怕错过一个字。他讲得神采奕奕,他又从头讲起,努力用辨尼的那种方式讲出来。但当讲到一半的时候,他瞥见了那蛋糕,于是当即没有兴致再讲下去了。

"然后,它便被我爸爸打死了。"他唐突地结束了故事,抓起一大块蛋糕痛快地吃着。那群女人又拿给他更多甜品。

白克士忒妈妈说:"瞧你现在这样吃蛋糕,别的东西你都不准备吃了。"

"我只吃这个。"

赫托奶奶说:"奥拉,随他自己吧,那些玉米面包他接下来的一年都可以吃。"

他保证道:"我明天就吃,我知道你有很多玉米面包。"

他从第一款蛋糕吃到最后一款蛋糕,再重复着吃。

他说:"妈妈,小旗儿在你走之前回去了吗?"

"它到天黑才回去。我担心极了,就它一个,你也没回来。莱利·丘雷特今晚在这里告知了你们的情况。"

乔迪赞赏地看着妈妈。她身穿黑羊驼呢可真好看,她的灰发很整洁,脸颊通红,看起来很是自豪和满足。别的女人都尊敬地向她问好。他想,做辨尼·白克士忒的家人可真是一件光荣的事情。

他说："我给你准备了好东西，在家呢。"

"有吗？不是那个亮亮的红东西吗？"

"你已经发现了！"

"我得打扫屋子呢。"

"你喜欢它吗？"

"别提多喜欢了，我想把它带着的，但我想你是打算自己送给我的。你想不想知道我给你藏的是什么吗？"

"快说。"

"是一袋薄荷糖。你爸爸用鹿腿给你做刀鞘，去配奥利弗送你的猎刀，他还做了一个鹿皮颈圈，是给你的小鹿的。"

"他是怎么悄无声息地做这些的，我都不知道。"

"在你睡着的时候，他又为你盖上东西，你当然不知道。"

他叹气，但感到特别满足。他看了看手里剩下的蛋糕，把它塞给他妈妈："我不吃了。"

"你已经吃了这么久了。"

他望着人群，又拘谨起来。尤拉莉亚·保尔西和那个寡言的摆渡男孩正在角落里玩跳格子的游戏。他老远盯着她看，觉得她陌生了起来。她身穿一条带着蓝色花边的白裙，她那猪尾巴一样的头发上绑着蓝色的彩带。他感到厌恶，不是因为她，而是因为那个男孩。他的潜意识里，尤拉莉亚是属于他乔迪的，只要他高兴，他就有权利用土豆扔她。

福列斯特兄弟们在教堂后面离门很近的地方聚在一起。有一些开朗的女人去给他们送几盘食物，只要女人们多看他们一眼，就会招来他们的挖苦和讥讽。他们身边有了女人们便闹得更肆无忌惮了，他们把酒再次传递，吵闹声简直压过了人群的欢歌笑语。然后，小提琴手来到外面，他们开始演奏了。于是，方块舞的队列开始成形，波克、密尔惠尔和盖贝引诱傻笑的女孩子们去做他们的舞伴，雷姆在一边皱眉。福列斯特兄弟们跳起了狂野而热闹的舞蹈。

赫托奶奶远远地退到凳子上。

"要是我早知道这群黑妖孽要来这里的话,那任何人也无法把我邀请来。"

"我也是。"白克士忒妈妈说。

她们坐在一起一动不动,就跟石头一样,这是她们首次意见相投,相处融洽。那嘈杂声、舞曲、蛋糕和狂欢令乔迪眩晕。虽然是天寒地冻的季节,但是教堂里面火炉的温度和人群的热量却带来了极度的闷热。

一个男人进来了,是一副新面孔。一阵冷气也随他钻进屋,大家都转过头看。一些人留意到雷姆·福列斯特和他说话,那人回应之后,雷姆又对其他福列斯特说着什么。之后,福列斯特们便全部出去了。那些围着辨尼的人已经满足于各自听到的猎熊故事,现在都争着拿自己的故事作补充。方块舞的队列缩小了,几个女人去那些正沉醉在故事里的男人那里表示抗议。新来的那个人被带到食物依旧丰盛的桌子旁用食,他刚下船,船正在码头添柴。

他说:"我刚才对他们说还有别的旅客和我一起下船。我估计你们都认识,他们是奥利弗·赫托先生和一位年轻的女士。"

赫托奶奶立即起身:"你确定是这个名字吗?"

"怎么了?是的,太太。他说他就住在这儿。"

辨尼从人群里挤过来,他拉她到一旁。

他说:"这个事情已经确切了,可能福列斯特兄弟们现在去你家了。我要去那里解决问题。你去吗?你去的话,他们的言行会谨慎些。"

她匆匆收拾自己的围巾和帽子。

白克士忒妈妈说:"我要和你们前往,我得教训一下这些恶棍。"

乔迪跟在他们身后,一行人上了白克士忒家的马车,往河边出发。

天空不可思议地亮了。

辨尼说:"看来是某片丛林起火了,天哪!"

起火的地方不会有错,他们的车转了一个弯,高高的火焰直冲向天,赫托奶奶家起火了。他们进了院子,那房屋已变成一大堆篝火,屋子里的东西在火焰下清清楚楚。拉毛夹着尾巴向他们跑过来,他们跳下车。

"奥利弗!奥利弗!"赫托奶奶大声叫着。

离大火仅几码之内都难以靠近,赫托奶奶却朝大火冲去,辨尼赶紧把她拉回来。

他的怒吼压过了眼前房屋的爆裂声:"你想被烧死吗?"

"奥利弗在里面!奥利弗!奥利弗!"

"他不可能还在里面,他已经逃走了。"

"他一定被他们打死了!他在那里!奥利弗!"

辨尼死死地拽住她。火焰中可以清楚地看到地面上有马蹄的痕迹,但福列斯特兄弟们和他们的马不在。

白克士武妈妈说:"没有什么事情是他们这群卑鄙小人干不出来的。"

赫托奶奶奋力挣扎,想摆脱辨尼。

辨尼说:"祈求上帝来怜悯。乔迪,赶紧赶车去保尔西那里探听一下奥利弗下船后去了哪里。如果没人知道,就去教堂问那个生面孔的人。"

乔迪爬上马车,掉转凯撒。他的两只手像木头一样摸索着缰绳,他紧张得忘了爸爸是让他先去保尔西那里还是教堂。要是奥利弗还好好的,即使在心里他也永远都不会再背叛他了。他把马车转了一个弯,夜空星光璀璨,凯撒在喷鼻息。一对男女沿路走到河边,他听到那男人在笑。

他尖叫:"奥利弗!"

没等车停好,他就一跃而下。

奥利弗喊:"谁在独自赶车?嘿,乔迪。"

那女人是吐温·维萨贝。

乔迪喊："快上车，奥利弗！"

"这么急干吗？不能礼貌些吗？还不向这位女士打招呼。"

"奥利弗，奶奶的房子起火了，福列斯特兄弟们干的。"

奥利弗把他的包袱往马车上一扔，把吐温弄上车，自己随即也跳上车，拿过缰绳。乔迪爬上马车坐在他旁边。奥利弗一只手在衬衣里摸索着，掏出他的左轮手枪放在座位上。

"福列斯特兄弟们已经走了。"乔迪说。

奥利弗快马加鞭地赶进那条小巷。房子的框架此时显露了出来，火势依旧。奥利弗猛吸一口气。

"妈妈不在那里吧？"

"她在那儿。"

奥利弗停车，他们全都跳了下去。

他大叫："妈妈！"

赫托奶奶张开双臂朝他儿子跑过来。

他说："别担心，妈妈。放松点，放松点。"

辨尼在一边看着他们："没有人的说话声能比你更受欢迎，奥利弗。"

奥利弗推开赫托奶奶，盯着他们的房屋。屋顶已经垮了下来，槲树上的苔藓被又一团冲上去的火苗点燃了。

他说："福列斯特兄弟们从哪条路走的？"

乔迪听赫托奶奶自言自语："我的老天。"

她镇定自若，对他大声质问："现在你找他们干什么？"

奥利弗转过身来："乔迪说是他们干的。"

"乔迪，你这个傻瓜，真是一个小孩子的天真想法。我走之前没有熄掉那敞开的窗户前的灯，窗帘被吹过去点着了，晚上的聚会上我一直在担心呢。乔迪，你是不是唯恐天下不乱呀？"

乔迪和白克士忒妈妈的嘴巴都张得大大的。

白克士忒妈妈说："怎么这样，你知道……"

乔迪见他爸爸拉了一下她的胳膊，辨尼说："是的，儿子。你可不能把几英里外的无辜者都扯进来。"

奥利弗平静了下来。

他说："不是他们干的我自然高兴，要是的话他们都休想活命。"他转身将吐温拉过来："大家过来看看我的妻子。"

赫托奶奶踌躇着走上前，吻那女孩的脸。

赫托奶奶说："我很高兴你们把事情解决了，或许奥利弗还能常来看我。"

奥利弗拉着吐温绕向屋子那里。赫托奶奶严肃地对白克士忒一家说："要是你们让他知道的话……你们认为我会让福列斯特兄弟们的血和我儿子的尸骨被撒在两片土地上吗，仅为一个被烧毁的房屋？"

辨尼把双手搭在她肩上，说："好夫人，好夫人，我已经知道你的意思了……"

她正在战栗，辨尼拥抱她让她平静下来。奥利弗和吐温过来了。

奥利弗说："妈妈，别担心，我们会在河边给你修一座最棒的房子。"

她长吁一口气："不需要了，我都这么老了，我要去波士顿。"

乔迪见他爸爸的脸紧绷着。

她像在和他们作对一样："明天早上我就要走。"

奥利弗说："为什么，妈妈……不在这里？"

很快，他便高兴起来，缓缓地说："我经常从波士顿发船，妈妈，我喜欢那里。但要是让你和那些北佬待在一起，我还真怕你会挑起另一场内战呢。"

第二十七章 黎明时分的离别

The Yearling

黎明时分，白克士忒一家在寒冷的码头上与赫托奶奶、奥利弗、吐温和拉毛告别，北驶的轮船正在鸣笛靠岸。赫托奶奶和白克士忒妈妈拥抱之后，又把乔迪拉进怀里紧紧抱着。

"你在学习写字，所以你以后可以给我写信。"

奥利弗和辨尼握手。

辨尼说："乔迪和我会很挂念你们的。"

奥利弗又向乔迪伸出手，说："谢谢你一直对我这么好，我会记住你的。就算是去了中国海，我也不会把你忘了的。"

赫托奶奶嘴唇紧闭，她的下巴像箭头一样紧绷着。

辨尼说："如果你们改变主意想回来的话，这里永远欢迎你们。"

轮船绕过来靠了岸。船上亮着灯，但两岸间的河流还是一片乌黑。

吐温说："乔迪的礼物差点儿被我们忘了。"

奥利弗在衣兜里摸出一个小小的圆包给她。

她说："乔迪，这是你的礼物，因为你为奥利弗打过架。"

经过前一天的折腾，乔迪已经麻木了，他木讷地接过它。她弯腰吻他的额头，那触碰神奇般地让他感到很舒服。她的嘴唇是轻柔的，她的黄发是芳香的。

船板已经在眼前了，一捆货物被投到了码头上。赫托奶奶俯身抱起拉毛，辨尼用两只手夹住她柔软又带着皱纹的脸。

他说："我真的很爱你，我……"他发不出声来。

赫托一家人挨着上了船板，河流被船桨拍击着，轮船向河中央驶去。乔迪这才从木讷中惊醒，他使劲地向他们挥手。

"再见，赫托奶奶！再见，奥利弗！再见，吐温！"

"再见，乔迪……"

他们的告别声渐渐低落。在乔迪看来，他们是从他身边去往另外一个世界了，似乎自己正看着他们慢慢死去。蔷薇色的条纹出现在东方，但是此时的黎明比夜晚还要冷。赫托家的房屋还闪着微弱的火光。

白克士忒一家人赶车回家。这一次的离别让辨尼感伤，他的脸上没有任何表情。乔迪的心绪矛盾而复杂，他干脆不再去想。他蜷缩在他爸妈中间那块温暖的地方，接着打开吐温送给他的圆包，里面是一个青灰色的小罐，是装火药用的。乔迪突然想到伊淬·奥赛儿还在东河岸，他想当伊淬知道赫托奶奶走了后是否会追她到波士顿。马车颠簸着进了垦地，天很冷，但是阳光灿烂。白克士忒妈妈说："如果是我，我是不会这样善罢甘休的。"

辨尼说："任何人都证实不了，就凭他们马的蹄印？福列斯特兄弟们可以说他们是看到了火光才过来瞧瞧，也可以说镇上有那么多的马，凭什么偏偏说是他们的马？"

"要是这样的话，我宁愿让奥利弗知道真相。"

"好吧，那接下来他会对他们做什么呢？去杀死他们其中的两三个，难道鲁莽的奥利弗不会这么做吗？大多数男人都会那样报仇的。很好，杀死几个福列斯特会换来绞死他的结果，或许几个留下的福列斯特还会来复仇，杀赫托家其余的人，杀死他妈妈和那漂亮的娇妻。"

　　"漂亮的娇妻!"她不屑地哼了一声,"害人精!"

　　乔迪有了一股新的忠诚感:"妈妈,她真的很美。"

　　"天下男人都一个样。"她总结道。

　　身处白克士忒岛,乔迪有了安全感。外面有人遭了灾祸,但垦地依旧远远地在这里等他们回来。屋子也在等着他们,熏烟室里挂满了肉,包括残脚熊的肉。还有小旗儿,小旗儿是最重要的,于是他急切地去畜棚找小旗儿,然后给它讲故事。

第二十八章 孤独的跛子

The Yearling

一月的天气温和了起来，虽然太阳不时隐没在一片冷冷的红晕中，但晚上盖被子已经不合时宜了。最暖和的几天里，白克士忒妈妈可以在午后的阳光下坐在走廊里做她的针线活，乔迪不用穿他的外套便去了林子里。

白克士忒们的生活随着天气的平和而平和。辨尼说河岸上的居民现在一定议论纷纷，关于赫托家的那场火灾，关于那位难以捉摸的妈妈，那个长得像外国人的水手儿子和满头金发的吐温。一般人都坚信当醉酒的福列斯特兄弟们得知奥利弗带着那女孩回来的时候，他们一气之下放火烧了赫托家的房屋。距离很远，所以这些议论被传到白克士忒垦地的时候已经是很长时间之后了。一连好几个傍晚，白克士忒一家都坐在炉火前将那晚的事情重温：他们和赫托一家目睹房屋变成灰烬，然后借着那火的光亮陪赫托们等船。赫托奶奶始终没听他们的劝阻，最终去了波士顿。

辨尼说："我觉得如果那个新面孔的人知道她是奥利弗的妻子，而不仅仅是女朋友，那么就算是雷姆也不会为难他们。他们会善罢甘休的，一旦她结了婚。"

"是妻子怎么样，不是又怎么样！这群可恶的恶棍把那屋子给烧了，他们肯定认为里面有人。"

辨尼叹气，他不得不承认她说的话。福列斯特兄弟们去盖茨堡做买卖了，他们并没有经过，他们连那份熊肉也没有来取。很明显他们在躲着辨尼，他们的罪行是毋庸置疑的。他很伤心，两家好不容易建立起来的友好又毁于一旦了。这就像是有一块石头朝别人砸了过来，却打中了他。

而乔迪关心的则是故事里的每一个角色。赫托奶奶、奥利弗、吐温和拉毛，他们的故事就像书中讲的一样。奥利弗给乔迪讲过许多遥远的故事，他似乎是那些故事里的一个人，而现在那些故事里还有赫托奶奶、吐温和拉毛，他们似乎已经从现实中蒸发了。奥利弗说过就算去了中国海，他也不会把乔迪忘记，而乔迪却猜想奥利弗在中国海会不会又遭到别人的虐待。

一月末依旧暖和，除了偶尔会结霜和结冰之外，这些日子以来温和的天气已经预示春姑娘快要来了。辨尼犁着早产作物，翻动那片波克垦出来的新地。他决定种一些棉花来赚点钱，还准备在北边的阔叶林低地种烟草，所以他已在房屋和葡萄藤之间准备了一块种子床。现在家里的牲畜只剩下凯撒和去列克赛，因此一家人对豇豆的需求量更少了，多出来的地用来种玉米。玉米当然越多越好了，由于夏末缺乏充足的玉米，所以鸡吃不饱，猪也喂不肥，玉米是垦地上最重要的东西。辨尼打算在三月初三，也就是夜鹰第一声啼叫的时候去下种。

白克士忒妈妈抱怨她一直以来都没有一个姜床，而别人家都有。河边的店主妻子已经答应送给她姜根，她随时可以去拿。于是辨尼和乔迪开始做姜床，他们在屋子一边的沙地上挖了四英尺深的土床，再置好柏木板，又用黏土填满。辨尼许诺在他首次去河边做买卖时，一定会为她带回那多节的像鹿角一样的姜根。

打猎很不景气。熊四处捕食，正在为二月的冬眠作准备。它们将窝置在飓风过后的树桩下，或者两根树木交叉的安全地方，但偶尔也会用橡树枝和棕榈枝在空心的树干里堆成一个简陋的窝，而且它们在每个窝外都挖好了一道沟。乔迪对此感到诧异，熊非但没有在寒冷的十二月冬眠，还提前出穴，而不是等到四月春暖花开时。

辨尼说："它们清楚自己在干些什么。"

由于瘟疫和那些幸存的掠夺者的捕杀，鹿的数目极少。雄鹿很落魄，它们不仅身形瘦骨嶙峋，而且毛皮还像苔藓一样又灰又粗。雄鹿总是独自行进，母鹿通常也单个行动，只是偶尔成对：一只老母鹿带着一只小母鹿或者一只小雄鹿。大多数母鹿都怀着小鹿。

翻完地后的首要任务是把树木劈成木柴以备两个炉子使用。由于狂风暴雨将大片的树木刮倒，树木比以前容易获取多了。大部分树根经过暴风雨长时间的冲刷已经弱不禁风，甚至有的树木极易被连根拔起。在低地里，好几亩的树相继死去，那些死去的树全部是光秃秃的。这种惨象似乎是由火灾造成的，而不是洪水。

辨尼说："我为自己能住在高处而倍感幸运，否则我会更加难过的。"

乔迪喜欢一早去拾柴，他觉得这如同打猎一样自由。在一个风清气爽的早上，辨尼把老凯撒套在车上，选了自己最想走的一条路，然后自在地出发了。狗在车旁轻快地跑着，戴着鹿皮颈圈的小旗儿看起来俊俏极了，它一会儿奔到最前面去，一会儿又跑在老凯撒的旁边。

他们找到一片林中空地，然后下车搜寻合适的倒树，以水橡树或黄松树为首选。这里有充足的油松，油松烧的火虽然最旺，但会熏黑壶罐。当他们找到合适的树之后便开始砍木，必要的时候他们会使用横切锯。乔迪很喜欢那合拍的晃动和木头被吃进去的嚓嚓声，以及锯屑撒向地面时那扑鼻而来的醉人清香。

狗儿们在树丛里东闻西嗅，偶尔去追追兔子，小旗儿则嚼着严霜后多汁的枝叶。辨尼带着枪，当老裘利亚把一只兔子追赶至射程内，或者当一只松鼠糊里糊涂地爬上近处的松树时，他们的晚餐就有肉可吃了。有一次，一只全身雪白的松鼠紧紧地盯着他们看，但辨尼没有打它的主意。他解释说它很稀有，如同那只白色的浣熊一样。残脚熊的肉由于太老所以很粗糙，它花费了白克士忒妈妈很长一段时间去煮酥。当最后一盘残脚熊的肉上桌时，白克士忒一家终于松了口气，而大部分的肉还是被做成熏肉喂狗了。哪怕正是食物匮乏的时候，残脚熊的肉对一家人也没有吸引力，而不管怎样，它的熊油却装了满满的一大桶。那桶熊油像鲜蜜一样又亮又黄，用它做任何饭菜都再好不过。而且油渣也像上等的猪油渣一样好，这让白克士忒们倍感满意。

有很长一段时间，白克士忒妈妈都在补被子。辨尼执意要乔迪学习知识。从傍晚开始，他们就在温暖的炉火前待着。风在外面呼啸，月夜下还有狐狸在阔叶林里的叫声。每逢此时，乔迪就停下自己的功课，辨尼向他点头，两人便一起细听外面的动静，但狐狸很少对白克士忒家的鸡窝下手。辨尼咯咯地笑着："它们连老裘利亚头上的毛都一清二楚，当然不会来自投罗网。"

一月末的一个寒夜，辨尼和白克士忒妈妈早早就入睡了，只有乔迪和小旗儿还守在火前。乔迪忽然听见院子里传来一阵骚动声，似乎是狗儿们在打架，但那动静远比那两条狗平时的响动大。乔迪来到窗前，只见院子里有一条长得很特别的狗正在和利普嬉戏，老裘利亚在一旁宽容地看着它们。他睁大了眼睛，那条很特别的狗原来是一条干瘦、跛足的灰狼。他本想去叫他爸爸，但被这一幕吸引了。很明显，那狼和狗以前玩耍过，它们彼此熟悉，只是默默地在一起玩，好似狗一直在保密。乔迪去卧室轻唤他爸爸，辨尼走了出来。

"怎么了，孩子？"

乔迪踮着脚尖回到窗户边，示意辨尼过来。辨尼光着脚走了过来，望向乔迪所指的地方。他吁了口气，但并没去取枪，他们就这样静静地看着。它们的姿态和举动在明亮的月光下被他们尽收眼底。那个来访者是个跛子，所以行动迟缓。

辨尼小声说："还是很让人同情，不是吗？"

"我猜它是我们那次猎狼之后的幸存者之一。"

辨尼点头。

"它应该是最后一个幸存者。它很可怜，孤独又受伤，于是来找它的近亲了。"

也许是他们的低语被它听见了，也许是他们的味道被它察觉了，它忽然悄悄地转身离开，接着艰难地翻过栅栏，消失在了黑暗里。

乔迪问："它会祸害这里吗？"

辨尼去炉火的余烬旁温暖自己的脚："我不确定它现在那个样子还能否为自己觅到食，我不愿为难它。一头熊或一头豹都能很轻易地要了它的命，所以就不要管它了。"

他们在炉边蹲着，一种悲伤又奇异的感觉油然而生。这是一件残酷的事情，哪怕是对一条狼来说。它是如此孤单，以至于忍不住溜到它敌人的区域来找伙伴。乔迪把一只手臂放在小旗儿身上，他希望它能明白，它可以远离丛林里的恐慌和孤寂。对他自己而言，小旗儿也为他减少了在家里的那种可怕的孤寂。

乔迪在残月时又见了一次那条孤独的狼，之后就再也没看到过了。他们不约而同地将这件事对白克士忒妈妈保密，他们怕她无论如何都要它死。辨尼猜想狗是在某次打猎的时候认识它的，又或许是在他们外出伐木的时候。

第二十九章 苗床被毁

The Yearling

二月里，身患风湿病的辨尼跛着脚走路。多年来，每当天气潮湿或者阴冷的时候，这种病痛都会折磨他。粗心大意的他总是裸露着身体去干活，做他眼里必须做的事情，他完全不在乎气候的变化和他自己的身体状况。白克士武妈妈说此时是卧床休息的好时机，但他又放不下春耕。

她焦躁地说："让乔迪去做吧。"

"他还没干过什么田地活，只是跟我一起做些杂活。让一个孩子干这些，会出很多问题的。"辨尼说。

"是的，但究竟是谁的错误才导致他到现在懂的东西还那么少？你让他玩得太久了，你在十三岁左右的时候不是已经能和大人一样会耕地了吗？"

"所以我不情愿他早早就干这种活，直到他有足够力气的时候。"

她喃喃自语："你的心可真好，从来都没有人会为耕地而受伤。"

她把荡根煮沸后给他做成湿敷药，又用花椒、荡根和草木灰做成补药，但辨尼的病情还是没有好转。辨尼只好又用他的豹油耐心地擦膝盖，一擦就是一小时，他认为豹油是最有效的。

乔迪在他爸爸卧床的这段时间里也只是做些杂活。他干活的动力是小旗儿，因为他的任务一完成，他便可以和小旗儿玩了。辨尼还允许他随身携带着那支新枪，失去了和爸爸出猎的机会很遗憾，但是一个人打猎他也乐此不疲，至少他还可以和小旗儿一起玩。他们最喜欢去凹洞，他们有一天还在那里做游戏，一个追赶游戏。他们上下奔跑在陡峭的坡岸上，小旗儿总是赢家，乔迪刚刚跑上去，它就已经跑完六个来回了。小旗儿发现乔迪赶不上它，便换着法子使诡计捉弄乔迪，乔迪被它折腾得精疲力竭。

二月中旬里一个阳光明媚的日子，乔迪在凹洞底抬头望见了小旗儿的影子。那一瞬间，乔迪惊异极了，它似乎是一只陌生的鹿了。小旗儿长得这么快，快到他都没有发现他是怎么长大的，许多被打死的一岁小鹿都比不上它。他高兴地回家找辨尼，尽管天气暖和，辨尼还是裹着被子坐在火炉前。

辨尼嘲弄般地看着他："我也发现了，再有一个多月，你就能叫它周岁小鹿了。"

"它会有什么变化吗？"

"它将会更喜欢丛林，并且长得更高大。它将会徘徊在一个分界线上：在它后面的是小鹿，在它前面的是雄鹿。"

乔迪的目光呆呆的："它会长角吗？"

"它在七月之前应该不会长角。此时是雄鹿脱角的时候，它们会在春天四处碰撞脑袋。而夏天一过，它们还没长好的角就会显露出来，再到发情期的时候，角就完全长好了。"

乔迪仔细地检查着小旗儿的脑袋，他触到它前额那块坚硬的地方。白克十忒妈妈从旁边经过，手里拿着一个盘子。

"妈妈，小旗儿快要长成周岁小鹿了。它难道还不够漂亮吗？它长着小鹿角，它的角难道不漂亮吗？"

"在我看来，哪怕它头戴王冠，身插天使的翅膀，它也不漂亮。"

乔迪跟过去巴结她。她坐在那里双手在盘子里摘豇豆，他用鼻子去擦她脸上的绒毛，他喜欢这种毛茸茸的感觉。

"妈妈，你闻起来像一只烤耳朵，阳光下面的烤耳朵。"

"好啦，我得做玉米面包。"

"妈妈，听我讲，你不在意小旗儿长不长角，是吗？"

"它要是有了角，那更多的东西就要被它撞了。"

乔迪无言以对，小旗儿真的是越来越给他丢脸了。它知道如何挣脱束缚，而且就算它挣脱不了脖子上过紧的绳索，它也会使出小牛的伎俩来。它会拼命挣扎，直到眼睛肿胀，呼吸困难。为了挽救它那倔强的生命，乔迪不得不让它自由。但是一旦放了它，白克士忒家就会有一场浩劫。在家里没有人能抓住它，它会把那些挡在它面前的东西夷为平地，狂野至极，只有乔迪紧跟着它，他们才允许它进屋。如果房门是紧闭着的，它会像着了魔一样更加向往。没关好的门总会被它撞开，接下来它便会逮住白克士忒妈妈转身的机会溜进屋里闯祸。

白克士忒妈妈把收拾好的一盘豇豆放在桌子上，乔迪去自己的屋里找一片生皮。外面突然传来一阵稀里哗啦的声音，紧接着便是白克士忒妈妈愤怒的吼声。桌子上那一盘豇豆被小旗儿嚼了一口后又被踢翻在地。乔迪赶过来，白克士忒妈妈用扫帚把小旗儿打出门。不知天高地厚的小旗儿好像还觉得很好玩，它的后蹄轻轻上扬，那旗帜般的白尾巴连同它的脑袋一起晃着，它那得意的样子似乎是在幻想着自己用长好的角威胁他们。最后它从栅栏上一跃，转眼便消失在了丛林里。

乔迪说："这是我的错，妈妈。我不该走开的，它是饿了，妈妈。这个可怜虫没吃饱它的早餐，你应该打我，妈妈，别打它。"

"你们两个都逃不了干系，你马上给我把地上的豇豆捡起来洗好。"

乔迪积极地钻到桌子底下，又爬到橱柜后，直到厨房里每个角落的豇豆都被收集回来。接着他把它们洗净，又上凹洞挑回比原来更多的水，以填补他刚刚用掉的水，这才安下心来。他说："现在看，妈妈，所有东西又弄好了。小旗儿干的每件蠢事，我都会负责的，你尽管来找我。"

小旗儿一直没回来，直到太阳下山。乔迪让它在外面吃了东西，在他爸妈去睡觉之后，又偷偷地把它带到自己的卧室。小旗儿已经不愿意像一只小鹿一样久睡了，它在夜里越来越焦躁不安。白克士忒妈妈曾抱怨，有好几次她都听到了从乔迪房间或者前屋传出来的小旗儿的蹄声。乔迪编造了一个老鼠在屋顶上乱窜的故事，但妈妈还是不信。有一天晚上，早已在丛林里睡够了的小旗儿离开那苔藓窝，又撞开乔迪卧室那扇不结实的木门，接着逛到了另外一个卧室里，用它的湿鼻子去触碰正在熟睡的白克士忒妈妈的脸……乔迪在半夜被妈妈的一声尖叫惊醒，在小旗儿的一顿毒打来临之前，他赶紧让它从前门出去了。

她怒吼道："一切都得结束了，这东西搅得我永无宁日。它再也不许踏入这房子半步，不论何时，再也不许！"

辨尼本想坐视不管，但此时也发话了："孩子，你妈妈是对的。它现在养在屋子里显得越来越大，越来越野了。"

乔迪躺回床上后一直清醒着，他想知道小旗儿是否会受冻。他认为妈妈反对它用干净柔软的鼻子触碰她真是蛮不讲理，连他自己都还没有享受够那只精致小巧的鼻子的爱抚呢。她真是铁石心肠，根本不在乎它的孤独。他心里的不平反而让他轻松了许多，于是他紧抱枕头，把它当作是小旗儿，慢慢睡着了。而小旗儿整个晚上在屋外一边喷鼻息一边踏着蹄子。

一天清晨，辨尼感觉好多了，便穿上外衣拄着拐棍跛行着去看田地。辨尼神色严肃地兜了几个圈子，那烟草苗床被小旗儿践踏得体无完肤。快要长好的幼苗几乎被小旗儿毁掉了一半，剩下的只能凑合给辨尼自己用，只是他计划去福留西娅镇换钱的计划泡汤了。

辨尼说："我想小旗儿没有恶意，它仅仅是好奇和贪玩。你去把苗床布满木棍，保护好剩下的好苗。我早该动手了，只是我万万没想到这么特殊的地方也会成为它嬉闹的场所。"

辨尼的讲理和温和比他妈妈的暴怒更有威力，它激起了乔迪的挫败感。乔迪转身沮丧地去做他爸爸吩咐的弥补工作。

辨尼说："这只是个意外，别告诉你妈妈，现在被她知道的话就不妙了。"

乔迪一边干着手中的活，一边绞尽脑汁地想怎样才能让小旗儿安分起来。他觉得它往日惹那些祸事都是顽皮所致，但这次毁坏苗床实在是很严重。但无论如何，他相信这种事情不会再发生了。

第三十章 你们这对周岁小鹿

The Yearling

三月里，气候凉爽，风和日丽。刚刚盛开的黄茉莉簇拥在栅栏下，开花的还有桃树和野李。红鸟一整天都在歌唱，而仿声鸟直到傍晚才开始高歌。筑巢的鸽子一边咕咕叫着，一边在沙地上像影子一样挪动。

辨尼说："就算我死了，我也要起身享受这么好的天气。"

头一天晚上有过一阵小雨，而且日出时的那片朦胧预示着还会有雨，虽然早上的天气很明媚。

辨尼说："玉米的好时机，棉花的好时机，烟草的好时机。"

白克士忒妈妈说："我就知道你会喜欢这天气。"

辨尼痴痴地笑，很快就用完了早餐。

她提醒他："你现在只是感觉好点了而已，可别去地里折腾。"

辨尼说："我感觉棒极了，我要干掉一切妨碍我种地的东西。一整天，我打算在地里待一整天。今天，明天，后天，种玉米，种棉花，种烟草！"

"我听见了。"白克士忒妈妈说。

辨尼起身拍她的背："豇豆！马铃薯！青菜！"

她忍不住对他大笑，乔迪也哈哈大笑起来。

她说："你这语气让人以为你要把它们种遍全世界。"

"我真的是喜欢极了。"辨尼伸出双臂，"趁这么好的天气，我真想从这里一排一排种到波士顿，再种回得克萨斯。等我回到得克萨斯，我会去波士顿瞧瞧幼苗的长势。"

白克士忒妈妈说："我总算明白乔迪的神话故事是从哪儿来的了。"

辨尼又拍拍乔迪："孩子，你有一项好任务了，你去种烟草苗。如果不是弯腰令我背痛得要命，我肯定亲自去种。我喜欢种幼苗，看着它们苗壮成长，我倍感欣慰。"

辨尼边吹口哨边去干活，乔迪在早餐后也跟去了。

辨尼正在烟草苗床边拔幼苗，他说："你要把它们当作新生婴儿一样拿着。"

他种了十二棵苗给他做示范，乔迪亲自种的时候他在一旁纠正错误。老凯撒和犁被带来了，辨尼为玉米筑土成床，开好了犁沟。乔迪弯腰前行，在双腿困乏时用双膝前行。他不慌不忙，因为辨尼说不要操之过急，一定要认真。三月里正午的阳光炙热，但好在有阵阵微风吹过。

烟草苗在阳光的照射下蔫了，但是夜晚的凉寒又让它们恢复了生机。乔迪边走边浇水，他已经两次去凹洞挑水了。小旗儿在早餐后就不见了，乔迪很挂念它，但同时又为它在这个特殊的时候走远而松了口气：要是此时它和他混在一起的话，那么烟草苗被毁坏的速度肯定会超过自己种植的速度。乔迪在午饭前完成了任务。烟草苗的数量现在只够种辨尼原本为苗床准备的那块地的一部分，当辨尼在午饭后和乔迪去看的时候，辨尼失落了。

"苗床里没有一棵苗了吗，孩子？它们都被你弄出来了吗？"

"全都拔出来了，连同那些又细又长的小苗。"

"好吧……我要往里添些别的东西。"

乔迪急切提议："我能帮你添别的东西，去挑水也可以。"

"不需要水，看这天是要下阵雨了。但你可以帮我种玉米。"

种玉米的犁沟已经被辨尼布置妥当。辨尼一边向前走，一边用尖细的棍在地上钻出一排小洞。乔迪跟辨尼往那些小洞里投种子，想讨爸爸的欢心，让他忘了那块收缩了的烟草地。

乔迪说："两个人干得挺快的，不是吗，爸爸？"

辨尼沉默着，但当早春的天空乌云密布，风向移往东南方，一切都预示着一场灌溉玉米地的阵雨即将来临的时候，他又打起了精神。那场雨在黄昏时分到来，但他们并没停下手中的活，而是坚持种完了地。耕好的地是褐色的，它在雨中浮动着，用它柔软的胸怀接纳雨水。干完活后，辨尼来到栅栏旁休息，他满意地欣赏着那块地，在他的眼中还有一种渴望，好像他唯一能做的只有这样盲目地祈祷自己的田地不再有任何变故。

雨中，小旗儿从南边跳着跃向乔迪，乔迪在它耳后挠着。它在栅栏上来回跳，又跑到一棵桑树下去咬一条树梢。乔迪和爸爸坐在栅栏上，他将爸爸的注意力引到小鹿那细长的脖子上，它正在咬嫩桑叶。爸爸用一种意味深长的目光看着小鹿，两眼眯着，似乎在思索着什么，那个样子和去追捕残脚熊时一样陌生……一股寒意穿透乔迪全身，而这并非淋雨所致。

乔迪说："爸爸……"

辨尼转头，似乎刚从梦中惊醒一般。

辨尼的眼神往下落，好像在掩饰些什么，他茫然地说："你的小鹿的确长得很快，它已不是那个你在黑夜里抱回来的小崽子了，它真的已经是一只周岁小鹿了。"

乔迪对爸爸的话并不是很喜欢，不知何故，他认为爸爸想表达的并不是这些。辨尼用手在他儿子的膝盖上拍了一下，说："你们这对周岁小鹿，真让我头疼。"

接着他们去畜棚里干些琐事，再去屋内的炉前烘干衣服。屋顶被雨水拍击着，小旗儿在外面咩咩地抗议着要进屋里来。乔迪眼巴巴地看着妈妈，但她却装作什么也没看到，什么也没听到。辨尼感觉全身僵硬，正背对着炉火按摩他的膝盖。于是乔迪去畜棚里为小旗儿布置了一个新窝，又要了一些不新鲜的玉米面包把它引诱进去。乔迪坐在那里，小旗儿也伏在他旁边。乔迪拉起它那对尖耳朵，用自己的鼻子触碰它的湿鼻子。

"你已经满周岁了，"他说，"你能听到我说话吗？你已经长大了，要听我的话，要老老实实的，不许再践踏烟草。别让爸爸对你失望，你在听吗？"

小旗儿的嘴巴咀嚼着，像是在思索。

"这就对了，我把地里的活干完就可以和你玩了，你等我。你今天跑出去太久了，可别太野了，因为你已是周岁小鹿了，我刚刚告诉过你的。"

乔迪见小旗儿乖乖待在畜棚里便满意地走开了，当他到了厨房，辨尼和白克士忒妈妈已经开始吃晚餐了，对于他的耽搁，他们并没有多问。在大家安静地吃完饭后，辨尼就去床上休息了。乔迪还没顾得上洗那双布满尘土的脚就疲倦地栽倒在了床上，白克士忒妈妈去叫他洗脚，但他已经熟睡了。她在那里犹豫了一会儿就走开了，并没有去叫醒他。

第二天一早，辨尼又无忧无虑起来，他说："今天要种棉花。"

雨已经停了，此时还有露珠。田地里一片蔷薇色，而田地边缘的雾霭之处却是薰衣草色。

栅栏旁边仿声鸟的叫声很悦耳，辨尼说："它们正在催熟桑葚。"

棉花种子被任意播撒，幼苗长成后，还得用锄头将多余的除去，使它们的距离保持在一英尺。乔迪还是跟在爸爸身后撒种子，他对白克士忒家的新作物很好奇，不停地问东问西。刚吃完早饭，小旗儿就不见了，但到中午又跑了回来。辨尼又开始细细地观察它，它的尖蹄深深地插进了又软又湿的泥土里，幸好棉花种子藏得深，所以没有什么大碍。

辨尼说："它会一直跟着你，因为它挂念你。"

"它就跟狗一样，是不是，爸爸？它总是跟着我，就像老裘利亚也对你寸步不离一样。"

"你总是会想它，是吗，孩子？"

"这还用问？那是当然了。"

乔迪盯着爸爸。

"好吧，我只能说来日方长……"辨尼说。

这段对话并没有什么特别，乔迪没有在意。

整整一个星期，种完玉米和棉花就种豇豆，种完豇豆就种甜薯。洋葱和红萝卜被种在房屋后的园子里，因为当时月色很暗，块根农作物必须在那个时候下土。辨尼由于风湿病错过了二月的第十四天——原计划种羽衣甘蓝的那天，他本想马上播种，而这类多叶作物在快满月时播种是最合适的，于是他打算再推迟一周。

辨尼每天起早贪黑地折腾着自己，播种已经完成，但他还是不满足。天气不错，而且全年的生计主要来源于此时的耕种，于是他全身心地投入了春季的农忙，几近疯狂。他挑着两桶沉重的水，在家里和凹洞之间来回颠簸，还忙着浇灌烟草苗和园子。

波克·福列斯特在那块新开垦的地里遗留的一个树桩已经腐烂了，而棉花刚被种在那块新地里。辨尼对此很烦闷，在那里连挖带砍，还用钩状的绳索绑好树桩，命令老凯撒往外拉。老凯撒使劲地拖着，树桩的两边渐渐隆起了。辨尼朝老凯撒喊："使劲！"情急之下，他和老马一起往外拉……乔迪忽然见他爸爸的脸色苍白，他爸爸紧捂自己的腹部，接着屈膝跪地。乔迪急忙上前。

"没事的，很快就没事了……可能是我用力太狠了。"辨尼跪在地上万分痛苦。

辨尼讷讷地说："我快没事了……把凯撒引回去……等等……把我扶一下……我要骑回去。"他的腰就那么弯着，像被截成了两半，怎么也直不起来了。乔迪扶他上了树桩，他从那里好不容易才上了凯撒的背。他把脑袋依在凯撒的脖子上，用手紧握着它的鬃毛。乔迪把凯撒解开，拉它走出田地，终于进了院子里。辨尼动不了，乔迪拖来一把椅子帮他挪下来，辨尼滑到椅子上，才慢慢下地……

辨尼匍匐着进了屋子，白克士忒妈妈在厨房里忙活着，她从桌边一转身，手中的平锅便落在了地上。"我就知道！你要伤了自己，你从来都不知道休息片刻！"

辨尼拖着脚来到床边，脸朝床僵直地倒了下去。她上前帮他翻过身，在他脑后放了一个枕头，又给他脱掉鞋，在他身上盖了一条薄被子。他这才轻松地伸直双腿，闭上了眼睛。

"这下好了……哎，奥拉，这下好了……我很快就没事了，我用力太狠了……"

第三十一章 接二连三的祸事

The Yearling

辨尼没有好转，他毫无怨言地忍受着痛苦。白克士忒妈妈想让乔迪骑马去请威尔逊大夫，但辨尼不让他去。

他说："我欠过他人情，我很快就会好的。"

"应该是有疝气。"

"就算是这样，我也会没事的。"

白克士忒妈妈哽咽着："如果你能有一丝理智……但你却要那么做，你以为你和福列斯特兄弟们一样强壮吗？"

"我密斯叔叔也很强壮，他也曾像我现在这样，但他后来也康复了。奥拉，不要激动。"

"我就是要激动，我要让你吸取教训，好好地吸取教训。"

"我已经吸取教训了，别激动了。"

乔迪很不安，当瘦小的辨尼扛起十个人的工作时，总会发生一些小事故。乔迪隐约记起辨尼在一次砍树的时候，肩膀被倒下的树砸伤了，为此他的肩膀被吊了好长一段时间。但他最终好起来了，辨尼是不会被任何事情折磨太久的，哪怕是响尾蛇，他如同大地一样不可侵犯。只有白克士忒妈妈会为此焦躁不安，她的这个反应很正常，因为就算是指头大小的一件事情，她也会小题大做。

辨尼卧床后，乔迪向他汇报玉米的长势很好。

"太棒了！"枕头上那张苍白的脸立马有了气色。

"既然我下不了床，那就只有你去了。"辨尼蹙眉，"孩子，你和我都知道，你必须把小鹿看紧点，别让它去破坏。"

"我会的，我不会让它去破坏任何东西。"

"好的，记住要看好它。"

乔迪在接下来的一天几乎一直带着小旗儿外出打猎，他在酉尼泊溪附近猎了四只松鼠。

辨尼说："这才叫儿子嘛，把好吃的带回家来给他可怜的爸爸。"

晚餐时，白克士忒妈妈做好了松鼠肉饭。

她说："味道真不错。"

"那是，细皮嫩肉的，"辨尼说，"只要亲一亲，肉就从骨头上滑落了。"

乔迪和小旗儿都受到了夸奖。

小雨在夜里降临。第二天清晨，乔迪在辨尼的要求下去玉米地察看玉米苗有没有长高，有没有被糖蛾光临过。他从栅栏翻进玉米地，走了几码之后他才意识到自己得瞅瞅绿色的玉米苗。而四处却没有玉米苗，他糊涂了，于是继续往前走，但还是不见那绿色的影子。他一直走到玉米地的尽头才看到少许娇嫩的玉米苗。接着他往回走，小旗儿的蹄印清清楚楚地映入眼帘，它一大早就过来把玉米苗吃得精光，整片地的幼苗像是被手拔光的一样。

乔迪害怕极了，在玉米地里六神无主地徘徊。他幻想着当他一转身，奇迹便会出现在眼前，玉米苗就会重现。他开始自我安慰他一定是在做噩梦，梦里玉米苗被小旗儿吃掉，而一旦他的梦醒了，它们依旧鲜活如初。他用小棍戳了一下胳膊，感到一阵疼痛，那疼痛就像被毁掉的玉米苗一样真实。不知过了多久，他迈着沉重的步伐走回屋里，但只是坐在厨房里，他没有勇气去面对他爸爸。

他听见辨尼在叫他，于是只得去了卧室。

"孩子，它们怎么样了？"

"棉花发芽了，很像毛茄，不是吗？"他装出一片热心，"豇豆芽也钻出土了。"

他扭动着自己光光的脚趾，全身心地看着它们，好像这是他新研究出来的趣事。

"玉米呢，乔迪？"

他的心跳和蜂鸟拍翅膀一样快。他顿了一下，冒出来一句："它们中的一大部分被吃光了。"

辨尼什么话也没说，他的静默是另一场噩梦。最终，他开口了："你难道不知道是谁干的吗？"

他绝望又可怜地看着爸爸。

辨尼说："没关系，我让你妈妈去看看，她会知道。"

"别让妈妈去！"

"她应该了解这件事。"

"别让她去！"

"是小旗儿，不是吗？"

乔迪的嘴唇战栗着。

"我认为……是的，爸爸。"

辨尼怜惜地看着他。

"抱歉，孩子。我猜多半是它，你去玩吧，告诉你妈妈让她过来一下。"

"别告诉她，爸爸，请别告诉她。"

"她必须了解这件事，乔迪。"

他无奈地走到厨房："爸爸叫你，妈妈。"

他走出门，用颤抖的声音呼唤小旗儿，小旗儿从林子里冲到他身边。乔迪把胳膊放在它的背上，他在它有过失的时候比平时还爱它，他们并排走着。小旗儿调皮地扬起后蹄逗他，但他没有心思和它嬉戏。他们来到了凹洞，此时的凹洞如同春天里的花园一样美，四照花只盛开了一半，在翠绿的香枫和山核桃木的映衬下分外雪白……但他无心欣赏，他甚至不愿意在这里停留片刻，于是又回到家里。他爸妈还在谈话，辨尼将他叫到床边，只见白克士忒妈妈神色激动，嘴唇紧闭。

辨尼淡淡地说："我们达成了协议，乔迪。情况很糟糕，但我们可以尽力弥补，我想你应该愿意多承担一些事情。"

"我可以做任何事情，爸爸。我去把小旗儿关好，直到作物长……"

"我们根本没有地方去关那样一个野物。现在听我的，你去拿玉米，要最好的玉米穗，你妈妈会帮你剥玉米粒。然后你去我们种玉米的那块地，像我教你的那样再种一次。你得像我那样挖洞，再撒种。"

"我知道了。"

"这些工作完成后，明天一早你把老凯撒套上马车赶到废弃垦地，去把那里的旧栅栏拆卸下来放到车上运回来。因为中途有一段上坡路，所以一次不要给老凯撒太重的负荷，需要几批就拉几批，把它们拉回来，再顺着我们的栅栏堆起来。记住要把最开始的几批堆在玉米地的南边和东边——靠近院子的这边。下一步你就得把栅栏筑高了，必须先从那两边着手。你要尽量把运来的栅栏木都用上，筑得越高越好。我留意过那只周岁小鹿是从那里跳进栅栏的，要是你能把那里布置妥当的话，它就会被挡在外面，接下来你再布置其余的地方。"

在乔迪看来，他原本被禁锢在一个黑匣子里，而现在匣子被打开了，阳光和空气围绕着他，他自由了。

辨尼说："要是你将栅栏筑到连自己都够不着的高度，而且我还是不方便的话，你妈妈会来帮你。"

　　乔迪开心地转身去抱妈妈，却见她一边轻轻地跺着脚，一边冷冷地看着前方，像是在示威一样，他觉得还是不要去惹她为妙。此刻任何事情都扰乱不了他轻松的心情，小旗儿的注意力完全在那片嫩草上，它厌烦地挣开他。

　　他吹着口哨去找最大的玉米穗，这一次种玉米要用掉大量优质的玉米穗。他把它们装进袋子，在门口坐下开始剥。妈妈来了，她的脸如同一张冰冷的面具，她也开始了工作。

　　"哼！"她很是轻蔑。

　　辨尼不允许她责骂乔迪，但并没有不允许她自言自语。

　　"'体谅他的感受！'哼！那今年冬天谁来体谅一下我们的肚子呢？哼！"

　　乔迪转身轻哼了一声，对她视而不见："真吵！"

　　他不再去计较，已经没有时间去作无谓的争辩了。他飞快地工作，急切地想结束手头的任务，离她远远的。

　　他收集了一袋玉米后便去了地里，已经接近用餐时间了，但他还想抓紧这一小时的时间。他在广阔的田地里自由地歌唱，吹着口哨。阔叶林里，一只仿声鸟也在歌唱，不知它是在和他比嗓子还是在与他合唱。三月天的蔚蓝中带着金黄，那玉米在他指尖的触觉，如同手抓泥土的感觉一样美好。小旗儿一看到他就跑了过来。

　　"你现在去玩吧，老朋友。你都快要被挡在外面了。"他说。

　　中午他快速吃完午饭，然后又赶到了地里。他觉得自己第二天一早就可以大功告成。吃完晚餐，他在辨尼床边像一只松鼠般唠叨着。辨尼和往常一样认真倾听，但似乎心不在焉，像是在思考着别的事情。白克士忒妈妈还是那么冷酷，午餐和晚餐都很粗略，她好像正藏在她的堡垒——锅灶后对他们进行报复。

　　阔叶林里传来了夜鹰的啼鸣，乔迪屏息，辨尼笑逐颜开。

"夜鹰第一声叫后，玉米就能下地了。现在还不迟，孩子。"

"剩下的那些明天早上种。"

"太好了！"

辨尼闭上双眼。只要静静地躺着，那种疼痛便会减轻许多，而一旦有什么动作的时候，他就会痛苦万分。他一直被风湿病折磨着。

他说："你去睡吧。"

乔迪不用提醒就洗好了脚。当他躺在床上的时候，心情很轻松，身体却很疲惫，所以很快就睡着了。第二天的黎明来临之前，他便被心中的责任感唤醒了。

白克士忒妈妈说："我很同情你，这件事竟让你变成这样了。"

前几个月来在她和小旗儿之间左右为难，他已经领略到了爸爸那种不争辩的态度的智慧。虽然爸爸的平静会让妈妈更恼怒，但这毕竟能让她很快住口。他大口吃着，还悄悄给小旗儿藏了一些点心。

乔迪来到了地里，一开始几乎伸手不见五指，直到太阳从葡萄藤后爬了上来。在那稀薄的金色光辉中，斯卡珀农葡萄就像是吐温·维萨贝的头发。日出和日落都会带给他一种亲切的悲伤，日出是狂野而奔放的悲伤，日落是寂寥而舒适的悲伤……将自己放任在那亲切的忧思中，直到土地从灰色变为薰衣草色，再变成玉米壳色。乔迪精力充沛地工作，小旗儿从林子里跑来，它晚上肯定是待在林子里了。乔迪给它喂点心，它把又湿又软的鼻子伸进他的怀里舔点心渣，他露出来的皮肤在它鼻子触碰的一瞬间猛地惊颤了一下。

乔迪一早完成玉米地的任务后便溜进了畜棚。老凯撒正在吃草，它抬起灰色的脑袋惊异地望着乔迪，他几乎很少来套它，但它还是很听话地站到适当的位置。乔迪因此很舒心，他还是有权威的。于是他努力让自己的声音低沉，还发出了很多多余的命令，温驯的老凯撒一一听从。乔迪独自驾着马车前往废弃垦地，小旗儿愉快地跑到前面去，它不时恶作剧挡在路中央，乔迪只得停下马车哄它走开。

"你已经长大了，你是一只周岁小鹿了。"他叫道。

乔迪突然意识到他们得来来回回很多次，所以就允许老凯撒以它往常的速度慢行。他认为在阔地上把那些破旧的栅栏木装上车应该很容易，一开始的确如此，但接着他的背和胳膊酸痛了起来，他只得停下来休息。由于栅栏木难以堆高，所以马车并没有超重的危险。乔迪哄小旗儿跳上车来和他一起，但小旗儿看了看那块狭小的地方掉头就跑了。乔迪又试着把它抱上车，但它太重了，他只能将它的前腿放到车轮上，于是他放弃了，只得继续往家赶。小旗儿飞奔而去，当乔迪到家时它已经在那儿等着他了。乔迪打算把装回来的栅栏木放在屋旁的栅栏角上，从两个方向同时动手，所以当栅栏木用尽时，他就在小旗儿经常跃过的地方筑起一道最高的栅栏。

装运和卸载花费了相当多的时间，那几乎是一件无尽又无望的工作。乔迪很怕玉米苗在他筑好栅栏之前就破土而出。天气干燥，玉米发芽很慢，但他还是在每天清晨仔细寻找嫩芽，要是没发现它们的话，他便如释重负。天不亮乔迪就起身了，要么为了不去打扰妈妈，自己吃冷冷的早餐，要么就在早餐前先去拉一车栅栏木回来。每当他的工作结束时，已经是夕阳西下了，松林里那片红色和橙色褪尽，栅栏木也被夜色所吞没。由于睡眠不足，他有了黑眼圈，加上辨尼没空给他剪头发，他的头发又蓬乱地遮在了眼前。妈妈在晚餐后让他去拿柴，那些柴其实她自己可以在白天很轻松地拿过来的，但他也没有抱怨，尽管他的眼皮已经抬不起来了。辨尼看着乔迪的一举一动很心疼，这种痛苦堪比他的病痛。

"我为你的辛勤而骄傲，孩子。但就算是那只周岁小鹿，也不值得你让自己累死累活的。"

乔迪固执地说："我还没累成那样，我的肌肉似乎越来越壮了。"

辨尼摸着他又瘦又硬的胳膊，他说得对，那有规律的重活让他的胳膊、背和肩膀的肌肉健壮了起来。

辨尼最后说："我宁愿耗尽一年的生命来帮你干这些活。"

"我会干完的。"

第四天，乔迪着手筑小旗儿最爱跃的那一边的栅栏。要是玉米在他竣工之前长了出来，小旗儿不会看不到的。要是到了那时，乔迪想他得把它全天紧紧地拴在树上，任凭它怎么挣扎，必要的话一直要到所有栅栏都筑好之后再放它自由。乔迪同时暗自庆幸自己干活的速度很快，仅仅两天时间，南边和东边的栅栏已经有了五英尺高。白克士式妈妈本来觉得不可能，而现在这项任务竟然快完成了，她说："我今天很闲，所以来帮你再加一英尺。"

"太好了，妈妈，你真是太好了……"

"别管我是否拿得下，我从没想到你会这么拼命。"

她一开始就气喘吁吁，但是两个人一起努力，工作就容易多了，抬栅栏木就和锯木头一样很有节奏。她满脸通红，不停地喘气和出汗，但她开心地笑着，而且几乎陪他干了一整天，第二天也是如此。有了栅栏角堆放的栅栏木，他们将栅栏筑得更高了，最终筑成了一排高于六英尺的栅栏，这个高度比辨尼所说的还高，足以挡住那只周岁小鹿了。

乔迪说："如果现在的它是一头健壮的雄鹿，八英尺对它来说都是轻而易举的高度。"

一天晚上，乔迪发现玉米苗长出来了，于是在第二天他便想约束小旗儿。他把它的两只后腿用绳子绑着，中间只留了一英尺的距离。小旗儿拼命反抗，几近疯狂，它摔倒在地后更倔强地挣扎，似乎是在威胁乔迪，若是不给它自由，它马上就要挣断它的腿了。乔迪只得把它放了，它撒腿冲进了林子，一整天都没见影。如此一来，乔迪更勤快地筑西边的栅栏，那只周岁小鹿攻不破东边和南边的防线的话，肯定会向西边来。白克士忒妈妈在午后和他一同忙碌了几个小时，堆在西边和北边的栅栏木被用完了。

两场阵雨过后，玉米苗长高了一英寸。乔迪早起打算去废弃垦地装运更多的栅栏木，出发前他爬上那排被筑高的栅栏向地里张望，小旗儿却出现在他的视线中，它竟然在邻近阔叶林的北边啃咬玉米苗。

乔迪跳下去找妈妈："妈妈，你能和我一起去装运栅栏木吗？小旗儿从北边进去了，我必须得更加抓紧时间了。"

她匆忙和他同去爬上栅栏："问题不在北边，它就是从此处——最高的地方跳进去的。"

随着她的手指指到的地方，乔迪清楚地发现它的蹄印从栅栏下面一直延伸到另一边，最终出现在了玉米地里。

她说："这些又被它吃掉了。"

乔迪凝视着眼前的一切，那些嫩芽又被无情地拉扯了出来，留下了大片大片赤裸的土地，那只周岁小鹿的蹄印是那么地整齐。

"它没去更远，妈妈，远处的玉米苗还在，它只吃了一些。"

"是的，但是怎样才能让它不去吃光它们呢？"她爬下栅栏，迟钝地往屋走。

她自言自语："我真是一个屈服的傻子，该怎么办呢？"

乔迪紧握栅栏，他的神经麻木了，他仿佛失去了思考和感知的能力。小旗儿嗅到了他，它仰头蹦跶了过来。乔迪走进院子，不想看到它。而他刚站在院子里的时候，就看见小旗儿像仿声鸟一样轻而易举地跃过了他一手筑造的最高的那排栅栏。乔迪转身进屋去了自己的卧室，他扑倒在床把脸埋进了枕头里。

乔迪作好了爸爸喊他的准备。爸爸妈妈的谈论只一会儿就结束了，他作好了准备去接受烦扰他好多天的霉运。

而他并没有丝毫心理准备去接受那个不可能，也没有丝毫准备去接受他爸爸的吩咐。

辨尼说："乔迪，我们都尽力了，很抱歉，我将永远都无法说出口我有多抱歉，但是我们一年的食物万万不能毁于一旦啊。把这只周岁小鹿带到丛林里拴好，再杀了它。"

第三十二章 是我啊! 小旗儿

The Yearling

乔迪和小旗儿并排向西走。他带着辨尼的那支枪,心里一阵抽搐。

他自言自语:"我不要,打死都不要!"

他在半路突然停下来吼道:"你们不能逼我这么做!"

小旗儿睁大了眼睛望着他,随即又低下头去吃路旁的青草。乔迪继续迈着沉重的脚步。

"不要!我不要!打死都不要!他们可以打我,他们可以杀了我,反正我不要!"

他虚构着自己和他爸妈的争吵。他说他恨他们,和往常一样,他妈妈暴怒,他爸爸平静。他被他妈妈用树枝鞭打到浑身是血,他咬她,她便更凶狠地打他。最终,他被扔进了角落里。

他抬头说:"你们强迫不了我,我是不会那么干的。"他继续想象着自己和他们对着干的情形,直到失去了思考的力气。

他来到废弃垦地,这里还有一些栅栏木没被他拆下来。他躺在一棵老楝树下痛哭,直到眼泪似乎也流干了。小旗儿用鼻子碰他,他把它牢牢地抓着,喘着气说:"我不要,不要!"

起身的那一刻有些眩晕,于是他靠在那棵树树干上。树上的花儿开得正旺，引来蜜蜂们竞相采蜜，空气中满是甜美的气息。不知怎的，他开始惭愧起来，此时不是哭的时候，他必须想出一个解决问题的办法，正如辨尼在身陷困境时总会有妙计脱身一样。起初他只是在臆想天开，他想给小旗儿做一个十英尺的围栏，他可以给它收集橡果、绿草和野果作为食物。而那会耗掉他所有的时间，因为辨尼还不能下地，地里的活需要人手，他是唯一人选。

他想起了奥利弗·赫托。奥利弗能在辨尼康复前帮他干活，但奥利弗去波士顿了，甚至可能已经去了遥远的中国海。他又想到福列斯特兄弟们，很可惜他们已经是白克士忒一家的敌人了，他为此很苦恼，但他知道波克会支持他的，哪怕是现在。但波克又能做些什么呢？他忽然心生一计。对他而言，要是那只周岁小鹿在别的什么地方健康地活着，调皮地嬉闹，骄傲地翘着它旗帜一样的尾巴，一如既往，他还是可以忍受的。所以，他要去博得波克的善心，他会和他谈论小翅膀，直到他们两个人都声泪俱下。然后，他请求他把小旗儿运到杰克逊维尔，像装运小熊一样。接着，小旗儿会被带进一个公园里，那里的人们喜欢观赏动物。小旗儿会在公园里开心地生活，它会有充足的食物，或许还有一只母鹿照顾它，所有人都会喜欢它。而他可以攒钱，一年去看望它一次。一年又一年，他会攒下越来越多的钱，还会拥有自己的一片地……最终他会用攒下来的钱把小旗儿买回来，他们便又能在一起了。

他激动地跑向福列斯特家。他的嗓子干渴，双眼胀痛，但是心中的希望让他打起了精神。他很快来到了福列斯特家，门是半掩的，屋里除了呆坐在椅子上的福列斯特老伯和老妈妈，并没有别人。

他气喘吁吁地向他们问好，又向他们打听波克在哪里。

福列斯特老伯慢慢转过他已经萎缩的脑袋，活像一只海龟。

"好久不在了，自从你上次来之后。"

"波克在哪儿？请告诉我。"

"波克？波克和一群人去肯塔基做买卖了。"

"在下种的时候？"

"在下种的时候去做买卖。他们宁愿做买卖也不去种地，他们觉得做买卖得到的钱足够买食料了。"

老人家唾了一口，说："也许他们真的行。"

"他们所有人都去了？"

"都去了，派克和盖贝四月会回来。"

福列斯特老妈妈说："一个女人生一大群小孩再把他们拉扯大，最后让他们外出谋生。我敢说，他们留下的食物和木柴绰绰有余，我们已经别无所需了，直到四月的时候他们其中的两个才回来。"

"四月……"

他的眼神空洞。

"过来，孩子，我想和你共进午餐。葡萄干布丁怎么样？那可是你和小翅膀都爱吃的。"

"我要走了，"他说，"谢谢。"

他转身，但又回头绝望地问："你们会怎么做？如果你们有一只周岁小鹿，玉米苗被它吃了，你们束手无策，爸爸要你们打死它。"

他们看他的眼神里充满了诧异，福列斯特老妈妈咯咯地笑。

福列斯特老伯说："还用问吗？打死它。"

他觉得他还是没说清楚："假如那是你很疼爱的一只周岁小鹿，就像你们心中的小翅膀一样。"

福列斯特老伯说："怎么这么说呢？疼爱和玉米无关。养一个破坏庄稼的东西是不行的，除非你们有和我一样多的孩子，而且有另外的生存手段。"

福列斯特老妈妈问："那小鹿是去年夏天你带来让小翅膀取名字的

那只吗？"

"是它，小旗儿。"他说，"你们能带走它吗？小翅膀会乐意的。"

"但是我们没有更好的办法去看住它，它不会待在这里的。四英里的路对一只周岁小鹿来说根本算不了什么。"

他们也是一座顽固的石墙。

他说："好吧，再见了。"

福列斯特垦地没有了那群兄弟和他们马匹的存在冷清了许多。狗儿们几乎都被他们带走了，只有一条满身疥癣的狗被留在家里，它被拴在屋旁，正在凄凉地挠痒痒。他庆幸能及时离开这里。

他打算和小旗儿一起去杰克逊维尔，于是他开始寻找能牵引它的绳索。只有牵着它，它才不会像圣诞节捕猎时一样跑回家。他用刀子费力地割下一根葡萄藤，用它围着小旗儿的脖子打了一个环，然后往东北方向出发。那条路大概是从霍布金斯草原通往盖茨堡的方向，他和辨尼曾在那里碰到过福列斯特兄弟们。小旗儿在禁锢之下没有温驯多久便抗议了起来，它极力想挣脱脖子上的束缚。

乔迪无奈地说："你怎么会变成现在这个样子？简直不可理喻。"

他用尽浑身解数哄诱小鹿乖乖地跟他走，一直被它折腾到身心疲惫。到了最后，他认输了，只好拿掉它脖子上的环，它很快满意地跟在他后面。午后，乔迪由于饥饿而更乏力了，他才想起来自己到现在还没有吃早餐。于是饥饿的他开始在路上找果子吃，但这个时候根本没有果子，黑莓的花也没有开好。他又学小旗儿那样咀嚼叶子，却感觉肚子更空了，他只得拖着脚到路边休息。阳光明媚，他把小旗儿唤来和他待在一起。饥饿、苦恼以及三月强烈的日晒让他失去了知觉，他渐渐睡着了。当他睁开眼睛的时候，小旗儿却不见了，他急忙四处寻找。他跟着它的蹄印在丛林里钻来钻去，一直上了路，那蹄印最终延伸到了白克士忒的垦地。

现在也只有跟着它走了，他疲倦到无法多想。直到天黑他才到家，厨房里亮着一支蜡烛，狗儿们跑了过来，他拍着它们，让它们安静下来。他悄悄地靠近，妈妈正在烛光下做针线活，晚餐已经结束了。他很矛盾，不知道应不应该进去。就在这时，他看到院子里小旗儿一闪而过，他妈妈抬头细听。

他赶紧跑到熏烟室旁，低声唤小旗儿。那只周岁小鹿来了，他在角落里蹲下来。妈妈打开了厨房门，里面的光线撒了出来，门很快又被关上。过了很久，厨房里一片漆黑，他估计她早已去卧室睡觉了，这才悄悄地摸进熏烟室。他在里面找到一块剩余的熏熊肉，将它撕下来一长片，嚼起来又硬又干，但他还是觉得很香。他猜小旗儿可能在林子里吃过嫩芽了，但他还是担心它挨饿，于是去拿了两个玉米给它剥玉米粒吃，他也吃了一点。他此刻好想拥有厨房里那一盆放在橱柜里的冷食，但他不敢去拿，他似乎变成了一个贼或者一个陌生人。他终于体会到狼的心情了，还有野猫、豹以及所有的掠夺者，它们都虎视眈眈地盯着垦地。他用一些残余的沼泽干草在畜棚里的一角为自己做了一个睡铺，小旗儿在他身边睡着，他们一起在那里度过了三月的凉夜。

太阳晒到屁股时他才醒来。他麻木而苦恼，小旗儿又不见了，他不得不回屋。刚到门口，他就听到妈妈在大吼大叫。他靠在熏烟室墙上的那支枪被她发现了，小旗儿也被发现了，更要命的是，正在发芽的玉米和大部分豇豆都被那只周岁小鹿吃光了。他无助地走向她，低头准备接受她的疾言厉色。

她只是说："去找你爸爸，他和我的立场一样。"

他去卧室，爸爸依旧愁眉不展。

辨尼温和地说："你怎么不按我说的去做呢？"

"爸爸，我就是不要那么干，我不要！"

辨尼把头斜靠在枕头上："靠近点，孩子。乔迪，你知道，我已经想尽所有办法来为你保住小鹿。"

"是的。"

"你也知道，我们要靠这些农作物维持生计。"

"是的。"

"你必须知道，在这个世界上没有任何办法能让那只周岁小鹿不毁掉庄稼。"

"是的。"

"那为什么不去做你必须做的事情呢？"

"不行。"

辨尼沉默着。

"让你妈妈过来吧。你去房间，把门关好。"

"好。"

他轻松地去完成那简单的要求。

"妈妈，爸爸让你去他那里一下。"

他走进屋关上门，坐在床边不安地拧着手指，片刻低语和一阵脚步声过后，他听见一声枪响。

他赶紧跑出屋，来到打开的厨房门边，妈妈手持辨尼的那支枪，枪还冒着烟。栅栏旁，小旗儿正躺在那儿挣扎。

她说："我没想伤害它的，但我的枪打不好，你知道的。"

乔迪冲向小旗儿。那只周岁小鹿前腿的伤口血流不止，它用三条腿支撑着自己，跌跌撞撞地跑开了，似乎那男孩变成了它的敌人。辨尼下了床，勉强地往门口挪，刚走到门边，他的膝盖便支撑不住了，他只得两手紧抓着门。

他喊着："本来应该由我去打死它，要是我行的话，但是我真的站不稳……去让它解脱了吧，乔迪，别让它再痛苦了。"

乔迪又跑回来，一把从他妈妈手上夺过枪，尖叫道："你是故意的，你一直就讨厌它！"

他转身对爸爸吼道："你也背弃我，是你让她那么做的！"

他疯狂地尖叫着，声嘶力竭。

"我恨你们，你们都去死吧，我再也不想见到你们！"

他边哭边跟着小旗儿跑了。

辨尼叫道："帮帮我，奥拉，我站不起来了……"

小旗儿用三只腿跳着逃跑，在痛苦和恐惧中，它摔倒了两次。他赶上了它。

乔迪唤着："是我啊！是我啊！小旗儿！"就如同初次见面时他唤它一样。

小旗儿两腿一踢又逃开了，它的血像溪水一样流淌着。那只周岁小鹿逃到了凹洞边缘，摇摇欲坠，最终跌进了洞底。乔迪紧跟在后面，他看见小旗儿倒在那水塘边，那双大大的眼睛正泪汪汪地看着他，它看他的眼神里尽是疑惑，还带着某种呆滞……乔迪把枪口对准小旗儿柔滑的脖子，然后扣下了扳机。小旗儿颤抖着，接着便一动也不动了。

乔迪把枪扔在一边，跌倒在地。他开始恶心和呕吐，用指甲狠抓沙土，用拳头猛击地面。凹洞在他面前开始飞快旋转，大地在他脚下开始拼命摇晃。一声远远的咆哮渐变成一阵微弱的嗡嗡声，他觉得自己掉进了黑暗的深渊……

第三十三章 你不再是一只周岁小鹿了

The Yearling

　　乔迪向北走在那条通往盖茨堡的路上。他身体僵硬，步伐迟钝，全身上下似乎只有双腿是活着的。他不敢再看那只周岁小鹿一眼，于是便仓皇地逃开了。此时，离开是唯一的选择，哪怕已无处可去。他的思维渐渐清晰，他打算从盖茨堡过河，先去杰克逊维尔，再到波士顿。他会在波士顿找到奥利弗·赫托，并和他一起出海，然后彻底抛开那个背弃。

　　去杰克逊维尔和波士顿最好的途径是乘船，他想尽快到达河边。所以当务之急是弄到一只船，他想起了莱利·丘雷特的那艘小破船，他和辨尼曾乘着它穿过咸水溪去追捕残脚熊。一想到他爸，似乎有一把匕首刺破了他心中的麻木和冰冷，但随即那伤口便冻结了。他又想到他可以把自己的衬衣撕成片去填补那小船的裂缝。接着他乘船到乔治湖，沿河而下，然后一定会在那儿遇到一艘轮船，再上船去波士顿。奥利弗会在他到达时替他付路费，要是他找不到奥利弗，他会被送入狱，但那也没关系。

　　他转了一个弯来到咸水溪，他太渴了，便涉水到浅水中弯腰喝水。胭脂鱼在他身旁跃起，蓝色的螃蟹正飞快地爬行。他抬头，只见一个渔夫正要出发，便顺岸过去喊道："我能和你一同下溪去找我的小船吗？"

"我觉得可以。"

渔夫把船靠岸，乔迪上了船。

那渔夫问："你住在附近吗？"

他摇头。

"你的小船在哪儿？"

"往下走过莱利·丘雷特夫人家……"

"你是她的亲戚？"

他又摇头，陌生人的问题就像插在他伤口上的一把探针。那人好奇地看看他，然后专心地划起船来。简陋的小船安稳地行驶到急流中，上游看起来很宽广。水是碧蓝的，那高高的三月天也是蓝蓝的，一缕轻风搅动了白色的云朵，他特别喜欢这样的天气。由于沼泽枫树和洋紫荆的盛开，溪岸是玫红色的，溪上还飘着沼泽月桂的香味。一股钻心的刺痛几乎让他窒息，他有一种想把手伸进喉咙将它撕碎的冲动。是的，三月的美景如今只会让他更痛苦，他不想看到新生的柏树，只是低头默视流水、长嘴硬鳞鱼和乌龟，他甚至不愿意抬起眼睛。

那人问："到莱利·丘雷特夫人家了，要停下来吗？"

他摇头："我的船还在那边等我。"

他看见莱利·丘雷特正站在她家屋前和渔夫相互挥手。乔迪一动不动地坐着，他想起在她家的那一晚，还有她为他们做早餐的那个清晨，她和他们说笑着告别……那是一段亲切又温馨的回忆，他不愿再去想。

溪岸变窄了，眼前出现了很多沼泽。

他说："那就是我的小船。"

"怎么回事，孩子？船身的一半已经沉入水中了。"

"我会把它修好的。"

"有其他人帮你吗？你有船桨吗？"

他摇头。

"虽然有一片划桨，但是我觉得它依旧不像是一只船。好吧，再见。"

渔夫把船撑走，然后向他挥了挥手。

渔夫从盒子里拿出一片点心和一块肉，一边吃一边划船。他这才想起这两天来自己还未进过食，除了那点熏熊肉和玉米粒。但他觉得没关系，他一点儿也不饿。

他把小船靠岸，往外舀水。虽然船体由于溪水长期的浸泡已经膨胀，底部的船板也变得非常紧凑，但水还是会从船首的裂缝中渗进来。他撕下他的衬衣袖，把它扯成布条堵进那裂缝里。接着，他找到一棵松树，用刀子刮了些树脂，在船身外面又填补了几处裂缝。

他把小船推进溪里，用那个破船桨向下游划去。小船在他笨手笨脚间被溪流冲到对岸，又搁浅在了锯齿草丛里，他用手使劲去拨开锯齿草，却被割了手。小船沿着南岸继续晃悠着前行，但不久又被溪底的淤泥拽住了，他又竭力挣脱……慌乱无措间，他又一次想起了他们的欺瞒，忽然觉得全身软弱无力。他真后悔没让那个渔夫等等他，周围什么都没有，只有一只秃鹰正在蓝空盘旋。此时，凹洞下面的水塘边，那些秃鹰应该已经发现小旗儿了。想到这里，他又感到一阵恶心，只有随小船任意漂泊。他把头靠在膝盖上歇着，直到感觉舒服了点。

不知过了多久，他又呆板地划桨，朝波士顿的方向。他的嘴唇紧闭，眼睛也不想睁开。当到达湖口时，已经是夕阳西下了。溪水流进乔治湖的一个水湾里，一片阔地向南边伸展开来，对面只有一片沼泽。于是他掉转船头，小船东摇西摆地靠岸，他下船把它拉到高地。然后，他靠在一棵槲树下盯着那片湖水。他从一开始就盼望在入湖口能碰到一艘轮船，而就在刚才，他看到南边有一只船开过，但离他很远。他意识到入湖口是和一条支流或者水湾相连的。

太阳在一两个小时内就要下山了。他没有勇气在一片空旷的黑暗中撑着晃晃悠悠的小船，他决定在岸上寻找湖上的客船。要是没有的话，他就在那棵槲树下睡一晚，等到第二天一早再出发。麻木将他的思想控制了一整天，现在他的脑子里一片混乱，就像是狼群冲进了小牛的畜栏一样。它们被撕裂了，以至于似乎他自己正流淌着看不见的鲜血，如同小旗儿流着血一样，它死了，它再也不会跑向他了。

"小旗儿死了。"他痛苦地自我折磨。

这种感觉苦似龙芽草的茶，但这还不是痛的最深处。

他大喊道："爸爸背弃了我。"

他觉得这比辨尼被响尾蛇咬还可怕，他用手指关节擦着前额。他能承受得了小翅膀的死，也能承受得了小旗儿的死——要是小旗儿的死亡是由于熊、狼或豹的侵害，他也可以承受，哪怕他会伤痛欲绝。这一切他都可以承受，因为辨尼是他的倾诉者，爸爸会给予他安慰。死亡的确能够承受得了，但要是没有了辨尼，他便无所依靠，他会觉得天崩地裂，悲痛和绝望会一起降临。

太阳从树梢上沉了下去，他不再奢望在黑夜前盼来任何船只。于是他收集了一些苔藓，在槲树下挨着树根的地方给自己铺了一个睡铺。一只麻鸦在溪头悲鸣，青蛙也跟着唱了起来。他在家的时候，总是喜欢倾听从凹洞里传出的这种奏乐般的声响，但此刻的声音在他耳中却是一场痛哭，他恨它。它们似乎也很伤心，成千上万的青蛙在肆意哀鸣，似乎要永远这么叫下去。一只林鸭也加入了这场痛哭。

湖面一片玫瑰色，而岸边已被灰色的阴影吞噬。此时家里应该在吃晚餐了，他虽然极度恶心，却还是想到了吃的。他开始胃痛，似乎胃不是空的，里面有太多东西在翻搅着。他一想起渔夫的肉和点心的香味就口水直流，他像野兽撕碎鲜肉一样用牙齿撕咬着草。而他眼前突然浮现出那些野兽向小旗儿的尸体爬去的情形，他只得把刚吃下去的草又吐了出来。

湖面和岸边已经都被阴影吞没了，一只猫头鹰的鸣叫让他不寒而栗。夜风掠过，阵阵寒意袭来。接着，像风卷树叶般的瑟瑟声传来，又像是一只小动物的声音。他一点儿也不怕，哪怕是一头熊或者豹经过，他也敢去触碰它、抚摸它，它一定能感觉到他的悲伤。但是静夜里的响动却让他毛骨悚然，要是有火该多好。辨尼甚至不用火绒角就能生出火来，就像印第安人那样，而他却从来都不会。他想如果辨尼在的话，这里便会有一堆熊熊燃烧的火，温暖和食物就会有了。他并不害怕，他只是孤独。他将苔藓盖在身上，哭着哭着便睡着了。

第二天的太阳叫醒了他。红翅膀的画眉在芦苇里震颤着翅膀。他起身从他的头发和衣服上扯下一长串苔藓，感觉又虚弱又眩晕。经过一夜的休息，他更饿了。食物在引诱着他，绞痛像滚烫的刀一样刺痛他的胃。他想划回莱利·丘雷特家讨些东西吃，但她肯定会问他很多问题，例如他怎么一个人跑到了这里，他真不知该怎么回答。那他只有说是因为他爸爸背弃了他，小旗儿死了。他最终还是决定按照他的原计划继续前行。

他被又一股孤独的波涛冲击着。他失去了小旗儿，也失去了爸爸。在厨房门口他最后一眼看见的那个憔悴又瘦小，呼救着要站起来的男人已经是陌生人了。他拉出小船，继续划向宽阔的水面。小船处在茫茫水面上，他感觉自己似乎成了一个无依无靠的他乡人，他正被带进一个虚空的境地。他朝那轮船驶过的位置划去，身后是他的不幸，而前面是他的憧憬。离开了他身后的湖口，迎面的风很凉爽。微风从岸边的树丛里透进来，他奋力前行，顾不上自己的饥肠辘辘。渐渐地，小船被风摇得直打转，风浪大了起来，原本轻柔的拍打声变成了猛烈的嘶嘶声。风浪拍击着小船的船头，水花在小船两边摇摆的时候涌进了船里。船底已经积水一英尺了，而湖面上却看不到一艘船。

他回头看，溪岸正往后退，他无比惊恐。在他面前，开阔的水面似乎没有尽头地延伸了下去，他慌忙间调转船头，奋力靠岸。他想最好能逆流而上，向莱利·丘雷特求助，但如果他徒步到盖茨堡，从那里出发或许会更好。身后的风推动着小船，他感觉到了河水朝北而去的巨大涌流。他划向一个敞口，那里应该是咸水溪的尽头。但当他到那里的时候，才发现那是岸边的一个死水潭，往下走是一片沼泽，四处都没有入湖口。

用力和恐惧让他浑身颤抖，他告诉自己他不会迷路。湖水从乔治湖向北流出，然后到杰克逊维尔，他只需要随着水流前进。但湖面太宽广，湖岸线又是那么模糊，他休息了好久，才开始向北划。岸边是密密的柏树林，小船沿着无尽的水湾和曲折的岸线慢行。饥饿对胃的折磨是残酷的，他开始幻想白克士忒家的餐桌。餐桌上，那棕色的火腿片正冒着热气，飘香四溢；还有黄褐色的饼和烤过的玉米面包以及几碗豇豆汤，上面漂着一片片熏肉；他甚至闻到了煎松鼠肉的味道，又忍不住口水直流；他仿佛还看到了去列克赛温热的奶沫……他觉得此时的自己可以去和狗抢夺它们盘子里冰冷的肉汁。

这便是饥饿，这便是妈妈所说的"饿死"的含义。他当时大笑，因为那时的他以为自己知道饥饿的意思，它只是有点不愉快而已。他现在明白了，它是另外一种可怕的东西，它用庞大的嘴巴吃掉他，它用锋利的爪子撕裂他。他努力让自己摆脱这种新的恐惧，他安慰自己很快就会到达一个小屋或者一个渔夫的营地，他相信没有人会拒绝和别人分享食物的。

他沿着河岸朝北行进了一天。到了下午，太阳的炙烤使他的胃又难受起来，但是除了喝进肚子里的河水，他什么也吐不出来。林子里出现了一个小屋，他满怀希望地靠近它。但那是一个废弃的屋子，他在里面徘徊着，像一只饿极了的浣熊或负鼠。积满灰尘的架子上放着几个罐子，但里面都是空的。终于，他在一个瓶子里找到了一杯已经发霉的面粉。他往里面添水，迫不及待地去吃那面糊。即使他饿成这样，那面糊吃起来也没什么味道，但它总算缓解了他的胃痛。树林里有鸟儿和松鼠，他想用石头打它们，最终却只能把它们赶走。他像得了热病一样声嘶力竭，肚子里的面粉让他睡意绵绵。小屋成了他的避风港，他抓来一些破布为自己做了一个地铺。顾不上蟑螂们刚刚在那些破布上跑过，他昏昏沉沉地睡去，噩梦不断。

第二天早上清醒之后，他又感到了撕心裂肺的饥饿，那种痉挛就像尖牙利爪凶狠地抓伤他的内脏一样。他发现了松鼠一年前埋下的橡子，便迫不及待地吞了下去。但那没经过咀嚼的硬片简直像是插进他胃里的一把刀，这让他更加虚弱，他甚至连船桨也抓不牢了。他料定如果没有河流的推动，他的小船是无法前行的，所以整整一个早上，他只前行了一点点。下午，有三艘船从河心经过，他起身挥手朝它们大喊。但他的呼喊是徒劳的，那些船最终从眼前消失了，他绝望地啜泣着。于是他把小船划到河中央去拦截下一艘船。风平浪静，波光粼粼，他的脸、脖子和裸露的胳膊被烈阳灼伤了。他头晕目眩，耳畔一丝微弱的嘶鸣过后，他便什么也不知道了……

他睁开眼睛时，只知道已经是夜晚了。

他被抬了起来。

他听见一个男人说："他不是喝醉了，他是一个孩子。"

另一个人说："让他躺在床铺上去，他很虚弱。把他的小船绑在后面。"

乔迪望去，他在一张床铺上躺着，看起来应该是一艘邮船。一盏灯在墙上摇曳着，一个男人弯下腰来看他。

"发生什么事了，孩子？一片漆黑，我们差点撞上你的小船。"

他想开口，但嘴唇肿胀。

他听见另一个人的声音："给他吃点食物看看。"

"孩子，你饿了吗？"

他点头，船开始动了。船舱里，那个男人在炉火边忙活着，只见一个大大的杯子被塞过来，他紧紧地抓着它。那是一杯浓浓的冷汤，起初的几口并没什么味道，接着他吞了吞口水，大口大口往肚子里灌。他贪婪地享用着，像囫囵吞枣一般，被肉片和土豆噎住了。

那男人很好奇地问："你上次吃东西是什么时候？"

"我不知道。"

"船长，这孩子连他上次吃东西的时间都不知道。"

"给他多弄些吃的，但得吃慢点。别吃太多，他会吐出来的。"

他们又给他拿来那个杯子，里面有饼干。他努力克制着自己，但两餐之间的时间稍微一久他就忍不住颤抖。第三杯比第一杯的味道好多了，但他们不允许他再吃。

那男人问他："你是从哪里来的？"

疲惫和虚弱击倒了他，他深吸一口气。他的目光随着眼前那盏摇曳的灯前后移动着，他闭上双眼，沉沉地睡去，就像是沉浸在了那幽深的河底。

那艘小轮船靠岸时，他惊醒了。有那么一刻他还以为自己依旧在之前的小船里，他起身擦了擦眼睛，当那火炉出现在眼前时，他才想起了昨晚的冷汤和饼干。胃已经不疼了，他登上了露天甲板。天快亮了，邮袋正在往下运送。他认出了这里是福留西娅镇，船长朝他走来。

"孩子，你和我们已经有过一次亲密的接触。现在你告诉我你叫什么名字，你要上哪儿去？"

"我要去波士顿。"他说。

"你知道波士顿在哪儿吗？在很远的北方呢。你得耗尽你余生的时间才能到那儿，像你这样走的话。"

乔迪一脸茫然。

"赶紧的，这是政府的船，我们不可能整天守着你的。你在哪里住着呢？"

"白克士忒岛。"

"河岸附近可从没听说过什么白克士忒岛。"

那个助手开口了："船长，那可不是个真岛，那是丛林所在的地方，距此应该有十五英里的路。"

"那就在这里下船吧，孩子。波士顿？算了吧，你有家人吗？"

乔迪点头。

"他们知道你的行踪吗？"

他摇头。

"离家出走，啊？好吧，要是我是一个像你一样骨瘦如柴、满脸天真的毛头孩子，我肯定老老实实地待在家里。除了你的家人，没有人会操心你这样一个衣衫褴褛的小家伙的。把他放到码头上去，乔。"

他被两只强有力的手臂举起来："解开他的小船。抓住它，孩子。我们出发了。"

那艘邮船缓缓地开走了，船尾激起层层波纹。一个人将邮袋扛在肩上，乔迪弯腰抓住船首的时候，那人看了看他，走向福留西娅镇。晨曦浮在河面，远处的岸边有百合花，就像是白色的杯子。水流拉扯着小船，他抓着船的手酸困极了。那个人的身影渐渐看不清了，此时他无处可去，只有回白克士忒岛了。

他将小船划到西岸，又将它系在一个树桩上。他向对岸眺望，艳阳下是赫托家的废墟。这时他的喉咙哽住了，他忽然感觉自己被这个世界丢弃了。他拖着脚上路，虚弱和饥饿又开始折磨他。幸好昨晚那些食物赶走了所有的恶心和绞痛，他已经缓了过来。

步履艰难间，他盲目地向西走，他也只能去那个方向了。白克士忒岛像磁铁一样把他慢慢拉近，垦地是最真实的存在。

但他开始怀疑他是否还能回去。他们或许已经不想见到他了，毕竟他给他们制造了那么多难题。他怕他一到厨房，妈妈便会把他赶出去，就像赶走小旗儿一样。而且他一无是处，只会吃喝玩乐，是他们一直包容着他的顽皮和食欲。小旗儿已经把这一年的生计毁掉了，要是没有他，他们会好过一点。他是不受欢迎的，他几乎很确信这一点。

他顺路闲逛。冬天早已结束，阳光很强烈。他依稀记起此时定是四月了，春姑娘光临了整片丛林，鸟儿们在灌木丛中歌唱和配对。只有他，在这个大千世界里是无家可归的，他还曾身处一个噩梦般的世界，那里被沼泽和柏树包围，荒芜又阴暗。正午时分，他停在那条主干路和北去的路的交叉口休息，这里遍布被太阳暴晒的低矮植被。他头痛极了，起身往北走向银幽谷。一路上，他告诉自己不要回家，他要去那阴凉的溪岸边舒服地躺着。北去的路高低起伏，他的光脚丫在滚烫的沙地上艰难地颠簸着，汗珠从他布满污垢的脸上淌下来。

他站在路的最高处俯视远处东流的乔治湖，它的颜色是冷蓝，而那条稀薄的白线，便是那股不友善地将他拍打回来的波浪。他继续挪动脚步。

再往东走，植被繁茂了起来，溪水就在不远处。他走下通往谷里的小路。只见峭壁扎进绸带般的溪流里，溪流又向南汇进大溪，它们连成一体。这一切让他突然感到骨头酸痛，口渴难耐，好像舌头快要和上腭粘在一起了。他踉跄着冲下岸，一头扎进那清冽的浅溪中贪婪地喝了起来，他的嘴巴和鼻子被不断冒出的水泡抚弄着。

他一直喝到肚子鼓了起来，直到感觉有些恶心的时候，才满足地躺在岸边。这阵恶心过后，疲惫的他昏昏欲睡，继而昏迷不醒……他似乎悬浮在了一个虚无的时空里，没有终结，也没有开始，他被禁锢在那里。

他在午后清醒过来。他呆坐在那里，向上望去，早熟的木兰花就像蜡身一样白。

"是四月了。"他想。

回忆在脑海里翻滚，他回到了一年前的这个时候。那时的他在一个温和的天气里来到这里，和现在一样身处羊齿和青草间，在溪边玩水，一切是那么美好……他猛然想起了一个极其珍贵的东西，于是他迫切地起身寻找。他相信要是能找到那个小水车，所有消失了的东西都会回来的。但是它已经不见了，它早已被洪水冲走了，那让人陶醉的转动也不复存在了。

他倔强地想："我要再做一个。"

他割了一些小树枝做支柱，又从野樱桃树上弄下一根树枝当滚轴，他迫切地削着。然后，他从棕榈叶上割下几条叶子作为轮叶。接着，他把支柱放进溪床，让轮叶开始工作。上升、翻转、下飞，上升、翻转、下飞……小水车在转动，晶莹的水珠又从叶片上飞溅下来。但这只是棕榈叶子掠过水的原因，这一切根本没有什么不可思议的魔力，小水车失去了它本有的慰藉。

他说："和破娃娃一样。"

他一脚踢开了它，那些碎块落到溪流里很快被冲走了。他瘫倒在地，苦涩地啜泣，去哪里都找不到慰藉了。

他突然想起了辨尼，一股想家的浪潮冲击着他。看不到辨尼，听不到辨尼的声音，他难以忍受。他是如此渴望看到他的背影，他的渴望远甚于他最饥饿的时候对食物的渴望。他爬上岸，沿路往垦地跑，边跑边哭。庄稼被毁，他跑掉了，或许他爸爸已经不在那里了，或许他已经死了，或许他已经绝望地整理好东西离开了。这样的话，他就再也找不到他爸爸了。

他哽咽了："爸爸……你要等我。"

夕阳正在下沉，他的心里充满了恐惧，他害怕在天黑前赶不回去。渐渐地，他耗尽了力气，只得放慢脚步。一路上虽然提心吊胆，但他不得不在中途休息。还有半英里路就到家了，虽然天色很暗，但路标还是那么熟悉。垦地上那棵高大的松树在夜色下很显眼，它的黑色比这夜色还要深沉。他走到栅栏旁，摸索着打开木栅门，进了院子。

他光着脚丫，顺着屋子的一边走到厨房外，悄悄地凑近窗户往里看。

炉子里的火很低，辨尼裹着被子蜷缩在那里，用一只手遮着他的双眼。乔迪拔掉门闩，走进屋。辨尼抬头。

"是奥拉吗？"

"是我。"

他想爸爸可能没听到是他："我是乔迪。"

辨尼转过头来吃惊地看着他，眼前这个自己期待已久的男孩如同陌生人一般，他毫无光泽的头发映着一双空洞的眼睛，溢出的眼泪和污秽的汗水在脸上交织缠绕着，衣衫褴褛，面容憔悴。

他喊道："乔迪！"

乔迪低下头。

"快过来！"

他去爸爸身边，辨尼抓起乔迪的手，在自己的手掌心慢慢地揉搓着。乔迪觉得那滴落在手上的泪珠如同温暖的春雨。

"孩子……我让你受苦了。"

辨尼一边用双手轻轻地抓着他的胳膊，缓缓向上触摸，一边慢慢抬头目不转睛地注视着他。

"你还好吗？"

他点头。

"太好了……你还活得好好的，也没跑丢，太好了，"他顿时喜笑颜开，"太好了……"

这让乔迪难以置信，他还是被需要的。

他说："我不得不回来。"

"当然了，你必须得回来。"

"我不是那个意思。我恨你……"

他露出了久违的微笑："别这么说，你不会恨我的。我在你这个年纪的时候，也老说孩子话。"

辨尼在椅子里动了动："柜子里有吃的，你饿了吧？"

"我还没吃饭，除了昨晚那次。"

"只昨晚吃过一次？你现在知道什么叫饥饿了吧？"他的眼睛在火光中闪烁，就如乔迪想象中的一样。"它和残脚熊一样卑劣，不是吗？"

"它很可怕。"

"那里有点心和蜂蜜，瓢子里应该还有牛奶。"

乔迪笨手笨脚地去拿碟子，很快就大吃大喝起来。他用手抓了一把熟豇豆塞进嘴里大嚼着，辨尼盯着他看。

"我很心疼你用这种方式去懂得饥寒。"

"我妈妈在哪儿？"

"她赶车去福列斯特家换玉米种子了，她决定再播种，于是带了几只鸡去了。她的自尊被狠狠地伤害了，但她必须这么做。"

乔迪关好橱柜门："我得洗澡了，我好脏。"

"热水在炉边。"

乔迪将热水倒进盆里，搓洗着他的脸、胳膊和双手……盆里的清水变成了黑水，用来洗脚都太脏。他只得倒掉脏水，加进了更多的清水，才坐在地板上洗脚。

辨尼说："我想知道你都去了哪些地方？"

"在小船上漂着，我打算去波士顿。"

"我知道了。"

被子里的辨尼看起来瘦削了许多。

"这些日子你是怎么挺过来的，爸爸？感觉好些了吗？"

辨尼盯着炉子里的灰烬。半晌，他才说："跟你实话实说吧，我不能打猎了。"

乔迪说："等我把该做的工作做完，就去给你请大夫。"

辨尼意味深长地观察着他："你和以前不一样了，你已经接受了教训。你不再是一个周岁小鹿了，乔迪……"

"是的，爸爸。"

"我现在以男人对男人的对话方式和你谈话。你觉得我背弃了你，但是，我要告诉你任何男人都必须知道的一点，也许你已经知道了。不只是我，不只是你的周岁小鹿被毁了。孩子，是生活背弃了你。"

乔迪看着他爸爸，然后点点头。

辨尼说："你已经看到人类的世界是怎么发展的，看到人是卑微又低贱的。你已经明白了死神的圈套，你还与饥饿纠缠过。每个人都期待生活变得美好而舒适，生活的确美好，孩子，但是它并不舒适。生活会把人打倒，当人重新站起来时，它又会打倒他。我就是一直这样过着不舒适的生活。"他用双手拨弄着被子的皱褶。

"我一直希望你的生活可以舒适一些，不要像我一样。当看着自己的孩子面对这个世界时，知道自己的孩子要像自己一样被现实击垮时，其实是很心痛的。我只想尽自己最大的力量让你过得轻松一些，我也想让你和你的周岁小鹿开心地玩闹，我知道它能为你分担孤独。但是没有人是不孤独的，那么该怎么办呢？当被生活打倒的时候，该怎么办呢？怎么办？肯定要重新站起来，并且勇敢地扛下来。"

乔迪说："我为我的出走感到羞耻。"

辨尼坐直了身子，说："你快长大了，到了可以独立作选择的时候了，你也可以像奥利弗一样出海。有的人天生属于陆地，有的人天生属于大海。但是我很骄傲你选择了这里的垦地，我也相信我会更骄傲地看到你能在这里挖一口井，那时候这里便没有女人再跑到山坡的渗流边洗衣服了。你愿意吗？"

"我愿意。"

"我们来握手。"

辨尼闭上双眼。炉火早已烧成了灰烬，乔迪用灰覆了上去，以保证第二天早上还有暗火。

辨尼说："现在我需要你把我扶到床上去，你妈妈今晚可能不回来了。"

乔迪用肩膀支撑着他，他沉沉地依着乔迪，跛着脚上了床。乔迪为他盖好被子。

"食物和水把你牵引了回来，孩子。快上床休息吧，晚安。"

他的话让乔迪的心暖暖的。

"晚安，爸爸。"

乔迪步入自己的房里，关好门，再脱去他破烂的衣裤，爬进温暖又软和的被子里，放纵地将全身舒展开来。他想到明天还要早起去挤奶、劈柴、种地，而且他干活的时候，小旗儿再也不会来找他玩了，爸爸也不能再干重活了。但这一切都没有关系，他可以一个人扛起这一切。

他感觉自己正在聆听些什么，似乎在房子周围和墙角的苔藓窝边一直有某种响动。那是周岁小鹿发出的声音，而他再也听不到了。他很想知道，他妈妈是否把垃圾扔到了小旗儿的尸体上，秃鹰是不是已经吃光了它。小旗儿——他确信自己从此以后对任何东西，对男人、女人或者自己孩子的爱，都没有他对这只周岁小鹿的爱这么深刻，他注定孤寂一生。而作为一个男人，他必须勇敢地活下去。

半梦半醒之时，他不禁喊了声："小旗儿！"

那不是他的声音，那是一个男孩的惊呼声。在凹洞的某处，在槲树林中，一个男孩和一只周岁小鹿肩并肩跑过那棵木兰树，消失在了槲树林的尽头，永远……